Ilse Gräfin von Bredow

Ein Fräulein von und zu

Familienbande

W0315110

SERIE PIPER

Zu diesem Buch

Charlotte, ein Fräulein von und zu, zwölf Jahre alt und genauso breit wie hoch, ist die hellwache und liebevolle Beobachterin der turbulenten Szenerie im Hause der Familie von Trebnitz: Sie erzählt von ihrem Vater, einem gutherzigen Beamten mit Bauchansatz, von ihrer Mutter, die es gerne ein bißchen romantischer hätte, und ihrer Schwester Andrea, die sich einen Punker zum Freund wählt ... In »Familienbande« beschreibt Ilse Gräfin von Bredow herzerfrischend normale Augenblicke aus dem heutigen Alltag: Da ist die strebsame Karrierefrau, die von ihrer eigenen, langjährigen Freundin ausgebootet wird, oder der Rentner, der um keinen Preis seine Selbständigkeit aufgeben will und damit seine Familie ganz schön in Bedrängnis bringt. Die temperamentvollen und originellen Geschichten aus dem Familienleben machen es schwer, dieses Buch wieder aus der Hand zu legen.

Ilse Gräfin von Bredow wurde am 5. Juli 1922 in Teichenau/Schlesien geboren. Sie wuchs im Forsthaus von Lochow in der märkischen Heide auf und besuchte später ein Internat. Während des Krieges war sie im Arbeitsdienst und mußte Kriegshilfsdienst leisten. Seit Anfang der fünfziger Jahre lebt Gräfin von Bredow als Journalistin und Schriftstellerin in Hamburg und hat zahlreiche Bücher veröffentlicht.

Ilse Gräfin von Bredow

Ein Fräulein von und zu
Familienbande

Geschichten aus ganz normalen Kreisen

Piper München Zürich

Die in diesem Buch geschilderten Menschen sind nicht identisch mit bestimmten lebenden oder verstorbenen Personen. Eventuelle Ähnlichkeiten wären rein zufällig.

FSC

Dieses Taschenbuch wurde auf FSC-zertifiziertem Papier gedruckt. FSC (Forest Stewardship Council) ist eine nichtstaatliche, gemeinnützige Organisation, die sich für eine ökologische und sozialverantwortliche Nutzung der Wälder unserer Erde einsetzt (vgl. Logo auf der Umschlagrückseite).

Taschenbuchsonderausgabe
Piper Verlag GmbH, München
Juni 2005
© 1987, 1997 Scherz Verlag, Bern, München, Wien
Umschlag / Bildredaktion: Büro Hamburg
Heike Dehning, Charlotte Wippermann,
Alke Bücking, Kathrin Hilse
Foto Umschlagvorderseite: Sonja Tobias / kombinatrotweiss / Modelwerk
Foto Umschlagrückseite: Gudrun Drews
Papier: Munken Print von Arctic Paper Munkedals AB, Schweden
Druck und Bindung: Clausen & Bosse, Leck
Printed in Germany ISBN 3-492-24412-2

www.piper.de

Ein Fräulein von und zu

SERIE PIPER

Inhalt

Für Eberhard und Jannet Fechner

1. Die Entdeckung

«Seht mal, Kinder, da ist Oskar wieder», sagt Papi. Oskar ist ein Eichhörnchen. Eines Tages hat es sich in unserem Garten eingefunden.

Es ist Sonnabend nachmittag und eine Affenhitze. Wir sind im Garten unter dem Ahornbaum versammelt und trinken Kaffee. Ich liege auf dem Rasen und sehe zu, wie meine Schwestern, Andrea und Anna-Sofie, sich um das letzte Stück Obsttorte zanken. Ich hab mir vorsichtshalber gleich zwei Stück genommen. In dieser Familie muß man auf Draht sein, sonst hängt man schnell im Minus. Omi, die gerade zu Besuch ist, grübelt vor sich hin. Hat sie ihre Herztabletten nun genommen oder nicht? Mein kleiner Bruder Ferdinand kippt sich eine Ladung Kakao über die Hose. Im Nachbargarten haben sie das Radio voll aufgedreht und sind beim Grillen. Es riecht nach Bratfett und verbrannten Würstchen. Mutti schnuppert mißbilligend: «Ein Gestank, nicht zum Aushalten!»

«Aus deutschen Ställen frisch auf den Tisch!» Papi

räkelt sich zufrieden im Schatten und beobachtet das Eichhörnchen. Es ist gerade dabei, an einem schmalen Eisenstab hochzuklettern, den Papi in den Rasen gesteckt hat. An der Spitze hängt ein kleines grünes Netz mit einer Futterkugel. Die Meisen sind vor Oskar in den Jasmin geflüchtet, stecken ihre Köpfe zusammen und schimpfen fürchterlich. «Bin gespannt, ob er das Netz wieder durchbeißt», sagt Papi. Im Sommer hängt er die Futterkugel nur noch für das Eichhörnchen auf, damit wir bewundern können, wie Oskar es fertigbringt, sich auf dem wackeligen Stab festzuhalten.

Der Qualm aus dem Nachbargarten nebelt uns inzwischen total ein. Mutti beginnt zu husten: «Einfach widerlich!»

«Der Wind steht heute eben etwas ungünstig», verteidigt Papi die Nachbarn. «Kein Grund, deswegen an unserem kleinen Reich herumzumäkeln.»

Omi hat sich endlich dazu durchgerungen, ihre Tabletten zu schlucken. «Ich meine...» Aber sie kriegt mal wieder keine Chance, bei Mutti einen Satz zu Ende zu bringen. Die hat nämlich mit einem Aufschrei Ferdinands bekleckerte Hose entdeckt.

«Junge!»

Papi fährt erschreckt zusammen. «Kein Theater wegen so einer dämlichen Hose, bitte, dann mußt du ihm eben einen Plastikanzug kaufen.»

«Und dir auch.» Mutti deutet auf einen Kaffeespritzer auf Papis Hemd.

«Sei friedlich und laß uns den herrlichen Sommertag genießen.» Er reibt mit dem Taschentuch auf dem Fleck herum.

Mutti sieht ihn spöttisch an. «Dein kleines Reich! Ehrlich gesagt, könnte ich mir eine schönere Wohngegend vorstellen als diese Schrebergartenidylle. Jedes Fitzelchen Boden ist hier gegen den Nachbarn abgegrenzt und alles wie mit dem Lineal gezogen. In den meisten Gärten stehen nur Tannen aus lauter Angst vor dem Laub. Und dann der ganze Schnickschnack von bunten Glühbirnen über den Gartenpforten und Windmühlen und Gartenzwerge auf dem Rasen. Außerdem sieht hier doch jeder dem andern in den Kochtopf!»

Papi sieht träumerisch vor sich hin. «Ich hätt' so gern einen mit Schubkarren.»

«Was hat das damit zu tun?» Mutti gibt Andrea das leere Milchkännchen: «Lauf mal rüber zu Frau Fröhlich, ob sie uns mit Kaffeesahne aushelfen kann.»

Andrea stößt Anna-Sofie mit der Schuhspitze: «Los, schwing die Hufe!»

Papi sieht Mutti vorwurfsvoll an. «Dir kann man es auch nie recht machen. Vor fünfzehn Jahren warst du glücklich, aus der Einzimmerwohnung herauszukommen.» Er starrt enttäuscht auf die leere Kuchenplatte. «Hier war doch eben noch ein Stück.»

Mutti hat sich schon wieder abgeregt. «Mir gefällt's ja auch ganz gut. Aber mußtest du deswegen bei der Party gestern abend deinem neuen Vorgesetzten einen solchen Bären aufbinden?»

«Was für 'n Bären?» Papi grinst ein bißchen.

«Na, er dachte doch, wir leben auf dem Lande, und wollte von mir wissen, in welchem Ort unser Bauernhaus liegt. Der gute Mann war ganz irritiert, daß wir in dieser verrotteten Villa in einer Schrebergartenkolonie wohnen.»

«Hab ich vielleicht was Falsches gesagt?» Papi läßt sich nicht aus der Ruhe bringen. «Ist es bei uns nicht wie auf dem Dorf?»

Papi hat recht. Natur gibt's hier 'ne Menge. Wildenten spazieren durch die Gegend, Karnickel flitzen über den Rasen, Igel machen es sich in den Komposthaufen bequem. Im Sommer riecht es überall nach Heu wie von frisch gemähten Wiesen, und ein dichter Ring von Bäumen hält den Verkehrslärm ab.

Papi hat uns erzählt, daß es hier nach dem Krieg nur Schutt und Asche gab. In der Schule haben sie uns Bilder von 1945 gezeigt. Nur Trümmer und der Park, auf dem die Siedlung entstanden ist, total abgeholzt. Auf den kahlen Flächen haben sich die Menschen Gemüsebeete angelegt und Kartoffeln gepflanzt und sich Notunterkünfte gebaut. Mitte der sechziger Jahre hat die Stadt die Parzellen an Kleingärtner verkauft und ihnen das Geld fürs Bauen vorgestreckt. Danach sind lauter winzige Flachdachhäuschen wie Pilze aus der Erde geschossen.

Hinter der Siedlung gehen die Schrebergärten weiter. Nur wohnt dort keiner mehr. Man hat den Kleingärtnern gekündigt, anstatt ihnen wie bei uns die Parzellen zum Bauen zu überlassen. Es wurde auch damit angefangen, die Lauben niederzureißen. Aber sehr weit ist man noch nicht gekommen. Die Bagger sind wieder abgezogen worden, und es herrscht totale Ruhe.

«Gott sei Dank», sagt Papi. «Daß sie uns Hochhäuser direkt vor die Nase setzen, fehlte gerade noch!»

Auf dem Vormarsch sind sie nämlich mächtig. Sie haben uns schon im Halbkreis umzingelt. Eins von diesen Ungeheuern, ein Trumm von zwanzig Stockwerken, mit klobigen Seitenflügeln, ist bereits ausgeschert und bedrohlich nahe gerückt. Nachts funkelt es unheimlich zu uns herüber.

«Ein richtiger Vogel Greif, im wahrsten Sinne des Wortes», sagt Papi.

Für uns sind die verlassenen Gärten ein fabelhafter Spielplatz. Ein Urwald, in dem alles durcheinander wächst und miteinander verfilzt ist. Es gibt knorrige Apfelbäume mit verschrumpelten kleinen Äpfeln, Himbeer-, Johannisbeer- und Stachelbeersträucher zwischen hohen Brennesseln und dichtem Gras und jede Menge Holunderbüsche. Fehlt nur Tarzan, der durch die Zweige hüpft und seine urigen Schreie ausstößt.

Die Beeren müssen wir für Mutti sammeln, wenn uns die Stare noch welche übriglassen. Sie kocht davon literweise Saft, der dann im Keller vergammelt, weil er niemandem schmeckt, obwohl sie ihn bei jeder Gelegenheit als einzig wahre Medizin anpreist.

Wir bauen uns Höhlen, verstecken uns in den zusammengekrachten Lauben, legen uns ins Gras, bekucken die Wolken und den Zeppelin, der mit einem Reklameband am Himmel steht, und beobachten die Karnickel, wie sie ihre Jungen am Genick aus dem Bau schleppen und in die Sonne legen.

Natürlich liegt auch viel Müll rum: Kinderwagen ohne Räder, verrostete Fahrradgestelle und kaputte Reifen, einzelne Schuhe und leere Zigarettenschachteln. Aber wir haben auch schon die tollsten Sachen entdeckt, vor allem Hänschen Naumann, der ist groß im Finden. Einmal lag tatsächlich ein nagelneuer Fotoapparat im Gebüsch. Und sein Opa mußte ihn erst ein bißchen im Genick schütteln, damit Hänschen einsah, daß so was ins Fundbüro gehört.

Aber gruseln kann man sich auch ganz schön. So schoß meine Schwester Anna-Sofie mal wie der geölte Blitz aus einem Busch. «Eine Leiche! Eine Leiche!»

Wir flitzten natürlich hin. Aus dem Gestrüpp ragten zwei regungslose Füße. Aber Hänschen Naumann tippte sich nur an die Stirn. «Hast du 'n Schatten oder was? Das ist doch der besoffene Penner von der U-Bahn. Den erkenne ich an seinen Socken.»

Dann erschreckte uns ein wildernder Schäferhund. Erst war er hinter den Karnickeln, danach hinter uns her. Er war drauf und dran, meine Schwester anzufallen. Aber vor Tieren hat die ja keine Angst. Nicht die Bohne. Die würde glatt 'ne giftige Schlange streicheln. Sie ist also ganz cool geblieben und hat beruhigend auf ihn eingeredet, bis er nur noch sein Bein an einem Benzinkanister gehoben und sich dann verdrückt hat.

Zu Hause haben wir lieber nichts erzählt. Mutti hätte sofort eine Krise bekommen und uns verboten, dort zu spielen. Sehr gern sieht sie es sowieso nicht.

Hänschen Naumann ist hinter dem Gartenzaun aufgetaucht und winkt wie wild. «Komm mal rüber, Charlotte!» schreit er. «Ich hab was im Teich gefunden!»

Mutti runzelt schon die Stirn. «Müßt ihr euch ewig da rumtreiben? Du bist doch allmählich auch zu alt dazu, Charlotte.»

«Da ist sie wenigstens an der frischen Luft und sitzt nicht vor dem Fernseher.» Papi blinzelt mich an. «Ich will mir auch mal die Beine vertreten. Ich komme mit.»

Hänschen ist ganz aufgeregt. «Es ist bestimmt die Geldbombe vom Überfall auf die Sparkasse im Winter, nach der die Bullen immer noch suchen.»

«Und die soll da in dem Tümpel stecken?» Papi kann's nicht glauben.

«Der ist doch dieses Jahr ganz ausgetrocknet. Durch die Hitze.»

Der kleine Teich besteht sowieso mehr aus hohem Schilfgras als aus Wasser. Aber in manchen Jahren gibt's da sogar Fische. Keiner weiß, woher die kommen. Und ein einsamer Frosch quakt durch die Gegend.

«Dann sehen wir uns deinen Fund mal an. Also, auf zu euerm Feuchtbiotop!»

Wir ziehen los, zwischen den Gärten durch, wo die Rasensprenger kreisen und uns die Nachbarn grüßen. «Na, Herr von Trebnitz, wo wollen Sie denn hin bei der Hitze?»

Dann haben wir «Serengeti» erreicht, wie wir die verlassenen Gärten nennen. Trockenes Gras raschelt unter unseren Füßen. Papi stampft wie ein Elefant durch die Savanne; wir hüpfen neben ihm her. Fast tritt er auf ein Liebespaar; das richtet sich empört auf.

«Oh, Verzeihung.»

«Alter Trottel!»

Kleine Staubwolken kreiseln, Mücken tanzen über einem kaputten Plastikeimer. Der Teich ist nicht mal mehr schlammig – er ist knochentrocken.

«Wo ist denn nu die Bombe?» frage ich enttäuscht.

«Na, da!» Hänschen deutet auf einen winzigen Punkt, den man in der flimmernden Hitze kaum ausmachen kann. Wir gehen hin. Und tatsächlich: Irgendwas Metallenes kuckt da aus dem Boden raus.

«Scheint ziemlich groß zu sein.» Papi besieht sich das Ding von allen Seiten, kratzt Erde weg und streicht sich nachdenklich übers Kinn.

«Soll ich 'n Spaten holen?» fragt Hänschen aufgeregt. «Wollen wir's rausbuddeln?»

«Nee, das laß mal lieber bleiben, mein Junge.» Papi scheucht uns auf einmal weg. «Los, los! Ab nach Hause! Wir müssen das der Polizei melden.»

Eine halbe Stunde später wimmelt es von Streifenwagen und Polizei in der Siedlung. Nachbarn hängen sich über den Gartenzaun. «Hinter wem die wohl her sein mögen?»

Ein Lautsprecher verkündet, die Häuser müßten sofort geräumt werden; man hätte eine Bombe aus dem Krieg gefunden.

«Eine Bombe? Wo gibt's denn so was!»

«Beeilen Sie sich!» mahnt der Lautsprecher. «Und öffnen Sie die Fenster.»

«Damit die uns inzwischen alles klauen!» empört sich Frau Fröhlich. «Meine Wäsche hab ich auch noch auf der Leine.»

«Das hat mir gerade noch gefehlt», sagt Mutti.

«Vergiß nicht, die Waschmaschine abzustellen», mahnt Papi.

Anna-Sofie will unbedingt das Zwergkaninchen und ihr Meerschweinchen mitnehmen. Ferdinand mault, weil er nicht die «Sesamstraße» sehen kann. Papi muß erst ein Machtwort sprechen. Omi sucht nach ihrer Brille, ohne Brille ist sie nur ein halber Mensch, sagt sie.

«Macht zu! Macht zu!» drängt Papi.

In unserer Schule trifft sich die ganze Siedlung. Frau Reimer vom Kiosk in der U-Bahn sitzt neben uns und redet wie immer von früher. Mit durchdringender Stimme erzählt sie uns, wie es damals Bomben regnete. Das war auch so ein heißer Sommer gewesen. Jede Nacht in den Keller. Drei Tage war sie verschüttet. Das rostige Wasser aus der Heizung mußten sie trinken, um ihren Durst zu löschen. Und draußen ein Flammenmeer! Ein Inferno! Die Bäume im Park brennende Fackeln. Zu Tausenden wären die dort in den Unterständen erstickt. Auf einem Balken hätte ein Papagei gesessen und dauernd gekrächzt: «Nur geringer Sachschaden! Nur geringer Sachschaden!»

«Tatsächlich?» fragt Mutti ungläubig.

«So wahr ich hier sitze», beteuert Frau Reimer und steckt meinem kleinen Bruder Ferdinand ein Smartie nach dem anderen in den Mund. «Die Straßen voller verkohlter Leichen und erst die vielen Toten unter den Trümmern. Ein riesiger Friedhof, die Stadt! Und da wohnen wir nu drauf!»

Ich klammere mich an Hänschens Arm. Der schüttelt mich ab. «Jetzt mach dir mal nicht gleich ins Hemd.» Pfeifend verläßt er die Turnhalle.

Plötzlich gibt es einen wahnsinnigen Knall, daß die Scheiben zittern. Wir schreien auf: «O Gott, jetzt ist die Bombe explodiert!» Aber es war nur ein Böllerschuß. Hänschen hat ihn im Klo gezündet, um uns etwas aufzumischen, wie er grinsend verrät, als er zu uns zurückkommt. Sein Opa fackelt nicht lange. Er schüttelt ihn kräftig und schimpft: «Dich hätt' ich in meiner Jungvolkschar haben sollen! Dreimal über die Kletterwand, und dann stillgestanden und nichts gerührt als die Augen im Kopf.» Er verpaßt ihm eine kräftige Backpfeife und gleich noch eine zweite. «Damit du nicht schief wirst.»

Doch da ist der Spuk auch schon vorbei. Ein Polizist erscheint in der Tür. «Die Bombe ist entschärft.»

«Ein Loblied auf den Sprengmeister», sagt Omi.

Wir kehren in die Häuser zurück. In unserem Garten regen sich die Meisen noch immer über Oskar auf, der es nicht geschafft hat, das Netz durchzunagen, und den Eisenstab rauf und runter rutscht.

Nichts hat sich verändert. Alles hat sich verändert. Ob auch unter unserem Rasen Tote liegen? Und wir trampeln drauf rum?

«Kann man heute noch mit Abendbrot rechnen?» fragt Papi.

2. Die Chinesin

Unser Haus gehört zu den wenigen, die in dieser Gegend den Krieg bis auf ein paar Kratzer überlebt haben. Es steht am Rande eines ehemaligen Parks. Der Schock von damals scheint ihm heute noch in den Knochen zu sitzen. Wenn ein Flugzeug darüberdonnert, zittert es vom Keller bis zum Dachboden.

«Irgendwas stimmt mit den Grundmauern nicht», behauptet Mutti.

Papi hatte schon ein Auge auf diesen ollen Schuppen geworfen, als es hier nur Gärten mit Lauben gab. So wohnte auch unsere Nachbarin Frau Kulack Anfang der sechziger Jahre, als sie Papi kennenlernte, noch bei ihrer Schwester und war nur an den Wochenenden in ihrem Gärtchen zugange. Sie hatte damals einen Obst- und Gemüsestand auf dem Wochenmarkt. Ihr ist Papi aufgefallen, wie er nach Marktschluß die Abfälle der Gemüsehändler nach Genießbarem durchsuchte.

Andrea schüttelt sich, als Papi davon erzählt. «Also wirklich, Papi!»

Das ärgert ihn. «Wir waren eben noch nicht so verwöhnt wie ihr.»

«Wie sich die Zeiten ändern», sagt Mutti. «Wer mäkelt denn jetzt dauernd am Essen rum?»

«Aber hör mal, Edith, der Wechsel von Tante Anni, den ich fürs Studium bekam, war ja nun wirklich mehr als knapp. Er reichte gerade für ein möbliertes Zimmer mit Ofenheizung und Etagenklo.»

«Du willst nur wieder bedauert werden. Schließlich gab's im Gegensatz zu heute 'ne Menge guter Jobs. Wie hieß eigentlich diese etwas merkwürdige Dame, der du den Umzug machtest? Da hast du doch so viel verdient, daß du davon unsere Verlobungsringe kaufen konntest.»

«Um mal wieder auf Frau Kulack zurückzukommen ...» sagt Papi. Als die ihn da so in den Abfällen herumstochern sah, hat sie gleich an ihre beiden gefallenen Jungens denken müssen. Sie hat Papi angesprochen und dann ein bißchen unter ihre Fittiche genommen. Im Sommer durfte er in ihrer Laube hausen, und Papi hat ihr dafür die Buchführung gemacht. Noch heute trauert er diesen Zeiten nach.

«Vor allem der Laube», sagt Mutti.

«Ach ja», seufzt Papi. «Rundrum nur Natur und dann diese himmlische Ruhe!»

«Den Krach, den du da mit deinen Kumpels gemacht hast, konnte man bis zur Straßenbahn hören», sagt Mutti.

«Tatsächlich? Jetzt wird mir auch klar, warum du so oft ganz überraschend bei mir aufgekreuzt bist. Du wolltest mich kontrollieren, ob ich fleißig lerne und nicht vom Pfad der Tugend abweiche. Warum mußte ich mich auch ausgerechnet in so einen Moralapostel wie dich verlieben? Aber schuld daran ist nur Tante Anni. Die wollte unbedingt, daß ich dich kennenlerne, weil sie mit deiner Großmutter im gleichen Internat gewesen ist und viel auf dem Gut deiner Großeltern in Schlesien war.»

«Adel zu Adel.» Andrea grinst.

Mutti ist beleidigt. «Warum bist du dann dauernd bei mir aufgetaucht? Ich hatte dich nicht darum gebeten.»

«Deine Wirtin hatte schon einen Fernseher», sagt Papi, «und war wie ich ein Fußballfan.» Papi kommt mal wieder so richtig in Fahrt mit seinen Geschichten. «Als ich eure Mutter zum erstenmal sah – das muß so 63 gewesen sein – mit einem Rock bis zu den Waden und einem ausgeleierten Pullover, hab ich gedacht, die zieht sich auch nur an, um ihre Blößen zu bedecken und sich vor Kälte zu schützen.»

Mutti schnappt jetzt richtig ein. «Teure Sachen konnte ich mir eben nicht leisten. Omi hatte sowieso Mühe mit ihrer kleinen Rente als Kriegerwitwe, mir die Ausbildung zur Krankengymnastin zu ermöglichen.»

Papi lacht und legt den Arm um sie: «Wer will denn jetzt bedauert werden? Dafür bist du ja auch später um so flotter geworden, liebe Edith, und hast die arme Tante Anni mit deinen Hot pants furchtbar erschreckt.»

Nach dem Jurastudium kam dann über Papi ganz unerwartet das große Geld. Er erbte nämlich von einer Tante einen schönen Batzen. «Und da geht er hin und kauft diese Bruchbude hier!» Noch heute kann Mutti nur den Kopf darüber schütteln.

«Viel Zeit blieb mir ja nicht», verteidigt sich Papi. «Andrea war bereits unterwegs, und Haus und Grundstück waren sehr preiswert.»

«Nicht preiswert genug für so viel Scheußlichkeit.»

«Immerhin hat es mal einer Chinesin gehört – aus kaiserlichem Geblüt, wie ihr wißt.»

«Ach, Papi», sagt Andrea.

Das Haus sieht wirklich ziemlich ulkig aus. Wie eine Pagode, findet Mutti. Inzwischen hat Papi soviel an-, um- und ausgebaut, daß es immer mehr Ähnlichkeit mit Anna-Sofies selbstgebastelten Nähkästchen kriegt. Sie klebt sie aus leeren Streichholzschachteln zusammen und verschenkt sie mit Vorliebe zu Weihnachten.

Das Haus ist nicht sehr groß, innen total verwinkelt und hat mehr Ecken als Zimmer. Überall gibt es Stufen und Treppchen, über die man stolpert – besonders im Dunkeln.

«Denkt daran, daß wir Energie sparen müssen», mahnt Papi, wenn wir uns beklagen, daß er nur 25-

Watt-Birnen im Flur duldet. Und Mutti, die gerade mal wieder der Länge nach hingefallen ist, reibt sich das Schienbein und murmelt: «Ja, ja, du großer Architekt. Aber sieh dich vor! Die Scheidungswelle rollt.»

Unser schmaler Garten mit dem großen Ahornbaum liegt direkt an einem Wanderweg, der durch die Siedlung führt. Daher bleiben die Spaziergänger oft staunend vor unserem Haus stehen und rätseln herum, was für ein Stil es wohl sein könnte. Jugendstil? Neubau? Gründerjahre? Papi, der gern im Garten wühlt, mischt sich dann in die Unterhaltung und ruft über den Zaun: «Gründerjahre! Hier habe ich meine Familie gegründet.» Wir schämen uns über ihn. Die Leute gehen schnell weiter und murmeln sich zu: «Auf jeden Fall ist es ziemlich scheußlich.»

Ich find's große Klasse. So ein gewöhnliches Haus kann jeder haben. Als ich noch kleiner war, hat mir Papi ganz tolle Sachen über die Chinesin erzählt. Als Kind soll sie noch in China gelebt haben, in einem richtigen Palast mit eigenen Dienerinnen. Die brachten ihr das Frühstück ans Bett und mußten sie in einer Sänfte zum Baden an den Fluß tragen. Andrea, meine älteste Schwester, hat das furchtbar angeödet. «Erzähl mir doch keine Märchen von dieser blöden Chinesin!» Sie hat Papi was ins Ohr geflüstert, und der seufzte tief: «Was habe ich nur für 'ne nüchterne Tochter. Du kommst eben ganz nach deiner Mutter.»

Doch ich konnte gar nicht genug darüber hören. Es

waren meine liebsten Gutenachtgeschichten. Papi mußte sie mir wieder und wieder erzählen. Vor allem die Sache mit dem Tigerbaby fand ich unheimlich stark.

Die Mutter der Chinesin war nämlich ganz plötzlich gelähmt und konnte nicht mehr laufen. Keinen einzigen Schritt. Niemand von den Ärzten konnte ihr helfen. Da hat man dann so einen Typ geholt, so einen weisen Mann. Der hat sie gründlich untersucht, den Kopf gewiegt und gesagt: «Da hilft nur eins: Sie muß ein Tigerbaby mit Haut und Haaren essen.»

«Aber wie komme ich zu einem Tigerbaby?» fragte ihr Vater.

«Du mußt zu einem Jäger gehen. Der wird dir helfen.»

Der Jäger kratzte sich nachdenklich am Kopf. «Ein Tigerbaby soll ich für Sie schießen? Das kann lange dauern.»

Tatsächlich mußte sie zwei Jahre warten, bis er ihnen das Tigerbaby ins Haus brachte. Und da gab's natürlich große Probleme. Worin sollte man so ein Tier kochen? Es mußte also ein Extratopf dafür angefertigt werden.

«Und dann hat sie das Tigerbaby wirklich gegessen?» wollte ich jedesmal schaudernd wissen.

Papi nickte. «Mit Pfeffer und Salz. Der Schwanz schmeckte allerdings etwas ledern.»

«Und dann konnte sie wieder laufen?»

«Wie ein Wiesel. Sogar Ballett hat sie getanzt.»

«Also wirklich, Karl Albrecht!» sagte Mutti.

Auf dem Boden gab's noch 'ne Menge Sachen von der Chinesin: Paravents mit Vögeln, Bastmatten, Teile eines Teegeschirrs und in einem verstaubten Koffer Seidenhosen und mit Drachen bestickte Jakken, Papierblumen und Fächer.

Ich wollte unbedingt, daß Hänschen Naumann mir eine Sänfte baute. Aber er hat bloß gelacht und sich an die Stirn getippt. «Hast du 'n Schuß?» Ich mußte erst an mein Sparschwein gehen und ihm Groschen für Groschen in seine gierige Kralle legen, bis er endlich dazu bereit war. Sein Freund hat ihm dabei geholfen, aus einem alten Korbstuhl so was Ähnliches zu basteln. Dann hab ich mir eine von den Jacken angezogen und mich durch den Garten tragen lassen. Hänschens Freund ist fast zusammengebrochen und hat immer nur gestöhnt: «Was bist du schwer, Charlotte. Hast du Blei in den Knochen?» Erst die beiden Colas, die ich aus dem Kühlschrank geklaut habe, brachten sie wieder zu Kräften.

Irgendwann bekam ich die Masern und mußte im Bett bleiben. Und weil es stinklangweilig war, erlaubte mir Papi, mich im Wohnzimmer aufs Sofa zu legen. Wir waren beide allein zu Haus. Mutti war mit den anderen unterwegs.

Während Papi versuchte, eine seiner hundertneunzig Uhren zu reparieren, die im Wohnzimmer herumliegen und stehen – er ist nämlich ein Uhren-Freak –, hat er mir die traurige Geschichte vom Bruder der Chinesin erzählt. Der war in seine Kusine verknallt. Er wollte sie unbedingt heiraten und bat seine Schwester, doch mit den Eltern über seine Liebe zu sprechen. Und daß er sie zur Frau haben wollte.

«Er hätt' ja schließlich auch selber fragen können», sage ich.

Papi schüttelt den Kopf. «In China ist so was unmöglich. Da hat man nämlich noch großen Respekt vor seinen Eltern. Wenn ein Junge mit seinem Vater sprechen möchte, muß er erst mit dem Kopf dessen Füße berühren.»

Er verzieht das Gesicht. «Verdammt, jetzt hab ich mich an dem Uhrzeiger gerissen. Wo war ich stehengeblieben? Ach so, ja. Also, seine Schwester konnte ihm die erfreuliche Nachricht überbringen, daß die Eltern der Kusine gegen eine Heirat nichts einzuwenden hätten. Natürlich durfte er seine zukünftige Braut bis zur Hochzeit weder sehen noch sprechen.»

«Ganz schön bescheuert», sage ich.

«Überhaupt nicht. In China gilt das eben als unschicklich. Also, der Tag der Hochzeit kommt, und als sie nach der Trauung allein sind, schlägt die Braut ihren Schleier zurück. Und was soll ich dir sagen –» Papi macht eine wirkungsvolle Pause. «Es ist überhaupt nicht seine geliebte Kusine, sondern ein ganz fremdes Mädchen. Verzweifelt stürzt er zu seiner Schwester. Die zuckt bloß mit den Achseln und sagt:

‹Wir mußten diesen Weg für dich wählen. Der Astrologe hat festgestellt, dein Schicksal und ihr Schicksal passen nicht zusammen!›»

Papi beginnt zu singen: «Mitsou, Mitsou, Mitsou, mein ganzes Glück bist du.» Es ist einfach zu traurig, und ich muß weinen. Jemand läutet an der Haustür.

«Das wird der Mann von der Feuerversicherung sein», sagt Papi. «Nun beruhige dich mal.»

Er kommt mit dem Vertreter zurück. Der sieht mich mitleidig an. «Warum weint die Kleine denn?»

«Es ist nichts», sagt Papi und lächelt mich an. «Sie ist ein bißchen erkältet. Kann ich Ihnen was zu trinken anbieten?»

«Da sage ich nicht nein.» Der Vertreter läßt sich in einen Sessel fallen und sieht sich um. «'ne Menge Uhren haben Sie hier. Wohl Sammler.» Er öffnet das Schloß seiner Aktentasche. «Lebt eigentlich die Metzgersfrau noch, der früher dieses Haus gehörte? Ich hatte ja damals den Bezirk noch nicht, aber mein Kollege hat mir oft von ihr erzählt. Eine verrückte Schachtel muß das gewesen sein. Schwärmte für China und machte ganz auf chinesisch. Dabei war's die reinste Walküre, blond und füllig. Soviel ich weiß, stammte sie aus 'm Ruhrpott. Na ja, jeder Mensch hat so seine Marotten.»

Nachts habe ich wieder Fieber bekommen und wirres Zeug geträumt. Als ich aufwachte, standen Papi und Mutti an meinem Bett, und Mutti sagte:

«Das kommt von dem Schwachsinn, den du dem Kind erzählst. Das hat sie zu sehr aufgeregt.»

Hänschen Naumann und ich haben nie wieder auf dem Boden gespielt, und Papi hat mir nie mehr «Mitsou, Mitsou, Mitsou, mein ganzes Glück bist du» vorgesungen.

Lange Zeit ist nicht mehr von der Chinesin geredet worden. Anna-Sofie interessiert sich sowieso nur für Tiergeschichten. Ich hatte die Chinesin total vergessen, bis ich neulich hörte, wie Ferdinand fragte: «Hat sie das Tigerbaby wirklich gegessen?» Und Papi antwortete: «Mit Haut und Haaren und viel Pfeffer und Salz drauf. Nur der Schwanz war ein bißchen ledern.»

Ich bin zu den beiden gegangen und hab gesagt: «Gott, Papi, schon wieder diese öde Geschichte!»

Er hat mich angesehen, gelacht und gesagt: «Lang, lang ist's her. Was, Charlotte?» Dann hat er meinem Bruder das ganze Lied von Mitsou beigebracht, und Ferdinand krächzte: «Laternen in den Bäumen, die laden ein zum Träumen.»

3. Die Grafenbank

Geschichten! Geschichten! Geschichten! «Unsere Vertreibung ist ein Stück deutsche Geschichte», sagt Omi gelegentlich gedankenvoll.

»Das sind ja schöne Geschichten!» donnert Papi Ferdinand an, als der nach dem ersten Tag im Kindergarten Mutti eine «blöde Sau» nennt.

«Na, du machst vielleicht Geschichten!» sagt mein Deutschlehrer, Peter Sommer, dieser gnadenlose Mensch, und gibt mir das Aufsatzheft zurück. «Schon wieder eine Fünf. Total konfus, das Ganze. Von der Rechtschreibung wollen wir erst gar nicht reden. Ja, ja, der Adel!» Dann schaut er sich in der Klasse um und fragt: «Gibt's hier vielleicht auch 'ne Grafenbank?»

Wir glotzen verständnislos, und er erklärt uns grinsend, was es damit auf sich hatte. Als er noch in die Grundschule ging, gab's in seiner Klasse mehrere Adelige, darunter auch zwei Grafen. Die setzte man alle zusammen in eine Bank: große Klappe, aber Stroh im Kopf! Deshalb wäre es bei den Lehrern so eine Redensart gewesen, wenn ein Schüler eine Arbeit verhauen hatte: Du gehörst wohl auch auf die Grafenbank!

Er lächelt mich an. «Du verstehst doch Spaß, Charlotte. Ist ja nur ein kleiner Scherz.»

«Wenn's einer ist», sage ich und kann fast noch im Sitzen auf diesen Zwerg hinuntersehen. «Aber mit dem haben Sie sich wohl etwas übernommen.»

Er hat von Anfang an einen Pik auf mich gehabt. Als diese Mumie, klein und rundlich, mit einem urigen Vollbart, aber auf dem Kopf bereits total abgeholzt, zum erstenmal in unsere Klasse gewieselt kam, flüsterte ich einer Freundin zu: «Wo haben sie denn den ausgegraben?» Leider etwas zu laut. Er drehte sich gleich nach mir um und funkelte mich aus seinen Mumienaugen an. «Wie heißt denn du?»

Ich nannte meinen Namen, und er meinte spöttisch: «So, so, ein Fräulein von und zu. Dich muß man wohl mit einem Handkuß begrüßen.» Aber dann klappte er gleich die Harmoniekiste auf, daß die Scharniere krachten, und ist auf die «Der-Lehrer-ist-euer-bester-Kumpel»-Tour umgestiegen. Wir sollten ihm von uns erzählen, damit er uns besser kennenlernen könnte.

Viel herausgekommen ist dabei nicht. Geredet hat eigentlich nur er – und die ganze Zeit von sich. Wie schwer er in unserem Alter bereits schuften mußte auf dem Hof seiner Eltern. Mit den Hühnern aus dem Bett, jawohl! Ausschlafen hätt's da nicht gegeben.

Und dann das Melken. Acht Kühe morgens und abends. Natürlich noch mit der Hand. Von der Feldarbeit ganz zu schweigen.

Ich hab dummerweise mal wieder zu laut geflüstert: «Wär er doch bei seinen Rindviechern geblieben!» Da war's vorbei mit dem freundlichen Getue.

Zu Hause regen sich Mutti und Omi, die viel bei uns rumhockt, wenn sie nicht auf Reisen ist, ganz fürchterlich auf über die «Grafenbank», und Omi schimpft: «Das ist ja wie im Dritten Reich! Dieselben Vorurteile!» Nur weil sie adelig war, mußte sie nämlich im Arbeitsdienst die Klos scheuern. Mutti will gleich zum Schulleiter. Von wegen Diskriminierung und so. Aber Papi lacht nur darüber.

«Macht doch nicht so einen Wirbel. Charlotte kann sich ganz gut alleine wehren. Vielleicht wollte der Lehrer ihr ja nur die Sporen geben, um sie aus ihrem Phlegma aufzurütteln.»

Sporen geben! Papi liebt solche Vergleiche. Dabei ist es bestimmt tausend Jahre her, daß er auf einem Pferd gesessen hat. Über der ganzen Aufregung haben Mutti und Omi total meine schlechte Note vergessen. Aber Papi nicht. Er macht bereits sein Im-Namen-des-Volkes-Gesicht. «Jetzt möchte ich von dir wissen, Charlotte –»

Ich falle ihm gleich ins Wort: «Ehe ich's vergesse, Papi, im Gästeklo tropft der Wasserhahn.»

«Was? Schon wieder?« Er steht sofort auf und

sucht nach seiner Zange. Mit tropfenden Wasserhähnen hat er 'nen richtigen Tick. Jedesmal kriegen wir zu hören, wie viele Millionen Liter Wasser durch tropfende Hähne vergeudet werden. Mutti muß sogar im Badezimmer das Spülwasser aus der Waschmaschine in der Badewanne sammeln, damit es noch mal fürs Klo gebraucht werden kann. Mutti schämt sich halb zu Tode. «Das wird wirklich langsam zur Marotte bei dir, Karl Albrecht.»

Seitdem ein Gast sich beklagte, eines von uns Kindern hätte wohl vergessen, nach dem Baden den Stöpsel aus der Wanne zu ziehen, gibt sie jetzt jedem Besucher langatmige Erklärungen ab.

Ich verziehe mich schnell in mein Zimmer, das ich mit Anna-Sofie teilen muß, und erwische sie an meinem Schreibtisch. «Was machst du da?» frage ich scharf.

«Ich brauche Buntstifte.» Sie wühlt ungeniert weiter.

«Aber nicht meine!» Ich reiße sie ihr wieder aus der Hand und sehe sie mit weit aufgerissenen Augen durchbohrend an.

Sie weicht zurück. «Du darfst mir keine Angst machen! Ich bin in der Vorpubertät. Hat Mutti gesagt.»

Wahrscheinlich denkt sie, das ist eine schwere Krankheit oder so was. Daran ist nur Mutti schuld. Sie sagt immer, ich müßte jetzt mehr Verständnis für meine kleine Schwester haben. Von dieser Vorpubertät kämen auch ihre Angstträume und das nächtliche Aufschreien. Da kann man ja nur lachen! Die schlechten Träume hat sie von den Horrorfilmen, die sie heimlich sieht, wenn die Eltern nicht da sind. Nur Tieren darf auf dem Bildschirm nichts passieren; dann hält sie sich die Augen zu.

Und wer hat Verständnis für mich? Zum Beispiel, daß ich viel lieber ein Zimmer für mich allein hätte wie Andrea.

Unser Zimmer ist wirklich der reinste Zoo. Auf der Kommode blubbert ein Aquarium vor sich hin. Im Käfig rackert sich der Goldhamster auf seinem quietschenden Tretrad ab. Das Zwergkaninchen mümmelt im Schuhkarton an einer Mohrrübe, und die Schildkröte Else kriecht gerade unter dem Schreibtisch hervor. Sie sieht wie ein übergroßer Marienkäfer aus. Anna-Sofie hat den Panzer mit roter Farbe bestrichen, damit man sie bei ihren Ausflügen im Garten wiederfindet.

«Später, später», heißt es immer beschwichtigend, sobald ich was von einem Zimmer sage. «Wenn du älter bist.»

Mal ist man zu jung, mal zu alt. Gerade, wie es paßt.

Andrea hat kein Mitleid mit mir. «Noch 'n richtiges Baby mit 'm Daumen im Mund, wenn's keiner sieht.»

Ich gehe langsam mit starrem Blick auf Anna-Sofie zu, die sich schon wieder an meine Buntstifte ranmachen will. Sie rennt kreischend aus dem Zimmer. Ich habe ihr nämlich erzählt, daß ich hypnotisieren kann, das hätte ich aus einem Buch gelernt. Dann müßte sie alles tun, was ich von ihr verlange. Sogar gebratene Leber essen, noch ganz blutige. Davor ekelt sie sich furchtbar. Kaum ist sie raus, da kommt Ferdinand angetrottet, seinen Teddy im Arm. «Erzähl mir die Geschichte vom Tigerbaby», verlangt er.

«Erzähl sie dir doch selbst», sage ich mürrisch. Aber er hat sich schon auf meinem Schoß breitgemacht. Ich erzähle ihm eine Geschichte, aber eine ganz andere. Von einem Mäusebaby, das nachts in seinen offenen Mund gekrochen ist und sich in seinem Magen ein Nest gebaut hat. Er quietscht vor vergnügtem Entsetzen. Ich kitzle ihn noch ein bißchen und schiebe ihn dann zur Tür raus.

Unter meinem Kopfkissen hole ich mir eine Tafel Schokolade und werfe mich dann krachend aufs Bett. Wenigstens die Schokolade hat Anna-Sofie noch nicht entdeckt. Ich schiebe genüßlich Stück für Stück in den Mund und lege meine Hand auf den Bauch. Ganz schön rund ist der. «Lymphatisch», sagt Mutti. «Backfischspeck», meint Omi. «Das verliert sich.»

«Pures Fett», findet Papi. «Hoffentlich wird nicht eine zweite Tante Monika aus dir, für die extra ein Stuhl angefertigt werden mußte, damit sie in den Armlehnen nicht steckenblieb.»

«Wer im Glashaus sitzt ...» sagt Mutti.

Ich bin wirklich ziemlich dick. Aber auch ziemlich groß für meine zwölf Jahre. Ein weiblicher Goliath, sagt Papi. Akzeleriertes Wachstum nennt es der Schularzt. Die Waage ächzt, wenn ich mich draufstelle. Ferdinand hat im Kindergarten ein Bild von mir gemalt. *Meine Schwester Charlotte* hat irgend jemand für ihn daruntergeschrieben. Voll getroffen, sagen alle. Aber so abstehende Ohren hab ich wirklich nicht, auch keine X-Beine.

«Deine Beine können sich jetzt schon sehen lassen», sagt Omi. Ich sehe an meinen Beinen hinunter auf die Schuhe. Die regen nun Omi wieder auf. «Warum putzt ihr euch die eigentlich nie? Das Leder ist völlig ausgetrocknet und ganz rissig. Da kann ja kein Schuhwerk halten. Sag doch auch mal was, Karl Albrecht.»

Aber Schuhe interessieren Papi nicht. «Ich hab wirklich andere Sorgen.»

Die hab ich auch. Wir müssen schon wieder einen Hausaufsatz schreiben. *Zahlen, hinter denen Menschen stehen.*

«Ihr habt die Wahl», hat Peter Sommer gesagt. «Arbeitslose, Behinderte, Randgruppen. Was ihr wollt. Schicksale will ich hören.»

Während das letzte Stück Schokolade in meinem Mund zergeht, setze ich mich an den Schreibtisch und hole mein Aufsatzheft raus. Was läßt sich schon zu so einem blöden Thema sagen? Vielleicht sollte ich mal den Penner befragen, den wir öfter in Serengeti aufstöbern. Wenn der nämlich nüchtern ist, läßt es sich echt gut mit ihm quatschen. Doch dann kommt mir eine andere Idee.

Neulich gab's im Fernsehen einen alten Kinofilm: «Nacht über Gotenhafen». Mutti wollte uns wie immer ins Bett schicken, aber Papi war gerade auf einer Dienstreise, und Omi sagte: «Laß sie doch, dann kriegen sie mal eine Ahnung, was wir so mitgemacht haben.»

Zuerst war's nur eine ziemlich öde Liebesgeschichte. Mit viel Theater um ein uneheliches Kind. Aber zum Schluß wurde es dann echt grausig. Mit Treckwagen auf dem Eis im Schneesturm und Flüchtlingen, die zu Tausenden auf der «Wilhelm Gustloff», eine Art Traumschiff der Nazis, vor den Russen fliehen wollten. Doch in der Nacht auf hoher See wurde der Dampfer von russischen Torpedos getroffen. Während das Schiff langsam wegsackte, sah man ein kleines Kind ganz allein an der Reling stehen und auf die ertrinkenden Menschen in dem eisigen Wasser starren.

Omi bekam ganz blanke Augen und sagte immer wieder: «Ist es nicht furchtbar, ist es nicht furchtbar? Wenn ich denke, daß euer Vater kaum älter war als dieses Kind im Film, als er und Onkel Ulrich sich ganz allein durchschlagen mußten.»

«Wieso?» sagt Andrea und will schnell umschalten, weil es auf dem anderen Kanal gerade einen spannenden Film mit Robert Redford gibt. Aber

Mutti ist fixer. Sie hat den Apparat bereits ausgeschaltet.

Omi ist ganz erstaunt: «Wissen denn die Kinder nichts davon, Edith?»

«Ein bißchen schon», sagt Mutti. «Aber Karl Albrecht spricht nicht gern darüber.»

Omi hat uns dann alles haargenau erzählt. Wenn das kein Thema ist! Während ich schreibe, erlebe ich alles mit.

Der Treck steht schon abmarschbereit auf dem Gutshof. Aber unsere Großmutter zögert noch, mit ihren beiden Jungen auf einen der Wagen zu steigen. «Wo euer Vater nur bleibt. Er müßte längst aus der Kreisstadt zurück sein», sagt sie zu Onkel Ulrich, der damals wohl so alt war wie ich. Papi war erst fünf.

Der Treckführer drängt zur Eile. «Da sind bestimmt schon die Russen, Frau Baronin. Wir müssen los, sonst kommen wir in die Dunkelheit, und es sieht ganz so aus, als ob wir Schnee kriegten.»

«Nimm den Einspänner, Ulrich», entscheidet schließlich unsere Großmutter, «und fahr mit deinem Bruder voraus. Wir kommen nach.»

Der Wagen wird angespannt. Ulrich läuft ins Haus und holt sich sein Tesching; dann klettern die Brüder auf den Wagen. Der Treck setzt sich in Bewegung.

«Adieu Haus, adieu Park, adieu Hof, adieu Scheune!» ruft Papi. Es ist ein altes Spiel. Sie spielen es jedesmal, wenn sie wegfahren.

«Halt endlich die Klappe, und knöpf dir den Mantel zu», sagt Ulrich.

Ich stelle mir vor, wie das sein muß, bei zwanzig Grad unter Null auf einem offenen Pferdewagen zu sitzen, wo ich mich schon halb totfriere, wenn bei uns im Winter nur mal für einen Tag die Heizung ausfällt.

Sie erreichen nicht mal das nächste Dorf. Der Krieg ist schneller. Panzer fahren in den Treck. Das totale Chaos bricht aus. Ulrich schafft es, mit dem Einspänner auf einem Feldweg zu entkommen. Sie verstekken sich in einem Wäldchen und warten ab, bis es Tag wird. Dicht aneinandergeschmiegt schlafen sie ein. Sie wachen auf, weil das Pferd erschreckt wiehert. Jemand versucht gerade, es zu klauen. Onkel Ulrich stürzt sich auf den Dieb. Es kommt zu einem wilden Handgemenge. Endlich gelingt es Ulrich, sich loszureißen. Er greift nach dem Gewehr und erschießt den Räuber.

Auf Schleichwegen fahren sie zu dem Gut ihres Onkels Robert. Aber dort ist niemand mehr. Zwei Tage warten sie in dem verlassenen Haus auf ihre Eltern, dann beschließt Ulrich, allein weiterzufahren. Tagelang sind sie unterwegs. Ulrich organisiert Futter für das Pferd und sorgt für seinen Bruder, damit er ihm unterwegs nicht erfriert. Endlich landen sie bei ihrer Großtante Anni in Hannover.

Als ich den Aufsatz zurückbekam, hat Peter Sommer

gesagt, mit mir wäre wohl ein Wunder geschehen. Wenn ich dafür keine Eins bekäme, dann nur, weil ich grundsätzlich bei jedem dritten Wort den letzten Buchstaben weggelassen hätte. Das wäre wohl meine besondere Note. Dann will er wissen, was aus Onkel Ulrich und Papi geworden ist. Und ob sie ihre Eltern wiedergefunden haben.

Ich schüttle den Kopf. «Meine Großeltern sind umgekommen.»

Zu Hause habe ich natürlich gleich von meiner fabelhaften Note erzählt. Mutti war hell begeistert und sagte immerfort zu Papi: «Lies doch mal, Karl Albrecht.» Aber Papi hatte irgendwie keine Lust. «Sehr schön, sehr schön», murmelte er nur zerstreut, «aber so, wie ich meine Tochter kenne, hat sie sich bestimmt die Hälfte aus den Fingern gesogen.»

Ich war natürlich wahnsinnig beleidigt. «Kein Wort. Omi hat's mir so erzählt.»

«Ach so», sagte Papi. «Na ja, die muß es ja wissen.»

«Weiß sie auch», sagte Mutti, «und ich verstehe wirklich nicht, warum du daraus immer so ein Geheimnis machst.»

Den nächsten Aufsatz habe ich natürlich prompt wieder verhauen.

Aber Peter Sommer war diesmal ganz milde und meinte bloß: «Ja, ja, eine Schwalbe ...»

Von seinen Kühen hat er nie mehr gesprochen.

4. Die blaue Grotte

Frau Fröhlich, unsere Nachbarin, hat einen starken Glauben. Sie glaubt an alles mögliche: an die Kraft ihres speziellen Heilöls, an das Glück im Spiel, an übersinnliche Kräfte, an Träume, an ewige Liebe. «Meine Edelgard hat mir den Glauben an die Menschheit wiedergegeben», hat der verstorbene Herr Fröhlich oft zu uns gesagt. Der war ihm in seinem Beruf echt verlorengegangen. Herr Fröhlich war nämlich Beamter im Knast. «In einer Strafvollzugsanstalt», verbessert Mutti.

Er war so schweigsam wie ein Kanarienvogel, dem eine Decke über den Käfig gestülpt worden ist. Nur ab und zu nickte er vor sich hin und sagte: «In so einer Anstalt, da kommst du echt ins Grübeln. Ist das Böse vielleicht gut und das Gute gemein? Nach so vielen Jahren weißt du das selbst nicht mehr.»

Nur wenn wir ihn sehr gedrängt haben, erzählte er uns ein bißchen, wie streng es früher war, als sich die Häftlinge noch heimlich aus Niveadosen Radios bastelten, um ein bißchen Abwechslung zu haben.

Heute gäb's ja schon in jeder Zelle Radio, und als nächstes würden die Herren wohl auch Fernseher bekommen.

Aber auch der härteste Verbrecher müßte irgendwann mal über seine schreckliche Tat reden. «Dann ziehste noch ein bißchen an der Zunge, und schon kriegst du jede Einzelheit zu hören.»

Vor dem ruhigen Herrn Fröhlich, der gar nicht nach einem Bullen aussah, hatte selbst Hänschen Naumann Dampf. Der konnte ihn so angucken, so ganz ruhig, daß ihm richtig schummerig wurde.

Herrn Fröhlichs Hobby waren die Piepmätze, die ja von der Umweltverschmutzung auch so bedroht sind. Er war Mitglied des Vogelschutzbundes und versuchte nach Feierabend unter dem Motto «Was piept denn da?» den Bürgern die einheimische Vogelwelt näherzubringen.

Seine Führungen durch Parks und über Friedhöfe waren sehr beliebt, obwohl er oft fast verzweifelte, weil die Leute nicht mal einen Spatz von einer Meise unterscheiden konnten. Nur Anna-Sofie lobte er immer. Sie war seine beste Schülerin und rasselte bald sämtliche Meisenarten runter: Bartmeise, Beutelmeise, Schwanzmeise, Haubenmeise, Sumpfmeise, Weidenmeise, Blaumeise, Kohlmeise, Tannenmeise ...

«Du hast auch 'ne Meise», sagte Hänschen, packte sie im Genick und schüttelte sie. «Nächstens fängst du selber noch an zu piepsen wie so 'n Vogel.»

Bei einer seiner Führungen hatte Herr Fröhlich dann seine Edelgard kennengelernt.

«Die Nachtwanderungen waren wohl besonders beliebt», sagt Papi jedesmal, wenn wir darüber reden.

Frau Fröhlich war damals noch Friseuse und machte die Führung eigentlich nur aus Jux mit. Aber sie hat gleich gemerkt, was Herr Fröhlich für ein Mensch war. Ein ernster, wertvoller nämlich.

Fünfzehn Jahre sind sie verheiratet gewesen. «Und da geht er einfach hin und stirbt, schläft im Sessel ein und wacht nicht mehr auf. Herzversagen hat der Arzt festgestellt. Ein schöner Tod», seufzt Frau Fröhlich.

Die ersten Wochen verkroch sie sich mit ihrem Kater Mummel ganz in ihrem Haus und wollte niemand mehr sehen. Nur ich durfte sie manchmal besuchen, weil ich ihren Nußkuchen so liebe. Ich hab dann im Wohnzimmer gesessen, den Kuchen gegessen, und sie hat, mit Mummel auf dem Schoß, halblaut vor sich hin gesprochen. Daß der größte Schmerz keine Tränen kennt und daß man anderen eher verzeihen kann als sich selbst. Der Kater schnurrte friedlich, und ich hab mich bemüht, nicht auf den schönen blauen Teppich zu krümeln.

Blau ist Frau Fröhlichs Lieblingsfarbe. Gardinen, Sesselbezüge, Tischdecke, Teppich – alles ist blau, sogar der künstliche Vogel, der in einem Käfig sitzt. Papi hat deshalb ihr Wohnzimmer auch «die blaue Grotte» getauft.

Sie hört sich immer wieder die schönsten Vogelstimmen vom Band an, die Herr Fröhlich im Lauf der Jahre aufgenommen hat.

Manchmal konnte man sogar im November, wenn der Regen herunterprasselte, aus ihrem Haus eine Nachtigall ganz wundervoll singen hören.

«Das greift einem ja direkt ans Herz», sagte Opa Naumann.

Aber dann hat sie sich wieder gerappelt, und Frau Reimer sagte: «Jetzt macht die Edelgard sich die Haare wieder hübsch. Jetzt hat sie's überstanden.»

Frau Fröhlich fing wieder an, in ihrem Häuschen als Friseuse zu arbeiten. Nur so aus Spaß, denn «nötig hat sie's nicht», sagt Frau Reimer. «Ihr Mann war ja Beamter.»

Die ganze Siedlung geht zu ihr, und auch Mutti läßt sich von ihr die Haare machen. Frau Fröhlich weiß Bescheid, was in der Siedlung so passiert. Aber kein Wort kommt über ihre Lippen. Dafür erzählt sie lieber von den Friseuren, unter denen sie früher arbeiten mußte, bevor sie Herrn Fröhlich heiratete. Der eine war ein richtiges Ekel, ein echter Macho. Wenn der sagte: «Heute haben wir unseren Färbetag», wagte die Kundin nicht zu mucksen. Reifere Damen kommandierte er gern herum: «Nu mal aufgestanden, zack, zack!»

«Und die haben sich das gefallen lassen?» fragt Mutti ungläubig.

Frau Fröhlich nickt. «Der konnte sich das leisten.

Ich frag mich nur, warum. Die ganze Haarpracht hielt höchstens einen Tag.»

Seit Herrn Fröhlichs Tod beschäftigt sie sich viel mit dem Übersinnlichen, und was Träume einem sagen und ankündigen wollen. «Bis jetzt», behauptet Frau Fröhlich, «ist tatsächlich alles eingetroffen.»

Einmal ist sie im Traum auf dem Meer gerudert. Plötzlich hat es im Wasser gezischt und gebrodelt. Eine Insel ist aufgetaucht und gleich darauf noch eine. Als sie am nächsten Morgen in den Garten ging, war der voll von Maulwurfshaufen. Und dann die Sache mit ihrem Haus, das sie im Traum nicht wiederfinden konnte. Ganz verzweifelt suchte sie und wachte schließlich darüber auf. Und was ist danach passiert? Sie hat ihre Hausschlüssel verloren und vor der verschlossenen Tür gestanden.

«Was ist ‹übersinnlich›, Papi?» frage ich beim Sonntagsfrühstück.

Papi holt das Lexikon. «Das Wahrnehmen der seelischen Vorgänge eines anderen Menschen ohne Vermittlung der Sinnesorgane», liest er uns vor.

«Auch bei Tieren?» fragt Anna-Sofie.

«Sicher auch bei Tieren», bestätigt Papi und klappt das Lexikon zu. «Ist noch Kaffee da?»

Mutti steht auf. «Mit der Wahrnehmung der seelischen Vorgänge eines anderen Menschen tust du dich leider sehr schwer. Auch ich hatte übrigens heute einen sehr aufschlußreichen Traum.»

«Ich will Kaukau», quengelt Ferdinand.

«Dann erzähl ihn uns.» Papi ist durch die knusprigen Brötchen gnädig gestimmt.

«Krieg ich heute keinen Pampelmusensaft?» beschwert sich Anna-Sofie.

«Also, mein Traum.» Mutti sieht uns ganz merkwürdig an. «Ich lag noch gemütlich im Bett, und trotzdem war schon alles gemacht: der Frühstückstisch gedeckt, die Orangen ausgedrückt, die Eier gekocht, der Mülleimer rausgetragen, die Spülmaschine ausgeräumt.»

«Nicht schwer zu deuten.» Papi beißt krachend in ein Brötchen. «Du hast von den Heinzelmännchen geträumt.»

«Ach, wirklich?» sagt Mutti gedehnt.

Im Herbst träumte Frau Fröhlich, Mummel sei von unserem Ahorn erschlagen worden. Papi beruhigte sie, so gut er konnte. «Wer wird denn gleich an das Schlimmste denken, liebe Frau Fröhlich.» Er kappte einen großen Ast, der über ihren Gartenzaun hing. Frau Fröhlich, angetan mit einem blauen Rock und einer blaugefärbten Kaninchenjacke, sah ihm dabei zu.

«Nun fällt auch nicht mehr so viel Laub auf Ihren Rasen.»

Aber Blätter sind Frau Fröhlich egal. Ihr Garten ist nicht gerade der gepflegteste, sehr zum Ärger der anderen Nachbarn, die fast mit der Pinzette das Unkraut aus dem Rasen zupfen und schimpfen: «Wir kriegen den ganzen Löwenzahnsamen über den Zaun!» Dafür fühlen sich die Vögel um so wohler, weil sie dort ungestört ihre Nester bauen und brüten können.

Frau Fröhlichs Angst vor dem Ahornbaum ist für sie zu einem richtigen Alptraum geworden, und von dem kann nur Papi sie erlösen. Beharrlich verfolgt sie ihn und redet auf ihn ein, bis er schon flieht, wenn er drüben nur die Haustür klappen hört. Einmal ist er sogar durch die Hecke rüber zu Opa Naumann gekrochen. Der hat sich ganz fürchterlich erschrocken, als Papi da so plötzlich angewühlt kam.

In der Siedlung munkelt man, Frau Fröhlich wäre jedes Mittel recht, um den Baum umzubringen. Als wir nicht da waren, soll sie etwas über den Zaun geschüttet haben, genau da, wo er steht. Wahrscheinlich Streusalz, für jeden Baum das reinste Zyankali.

«Dem Ahorn scheint es gut bekommen zu sein», meint Papi und betrachtet zufrieden die vielen Triebe am Baum.

«Ist doch nur Klatsch und Tratsch», sagt Mutti. «Ich kenne die Siedlung.»

Papi ist ganz ihrer Meinung. «Warum sollte unser Baum ausgerechnet auf diesen dusseligen Kater fallen? Etwas exaltiert ist sie wirklich – und einfach zu dick.»

«Was hat denn das eine mit dem anderen zu

tun?» Mutti mustert anzüglich seinen Bauch. «Du bist ja auch nicht gerade eine Tanne.»

Papi versucht, seinen Bauch einzuziehen. «Bei einem Mann ist das ganz was anderes. Laßt wohlbeleibte Männer um mich sein, heißt es schon bei Shakespeare.»

«Aber nicht bei mir. Ich hätte dich lieber schlanker.»

«Und das sagst du mir einfach so ins Gesicht?» Papi ist tief gekränkt.

«Einfach so», bestätigt Mutti lächelnd. «Von mir erwartest du ja auch, daß ich nicht aus dem Leim gehe.»

«Mich mit Frau Fröhlich zu vergleichen!»

«Die hat wenigstens einen Grund, so dick zu sein. Bei ihr ist es Kummerspeck. Aber du, du bist einfach nur verfressen.» Mutti kann ganz schön fies sein. Aber es stimmt, dauernd ist Papi am Eisschrank zugange. Und mäklig ist er, nicht zu sagen. Er schnuppert an der Butter. Riecht sie nicht schon ein wenig ranzig? Und an dem Käse. Der hat wohl auch seine beste Zeit bereits hinter sich.

«Ich bin eben ein Feinschmecker, im Gegensatz zu euch», behauptet er. «Das hat auch was mit Kultur zu tun.» Und schon ist der teure Lachs wie durch Zauberhand in seinem Mund verschwunden.

«Was hat Frau Fröhlich schon für Kummer! Bestimmt hat sie nicht mehr auszustehen als ich auf dem Finanzamt.»

«Bis auf die Kleinigkeit, daß sie ihren Mann im vorigen Jahr verloren hat.»

«Richtig, den Vogelhändler.» Das ist wieder so einer von Papis Scherzen, über die nicht mal Ferdinand lachen kann. «Ich frag mich nur, warum sich diese Vogelfreunde ausgerechnet einen solchen Mordskater als Haustier anschaffen mußten. Dann hätten sie sich ja gleich einen Habicht halten können.»

«Mummel ist viel zu alt, um Vögeln nachzujagen», sagt Mutti.

«Stimmt», erinnert sich Papi. «Seitdem er irgendwo Rattengift genascht hat, besitzt er ja wohl keine Zähne mehr. Jedenfalls habe ich ihn neulich beobachtet, wie er vergeblich versuchte, eine Maus zu fressen. Es konnte einen jammern, wie verzweifelt er auf dem Tier rumkaute und es schließlich doch liegen lassen mußte. Ich dachte, er nimmt sich das Leben.»

«Du sollst dich nicht immer über Mummel lustig machen», sagte Anna-Sofie verdrossen.

Papi ist nicht zu bremsen. «Vielleicht sollte man ihm eine Prothese verpassen. Oder eine Transplantation.»

Anna-Sofie springt auf. «Du bist widerlich, Papi!»

Papi kuckt ganz unschuldig. «Wieso? Weil ich mir Gedanken um das arme Tier mache? Also, diese Transplantation», sagt Papi, der mit seiner Geschichte mal wieder kein Ende finden kann, «da müßte man –»

Weiter kommt er nicht, denn Frau Fröhlich stürzt in unseren Garten. Aber diesmal geht es nicht mehr um den Baum. Frau Fröhlich ist in großer Sorge wegen Mummel. Sie wollte, wie immer, mit ihm auf den Friedhof gehen, um die Blumen auf Herrn Fröhlichs Grab zu gießen. Und nun kann sie den Kater nirgends finden. Sie läßt sich von Mutti trösten und zieht dann schließlich ohne ihn los. Gegen Abend kommt sie noch einmal. Mummel hat sich immer noch nicht angefunden. Papi ist jetzt richtig nett zu ihr. «Wahrscheinlich ist er hinter einer Braut her», tröstet er sie. «Sie wissen doch, wie wir Männer so sind.»

Zwei Tage vergehen. Von Mummel keine Spur. Dann sehen Anna-Sofie und ich auf dem schmalen Fahrradweg, der von der Siedlung durch das ehemalige Schrebergelände führt, eine tote Katze liegen. Kein Zweifel, es ist Mummel. Einer von diesen rasenden Motorradfahrern, die hier verbotenerweise durchbrausen, so ein Todesengel, muß ihn überfahren haben. Wir holen Papi, der gerade aus dem Büro gekommen ist. Er packt Mummel in eine Plastiktüte, und wir beerdigen ihn zwischen wilden Rosen und Holunderbüschen.

«Frau Fröhlich sagt ihr lieber nichts», warnt uns Papi. «Es wäre ein zu großer Schock für sie.»

Am Morgen darauf kommt Frau Fröhlich strahlend zu uns mit einer Katze im Arm. Sie hat es den ganzen Abend vorher schon gefühlt, daß Mummel wiederkommen wird, und davon geträumt, wie er auf ihr Bett springt.

Aufs Bett ist er ihr zwar nicht gesprungen, aber im Garten hat er gesessen, der Schlingel.

Wir mußten den Kater von allen Seiten bekucken. Mummel, wie er leibt und lebt. Aber wen haben wir dann begraben? Um wen getrauert? Papi beobachtet, wie Mummel sich über eine Feldmaus hermacht. Wird er das Tier fressen können? Als der Kater sich beobachtet fühlt, wirft er Papi einen schrägen Blick zu, läßt die Maus liegen und verzieht sich.

«Vielleicht sollte man ihm mal ins Maul kucken», schlägt Andrea vor. «Ob er noch Zähne hat.»

«Oh, rühret, rühret nicht daran!» sagt Papi.

Dafür rührt sich was anderes. Während eines Herbststurmes bricht ein großer Ast vom Ahornbaum ab und stürzt zwar nicht gerade auf den Kater, aber dafür auf Papis neues Auto, das ausnahmsweise auf der Straße und nicht in der Garage gestanden hat.

5. Der Findling

«Ein weiblicher Franz von Assisi», seufzt Papi, wenn Anna-Sofie ihn im Garten bewacht, damit er keine Maulwurfsfallen aufstellt. Er deutet anklagend auf einen schwarzen Hügel, der gerade aus dem Rasen wächst. «Seht euch das an. Nächstens darf ich nicht einmal mehr die Rosen spritzen, weil ihr die Läuse leid tun. Wir hätten sie Franziska taufen sollen.»

Anna-Sofie pflegt die Meerschweinchen ihrer Freundinnen gesund, führt Hunde von berufstätigen und alten Leuten spazieren und behängt den Garten mit Meisenringen und Vogelhäuschen.

In Tierkreisen muß es sich herumgesprochen haben, daß sie so ein Tiernarr ist. Vielleicht machen sie ja auch mit der Kralle ein Zeichen an die Haustür wie früher die Bettler. Jedenfalls sind wir zeitweilig das reinste Obdachlosenasyl für zugelaufene Viecher. Sorgar ein kleiner Affe saß schon mal in unserem Ahornbaum.

Ein rabenschwarzes Zwergkaninchen thronte wie ein böser Geist vier Wochen lang zwischen Ferdinands Spielzeugautos, die zu Hunderten in seinem Zimmer herumliegen, so daß man eigentlich nur auf Zehenspitzen laufen kann, und versetzte sein Meerschweinchen in Angst und Schrecken. Das Zwergkaninchen schien sich in diesem Müll von Plastik äußerst wohl zu fühlen und verteidigte sein Revier mit großer Wut. Jetzt lebt es bei einer reichen Witwe, die Anna-Sofie als Adoptivmutter genehmigt hat. Es springt ihr wie ein Hund auf den Schoß, und sie nimmt es überall auf Reisen mit. Sogar in Mallorca war es schon.

«Dieses Tier kennt Hotels», sagt Papi, «die unsereins nicht mal vom Ansehen bezahlen kann.»

Im großen und ganzen nehmen die Eltern Anna-Sofies Macken gelassen hin. «Es ist doch schön, daß unsere Süße so ein gutes Herz hat.»

Nur einmal flippte Mutti aus, als ein herrenloser Wellensittich durchs Haus flatterte, ein ausgesprochen intelligenter Vogel, den Papi sofort in sein Herz schloß, weil er sich bei jedem Telefongespräch auf den Hörer setzte und wie rasend auf die Sprechmuschel hämmerte, so daß man kein Wort mehr verstehen konnte.

«Besser als jeder Gebührenzähler», sagte Papi befriedigt.

Ausgerechnet am letzten Advent fiel der Vogel beim Essen in die Tomatensuppe und versaute Muttis bestes Tischtuch total. Mit triefenden Federn hüpfte er ziemlich benaut über den Tisch.

«Die Spur des Falken», sagte Papi.

Natürlich mußte der Vogel sofort, jetzt gleich, auf der Stelle aus dem Haus, und Anna-Sofie fand für ihn eine neue Bleibe bei unserem früheren Postboten.

In der Weihnachtszeit ist Mutti besonders nervös; da darf man ihr nicht mit Toleranz kommen. Da steht sie echt auf dem Schlauch. Regelmäßig verkündet sie: «Diesmal hetze ich mich nicht wieder so für euch ab. Am Heiligabend gibt's Kartoffelsalat mit Würstchen oder meinetwegen auch Pommes frites, und an den Feiertagen eine schöne Rindfleischsuppe. Auch mit dieser unsinnigen Schenkerei ist endgültig Schluß. Man packt und schreibt und schreibt und packt, und wenn man Glück hat, kriegt man zu Ostern eine Dankeskarte für etwas, das man gar nicht geschenkt hat.»

«Und was war in den vielen Päckchen, die ich gestern zur Post mitnehmen mußte?» wollte Papi interessiert wissen.

Nach dem dritten Advent fetzt sie dann los. Sie schleppt Unmengen von Lebensmitteln heran und beklagt sich, daß ihr mal wieder kein Mensch beim Tragen hilft.

«Sind das die Zutaten für die Rindfleischsuppe?» fragt Papi und versucht vergeblich, eine überdimensionale Pute in der Gefriertruhe zu verstauen.

Mutti sieht ihn unwillig an. «Ich weiß nicht, was

du willst. Es ist immer gut, ein paar Vorräte im Haus zu haben.»

Dann kriegen sie sich in die Haare, weil er mal wieder Kalender vom Alpenglühen bis zum Palmenstrand auf seinem Schreibtisch hortet und keinen herausrücken will.

«Die waren schließlich an mich adressiert.» Er streicht über ein besonders scheußliches Titelbild. «Ist das Mädchen nicht hübsch?»

«Was willst du bloß damit?» schimpft Mutti. «Deine Schubladen sind noch voll vom letzten Jahr. Ich brauche einen für die Küche. Aber ich habe wirklich keine Lust, mit dir darüber zu diskutieren. Geht jetzt lieber und holt endlich einen Weihnachtsbaum.»

Streß gehört nun mal zur Weihnachtszeit. Ferdinand malt, schneidet aus und bekritzelt bis zur Erschöpfung im Kindergarten jede Menge Sternchen. In der Schule kommen wir vor lauter Bastelbasaren, Adventsfeiern und Krippenspielen zu nichts anderem, und Anna-Sofie mault, weil sie nicht mehr die Maria spielen darf. Ihre schlechte Laune sieht man ihr schon von hinten an. An der Art, wie die Haare herunterhängen. Sie ist für ihre acht Jahre noch ziemlich klein. Um so größer sind ihre Augen. Ein richtiges Glubschgesicht.

«Hoffentlich hat sie von Tante Margot nicht einen Ansatz zu Basedow geerbt», sagt Mutti.

Papi beklagt sich, daß er noch mehr als sonst herumgescheucht wird. «Ich komme bloß noch nach

Hause, um irgend etwas zu heben, zu schieben, zu tragen oder beiseite zu rücken.»

Auch Omis Sprüche von der verlorengegangenen Tugend der Bescheidenheit dürfen nicht fehlen. In ihrer Kindheit war ein Wunderknäuel oder ein bißchen Knete schon das höchste der Gefühle. «Ja, ja, der Sinn des Weihnachtsfestes geht immer mehr verloren.»

Omi macht voll auf Konsumverzicht, ist aber sehr beleidigt, wenn wir uns ihre Predigt zu Herzen nehmen und ihr nur einen Kugelschreiber oder eine hübsche Kerze schenken.

«Kerzen hab ich nun wirklich genug. Wir leben doch nicht mehr 1945.»

Im letzten Jahr kam noch dazu, daß Mutti am Heiligen Abend die ganze Zeit darauf wartete, daß irgend etwas Furchtbares passieren würde.

«Ich weiß nicht, Karl Albrecht, irgend etwas passiert heute noch. Ich hab's im Gefühl.»

«Deine Mutter wird bestimmt nicht wieder beim Schmücken in den Weihnachtsbaum fallen», beruhigte Papi sie.

Das Programm lief wirklich reibungslos ab. Der Baum nadelte schon, wenn man ihn nur scharf ansah; Anna-Sofie mühte sich auf der Blockflöte mit «Ihr Kinderlein kommet»; Ferdinand fegte Maria und Josef samt Christuskind aus der Krippe und stellte seine Autos in die «sicke» Garage; und Andrea mäkelte an ihrer neuen Hose herum. «So eng trägt man sie nicht mehr, Mutti.»

«Aber vor vier Wochen hast du noch gesagt... Also gut, tauschen wir sie eben um.»

Dann gab es etwas im Fernsehen, das wir auf keinen Fall verpassen durften. «Ach, Mutti, bitte laß uns.»

«Die Nachrichten würde ich auch gern sehen», sagte Papi.

Mutti blieb eisern. «Kommt nicht in Frage. Einmal im Jahr werdet ihr ja auch ohne den Kasten auskommen. Wir wollen lieber das neue Würfelspiel von Omi einweihen.»

Papi studierte die Gebrauchsanweisung. «Also, die ungeraden Zahlen kommen auf die roten Felder.»

«Unsinn», sagte Mutti, «laß mich mal sehen.»

Aus dem Garten hörten wir einen merkwürdigen Ton. «Klingt fast wie eine Kuh», sagte Papi, stand auf und ging zur Tür. Ferdinand flitzte hinterher. Nach einer Weile rief Papi: «Tatsächlich! Hier steht 'ne junge Kuh!»

Wir begaben uns ebenfalls in den Garten. Omi konnte nur den Kopf schütteln. «Das ist doch ein Ochse, Karl Albrecht. Und so was wie du stammt vom Lande.»

Es war mal wieder viel zu warm für die Jahreszeit. Es nieselte vom Himmel. Nur die Tannen mit ihren elektrischen Kerzen in den Gärten machten in

Weihnachtsstimmung. Der kleine Ochse sah uns melancholisch an.

«Sicher hat er Hunger.» Anna-Sofie ging Mohrrüben aus dem Keller holen. Papi verständigte die Polizei.

Der Streifenwagen war schnell zur Stelle. Die beiden Polizisten kuckten sich ratlos an. «Auf dem Schlachthof ist jetzt niemand mehr, und auf die Wache können wir ihn schlecht mitnehmen.»

Anna-Sofie, die inzwischen mit den Mohrrüben zurückgekehrt war, wollte wissen, wohin der Ochse gebracht werden sollte.

«In den Tierpark bestimmt nicht», sagte der Polizist. «Was machen wir bloß?»

«Er könnte in unserer Garage bleiben», schlug Anna-Sofie vor.

Die Polizisten waren sichtlich erleichtert. «Eine fabelhafte Idee, Kleine.»

«Und so bürgernah.» Papi grinste. «Mein armes Auto.»

Doch Anna-Sofie ließ ihre Haare gleich wieder ganz traurig hängen, und Papi gab nach.

«Meinetwegen kann der Wagen auf der Straße stehen. Aber nur für diese Nacht.»

Das Gerümpel – Fahrräder, Gartengeräte, Rasenmäher – wurde beiseite geräumt und der Ochse in die Garage getrieben. Dankbar leckte er uns die Hände. Ich erklärte Ferdinand, wo beim Ochsen die Filets sitzen, die er so gern mag. Anna-Sofies Lippen begannen zu zittern. «Muß denn der Ochse ins Schlachthaus, Papi?»

«Wie kommst du auf so was?» fragte Papi. «Wahrscheinlich ist er von einem Bauernhof ausgerissen, und die suchen ihn jetzt schon überall.»

«Hier gibt's doch gar keine Höfe», sagte ich.

«Am Stadtrand jede Menge. Papi wird sie sich aus dem Telefonbuch heraussuchen und der Reihe nach anrufen.»

«Aber wie willst du die im Telefonbuch ...» Ich verstummte. Papi eilte ins Haus. Nach einer Weile folgten wir ihm. Papi saß im Weihnachtszimmer, die linke Hand in meinen Weihnachtsteller gehängt, in der Rechten ein Buch.

«Hast du die Besitzer gefunden?» fragte Anna-Sofie erwartungsvoll.

«Was für Besitzer? Ach ja, natürlich. Ich habe wie wahnsinnig herumtelefoniert. Und stell dir vor, ich habe tatsächlich den Bauern erwischt, dem der Ochse gehört.»

«War er glücklich?» fragte Ferdinand.

«Er hat vor Freude geweint», sagte Papi. «Gleich morgen holt er ihn ab.»

«Was werden die mit ihm machen?»

Papi nahm ihn auf den Schoß. «Sie werden ihn umarmen und küssen und immer wieder sagen, wie schön es ist, ihn wiederzuhaben.»

Ferdinand blickte enttäuscht. «Kriegt er denn keine Dresche, weil er weggelaufen ist?»

«Ein bißchen vielleicht.» Papi zog ihn am Ohr.

Am nächsten Morgen gegen elf Uhr hielt ein Lastwagen vor unserer Gartenpforte. Papi hatte es sehr eilig, auf die Straße zu kommen. Er wechselte mit dem Mann ein paar Worte und winkte uns dann in die Garage. Anna-Sofie hatte auf dem Boden noch eine alte Klavierdecke der Chinesin gefunden und sie dem Ochsen übergehängt. Wir trieben ihn hinaus, und er kletterte brav über ein Brett auf den Lastwagen.

«Nun ist er bald wieder zu Hause», sagte Anna-Sofie zu dem Mann.

«So kann man es auch nennen», murmelte der. «Was ist mit der Decke?»

«Die kann er behalten», sagte Anna-Sofie. «Zur Erinnerung.»

Der Lastwagen ratterte mit unserem Weihnachtsgast davon. Anna-Sofie sang vor sich hin. Sie war glücklich. Als ich ein wenig später durch den Flur ging, hörte ich die Eltern im Eßzimmer miteinander reden. «Hältst du es wirklich für gut, dem Kind so was vorzuschwindeln? Wo wir ihnen doch dauernd predigen, immer die Wahrheit zu sagen!»

«Was ist schon Wahrheit? Wem nützt sie, und wer will sie hören?»

«Und so was ist nun beim Finanzamt!» sagte Mutti.

6. Beerdigung erster Klasse

In der Siedlung herrscht große Aufregung. Bei Frau Kulack ist eingebrochen worden. Noch dazu am Tage. Nicht mal zehn Minuten war sie weg, und schon ist es passiert. Erst hat sie gar nichts bemerkt, sondern sich nur gewundert, daß die Hintertür offenstand. Dabei hätte sie schwören können, daß sie abgeschlossen hatte. Aber zwei Tage später stellte sie fest: Ihr Gespartes war weg! Und sie hatte es doch so prima versteckt. Im Schrank unter der Wäsche. Frau Kulack sitzt ganz gebrochen bei uns in der Küche.

«Dieser Schreck! Umsonst gespart für die Beerdigung. Nun mach ich's nicht mehr lange, mein Jungchen», sagt sie zu Papi. »Wirst sehen. Das Herz, das Herz!»

«Aber, Frau Kulack», versucht Papi sie zu trösten. «Sie werden mindestens hundert. Vielleicht schnappen sie ja den Kerl.»

Auf der Polizei schütteln sie bloß den Kopf. Wie kann man nur so viel Geld zu Hause aufbewahren? Als Frau Kulack erzählt, daß das Geld für ihre

Beerdigung sein sollte, sind die Polizisten richtig erleichtert. «Ach so. Na, darüber machen Sie sich mal keine Sorgen. Die zahlt Ihnen sowieso die Krankenkasse. Irgendwie werden Sie schon unter die Erde kommen.»

«Ich will nicht irgendwie unter die Erde kommen.» Frau Kulack ist ganz entrüstet. «Ich will eine schöne Beerdigung.»

Kurz davor waren Papi und ich mit ihr bei einem Beerdigungsinstitut gewesen. «Ich muß bereit sein, wenn ich abgerufen werde», sagte sie. Ich hatte überhaupt keine Lust gehabt mitzugehen. Auch Mutti fand es überflüssig. «Laß doch das Kind. Das belastet es nur.» Aber Papi bestand darauf, wahrscheinlich um mal wieder den großen Lehrmeister spielen zu können und sein ganzes Wissen vor mir auszubreiten.

Mutti sagt, schon als sie ihn kennenlernte, hat er sie damit geödet. Das weiß sie noch wie heute. Sie wäre ja damals mächtig in ihn verliebt gewesen. Wenn sie so im Überschwang auf eine total uninteressante Kirche, die da in der Gegend rumstand, gedeutet und geflötet hätte: «Hübsch, nicht?», wäre es auf sie nur so runtergeprasselt. Jede Einzelheit dieser blöden Kirche hätte er ihr erklärt. Welcher Stil, welches Jahrhundert und was sonst noch. Sie versteht bis heute nicht, warum er nicht Lehrer geworden ist. Aber nein, das Finanzamt mußte es sein.

Auf dem Weg zum Beerdigungsinstitut legte Papi dann auch tatsächlich gleich los und erklärte mir umständlich den Beruf eines Bestatters. Daß dieser Beruf aus dem 19. Jahrhundert stamme, und wie pompös früher die Beerdigungen gewesen seien. Wenn nicht genug Trauergäste dagewesen wären, hätte man gegen Entgelt Studenten angeheuert, so unzuverlässige junge Leute wie wir. Die hätten das Geld genommen und wären dann gar nicht erst erschienen.

Im Beerdigungsinstitut wurden wir mit großer Höflichkeit von so einem Typ im dunklen Anzug empfangen. Er lobte kolossal Frau Kulacks Umsicht, sich um ihr Ableben selbst zu kümmern und das nicht einfach den Hinterbliebenen zu überlassen. Nach langem Hin und Her entschied sich Frau Kulack dann für ein Begräbnis erster Klasse. Der Bestatter las vor, was es da alles gibt, und sah sie dabei jedesmal fragend an.

«Ein Truhensarg aus massivem Eichenholz in heller oder dunkler Anfertigung?»

«In heller», entscheidet Frau Kulack.

«In heller.» Der Bestatter notiert. «Mit verkupferten Ringgriffen?»

«Mit verkupferten Ringgriffen.»

«Große Namensplatte mit Inschrift?»

Frau Kulack nickt.

«Einlage im Sarg? Laken, Kissen, Steppdecke, Sterbehemd aus reiner Seide?»

«Kein Sterbehemd», sagt Frau Kulack. «Das habe ich bereits.»

«Ganz wie Sie wünschen.»

Der Bestatter las weiter vor. Vasen mit frischen Blumen vor dem Altar, Katafalk mit Katafalkdecke, Fußtreppe und Läufer, zwanzig Kandelaber, sechs große Altarleuchter, zehn Träger.

«So viele?» fragt Papi staunend.

«Zehn Träger», wiederholt der Bestatter, «sowie ein Zugführer und Streublumen am Grab.»

Dann wollte Frau Kulack unbedingt den Sarg sehen, und wir sind ins Lager gegangen. Ich fand's ganz schön gruselig und mußte gleich an die ollen Vampire denken, die ja immer in so was schlafen, bis es dunkel wird.

Frau Kulack betrachtete sich den Sarg von allen Seiten. Dann fing sie an, mit den Augen zu zwinkern, weil ihr die Tränen kamen. Erst nur ein paar, die wischte sie mit der Hand ab, aber dann schluchzte sie hemmungslos. Der Bestatter war ganz betroffen. «Aber, gnädige Frau, es ist doch nur prophylaktisch.»

«Vorbeugend», erklärte Papi zu mir hin und führte Frau Kulack aus dem Lager ins Büro zurück. Aber Frau Kulack konnte sich nicht beruhigen. Sie hatte nämlich plötzlich wieder an ihre Jungens denken müssen, die alle im Krieg gefallen sind. Kein Mensch kennt ihre Gräber. Der Jüngste, knapp fünfzehn – nach einem Bombenangriff beim Löschen vom Feuersturm erfaßt und verbrannt. So ein hübsches Kerlchen! Und ihr Anton – von den Russen verschleppt.

Der Bestatter ging zu einem Wandschränkchen und holte eine Flasche und Gläser heraus. «Das wird uns jetzt guttun.»

Nachdem er eingegossen hatte, fing er an, weitschweifig von sich zu erzählen. Wie lange sein Geschäft schon im Familienbesitz sei und wie viele Prominente schon von ihm beerdigt wurden. Ein tadelloser Ruf in dieser Branche sei nun mal wichtig. Dazu machte er ein Gesicht, als hätte er Zahnschmerzen. Manchmal fühle er sich wie ein Seelsorger, sagte er. Und sein Verband achte sehr darauf, daß seine Mitglieder Takt und Einfühlungsvermögen bewiesen. Da gebe es genaue Regeln.

«Und was für einen Beruf haben Sie?» fragt er Papi.

«Finanzbeamter», sagt Papi.

Der Typ sah ihn ganz mitfühlend an. «Auch kein leichtes Los.»

Endlich hatte sich Frau Kulack so weit gefaßt, daß wir wieder nach Hause gehen konnten. Der Bestatter schüttelte ihr an der Tür lange und herzlich die Hand. «Sterben ist teurer als Geborenwerden. Leider.»

Frau Kulack wollte gleich eine Anzahlung dalassen, aber er winkte entsetzt ab. «Das hat nun wirklich keine Eile. So jugendlich, wie Sie noch wirken, gnädige Frau.»

«Hin ist hin, und weg ist weg», sagte Frau Kulack. «Dann muß ich eben das Geld neu verdienen.»

Sie hat also wieder angefangen, auf dem Markt zu arbeiten. Bis sie siebzig war, hatte sie ihren eigenen Stand mit mehr als tausend Stammkunden, von denen kennt sie noch viele. Und Regen und Kälte machen ihr nichts aus. Rheuma hat sie sowieso. Schon in der kalten Heimat, in Ostpreußen, hatte sie Gemüse und Obst verkauft. Und auch ihren Mann auf dem Markt kennengelernt. «Ein Hering war das damals, sage ich euch, wie euer Vater. Ich war auch mal schlank.» Sie sieht an sich hinunter. «Und jetzt kann ich nicht mal meine Füße sehen.»

Einen eigenen Stand wollte sie nicht mehr. Sie vertritt lieber andere Marktfrauen.

In den Ferien helfe ich ihr beim Verkaufen und verdiene mir ein paar Mark. Frau Kulack ist nicht kleinlich. Ich kann schon ganz gut mit den Kunden umgehen. Bei trübem Wetter herrscht meist eine gereizte Stimmung. Dann sind die Kunden mächtig am Meckern oder zanken sich, wer nun an der Reihe ist. Mich nehmen sie natürlich echt nicht für voll, und wenn ich ihnen das Wechselgeld herausgebe, kucken sie mich ganz mißtrauisch an und zählen es umständlich nach, ehe sie es ins Portemonnaie stekken. Frau Kulack flüstert mir dann zu: «Halt mich fest, Charlotte, sonst springe ich glatt über den Tisch.» Ich grinse. Frau Kulack wiegt bestimmt ihre hundertachtzig Pfund.

Papi lobt mich, daß ich etwas Nützliches tue. «Besser, als den ganzen Tag vor der Glotze.»

Doch dann wird Frau Kulack krank. «Das Herz, Charlotte, weißt du.» Sie muß im Bett bleiben und wird jeden Tag ein bißchen schlapper. Der Arzt will sie ins Krankenhaus einweisen. Da hat sie alles, was sie braucht, und eine vernünftige Betreuung. Frau Kulack wird unter ihrer schweren Steppdecke noch ein bißchen blasser. «Krankenhaus? Da kann man sich ja gleich in den Sarg legen!»

«Nu man sachte», sagt Papi zu dem Doktor. «Wir werden schon eine Lösung finden, sie in ihrem Haus zu pflegen.»

«Klar», sagt Mutti. «Ich werde mich um sie kümmern, abwechselnd mit den Nachbarn. Außerdem haben wir ja auch eine Gemeindeschwester.»

Opa Naumann bietet sich an, nachts bei Frau Kulack auf dem Sofa zu schlafen. Ihm macht das nichts aus. Und wenn was sein sollte, ruft er uns an.

Tagsüber müssen alle ran. Als ich gerade mit einigen aus der Klasse zum Schlittschuhlaufen will, schickt Mutti mich rüber. Es ist ihr piepegal, daß ich was vorhabe. Sie hört gar nicht zu. «In zwei Stunden bin ich vom Zahnarzt zurück.»

«Aber ich will zum Schlittschuhlaufen», sage ich recht laut.

«Und vergiß nicht, unsere Haustür abzuschließen.» Mutti ist schon halb im Gehen. Ich bin nicht nur sauer, mir ist es auch ein bißchen unheimlich bei

Frau Kulack. Hänschen Naumann hat gesagt: «Wirst sehen, die legt bald den Löffel weg.»

Doch Frau Kulack schläft ganz friedlich in ihrem Bett, und ich stelle mir im Wohnzimmer den Fernseher an, wo es «Tom und Jerry» gibt. Als die Maus sich gerade mit weißem Puder bestäubt hat und dem Kater als Gespenst erscheint, ruft mich Frau Kulack. «Charlotte, komm mal!» Ich finde, sie sieht richtig munter aus, wie sie da in ihrem Bett sitzt. Vielleicht werden wir bald wieder Kartoffeln und Gemüse verkaufen. Auch ihre Stimme klingt wie früher, als sie sagt: «Mach uns 'ne schöne Tasse Kaffee, Charlotte.»

Während ich in der Küche das Wasser aufstelle, kommt Frau Fröhlich, um nach ihr zu sehen, dann Opa Naumann und auch Frau Reimer vom Kiosk. Wir sitzen gemütlich um Frau Kulacks Bett, essen Kekse und trinken Kaffee. Opa Naumann erzählt gerade wieder einmal eine Geschichte aus seinem Fundbüro, in dem er früher gearbeitet hat, und wir lachen darüber, als sich Frau Kulack plötzlich im Bett aufrichtet und sagt: «Was für 'ne schöne Hochzeit!» Dann fällt sie zurück und ist tot.

Ich kann's gar nicht glauben, aber Opa Naumann sagt, ich soll Papi anrufen. Er wird inzwischen dem Doktor Bescheid sagen.

Am Tag der Beerdigung ist grausliches Wetter. Schneematsch und Glatteis. Auf dem Weg zur Kirche fällt Ferdinand zweimal hin, und Mutti putzt mit einem Papiertaschentuch an ihm herum. Ein starker Wind läßt die Regenschirme überklappen. Wir sind froh, als wir mit heilen Knochen endlich ankommen. Doch wir müssen warten. Die Beerdigung davor hat sich verzögert, weil der Pastor in einen Unfall verwickelt wurde.

Der Vorraum zur Kirche ist proppevoll von Leuten, die wir sonst nur aus der Zeitung kennen. Wir drücken uns mit den Nachbarn in einer Ecke zusammen. «Der Duft der großen weiten Welt», murmelt Papi, als eine Dame mit einem irren Pelz und funkelnden Ohrringen an ihm vorbeistreift. Still frieren wir vor uns hin. Ferdinand sagt alle fünf Minuten: «Weißt du was, ich muß mal», bis Mutti schließlich mit ihm nach draußen geht.

Dann ist es endlich so weit, daß die Trauerfeier für die Prominenz stattfinden kann. Sie verschwinden in der Kirche. Der Bestatter spricht ein paar Worte mit Papi und schließt die Türen. Jetzt hören wir nur noch die Stimme des Pastors und Gesang.

Nach einer Dreiviertelstunde sind wir schließlich an der Reihe. Wir gehen in die Kirche und füllen knapp die ersten Bänke. Lichterglanz blendet uns. Der Sarg ist mit Blumen zugedeckt. Blumenschmuck, Kerzen – alles von Besten. Mutti macht ein fragendes Gesicht.

«Hast du das alles bestellt?» flüstert sie Papi zu.

Er schüttelt den Kopf und grinst ein bißchen.

«Durch die Verspätung geht das auf die Kosten des teuren Verblichenen, der vor Frau Kulack an der Reihe war.»

Ein Cello fängt an zu spielen. Es wird von der Orgel begleitet. Ich finde, es klingt, als ob sie sich über Frau Kulack unterhalten. Die Orgel fragt, das Cello antwortet. Was für eine nette Nachbarin sie gewesen ist, daß sie Papi geholfen hat und uns zu sich rüberholte, wenn die Eltern mal wegwollten.

Draußen tobt der Schneesturm. Aber in der Kirche ist es warm und gemütlich. Wie in ihrer Küche. Es duftet nach Blumen und teurem Parfüm.

«Nun hat sie doch ihre Beerdigung erster Klasse», sagt Papi leise zu Mutti.

7. Der prominente Nachbar

Frau Kulacks Haus ist verkauft worden. Es gehörte schon zu ihren Lebzeiten einer Versicherung. Die hat ihr dafür eine kleine Rente gezahlt. Der neue Besitzer soll jemand vom Fernsehen sein, verrät uns Frau Fröhlich aufgeregt.

Ein paar Monate stand das Haus leer. Die Amsel in dem Nest über der Eingangstür konnte ungestört ihre Jungen ausbrüten, ohne daß Lampenlicht sie blendete.

Nach der Beerdigung waren Mutti und ich noch mal drüben, um nach dem Rechten zu sehen und die Kuckucksuhr abzuholen, die Frau Kulack Papi vermacht hat. Papi war fest entschlossen, sie im Wohnzimmer aufzuhängen. Mutti geriet ganz außer sich. «Noch eine Uhr? Davon stehen und hängen sowieso schon viel zu viele rum. Die Tickerei ist ja nicht mehr zum Aushalten. Und jetzt noch diese schäbige Kuckucksuhr!»

Aber Papi wollte nichts davon hören. Mit dieser Uhr sind für ihn viele Erinnerungen verknüpft. Sie hing schon damals in seiner Laube. Frau Kulack hat ihm oft erzählt, daß sie 1947 dafür einen halben Zentner Altpapier sammeln mußte, um die Uhr überhaupt kaufen zu können. «Und ihr wißt ja, Altpapier war damals äußerst knapp.»

«Ja, ja», sagt Mutti. «Aber bitte, bitte, nicht ins Wohnzimmer.» Schließlich einigten sie sich auf die Küche.

Während wir in Frau Kulacks Flur standen, dachte ich einen Augenblick, Frau Kulack würde gleich aus der Küche kommen und sagen: «Na, denn man rein in die jute Stube, Charlottchen. Et jiebt frischen Pflaumenkuchen.»

Ihr Lieblingskaktus blühte prächtig. Der Wasserhahn in der Küche tropfte wie immer, und der Eisschrank brummte. Nur die Kuckucksuhr stand still, und die Gewichte hingen fast auf dem Boden. Trotzdem hatte ich ein ganz merkwürdiges Gefühl, als ich im Wohnzimmer stand. Die Möbel wirkten auf einmal so unpersönlich, wie Ausstellungsstücke in diesen Möbelabteilungen, in denen Mutti so gerne herumwandert und wo man sich wahnsinnig verlaufen kann. Wahrscheinlich hatten sie mit Frau Kulack ihre Seele verloren. Denn auch Gegenstände haben so was. Da, sagt Frau Fröhlich, ist sie sich ganz sicher. Der gemütliche Ohrensessel mit der Wolldecke über dem abgeschabten Bezug sah mich richtig abweisend an, und ich traute mich nicht, wie sonst, mich hineinplumpsen zu lassen.

Mutti schien es ähnlich zu gehen. Sie drängte zur Eile. «Steh nicht rum, Charlotte, und döse. Räum lieber schon mal den Eisschrank aus, ich will ihn abstellen.»

«Und was wird aus den Möbeln?» fragte ich und sah mich um.

«Sie werden in ein Auktionshaus gebracht.» Mutti zog eine Schublade auf und holte Fotoalben und Briefe heraus. «Aber das hier nehme ich mit. Das soll nicht in fremde Hände kommen.»

Wir leerten den Eisschrank, stellten den Hahn der Waschmaschine ab und sahen nach, ob die Fenster richtig verschlossen waren. Mit der Kuckucksuhr und dem Kaktus verließen wir das Haus.

Ein paar Tage später holte man die Möbel ab. Anna-Sofie und ich sahen zu, wie sie aufgeladen wurden. Einer der Träger trat brummig gegen Frau Kulacks Kommode. «Jetzt bestellt man uns schon für diesen Sperrmüll. Wer soll denn diesen Trödel noch kaufen?»

«Ist das deine Sorge? Auftrag ist Auftrag. Nun faß mal mit an.» Ächzend plagten sie sich ab.

Dann erfuhren wir endlich, wer der Mann vom Fernsehen war: Friedrich Breil! Den kannte natürlich jeder in der Siedlung. Er macht die Quizsendung «Hau den Lukas» und ist wirklich einsame Spitze. Wir sitzen vorm Fernseher, raten mit und schütteln den Kopf, wie dämlich sich manche Kandidaten anstellen. Diese Fragen, wirklich kinderleicht! Und die kommen nicht auf die einfachsten Sachen!

Aber Breil bleibt immer geduldig und freundlich mit ihnen. Wäre ja auch noch schöner! Wenn Breil anfängt, Witzchen zu machen, worüber wir furchtbar lachen müssen, verläßt Papi das Zimmer mit einem verzweifelten: «Nein! Das ertrage ich nicht!»

Zum Abschluß der Sendung wird Breil dann ganz feierlich und ermahnt uns, die wir im Überfluß und Konsumrausch leben, die Armen dieser Welt nicht zu vergessen. Vor allem nicht die Kinder. Er ist nämlich schon überall hingereist, wo es Elend gibt. Praktisch um die ganze Welt. Man kann seinem Gesicht ansehen, wie er mit diesen hungernden Kindern leidet.

Frau Fröhlich läuft gleich am nächsten Tag zur Post und spendet auf eines der eingeblendeten Konten. Mutti nimmt sich das auch jedesmal nach der Sendung vor. Aber irgend etwas kommt ihr dann immer dazwischen. Der Geschirrspüler geht kaputt und muß dringend repariert werden. Oder die hohe Telefonrechnung erschreckt sie tierisch.

Ja, den Kindern gehört Friedrich Breils ganzes Herz. Und ein so bedeutender Mann kauft Frau Kulacks Haus!

«Versteh ich nicht», wundert sich Papi. «Was will er denn mit dieser Puppenstube?»

Herr Breil wird sich darin ein Studio einrichten, sagt Frau Reimer, um ungestört vom Lärm der Welt und doch stadtnahe arbeiten zu können. Bei uns ist es ja so herrlich ruhig, das hat er gleich festgestellt. Ein kleines, unentdecktes Paradies.

«Geschmack hat der Mann», stellt Papi zufrieden fest.

«Merkwürdig finde ich es trotzdem», sinnt Mutti. «Wir sind doch nun wirklich kein Prominentenviertel. Und sein Bungalow liegt fast am anderen Ende der Stadt.»

Das Breil-Haus kennen wir sehr genau aus den Illustrierten. Es ist fabelhaft eingerichtet, mit kostbaren Bildern, antiken Möbeln, Swimmingpool und deutscher Dogge. Fast so wie in den Freitagskrimis, wo ja die schlimmsten Verbrechen in so einer Umgebung passieren. Mutti seufzt dann jedesmal: «Sieh dir das an, Karl Albrecht! Vier Dienstmädchen allein zum Servieren bei Tisch!»

«Du siehst ja», sagt dann Papi belehrend, «was bei so viel Luxus herauskommt: dumme Gedanken. Ich wette, der Hausherr treibt's mit Minderjährigen.»

Papi findet es gar nicht merkwürdig, daß Friedrich Breil hier draußen unter uns wohnen will. «Wahrscheinlich möchte er ab und zu mal seine Familie los sein. Zu beneiden, dieser Herr.»

Mutti ist beleidigt. «Ich möchte nur wissen, was du ohne uns tätest. Jedesmal gibt es Terror, wenn ich nur für ein paar Tage wegfahren möchte.»

Frau Kulacks Häuschen stellen sie völlig auf den Kopf. Der Efeu wird heruntergerissen, so daß es nackt und bloß im Wind steht. Die Mauern werden schneeweiß angestrichen. Nun sieht es zwischen den anderen Siedlungshäuschen wie eine von Muttis Jacketkronen aus. Als man das Wohnzimmerfenster herausbricht, um es zu verbreitern, kann ich es richtig wimmern hören.

Dann zieht mit viel Getöse und wenig Möbeln, aber um so mehr Bücherkisten der prominente Typ ein. Endlich können wir ihn ganz aus der Nähe betrachten. Er sieht ein bißchen wie ein Hochlandrind aus, das sie neulich im Fernsehen gezeigt haben: mächtiger Kopf und mächtige Wampe. In seiner Sendung wirkt er irgendwie schlanker. Wir sind enttäuscht.

Frau Fröhlich nimmt ihn in Schutz. «Ist doch ein sehr stattlicher Mann.»

Dafür ist Frau Breil um so dünner. Sie hat etwa Muttis Alter und trägt Bermundashorts. Ihr Mann nennt sie «mein Liebes». «Nun hast du doch meine Schreibmaschine vergessen, mein Liebes. Zu ärgerlich.»

Zwei Breil-Kinder stehen neben dem Porsche, mit dem die Familie vorgefahren ist, und mopsen sich. Sie würdigen uns keines Blickes. «Die trinken wahrscheinlich noch aus der Kloschüssel», bemerkt Hänschen abfällig.

Dann steigen «mein Liebes» und ihre Brut wieder ins Auto und brausen davon. Danach hat das Haus noch eine Woche Zeit, sich mit einem neuen Parkettboden, mit Lederstühlen auf Spinnenfüßen, einem riesigen Schreibtisch und hohen Bücherregalen anzufreunden, ehe Breil von ihm Besitz ergreift.

Am nächsten Tag ganz früh sehen wir vom Küchenfenster aus, wie er Frau Peschkes Laden ansteuert.

«Da fällt mir ein», sagt Mutti, «ich habe keinen Kaffee mehr.»

«Und den kaufst du bei Frau Peschke?» fragt Papi verwundert. «Du sagst doch immer, sie ist dir zu teuer.»

«Ich hole nur schnell mein Portemonnaie.» Mutti eilt schon ins Wohnzimmer. Dann macht sie sich auf den Weg. Wir hinterher.

Frau Peschkes winziger Laden dämmert so dahin. Fast jeder in der Siedlung kauft im Supermarkt, weil dort die Preise niedriger sind. Frau Peschke ist deshalb auch ganz verwirrt, als sich plötzlich so viele Leute in den Laden drängen. Es dauert eine Ewigkeit, bis sie mit Breils Wünschen zu Rande gekommen ist, und wir haben Zeit, ihn verstohlen zu beobachten. Er grüßt höflich nach allen Seiten. Wir finden ihn wahnsinnig sympathisch. Nur Hänschen Naumann läßt sich nicht von ihm beeindrucken.

Als der Quizmaster am nächsten Tag schnaufend an ihm und Papi vorbeijoggt, bemerkt er: «Schon reichlich abgefackelt, der Opa.»

Wir gewöhnen uns ziemlich schnell daran, mit einem Prominenten Tür an Tür zu wohnen. Nur seine

Alarmanlage sorgt für eine gewisse Spannung. Die meldet sich zu den unmöglichsten Zeiten, und die Techniker können nicht herausfinden, woran es liegt.

«So ein Ding hat eben sein Eigenleben», sagt Papi.

Gelegentlich gelüstet es den neuen Nachbarn nach einem kleinen Schwatz mit den Eltern. Dann kommt er unter irgendeinem Vorwand ins Haus. Mutti ist ganz weg von ihm. «Mein Gott, wo ist dieser Mann nicht schon überall gewesen! Und was für Sportarten hat er getrieben. Segeln, Surfen, Drachenfliegen. Jetzt ist er auf Golf umgestiegen.»

«Man kommt in die Jahre», seufzt er. «Und muß kürzertreten.»

An uns interessiert ihn hauptsächlich, daß wir adelig sind. Ein Vorfahre von ihm sollte auch geadelt werden. Aber er hat es abgelehnt.

«Meiner nicht», sagt Papi.

Breil preist das Leben in der Siedlung. Die netten Nachbarn. Er macht eine kleine Verbeugung zu Mutti. Diese Ruhe. Und dieses entzückende Häuschen. Er senkt ein wenig die Stimme. «Ich hab's mit Schwarzgeld gekauft.»

«Wie schön für Sie», sagt Papi.

«Und was machen Sie so?» fragt Breil. «Ich meine, was ist Ihr Beruf?»

«Ich bin bei einer Behörde.»

«Darf man fragen, bei welcher?»

«Ich bin beim Finanzamt. Steuerfahndung», fügt Papi noch völlig überflüssig hinzu.

Friedrich Breil erhebt sich abrupt. «Mein Gott, ich verplaudere hier die Zeit mit Ihnen und müßte längst im Sender sein.»

«Jetzt hast du ihn verschreckt», beklagt sich Mutti. «Steuerfahndung! Ist ja das Neueste, was ich höre.»

Papi grinst. «Es ist mir so rausgerutscht. Ich weiß auch nicht, warum.»

«Ja, ja», sagt Mutti, «mach dich nur ordentlich unbeliebt.»

Papi behauptet gern, daß ein Finanzbeamter fast so etwas wie ein moderner Scharfrichter sei. Als Scharfrichter mußte man nämlich früher unerkannt unter den anderen leben, damit sie einem nicht das Haus anzündeten.

Hänschen Naumann hat etwas Fabelhaftes zum Geburtstag gekriegt: ein aufblasbares Schwimmbekken. Es füllt fast den halben Garten. Sobald wir aus der Schule kommen, laufen wir zu ihm rüber und planschen wie verrückt darin herum. Manchmal üben wir auch, wer am längsten tauchen kann, und Hänschen bläst uns einen Tusch auf seiner Trompete. Die Trompete hat Opa ihm geschenkt. Hänschen muß jeden Tag üben. Sein Lehrer findet ihn kolossal begabt. Papi teilt seine Ansicht nicht unbedingt. Er sagt, Hänschens Blasen erinnere ihn sehr an die Beerdigung eines entfernten Onkels, der Mitglied eines Reitervereins war. Als dort der Trompeter übers Grab geblasen hätte «Im Becher nun kein Tropfen mehr», wären die Pferde vor Schreck durchgegangen.

Breil ist ganz entsetzt über den plötzlichen Lärm. «In der ersten Zeit herrschte hier doch so eine himmlische Ruhe.»

«Da hatten wir ja auch Dauerregen», klärt ihn Papi auf.

Breil regt sich abartig über uns auf. Vergeblich versucht er, in Papi einen Verbündeten zu finden. Papi zuckt die Achseln. «Wenn die Kinder die Mittagsruhe einhalten, kann man ihnen das Spielen nicht verbieten.»

«Verdammtes Kroppzeug!» murrt der Freund der Armen und der Kinder.

Zu allem Überfluß ist Frau Fröhlichs Kater Mummel im totalen Liebesrausch. Ausgerechnet unter Breils Fenster bringt er den Katzendamen ein Ständchen, wobei sich diese verdammte Alarmanlage wieder in Bewegung setzt. Breil wirft einen mit Wasser gefüllten Plastikbeutel nach dem Kater, der auf Mummels Kopf zerplatzt. Mummel stößt einen furchtbaren Schrei aus und saust, ohne einmal anzuhalten, durch sein Loch in der Hintertüre von Frau Fröhlichs Haus, direkt in ihr Schlafzimmer und verkriecht sich unter ihrem Bett.

Frau Fröhlich kann sich sein Verhalten überhaupt nicht erklären, bis es ihr Hänschen steckt. Er hat gesehen, was dem Kater passiert ist.

«Und so ein Mensch ist nun beim Fernsehen!» Frau Fröhlich ist ganz fassungslos.

Nicht lange danach werden wir eines Nachts von einem Riesenklamauk geweckt. Es sind unsere eigenen Stimmen, die wir hören. Auch Ferdinand ist deutlich zu erkennen. «Eine kleine Mickymaus zog sich ihre Hose aus, zog sie wieder an, du bist dran!» Ich krieche unter die Bettdecke. Es gibt also doch Geister! Ich wollte es nie glauben.

Papi kommt in mein Zimmer gerannt. Er sieht mich ganz verdutzt an. «Da bist du ja.» Dann saust er zu Ferdinand. Der schläft, den Daumen im Mund, fest und tief.

Papi öffnet das Fenster. Die Gärten liegen im Mondlicht. Kein Kind ist zu sehen. Die Stimmen schweigen. Wir kehren in unsere Betten zurück. Nach einer Weile beginnt der Spektakel aufs neue.

«Ein Tonband! Daß ich nicht gleich drauf gekommen bin.» Papi schlägt sich an die Stirn. Jemand muß unsere Stimmen auf Tonband aufgenommen haben und rächt sich jetzt für unseren Krach. «Das kann nur Herr Breil sein», sagt Papi.

Zwei Tage später geht es wieder los. So was hat ja die Siedlung noch nicht erlebt. Es gibt nur noch einen Gesprächsstoff: Friedrich Breil.

Papi versucht mit ihm zu reden, aber er macht nicht auf. Da holt Hänschen zum Gegenschlag aus. Er übt jetzt mit wahrer Inbrunst am offenen Fenster.

Breil holt die Polizei. Als Hänschen Naumann den Streifenwagen langsam die Siedlung entlangfahren sieht, spielt er das einzige Lied, das er fehlerfrei beherrscht: «Behüt dich Gott, es wär' so schön gewesen. Behüt dich Gott, es hat nicht sollen sein.» Die Polizisten sind ganz beeindruckt. «Ein begabter Junge!» Sie schlagen ihm vor, später zum Musikkorps der Polizei zu gehen.

Als Herr Breil sich bei ihnen beklagt, zucken sie bedauernd die Achseln. «Da können wir gar nichts machen, solange der Junge die Ruhezeiten einhält. Sie sind übrigens der einzige, der sich beschwert. Sie werden sich schon irgendwie einigen. Lauter nette Leute, die hier wohnen.» Sie nicken ihm freundlich zu, steigen in ihren Streifenwagen und fahren davon.

Herr Breil hat sein Gesicht verloren, wie Papi sich ausdrückt. Ohne Gesicht kann der Mensch nicht unter uns leben. Ohne viel Aufsehen gibt Breil sein Studio auf und läßt sich nicht mehr blicken. Eines Tages ist das Haus wieder vermietet.

Der neue Mieter ist ein unauffälliger junger Mann, der außer einem Flügel nichts zu besitzen scheint. Ihn stören weder Trompetengeschmetter noch Katzengeschrei.

Daß er viel berühmter als Friedrich Breil ist, erfährt die Siedlung erst einige Zeit später, als er als Konzertpianist einen Preis bekommt und ein großer Bericht über ihn in der Zeitung steht. Daß er viel Sinn für den strömenden musikalischen Duktus hat, steht da drin, und für den freien Fluß und das machtvoll Drängende in der Musik.

«Außerdem», sagt Frau Fröhlich, «ist er sogar Professor.»

8. Das Fotomodell

Hänschen Naumann ist nicht in der Siedlung aufgewachsen. Er war viele Jahre in Heimen, bis ihn sein Opa da rausgeholt hat. «Heim ist Asche», sagt Hänschen. «Da kommen sogar die Mäuse mit Tränen aus dem Eisschrank.» Die Finger seiner Hand reichen nicht aus, um alle die Heime aufzuzählen, in denen er gewesen ist. Dreimal ist er ausgekniffen, aber es hat nichts genützt. Er mußte immer wieder zurück.

«Und dann standen meist diese Vollbarttypen auf der Matte, mit der sanften Stimme, die immer nur mit dem Kopf nicken. ‹Verstehe, mein Junge.›»

Einer hat ihn stundenlang mit einer Eisenbahn spielen lassen. Dabei ist der Zug zweimal hintereinander entgleist. «‹Schweres Zugunglück›, hat der Typ gesagt und sich andauernd Notizen gemacht. ‹Was meinst du, Hänschen, ist mit den Reisenden passiert?› – ‹Na, was schon›, hab ich gesagt. ‹Mus natürlich. Totalschaden.› – ‹Und das macht dir Freude?› Der Typ hat wieder was auf seinen Zettel gekritzelt. ‹Ich verstehe.›»

Papi lacht. «Diese Psychologen!»

«Und das alles bloß», erzählt Hänschen weiter, «weil meiner Mutter ihr Macker mich nicht verknusen konnte. Nu is er weg vom Fenster. Im Suff untern Bus gekommen. Der konnte nur noch auf die Beerdigung warten.»

Von Hänschens Vater wollte seine Mutter schon lange nichts mehr wissen. «Den hat sie in die Bohnen gestellt», erklärt Hänschen. «War auch 'ne trübe Tasse, mein Alter. 'n Temperament wie 'ne Schlaftablette. Zwischendurch war sie auch mal mit so einem Dschungelboy verheiratet. Der ist aber wieder abgehauen, mit meiner Stiefschwester. Die war siebzehn oder so.»

Mutti ist voller Mitleid. «Familienverhältnisse sind das! Der arme Junge!» Ein Leben wie im Roman, sagt Mutti, und wir sollen dankbar sein, daß wir es so gut haben.

Hänschen erzählt gern von dieser Zeit im Heim. Lange brauchen wir ihn nicht darum zu bitten, wenn er mal wieder bei uns in der Küche sitzt. Wie die großen Jungen am Heiligabend die Kartoffelklöße an die Wand geschmissen haben. Pitsch, pitsch, pitsch! Die Schwester Maria von den heiligen drei Teufeln, oder wie die da hießen, konnte es nicht fassen. «Ausgerechnet heute macht ihr so was. Am Geburtstag unseres Herrn.» Und einer ist mal mit 'm Messer auf die Erzieherin losgegangen. Fast hätte er ihr die Kehle durchgeschnitten.

«Junge!» sagt Mutti.

«Und was war der Grund?» fragt Papi, der Hänschens Geschichten auch sehr spannend findet.

«Randale.» Hänschen bläht sich vor Wichtigkeit wie Mummel, wenn er hinter einer Braut her ist. «Action muß sein! Sonst kriegt man den großen Frust.»

Mutti erinnert sich, daß sie als Kind auch mal in einem Heim war. An der Nordsee. Das war eigentlich ganz nett. «Wir haben Burgen gebaut, sind mit Pferdewagen ins Watt gefahren und haben Blindekuh gespielt.»

«Blindekuh!» wiederholt Hänschen verächtlich.

Für Opa Naumann war es gar nicht leicht, nach seiner Pensionierung den Enkelsohn aus dem Heim herauszukriegen, denn er lebte schon seit Jahren von seiner Frau getrennt, weil sie den totalen Föhn hat. Und so ein geschiedener, alleinstehender Mann, da weiß man nicht, wie das Umfeld ist, hat die Sozialarbeiterin gesagt. Opa Naumann kriegt noch heute die Wut, wenn er uns davon erzählt.

«Dauernd mußte ich zur Behörde rennen und richtig betteln. Sie haben mir vorgequatscht, das Heim wäre jetzt Hänschens Zuhause und der Junge wäre zu labil, um außerhalb dieser Gemeinschaft zu leben. Dann haben sie mir seine Akte gezeigt. Dick wie 'n Telefonbuch. Aber wißt ihr, was ich glaube? Ich glaube, die haben nur Angst, sie könnten ihr Heim nicht mehr voll genug kriegen und müßten dann alle diese studierten Klugscheißer entlassen.»

Hänschen konnte es zuerst gar nicht fassen, daß er bei seinem Opa bleiben durfte. Er ist dauernd hinter ihm her gedackelt, nachts durchs Haus gegeistert und zu ihm ins Bett gekrochen. «Schickst du mich auch bestimmt nicht mehr weg? Ehrenwort?»

Schließlich ist Opa Naumann der Geduldsfaden gerissen. Er hat ihn vertrimmt und dabei gebrüllt: «Damit du dir's endlich merkst, du bleibst hier! Kapiert?»

«Da», sagt Hänschen, «war für mich die Sache geritzt. Der macht keine schönen Worte. Der meint's ehrlich.»

Inzwischen ist er lange kein zappliges Hänschen mehr, sondern ein stämmiger Hans, der später mal zur Verkehrspolizei gehen will. Da wird er dann so einem rasenden BMW-Fahrer ganz lässig mit der Kelle winken, an sein Auto treten, ihn scharf ankukken und anpfeifen: «Wo lassen Sie denn denken? Ihren Führerschein, bitte!»

Seinem Opa ist er eine große Hilfe. Jedes Wochenende ziehen sie beide auf die Flohmärkte oder besuchen an schulfreien Tagen Versteigerungen des Fundbüros und kommen mit Beute beladen zurück. Opa Naumann ist sehr zufrieden mit seinem Enkel. «Hat den richtigen Blick, der Junge. Findet unter dem vielen Trödel todsicher das Beste raus.»

Die ganze Siedlung deckt sich bei Herrn Naumann mit preiswerten Geschenken ein. Für jeden Geschmack findet sich was, und Herr Naumann bessert damit seine Rente auf. Er hat in seinem Schuppen alles gelagert und registriert. Ich helfe ihm am liebsten beim Sortieren der Wundertüten, die man für ein paar Mark auf solchen Auktionen ersteigern kann, ohne zu wissen, was da eigentlich drin ist. Herr Naumann öffnet jede Tüte so vorsichtig, als sei sie mit Dynamit gefüllt.

«Warum macht er das so umständlich?» flüstere ich Hänschen zu.

«Der war doch selber mal beim Fundbüro», erklärt Hänschen. «Da mußte er immer nachsehen, was in den Klamotten drin war. In den Taschen und Koffern und so. Und weißt du, was ihm fast mal ins Gesicht gesprungen ist?» Ich schüttele den Kopf. «Die Maden in einem Stück verfaulten Fleisch! Der Schreck sitzt ihm noch heute in den Knochen.»

Manches in Opas Lager stammt auch noch aus jener Zeit: die Schildkröte Karl der Große, die auf der Versteigerung niemand haben wollte; das puppengroße Kunstharzskelett, mit dem wir gerne die Leute auf den Parkbänken und in der U-Bahn erschrecken; und die Trompete, auf der Hänschen ganz toll blasen kann.

«Ah, unser Trompeter von Säckingen», sagt Papi jedesmal, wenn Hänschen aufkreuzt. Mutti macht das ganz nervös. «Kannst du dir nicht mal was anderes einfallen lassen?»

Hänschen findet Papi in Ordnung und Mutti

astrein. Nur von mir behauptet er, so was wie mich rauchte man früher in der Pfeife. Anna-Sofie mit ihren Tierfaxen geht ihm auf den Geist, Andrea bewundert er, und Ferdinand kann er einfach nicht leiden.

«Er ist eifersüchtig», erklärt uns Mutti, «weil Ferdinand auch Opa zu Herrn Naumann sagt.»

«Das ist nicht dein Opa!» sagt Hänschen dann jedesmal ganz blaß vor Wut. «Zisch ab! Mach die Fliege!»

Aber Ferdinand ist hart im Nehmen, seitdem er in den Kindergarten geht. «Die anderen Kinder haben wenigstens *einen* Opa. Warum hab ich keinen?» beschwert er sich in der Küche.

«Sie sind im Krieg gefallen«, sagt Mutti zerstreut. Sie haßt es, wenn man beim Kochen dauernd auf sie einredet.

Ferdinand begreift mal wieder nicht. «Na und? Ich fall doch auch hin. Da steht man eben wieder auf!»

«Die sind im Himmel, Kind», erklärt Mutti ziemlich ungeduldig. Hat sie nun Salz an die Kartoffeln getan oder nicht?

So hat sich Ferdinand eben Herrn Naumann zum Opa auserkoren. Er kriegt es sogar fertig, daß der ihn hin und wieder vom Kindergarten abholt. Dann sieht er stolz die anderen Kinder an und hängt sich bei ihm ein. «Da bist du ja, Opa.»

Herr Naumann spielt gutmütig mit. Bloß Hänschen kann das überhaupt nicht komisch finden.

«Soll er sich doch seinen Opa sonstwoher nehmen!» Deshalb darf Ferdinand auch nicht mit dem Skelett spielen, soviel er bittet und bettelt. «Laß mich doch auch mal, Hänschen. Ich mach's bestimmt nicht kaputt.» Aber Hänschen bleibt knallhart. Nur Andrea schafft es, ihn zu erweichen. Sie stützt sich schwer auf seine Schulter und flüstert ihm was ins Ohr. Hänschen wird ein bißchen rot. «Meinetwegen. Aber nicht lange.»

Ferdinand zieht dem Skelett den Trachtenanzug von seinem Teddy an und führt es in seinem Tretauto spazieren. Die Spaziergänger schütteln die Köpfe. «Das ist ja direkt makaber! Aber daran hat nur das Fernsehen schuld.»

Im vorigen Jahr hatte Hänschen sich total in Andrea verknallt. Andrea nützte das natürlich aus. Wann immer sie ihn brauchen konnte, pfiff sie nach ihm wie nach einem Hund, und schon kam er eilfertig angetrabt. Bis eine Amsel den Pfiff nachmachte und Hänschen alle Augenblicke angewetzt kam. Mutti wurde ganz nervös, wenn es schon wieder an der Haustür klingelte. «Was willst du denn, Junge? Ich hab dir doch schon gesagt, Andrea ist nicht da.»

Einmal hatte er auf den Flohmarkt ein Fläschchen Parfüm gekauft und sich damit die Haare begossen. Papi riß im Wohnzimmer die Fenster auf. «Der Duft, der schöne Frauen provoziert!»

Andrea war ziemlich gemein mit ihm und schickte

ihn jedesmal wieder weg, wenn ihre Freundinnen aufkreuzten. «Du bist abscheulich», sagte Mutti. «Wenn du dich langweilst, holst du ihn dir, und wenn du was Besseres vorhast, muß er wieder gehen. Irgendwann wird er sich's nicht mehr gefallen lassen.»

«Keine Bange», sagte Andrea, «der bleibt mir schon erhalten.»

Dann passierte was wahnsinnig Aufregendes. Andrea wurde auf der Straße von einem angeblichen Modefotografen angesprochen. «Auf der Straße, Charlotte! Da kannst du mal sehen, wie die Jungens hinter mir her sind. Aber davon verstehst du noch nichts.»

Er hat gesagt, Andreas Figur könnte sich wirklich sehen lassen, und ob er ein paar Aufnahmen von ihr in seinem Atelier machen dürfte. Die Jugend von heute wäre ja Gott sei Dank ganz locker in solchen Sachen. Dann gab er ihr seine Adresse.

Andrea hat es lieber doch Mutti erzählt. Die wurde nicht mehr. Das war ja nicht mal eine Agentur! Womöglich war es ein verkappter Mädchenhändler oder ein Zuhälter, der Nachschub brauchte. So was las man fast jeden Tag in der Zeitung.

Andrea maulte ein wenig herum. Aber die Sache war ihr selber unheimlich. Immerhin hatte der Fotograf sie auf eine Idee gebracht. Andrea wollte von sich aus zu einer Agentur gehen und sich dort als Modell eintragen lassen. Einige aus ihrer Klasse taten das schon. Man verdiente bon und konnte sich vernünftige Klamotten kaufen.

«Dich nehmen sie bestimmt», sagte Hänschen bewundernd. «Klar doch, allemal!»

Andrea verschwand singend im Badezimmer.

«Wer ist denn dieses fremde Kind?» fragte Papi, als sie bemalt wie für ein Stadtteilfest, mit riesigen Ohrringen, das blonde Haar hochgetürmt, aus dem Badezimmer auftauchte. «Ihr habt es mir noch nicht vorgestellt.»

Andrea sah ihn wütend an, und Mutti seufzte: «Ich weiß auch nicht, was das soll, sich so verrückt zurechtzumachen.»

Meine große Schwester erlaubte gnädig, daß Hänschen und ich sie begleiteten.

In der Agentur hatte man nicht gerade auf uns gewartet. «Aber Sie haben doch eine Anzeige aufgegeben!» sagte Andrea.

«Stimmt», sagte das Mädchen hinter der Schreibmaschine. «Allerdings suchen wir gutaussehende Frauen zwischen achtzehn und dreißig mit mittellangem Haar und frechem Blick.» Sie musterte Andrea kühl. «Letztes könnte stimmen. Rolf, komm doch mal.»

Ein junger Mann erschien gähnend. Er trug eine bis zu den Knien reichende ärmellose Jacke, die wie Muttis Karofutter aus ihrem Trenchcoat aussah. Kritisch sah er Andrea an. «Was bist du denn für 'n heißes Gerät? Wir brauchen süße Omis und Opis.

Das Alter hast du doch wohl noch nicht. Oder?» Er wandte sich dem Mädchen an der Schreibmaschine zu. «Wir können sie ja in die Kartei aufnehmen und ihr ein neues Outfit verpassen. Vielleicht für 'n Abführmittel ganz brauchbar. Sieht 'n bißchen aus wie 'ne plattgewalzte Barbiepuppe.»

Sein Blick fiel auf mich. «Und du? Hast du vielleicht auch vor, ein Topmodell zu werden?» Ich schüttelte den Kopf.

Dann sah er Hänschen an, der sich gerade die vielen Werbeplakate an den Wänden betrachtete. «Nicht schlecht, nicht schlecht, könnte 'nen guten Jeanstyp abgeben. Ein lonesome Cowboy aus der Großstadt. Na, denn rein mit euch!»

Er scheuchte die beiden ins Atelier. Hänschen war zu verblüfft, um zu widersprechen. Anschließend nahm die Sekretärin ihre Personalien auf, dann Haarfarbe und Körpergröße und so weiter. «Heute schon die dritte Adelige», sagte sie zu Andrea. «Ihr habt hier wohl ein Familientreffen oder so.»

Der Fotograf besah sich die Karteikarte. «Ich wohne nicht weit von euch. Da kann ich euch gleich mitnehmen. Ist sowieso Feierabend.»

Als der Fotograf uns in der Siedlung absetzte und Herrn Naumann im Garten sah, bekam sein Gesicht einen grüblerischen Ausdruck. «Sag mal, Junge, kennst du diesen alten Mann?»

«Na klar», sagte Hänschen. «Das ist mein süßer Opi.»

«Wundervoll! Ich muß unbedingt mit ihm reden.»

Er ging, mit Hänschen im Schlepptau, zu Herrn Naumann, der ihn mißtrauisch ansah. «Ich kaufe nichts», sagte er.

«Aber nicht doch», sagte der Fotograf. «Ich bin von einer Werbeagentur.» Ob er erlauben würde, daß man von dem Haus, dem Garten und seiner Familie ein paar Aufnahmen mache. «Wo ist denn Ihre Gattin?»

«Ich hab keine», sagte Opa Naumann mürrisch.

«Wir können ja Frau Fröhlich nehmen», schlug Hänschen vor.

Am nächsten Tag kam Rolf mit zwei Assistentinnen herangerauscht. Der Garten, ganz in künstliches Licht getaucht, erschreckte das Eichhörnchen aufs höchste. Es floh keckernd auf den Ahornbaum. Opa Naumann sah total geniert aus. Man hatte ihn in ein kurzärmeliges, knallbuntes Hemd gesteckt und ihm einen winzigen Strohhut auf den Kopf gesetzt. Im Mund mußte er eine Pfeife halten. Dabei haßt er Pfeifenrauch. Dann forderte Rolf ihn auf, mit einer winzigen Gießkanne die Blumen zu gießen. Zum Schluß gab's ein Gruppenbild: Frau Fröhlich, Herr Naumann, Hänschen und Ferdinand mit seinem Tretauto, das Skelett im Arm.

«Zeig doch mal deine niedliche Puppe», sagte eine der Assistentinnen. Aber Ferdinand drückte nur stumm das mit Teddys Trachtenkostüm vermummte Skelett an sich.

Vier Wochen später konnten wir sie alle als Anzeige in einer Illustrierten bewundern. *Dank einer rechtzeitig abgeschlossenen Lebensversicherung eine glückliche Familie* stand darunter.

Papi betrachtete das Bild lange. «Ein geschiedener Rentner, eine Witwe, ein Heimkind, ein geborgter Enkel und ein Skelett. So richtig aus dem Leben gegriffen!»

«Jetzt gibt's 'ne Menge Mäuse», sagte Hänschen und kaufte Andrea einen fabelhaften Ledergürtel mit einer Messingsonnenblume als Schnalle. Aber Andrea war sauer, weil niemand sie als Fotomodell haben wollte, und warf den Gürtel achtlos auf einen Stuhl.

«Kannst du nicht mal danke sagen?» tadelte Mutti.

«Bei dir ist ja 'n Rad ab», sagte Hänschen gekränkt zu Andrea und verließ das Haus.

Die Pfingstferien begannen, und Andrea fuhr zu Omi. Eine Woche später holten Papi und ich sie von der Bahn ab. Als wir zurückkamen, stand Hänschen ganz poppig und braungebrannt, umringt von Andreas Freundinnen, am Gartenzaun. Andrea wurde unruhig.

«Was machen die denn hier?»

«Wahrscheinlich hat Hänschen ihnen von Ibiza erzählt», sagte Papi.

«Ibizia?» fragte Andrea fassungslos.

«Da haben sie Aufnahmen für einen Katalog gemacht», sagte ich wichtig. «Opa Naumann war auch mit.»

«Hänschen», rief Andrea, «komm doch mal her!» Aber Hänschen machte nur ganz lässig «Hei», und sprach weiter, ohne meine Schwester noch eines Blickes zu würdigen.

«Ach, hätt' ich doch genommen den König Drosselbart!» Papi wuchtete Andreas Koffer aus dem Gepäckraum.

In unserem Flur stolperten wir fast über das Skelett. «Wie kommt denn das hierher?» Andrea hob es auf.

«Hat mir Hänschen geschenkt», sagte Ferdinand.

«Das glaubst du doch wohl selber nicht», sagte Andrea.

«Stimmt aber.»

Die Haustür öffnete sich, und Hänschen kam hereingestiefelt. Andrea warf Papi einen triumphierenden Blick zu. «Siehste!»

Aber Hänschen hatte nicht die Absicht, Andrea anzuhimmeln. Er mußte uns was erzählen. Seine Mutter hatte angerufen, sie wollte ihn unbedingt sehen. Sie hat ihm auch alles erklärt, warum er damals in ein Heim mußte und so. Und wie schwer es ihr gefallen ist, sich von ihm zu trennen. Daß sie irre stolz auf ihn ist, weil er schon Geld verdient. Ein richtiger Mann!

«Und was sagt dein Großvater dazu?» fragte Papi.

«Der darf davon nichts wissen.»

«Du willst doch nicht etwa zu ihr ziehen?» rief Mutti.

Hänschen wiegte den Kopf. «Mal sehen.» Er ging pfeifend davon.

«Die futtert sich ihn ran», meinte Papi. «Raffiniert! Die verdammte Person will ihn doch nur melken!»

«Der arme Junge!» Mutti war ganz empört. «Ich werde mal mit Herrn Naumann sprechen.»

«Das laß lieber bleiben», warnte Papi. «Es würde außerdem überhaupt nichts nützen.»

«Aber dem Jungen müssen die Augen geöffnet werden!»

Papi sah Mutti an. «Alles, was man ihm sagt, weiß er selbst. Aber er will es nicht hören. Auch eine kurze Illusion ist immer noch besser als gar keine.»

Durch die offene Haustür konnten wir sehen, wie Hänschen gerade mit einer schwungvollen Flanke über unseren Gartenzaun setzte.

9. Stell auf den Tisch die duftenden Reseden . . .

Mutti leidet durch die Gegend. Sie fühlt sich von uns als Familienkuli mißbraucht. Womit hat sie ein Kind wie mich verdient, das seine Sachen rumschmeißt, nie eine Rolle Klopapier hinhängt und nicht mal Bescheid sagt, wenn die alte aufgebraucht ist; das jedes komplizierte Videogerät sofort bedienen kann, aber nicht in der Lage ist, den Einschaltknopf der Waschmaschine zu drücken?

«Andrea ist auch nicht besser», sage ich wütend. Aber das überhört Mutti und fährt fort in ihrem Klagegesang: «Womit habe ich einen Mann verdient, der nie mal was mit mir unternimmt, vor dem Fernseher einschläft, einem den schönsten Film durch lautes Schnarchen verdirbt und sich nur dafür interessiert, ob noch genug Bier da ist, wenn er vom Finanzamt kommt? Letztendlich», verkündet sie düster, «ist doch meine gesellschaftliche Funktion gleich Null.»

«Wie wahr! Wie wahr!» Papi öffnet den Eisschrank. «Reicht das noch übers Wochenende?»

«Was denn?» unterbricht sich Mutti irritiert.

«Na, das Bier natürlich.»

Andrea ergreift die Partei ihrer Mutter. «Du bist wirklich ätzend, Papi. Läßt Mutti echt versauern, anstatt mal mit ihr wegzufahren. Im Theater seid ihr auch schon eine Ewigkeit nicht mehr gewesen.»

Dafür wird *sie* jetzt etwas mit Mutti unternehmen. Sie wollen ins Kino. Und ich darf mal wieder die Küche aufräumen. Fragt sich wirklich, wer eigentlich der Familienkuli ist.

«Gib doch bloß nicht an!» sagt Andrea. «Mutti hat ihre Orientierung verloren. Da braucht sie mich eben.»

Mutti hat zu Omi gesagt, Andrea wäre für sie jetzt wie eine jüngere Schwester. Und daß sie keine Geheimnisse mehr voreinander haben und sich alles erzählen. Mutti kommt dann immer wieder auf ihre Kinderzeit zurück, als sie noch mit Omi nach der Flucht in dem bayerischen Kaff gewohnt hat, wo es diesen merkwürdigen Lehrer in der Dorfschule gab. Wie hieß er doch gleich? Preuss? Richtig. Ausgerechnet Preuss! Ein Urbayer! Wenn das nicht ulkig war! Der hätte ihnen haargenau die Funktion einer Panzerfaust erklärt. «Volle Deckung!» hätte er geschrien, den Zeigestock auf sie angelegt, und die ganze Klasse wäre unter die Bänke gekrochen. Als Hausaufgabe mußten sie ein Pfund Reis auszählen. Und vor Allerseelen Sätze mit Präpositionen bilden:

Mutter am Grabe, Mutter im Grab, Mutter neben dem Grab, Mutter auf dem Grab.

Andrea gähnt und besieht sich ihre Fingernägel. «Ist ja irre, Mutti.»

Deshalb ist Mutti als große Schwester diesmal auch ganz auf Andreas Seite, als die Papi furchtbar mit einem Jungen namens Löwy erschreckt, der sich unaufgefordert mit an den Abendbrottisch pflanzt.

«Schweig stille, mein Herz», murmelt Papi und verzieht sich in sein Arbeitszimmer.

Löwy sieht wirklich ziemlich merkwürdig aus mit dieser Tolle zwischen den borstig geschnittenen Haaren. Doch Andrea himmelt ihn an. Sie hat ihn gerade ihrer besten Freundin ausgespannt und ist ganz weg von ihm. Mutti erlaubt sogar, daß sie in eine Disco gehen, was sie sonst gar nicht gern sieht. Sie seufzt nur über den Tisch hin: «Amüsiert euch, Kinder.»

Während Andrea in ihr Zimmer geht, um sich zurechtzumachen, versucht Mutti so etwas wie eine Unterhaltung mit Löwy in Gang zu bringen und ihn ein wenig auszuhorchen. Ob er in dieselbe Schule wie Andrea geht. Was denn sein Vater für einen Beruf hat. Und wo sie wohnen. Löwy sieht Mutti so mißbilligend an, als wenn sie ihn etwas Unanständiges gefragt hätte. Er zupft sich nervös im Gesicht herum und sagt mit einer tiefen, dröhnenden Stimme zu Ferdinand: «Na, Sportsfreund!»

Mutti ist ganz erleichtert, als Andrea wieder zum Vorschein kommt. Sie hat sich mächtig aufgestylt.

Ihre Wangen glühen vor Rouge, und die Wimpern machen direkt ein klapperndes Geräusch. Doch auch das nimmt Mutti unverständlicherweise hin, drückt ihr sogar etwas Geld in die Hand.

«Nobél, nobél, deine Verwandte», sagt Löwy, erleichtert, daß er nicht den großen Zampano spielen muß. «Echt Klasse!»

Kaum ist Andrea um zehn zurück, hockt Mutti schon wieder in ihrem Zimmer. Während sich Andrea ihre Lieblingsmusik, einen Rock and Roll, reinzieht, versucht Mutti sie auszuquetschen, wie ich durch die offene Tür hören kann. Aber außer «super», «toll» und «Spitze» ist aus Andrea nichts rauszukriegen. Und so geht denn Mutti dazu über, von irgendeinem Franz, ihrer ersten großen Liebe, zu sprechen.

Dieser Franz war Reitlehrer in der Kleinstadt, wo Mutti auf die Oberschule gegangen ist. Aber Omi war ja viel strenger als sie. Nicht mal alleine ins Kino durfte sie mit ihm. Jedesmal mußte die Tochter des Apothekers mit, als Anstandswauwau sozusagen. Sie war ein Jahr jünger als Mutti und eine richtige Transuse. Ganz außer sich wäre sie darüber gewesen. Aber Franz Horstmann hätte sehr viel Verständnis gezeigt und in seiner großen Güte diese Adelheid sogar in Schutz genommen. Was konnte die schließlich dafür, daß Omi eine so ängstliche Mutter war.

Als wir uns am nächsten Abend die Nachrichten

im Fernsehen ansehen, klingelt das Telefon. «Typisch», brummt Papi. «Immer während der Tagesschau!»

Andrea springt auf. «Das ist bestimmt für mich.»

Aber es ist für Mutti.

«Da ist jemand, der dich sprechen will», sagt Andrea.

«Wer denn?»

Sie zuckt die Achseln.

«Daß ihr euch nie den Namen nennen laßt!» Mutti steht auf. Ganz aufgeregt kommt sie wieder zurück. «Karl Albrecht, du wirst es nicht für möglich halten, wer angerufen hat!»

«Der Bundeskanzler wird's ja nicht gleich gewesen sein.» Papi stellt den Fernseher lauter, um die Nachrichtensprecherin besser zu verstehen.

«Franz Horstmann!»

«Ist das dein Zahnarzt?» fragt Papi.

«Sei nicht albern, Karl Albrecht», sagt Mutti unwillig. «Gestern habe ich noch mit Andrea über ihn gesprochen. Wenn das keine Gedankenübertragung ist!»

«Das ist eben das Übersinnliche an dir», sagt Papi, «was ich so liebe.»

«Ich hab dir doch bestimmt schon von Franz Horstmann erzählt.»

«Mehr als einmal.»

«Eben hieltst du ihn noch für den Zahnarzt», sagt Mutti. «Allerdings hab ich nicht so oft von ihm geredet wie du von deiner bezaubernden Annabell, die du in der Bibliothek ihres Vaters verführen wolltest.»

«Ja. Ein reizendes Mädchen! Sanft wie eine Taube!» Papi kuckt verträumt die Nachrichtensprecherin an, die uns gerade mitteilt, wieviel Opfer es bei einem Flugzeugunglück gegeben hat.

«Ich spreche über ihn, und schon ruft er an.» Mutti ist immer noch ganz überwältigt.

«Annabell», murmelt Papi, «was aus der wohl geworden ist?»

«Er will uns morgen nachmittag besuchen kommen», sagt Mutti.

«Stell auf den Tisch die duftenden Reseden, die letzten roten Astern trag herbei. Und laß uns wieder von der Liebe reden, wie einst im Mai!» zitiert Papi.

Mutti wird richtig rot. «Immer mußt du gleich ironisch werden!»

Papi stellt den Wetterbericht ab. «Ich, für meine Person, werde wohl morgen etwas später nach Hause kommen.»

Mutti bringt das Wohnzimmer auf Hochglanz und läßt das Wasser aus der Badewanne.

«Da wird Papi aber meckern», warne ich.

Mutti sieht mich an wie ein lästiges Insekt. «Ich werde ihn gerade um Erlaubnis fragen.»

Fast eine Stunde blockiert sie das Badezimmer. Duftend kommt sie wieder heraus.

«Du hast dich ja mächtig angefetzt», sage ich.

Der Herzallerliebste ist pünktlich. Ich mach ihm die Tür auf. Vor mir steht ein Harald-Juhnke-Typ, ziemlich groß und schlank mit einer karierten Mütze auf dem Kopf, und lächelt mich gleich ganz schmusig an. Mutti kommt in den Flur geweht. Er faßt ihre beiden Hände. «Laß dich anschauen, Mädchen! Du hast dich ja überhaupt nicht verändert.»

«Du auch nicht», sagt Mutti. Nachdem sie sich das mindestens ein Dutzendmal versichert haben, gehen sie endlich ins Wohnzimmer.

Während ich den Kellner spielen muß und Kaffee und Kuchen heranschleppe, erzählt Horstimann bereits aus seinem Leben. Er hat ja lange in Amerika gelebt. «Ein faszinierendes Land voller Gegensätze!» Jetzt ist er bei einer großen Versicherung tätig.

«Wie Onkel Kurt», sage ich.

«Ja, ja», sagt Mutti. «Es fehlt noch Sahne, Charlotte. – Und deine Familie?» fragt sie.

«Ich bin unverheiratet geblieben.» Er sieht Mutti wieder so schmusig an. «Du weißt ja, ich bin sehr wählerisch. Träume gehen eben selten in Erfüllung.»

Mutti wird ganz zappelig. Aber ehe sie nachhaken kann, trampelt Ferdinand ins Zimmer, total beklekkert, mit einem Schnuller im Mund, den er sonst nur noch nachts benutzt. Er pflanzt sich vor Horstimann auf und murmelt, durch den Schnuller behindert: «Wer bist denn du?»

Das Gespräch versandet, denn es braucht viel Zeit

und Mühe, um diesen lästigen Jungen aus dem Zimmer zu scheuchen. Mutti atmet auf, als er endlich raus ist, und gibt mir zu verstehen, daß auch ich abhauen soll. Aber Mutti hat heute keine Chance, denn jetzt latscht ihre «kleine Schwester» herein. Horstimann springt auf, um sie zu begrüßen. Sie grabscht nach einem Stück Kuchen und läßt sich in einen Sessel fallen.

Mutti verliert langsam die Geduld. «Ich finde, ihr könnt uns jetzt mal allein lassen», zischt sie uns an. «Ihr habt doch auch sicher noch Schularbeiten zu machen.»

Horstimann ist da ganz anderer Ansicht. «Deine reizenden Kinder stören mich überhaupt nicht.» Er legt seine Hand auf Andreas Schulter. «Merkwürdig, du erinnerst mich so sehr an jemand.»

«Na, ja, ein bißchen ähnlich sieht sie mir schon», sagt Mutti.

«Das finde ich eigentlich nicht.« Horstimann grübelt vor sich hin. «Ja, richtig, jetzt fällt's mir wieder ein. Du hattest doch damals diese Apothekerstochter zur Freundin. Adelheid hieß sie, glaube ich. Ein süßes Mädchen. Auf dem Pferd machtest du die bessere Figur, das muß man dir lassen. Du wurdest mit den schwierigsten Pferden fertig.»

«Adelheid fiel dauernd runter», sagte Mutti. «Und drückte sich vor dem Stalldienst.»

«Dafür warst du um so fleißiger. Jeden Sonntag erschienst du pünktlich zum Pferdeputzen im Stall.»

Horstimann rührt versonnen in seiner Kaffeetasse. «Gott, was war die Kleine schüchtern.»

«Schüchtern?» wiederholt Mutti mit hoher Stimme. «Maulfaul war sie.»

«Und was ist aus ihr geworden?»

Mutti bleibt keine Zeit, über die reizende Adelheid Auskunft zu geben. Papi ist vom Dienst nach Hause gekommen. Früher, als er angekündigt hat.

«Ich hab dich noch gar nicht erwartet», sagt Mutti.

«Ich konnte mich heute mal früher loseisen. Hat man Ihnen denn wenigstens was Vernünftiges zum Trinken angeboten? Außer dem labberigen Kaffee?» sagt Papi nach der Begrüßung zu Herrn Horstmann. Er tut, als wären wir ohne ihn nicht imstande, einen Gast zu bewirten. «Also, ich hol uns mal was aus dem Keller.»

Nachdem die Männer sich zugeprostet haben, fragen sie sich gegenseitig ihre Berufe ab und geben ihre politischen Ansichten zum besten. Mutti sitzt stumm daneben. Zwischendurch flachst Horstimann ein wenig mit Andrea. Dann fragt er, ob er sich nicht mal das ganze Haus ansehen kann. «Wirklich apart, Herr von Trebnitz! So was Originelles läßt sich heute vergleichsweise kaum noch finden.»

«Ja, gern.» Papi strahlt. «Dann machen wir mal eine kleine Schloßbesichtigung.»

Horstmann findet alles wundervoll. Nur daß in dem Haus so viel Holz verarbeitet worden ist, scheint ihm etwas bedenklich. «Sind Sie denn auch hoch genug versichert?»

«Ich denke schon», sagt Papi, ein wenig unsicher geworden. «Aber ich kann ja mal die Police holen.»

Als Horstimann sie durchgelesen hat, wiegt er bedenklich den Kopf. «Die Versicherungssumme deckt bei weitem nicht den möglichen Schaden.»

«Und was raten Sie mir?» fragt Papi.

«Wir haben da einen sehr günstigen Tarif. Der ist eigentlich nur für die Angestellten. Ich muß mal sehen, wie ich das hindrehe. Aus alter Freundschaft zu Ihrer Frau sozusagen.»

Dann verabschiedet sich unser Gast.

«Ein reizender Mensch», sagt Papi. «Und so hilfsbereit. Meine Frau hat eben einen guten Geschmack!»

«Wirklich?» Mutti wirft ihm einen kalten Blick zu. «Na, dann will ich mal Abendbrot machen.»

Am nächsten Tag ruft Horstimann wieder an. Papi nimmt das Gespräch ab, weil Mutti bei Frau Fröhlich ist.

«Dein Verehrer hat angerufen», sagt er, als sie wieder zurück ist. «Er läßt dich sehr grüßen und bedankt sich noch einmal für den netten Nachmittag. Er hat zwei Karten für ein Konzert besorgt.»

«Wie aufmerksam von ihm.» Mutti ist ganz glücklich. «Du gehst ja nie mit mir irgendwohin.»

«Es ist ein Rock-Konzert oder so ähnlich.»

Mutti wirkt ein bißchen enttäuscht. «Aus dem Alter bin ich eigentlich raus.»

«Bist du», sagt Papi. «Deshalb hat er auch Andrea eingeladen.»

Andrea verschluckt sich fast an ihrem Kaugummi und sieht ihre Mutter an. «Rock ist Asche!»

Sie flüstern zusammen und lachen. Und dann schicken sie mich mit Horstimann ins Konzert. Papi ist das gar nicht recht.

«Den günstigen Rabatt für die Versicherung können wir jetzt bestimmt vergessen.»

10. Liebe kommt, Liebe geht

Lehret ewig Liebe, denn Liebe ist es, aus was wir gemacht sind, ist mit Leuchtfarbe da, wo die Rinde abgeblättert ist, auf eine alte Eiche gepinselt. Auf dem Weg zur Schule komme ich jeden Tag dran vorbei.

«Wir sind aus Liebe gemacht, Papi», sage ich. «Wußtest du das?»

«Löwy bestimmt nicht», sagt Papi. «Der besteht nur aus Flegelhaftigkeit. Allein wie der sich schon im Wohnzimmer herumfläzt. Steht nicht mal auf, um einem guten Tag zu sagen.»

Mutti fängt an, es bedenklich zu finden, daß ihre «kleine Schwester» sich dauernd mit ihm herumtreibt. «Hat keinen guten Einfluß, dieser Junge.»

Voller Schrecken hört sie aus der Siedlung, wo man die beiden schon überall gesehen hat. Mit einem schweren Motorrad ist Löwy, Andrea auf dem Sozius, an Herrn Naumann vorbeigebraust. Dabei hat er überhaupt noch keinen Führerschein.

«Ach», sagt Andrea, «war doch nur 'ne kleine Spritztour.»

Frau Fröhlich hat sie getroffen, als sie gerade im Begriff waren, in so eine Spielhalle zu gehen. Und von Frau Reimer am Kiosk wollten sie unbedingt eine Flasche Whisky kaufen. Aber Frau Reimer hat sie ihnen nicht gegeben.

Andrea hört gar nicht zu, wenn die Eltern darüber mit ihr reden. «Da rein und da raus», sagt Papi und deutet auf seine Ohren.

Ihre Liebe nervt die ganze Familie. Vergeblich streicht sie ihren Löwy heraus, wie Mutti ihren beliebten Tomatenauflauf, den niemand mag. Löwy kann Karate, einen Computer bedienen und soll eine fabelhafte Note in Sport haben.

«Wirklich erstaunlich», sagt Papi. «Ich dachte, seine Hauptstärke läge in seiner Stimme.»

Löwy ist sehr schmächtig und sein Kopf ziemlich klein geraten. Aber wenn er den Mund auftut, fällt man fast vom Stuhl.

Andrea ist zu nichts mehr zu gebrauchen. Sie liegt stundenlang in ihrem Zimmer auf dem Bett, den Walkman über dem Kopf, und schreit einen an, wenn man sie was fragt.

«Du und dein dämlicher Löwy», sage ich wütend. «Wie kann man sich bloß in so einen Idioten verknallen?»

Sie stößt mit dem Fuß nach mir. «Dick und dumm, das ist alles, was du bist. Du hast ja keine Ahnung.»

«Wer's sagt, ist's selber», sage ich. «Aber Löwy! Den kannst du dir doch an 'n Hut stecken.»

Nur Omi ist gerührt über ihre älteste Enkelin und kramt gleich wieder in ihrer Erinnerungskiste. «Als ich so alt war wie Andrea, verliebte ich mich unsterblich in den Vetter eures Großonkels Viktor. Der heiratete später ein gewisses Fräulein Reitling. Oder war es Riesling? Er brachte mir immer Katzenzungen mit, und –»

«Ja, ja», unterbricht Mutti sie etwas gereizt. «Was machen wir bloß mit dem Kind? Wenn das so weitergeht, wird sie wohl sitzenbleiben.»

Am Sonntag morgen gibt es einen Wahnsinnskrach. Andrea erscheint im Bademantel am Frühstückstisch; die Haare hängen ihr wild ins Gesicht, was Papi haßt.

«Ich hoffe, du hast dir wenigstens die Zähne geputzt», sagt er ärgerlich. Andrea nickt nur stumm und greift nach einem frisch aufgebackenen Brötchen. «Kannst du das Kind nicht mal zu einem anständigen Friseur schicken? Der Struwwelpeter ist ja dagegen eine gepflegte Erscheinung.»

Anna-Sofie und ich sehen uns an. Power liegt in der Luft. Ferdinand kommt schrill pfeifend herein. Er ist irre stolz, daß er endlich diese Kunst beherrscht.

«Sei gefälligst leise», sagt Andrea. «Löwy meditiert gerade.»

Papi verschluckt sich an seinem Bohnenkaffee. «Er tut was?»

«Er meditiert.» Andrea gibt sich cool, aber man kann ihr ansehen, daß ihr ziemlich mulmig wird.

«Der junge Mann meditiert also. Und darf man fragen, wo?»

«In meinem Zimmer.»

«Sag bloß, er hat bei dir übernachtet!» Mutti ist ganz durcheinander.

«Auf meiner Luftmatratze. Was ist schon dabei?»

«Ist hier vielleicht ein Puff?» donnert Papi los.

Mutti mahnt: «Karl Albrecht!»

Ferdinand hält sich die Ohren zu, und ich grabsche schnell das letzte Brötchen, ehe Anna-Sofie es mir wegschnappen kann.

Andrea bricht in Tränen aus. Sie schluchzt und heult. Kein Vertrauen hat man zu ihr! Warum hat sie nur so spießige Eltern? Ausgerechnet sie! Am besten, sie haut mit Löwy ab. Nach Australien oder so.

Draußen klappt eine Haustür. Wie sich herausstellt, hat Löwy sich verdrückt.

Andrea soll unbedingt in ein Internat, beschließt der Familienrat.

«Da kommt nur eins in Frage», sagt Omi. «Schloß Rebenhausen.» Wo auch ihr Großonkel Richard gewesen ist. «Dort gibt es noch gute Pädagogen, und die Kinder werden nach vernünftigen Grundsätzen erzogen. Mehr sein als scheinen, war jedenfalls damals die Devise. Und das mit dem Schloß, klingt feudaler, als es ist. Die Zimmer waren spartanisch einfach eingerichtet.»

Billig ist es nicht gerade. Papi hält sich am Stuhl fest,

als er den monatlichen Preis hört. «Wollt ihr mich ruinieren?» Aber für sein Äffchen wird er sich gern krummlegen.

Andrea heult Rotz und Wasser. Sie will nicht in so ein Scheißinternat. Sie will sich nicht von Löwy trennen. Auf kei-nen Fall!

Mutti bricht ihr Kummer fast das Herz. «Wir fahren morgen in die Stadt und kaufen dir was Hübsches», versucht sie Andrea zu trösten.

«Aber nur in die Boutique Annette und nicht in so 'n olles Kaufhaus», fordert meine Schwester und wischt sich die verschmierte Wimperntusche ab.

«Meinetwegen», sagt Mutti. «Dann machen wir mal einen großen Einkaufsbummel. Ferdinand braucht einen neuen Anorak, Anna-Sofie einen Schlafanzug und Charlotte dringend ein Paar Schuhe.»

Zuerst gehen wir in die Boutique. Dort wimmelt es von Mädchen in Andreas Alter, die unbekümmert alles, was ihnen gefällt, anprobieren und es ebenso unbekümmert auf die Erde schmeißen. Die beiden Verkäuferinnen haben alle Hände voll mit Aufräumen zu tun.

Andrea ist scharf auf einen orangefarbenen Rock. Als Mutti das Preisschildchen liest, kriegt sie fast 'ne Krise. «So viel Geld für den Fetzen? Da hängen ja schon die Fäden raus.»

Die Verkäuferin ist ganz Zucker. «Sieht sie nicht

entzückend aus?» sagt sie. «Man muß so was natürlich tragen können.»

«Und bezahlen!» sagt Mutti. «Andrea, das ist mir wirklich zu teuer.»

Aber weil Andreas Tränen schon wieder zu fließen beginnen – «Nicht die kleinste Freude gönnt ihr mir!» – gibt sie schließlich nach. «Dann müßt ihr anderen eben noch warten. Nicht wahr, Ferdinand?»

Mein Bruder, der sonst wie ein Wasserfall redet, nickt diesmal nur stumm. Er hat merkwürdig geschwollene Backen. Auf der Straße wird er plötzlich von einem fürchterlichen Hustenanfall gepackt. Mindestens hundert gelbe Bonbons fallen ihm aus dem Mund wie Dukaten aus dem Goldesel. Er muß den Teller mit den Süßigkeiten in der Boutique völlig abgeräumt haben.

Papi beschließt: «Wir kucken uns das Internat erst mal an.»

Es liegt nur zwei Autostunden von uns entfernt, so daß Andrea an den Wochenenden nach Hause kommen könnte. Den neuen Rock darf sie nicht anziehen. Sie wird mit Schottenrock, frisch geschnittenem Haar und Polohemd auf brav getrimmt. Voller Ekel streckt sie sich vor dem Spiegel selbst die Zunge raus. «Mann, wie sehe ich bloß aus! Direkt ätzend!»

Bevor es losgeht, nimmt sie von ihrem Löwy Abschied, als ginge es in den Knast. «Nu steh nicht da wie 'ne schwangere Lerche!» tröstet sie Löwy, der sich von uns beobachtet weiß, etwas verlegen. «Noch is' ja nicht Ende der Fahnenstange.»

Omi und ich fahren mit. Unterwegs erzählt uns Omi unentwegt, wie es zu ihrer Zeit im Internat war. Schlafsäle, Morgenandachten auf nüchternen Magen, Briefzensur und kratzige Schulkleider. «Das Zimmer der Vorsteherin durften wir nur rückwärts gehend verlassen.»

«Mach doch dem Kind keine Angst, Mami», sagt Mutti.

Das Schloß liegt in einem riesigen Park auf einem kleinen Hügel. Die sanft abfallende Rasenfläche ist tiptop gepflegt.

«Wie schön», sagt Omi verträumt. «Fast wie früher zu Hause. Einmal möchte ich noch in einem Kutschwagen sitzen und das Knirschen der Räder auf dem Kies hören.»

Wir fahren in den Schloßhof. Das Schloß ist keineswegs spartanisch eingerichtet. Überall stehen kostbare Möbel herum. Papi entdeckt als erstes in der Halle eine Standuhr, die besonders reich geschnitzt ist. Er betrachtet sie entzückt. «Seht mal, hier.»

Während wir zum Büro des Schulleiters traben, kommen uns mehrere Jungen und Mädchen entgegen. Niemand trägt einen Schottenrock. Andrea wirft ihrer Mutter einen triumphierenden Blick zu. Ein Junge mit einem Hockeyschläger unterm Arm sondert sich von den anderen ab und beginnt ein Gespräch mit Andrea, während wir weitergehen. Ich drehe mich um. Sie stehen immer noch zusammen und lachen. Mutti ruft ungeduldig: «Wo bleibst du denn, Andrea!»

«Ich komme ja schon.»

Der Direktor ist ein sonnenbankbrauner, lässiger Typ in Jeans und Rollkragenpullover. Er erklärt uns sein Erziehungsprinzip. «Wir wollen aus unseren Schülern weltoffene Bürger machen», sagt er, und wir bekommen zu hören, was die Schule alles zu bieten hat: Segeln, Tennis, Hockey, Ballett.

«Und wie ist es mit dem Unterricht?» fragt Mutti etwas verstört. «Andrea soll auf jeden Fall das Abitur machen.»

«Unterricht und Schularbeiten haben natürlich Priorität», sagt der Direktor. «Absolut. Wir versuchen, die Kinder zum Lernen zu motivieren.»

Dann zeigt er uns das Internat. In den Schlafräumen sieht es chaotisch aus. In einer kleinen Teeküche türmt sich dreckiges Geschirr. Eine Putzfrau bemüht sich, Ordnung zu schaffen. In manchen Zimmern gibt es Fernseher und Videogerät. In einem liegt ein Mädchen auf dem Bett und schläft.

«Oh, Verzeihung.» Der Direktor schließt wieder die Tür.

«Ist sie krank?» fragt Mutti fürsorglich.

«Nein, nein, sie hat wohl heute nur zwei Stunden Unterricht gehabt.»

«Vielleicht war sie ja auch nicht richtig motiviert», murmelt Papi.

Beim Abschied macht der Schulleiter die Eltern darauf aufmerksam, daß sie Andrea rechtzeitig anmelden müssen. «Wir sind sehr gefragt.»

In der Halle begegnen wir wieder der Gruppe älterer Schüler von vorhin. Der Junge mit dem Hockeyschläger erklärt gerade einem anderen zukünftigen weltoffenen Bürger: «Marbella ist Asche. Wir fliegen in den Ferien nach Grönland.» Als er an Andrea vorbeikommt, sagt er lässig: «Hei.»

«Also, ehrlich gesagt», faßt Papi auf dem Heimweg seinen Eindruck zusammen, «mir ist das Ganze ein bißchen allzu weltoffen. ‹Marbella ist Asche!› Aber die Uhr war wunderschön.»

Während diesmal Mutti am Steuer sitzt, blättert er in dem Schulprospekt. «Sexualverkehr und Drogen sind nicht gestattet», liest er vor. «Wie beruhigend!»

«Mir hat's irre gut gefallen.» Andrea ist zu unserer Verwunderung plötzlich wild begeistert. «Richtig Klasse!»

«Dieses Internat kannst du dir gleich aus dem Kopf schlagen», sagt Papi.

«Wir werden schon noch was Geeignetes finden», beschwichtigt Mutti.

Aber irgendwie haben die Eltern plötzlich die Lust verloren, Andrea wegzugeben. Wer weiß, was die mit ihr machen. Welchen Einflüssen sie ausgesetzt ist. Womöglich kommt sie noch als Drogensüchtige nach Hause!

«Andrea wird Nachhilfe in Mathe und Englisch

bekommen und sich am Riemen reißen, verdammt noch mal!» sagt Papi.

Auf jeden Fall will Mutti mit Löwys Mutter reden. So von Frau zu Frau. Die weiß vielleicht gar nicht, was ihr Junge in der Freizeit treibt. Ist die ganze Zeit damit beschäftigt, ihr Reihenhäuschen auf Hochglanz zu bringen. Andrea hat jedenfalls erzählt, daß sie dauernd am Putzen ist.

Löwys Mutter, Frau Jäger, ist sehr bereit, uns kennenzulernen und auf ein Plauderstündchen vorbeizukommen. Auch sie hat sich schon Gedanken gemacht. Die vielen Uhren im Wohnzimmer betrachtet sie mit Verblüffung.

«Macht Sie das Ticken nicht nervös?» fragt sie Mutti.

«Manchmal schon», gibt Mutti zu.

Dann werde ich aus dem Zimmer geschickt. Ich lasse die Schiebetür zum Eßzimmer einen Spalt auf, setze mich mit meinen Heften an den Eßtisch und tue so, als ob ich Schularbeiten mache. Sie kommen sehr schnell auf Löwy und Andrea zu sprechen.

«Im Prinzip habe ich ja nichts gegen die Freundschaft der beiden», beginnt Mutti das Gefecht. «Nur sollte die Schule nicht darunter leiden.»

«Da haben Sie recht», sagt Frau Jäger. «Für Ihr Töchterchen ist das sicher ein Problem. Löwy ist ja ein glänzender Schüler, aber Ihrer kleinen Andrea fällt das Gymnasium doch wohl schwer. Es werden ja heute auch sehr hohe Anforderungen gestellt. Ich sag schon immer: ‹Löwy, gib deiner kleinen Freundin nicht so nach! Sag auch mal nein, wenn sie unbedingt mit dir ins Kino oder in die Disco will.› Aber er kann keinem etwas abschlagen. Er ist einfach zu gutmütig.»

«Ja, ja, er muß wohl sehr an meiner Tochter hängen», höre ich Mutti sagen. «Jedenfalls ruft er zu jeder Tages- und Nachtzeit bei uns an.»

Allmählich geraten sie sich mit großer Höflichkeit ganz schön in die Haare. Immerhin sind sie sich einig, die vielen Zusammenkünfte in Zukunft doch ein wenig zu unterbinden.

Löwy und Andrea ist's egal, was ihre «Verwandten» da ausgeheckt haben. Sie kleben mehr denn je zusammen und wandern Hand in Hand durch die Gegend.

Doch so ganz allmählich scheint Andrea zu kapieren, daß sie für die Schule was tun muß. Sie bleibt jetzt häufig zu Hause und paukt.

Ein paar Wochen später kommt Mutti ganz aufgeregt vom Einkaufen aus der Stadt zurück. Sie hat Löwy in der U-Bahn mit einem anderen Mädchen schmusen sehen. Papi hört es mit Befriedigung. «Habt ihr was anderes erwartet?»

Mutti bricht es fast das Herz. «Die arme Andrea! Geh bloß nicht gleich hin, Charlotte, und erzähl es deiner Schwester brühwarm.»

«Ich bin doch nicht du», sage ich patzig.

Mutti ist sprachlos, und ich renne schnell aus dem Zimmer.

Ein paar Tage hüte ich das große Geheimnis, aber dann erwische ich Andrea, wie sie sich über meine Pfefferminzplätzchen hermacht.

«Wer hat dir das erlaubt?» Ich versuche ihr die Tüte wegzureißen.

Es gelingt mir nicht. Sie lacht.

«Damit du's weißt, dein Löwy hat auch die Nase voll von dir!» schreie ich sie wütend an. «Er hat eine andere! Mutti hat's gesehen.»

Gleich wird sie aufspringen und alles ganz genau von mir wissen wollen. Ich werde sie trösten. Sie ist schließlich meine Schwester.

Aber Andrea bleibt ultracool. «Von mir aus», sagt sie gleichgültig. Sie zieht ein Bild aus ihrer Tasche, betrachtet es und reicht es mir herüber. «Wie findsten den?»

Ich bin platt. Das ist ja der Junge aus dem Internat. Der mit dem Hockeyschläger.

«Richtig», sagt Andrea. «Er hat mich neulich angerufen. Wohnt ganz in unserer Nähe. Letztes Wochenende haben wir uns getroffen. Daß du mir ja den Mund hältst!»

Am Abend reden Mutti und Papi miteinander über die arme Andrea und wie sie es verkraften wird, daß Löwy so ein Windhund ist. Der soll sich bloß nicht mehr hier blicken lassen!

«Liebe kommt, Liebe geht», seufzt Omi.

11. Der Vogel Greif

Andrea kann nicht verstehen, daß Gudrun jetzt meine beste Freundin ist. «Was findest du bloß an diesem Lese-Freak? Da kann man sich ja gleich mit 'nem Bücherregal unterhalten.»

Papi ist ganz anderer Meinung. «Endlich mal ein Kind, das nicht dauernd quatscht.»

Mutti pflichtet ihm bei. «Du hast recht. Sie ist wirklich angenehm um sich zu haben.»

«Ihre Dornröschenhecke sind eben die Bücher», meint Omi.

Das angenehme Kind darf deshalb auch bei uns übernachten. «Je-der-zeit», versichert Mutti. «Was ist eigentlich mit den Eltern? Ich würde sie gern mal kennenlernen. Wenigstens die Mutter. Vielleicht –» Das fehlte mir gerade noch!

«Ich glaube, der Wasserkocher ist kaputt», unterbreche ich sie. Wenn Mutti mit ihrer Fragerei anfängt, muß man sie ablenken.

Mutti stellt den Kessel an. «Er funktioniert doch tadellos. Wahrscheinlich war nur der Stecker locker.»

Wie es sich für einen Gast gehört, schläft Gudrun in meinem Bett, und ich liege auf der Luftmatratze daneben. Während Anna-Sofie vor sich hin schnarcht, das Wasser im Aquarium gluckst, der Goldhamster im Käfig auf dem quietschenden Rad seine Joggingrunden dreht und ich mich vor der Englischstunde morgen graule, hat sie ihre Taschenlampe angeknipst und liest schon wieder. «Bist du denn überhaupt nicht müde?» flüstere ich. Sie antwortet nicht. Hat ihre Ohren auf Null gestellt. Ist wie ein Zombie, von fremder Magie beherrscht. Ich drehe mich auf die Seite.

Gudrun kann an keinem Buch vorbeigehen, ohne es wenigstens in die Hand zu nehmen und aufzublättern. In der Not nimmt sie sogar mit dem Telefonbuch vorlieb. Da ist sie richtig süchtig. Wenn wir für Mutti eingekauft haben und die Sachen auf dem Küchentisch auspacken, liest sie sogar das Gedruckte auf dem Einwickelpapier.

Gudrun kenne ich seit einem halben Jahr. Sie hat am Teich gelegen und gelesen. Hänschen Naumann ist voll auf sie drauf getreten, als wir uns Wasserflöhe geholt haben. Das Wasser schwappte über ihre Füße, und Hänschen schimpfte: «Was liegt den hier für 'n Idi rum? Du bist wohl ein Blatt-Tier?» Das hatten wir auch im Fernsehen gesehen. Eine Raupe, die wie ein Blatt aussah.

Gudrun sieht allerdings mehr aus wie ein Grashalm. Ein Grashalm mit Augen. Sie trägt ein schilffarbenes T-Shirt, schilffarbene Hosen, hat bräunliches, kurzgeschnittenes Haar und ein schmutzigbraunes Gesicht mit tiefliegenden Augen. In dem dichten Schilfgras ist sie wirklich kaum zu erkennen. Sie sieht auf ihre nassen Turnschuhe. Ich entschuldige mich.

«Hauptsache, mein Buch hat nichts abgekriegt», sagt sie.

Wir fragen, wie sie heißt.

«Gudrun Reese.»

«Und wo kommst du her?»

Sie deutet auf den Vogel Greif.

«Aus dem ollen Hochhaus? Ist ja abartig», sagt Hänschen.

«Wieso?» fragt Gudrun gleichgültig. «Ist doch piepegal, wo man wohnt.»

Hänschen ist mit seinen Wasserflöhen nach Hause getrabt, und ich bin aus Neugierde zum Hochhaus mitgegangen. Ich wollte unbedingt mal den Vogel Greif von innen sehen. In seinem Bauch hat er dieselbe Farbe wie Frau Fröhlichs «blaue Grotte», nur viel schmutziger und schäbiger. Um die Lichtschalter ist ein schwärzlicher Fettrand. Und von den Fensterbrettern kann man die Farbe mit den Fingern abschnippen. Der Fahrstuhl ist von oben bis unten bekritzelt mit so Sprüchen wie *Ein Geisterfahrer ist wahnsinnig entgegenkommend.* Wir sind dann in den zwanzigsten Stock raufgefahren. In dem langen

Flur waren zwei Deckenlampen ausgefallen; man ging wie durch einen Tunnel. Kein Mensch zu sehen oder zu hören. Ein richtiges Geisterhaus.

«Hier stehen 'ne Menge Wohnungen leer», erklärte mir Gudrun, während sie ihre Wohnungstür aufschloß. «Dauernd ziehen Leute ein und wieder aus.»

Durch einen kleinen Flur kam man in ein großes Zimmer, in das die untergehende Sonne schien. Als ich aus dem Fenster kuckte, fühlte ich mich wie im Kopf des Vogels Greif. Jeden Augenblick würde er abheben und sich auf die Sonne stürzen, die sich bereits erschreckt hinter den Horizont verkroch.

Das Wohnzimmer war wahnsinnig ordentlich, nichts lag herum. Und klasse eingerichtet, mit weißen Ledersesseln und Sofa. Die gelben Gardinen reichten bis zur Erde, und am Fenster stand eine große Bodenvase mit künstlichen Blumen. Über einer Kommode hing ein Wandschränkchen; durch die verglaste Tür konnte man lauter buntbemalte Fingerhüte aus Porzellan sehen.

Ich ließ mich auf das Sofa fallen, schob den Glastisch mit den verchromten Beinen etwas ab und machte es mir gemütlich. Vergeblich sah ich mich nach einem Fernseher um. «Den habt ihr wohl im Schlafzimmer?»

Gudrun schüttelte den Kopf. «Fernseher haben wir nicht. Der ist irgendwann mal kaputtgegangen, und Mutti hat bis jetzt keinen neuen gekauft.»

Ich war tief enttäuscht. Nach der Wohnungseinrichtung hatte ich ein Superding erwartet. Mit Video und allen Schikanen.

Dann gingen wir in Gudruns Zimmer, das mit Bücherregalen vollgestellt war. Ich nahm ein Buch in die Hand. «Die hast du alle gelesen?» fragte ich beeindruckt.

«Hundertmal», sagte Gudrun wegwerfend. «Das ist doch nichts Besonderes.»

Auf einem kleinen Schreibtisch lag ein Päckchen Bücher aus einer öffentlichen Bücherei. «Die will ich heut' noch umtauschen. Kommst du mit?»

«Wo schlafen denn deine Eltern?«

Sie öffnete die Tür. Dieses Zimmer bestand eigentlich nur aus einem riesigen Bett mit einer geblümten Decke und einer Wand aus lauter Spiegelschränken.

«Meine Mutter ist verreist», sagte Gudrun.

«Und dein Vater? Wo ist der?»

«Den hab ich schon seit einer Ewigkeit nicht mehr gesehen. Mit unseren Herren haben wir kein Glück.»

«Du bist hier ganz allein?» Ich war platt. Wenn meine Eltern wegfahren, muß Omi ran. Damit wir unsere Ordnung haben!

«Warum denn nicht? Ich bin doch kein Baby mehr.»

«Und du machst dir alles selber? Frühstück, Mittag und so?»

Sie zeigte mir eine toll eingerichtete Küche und

deutete auf den Elektroherd. «Es gibt doch Fertiggerichte. Die brauche ich nur in den Ofen zu schieben und die Uhr einzustellen.»

«Und ins Bett gehst du, wann du willst?»

Sie nickte.

«Hast du denn niemanden, der bei dir übernachtet?»

«Hin und wieder schon. Aber die Mädchen aus meiner Klasse gehen mir auf den Geist mit ihrer Fragerei. Und abends ruft ja Mutti sowieso an. Also, was ist? Wollen wir los?» Sie sah auf die Uhr. «Die Bibliothek schließt um sechs.»

In der Bibliothek nahm uns eine komische Person mit Krisselhaaren und Gemmenbrosche am schlabberigen Pullover die Bücher ab. «Die willst du schon wieder umtauschen? Du hast die doch vorgestern erst geholt. Du bist ja ein richtiger Bücherwurm!»

«Das sagt sie jedesmal», flüsterte mir Gudrun zu, während wir die Buchreihen durchgingen und sie sich Bücher aussuchte. «Die könnte sich auch mal was Witzigeres einfallen lassen.»

Also, ich fand das alles unheimlich stark und hab Gudrun gefragt, ob ich sie wieder besuchen darf. Ihr schien's schnuppe zu sein. «Von mir aus», war alles, was sie sagte.

Gleich am nächsten Tag bin ich wieder hingegangen. Es war einfach toll. Ich konnte tun, was ich wollte. Gudrun fand's korrekt. Ob ich mir was zu essen machte, mir in dem rosa und schwarz gekachelten Bad die Cremes ihrer Mutter ins Gesicht schmierte oder in den Schränken herumwühlte und die fabelhaften Kleider bestaunte. Aber tipptopp aufräumen mußte ich hinterher.

«Sonst schimpft die Putzfrau.»

Nur beim Lesen ließ sie sich ungern stören.

Ich hab oft auf dem niedrigen Fensterbrett gesessen, mir die Gegend bekuckt und auf unsere Siedlung gesehen. Aber ich hätte genausogut in Afrika sein können, so weit weg kam's mir vor. Es war einfach klasse ohne die Familie und die ewige Fragerei! Was hast du? Was machst du? Wie war's in der Schule? Kein Ferdinand, der jeden Satz mit «Weißt du was?» beginnt. Keine Anna-Sofie, die einen zum millionsten Mal mit der Kassette «Benjamin Blümchen rettet den Zoo» nervt.

Gudrun störte es auch nicht, daß ich versuchte, auf der Maultrommel zu spielen. Aber irgendwie kriegte ich das nie richtig hin. Gudrun meinte: «Klingt 'n bißchen wie 'n Brummer im Weckglas.»

Manchmal haben wir auch zusammen Schularbeiten gemacht. In Mathe und Englisch war die echt gut. Und manchmal hat sie mir auch ein bißchen was von sich erzählt. Wie oft sie schon umgezogen sind. Und daß ihre Mutter auf Messen verkauft.

Eine Woche später habe ich Frau Reese dann auch kennengelernt.

Ich hatte mich gerade in ein Abendkleid von ihr

gezwängt, als die Wohnungstür aufgeschlossen wurde und ich hörte, wie Gudrun «Mammi!» rief. Ehe ich das Kleid wieder ausziehen konnte, war sie schon im Schlafzimmer, und ich stand ziemlich bedeppert da in diesem blöden Fummel. Frau Reese schien nichts dabei zu finden, daß ich ihre Klamotten anhatte. Sie lächelte mich freundlich an. «Laß dich nicht stören. Du bist wohl die neue Freundin von Gudrun? Gott, was habe ich Hunger! Ich mache mich schnell ein bißchen zurecht, und dann gehen wir essen. Aber ruf deine Mutter vor an.»

Frau Reese sah noch unheimlich jung aus und hatte eine fabelhafte Figur.

Das Lokal, in das wir gingen, was ein toller Schuppen. Piekfein und irre teuer. Auf der Speisekarte gab's kein Gericht unter dreißig Mark. Wir durften uns bestellen, was wir wollten. Ich schämte mich für meine schmutzigen Jeans und die ausgefransten Tennisschuhe. Aber Frau Reese beruhigte mich. «Wer zahlt, darf alles.» Tatsächlich behandelte mich der Ober wie Lady Di und schob mir sogar einen Stuhl unter.

Gudrun war unheimlich aufgekratzt. So kannte ich sie noch gar nicht. Und kolossal besorgt um ihre Mutter. «Zieht's dir hier auch nicht? Du kriegst doch so leicht 'nen steifen Hals. Wie lange bleibst du eigentlich?»

«Paar Tage bestimmt.» Frau Reese lächelte den

Kellner an, der den Nachtisch brachte. «Und wie geht's euch so in der Schule?»

«Gudrun schreibt nur Einsen und Zweien», sagte ich. «Aber bei mir, na ja.»

«Ich war auch nicht gerade eine Leuchte.» Frau Reese zündete sich eine Zigarette an.

«Ist Ihr Job nicht wahnsinnig anstrengend?» fragte ich höflich.

Sie kuckte total verdutzt. «Wie meinst du das?»

«Na, den ganzen Tag die Steherei, und die vielen Menschen in so 'ner Halle.»

«Ich hab ihr erzählt, daß du auf Messen arbeitest», sagte Gudrun.

»Ach so. Ja, ja. Anstrengend ist es schon. Aber jetzt kann ich mich erst mal ausschlafen.»

Als ich am Tage darauf bei Reeses klingelte, klang Gudruns Stimme durch die Sprechanlage ziemlich mürrisch. «Ach, du bist's.»

Ich hätte es mir ja denken können, daß sie mit ihrer Mutter lieber allein sein wollte. Deshalb klingelte ich noch einmal. «Hab's mir überlegt. Ich komme morgen wieder.»

«Spinnst du? Komm schon rauf.»

In der Wohnung war Frau Reese gerade dabei, sich umzuziehen. Es roch nach einem wundervollen Parfüm. Wir gingen gleich in Gudruns Zimmer.

«Habt ihr denn nichts vor?» rief Frau Reese aus dem Badezimmer. «Ich dachte, ihr wolltet in die Stadt.»

«Ja, ja.» Gudrun packte ein paar nagelneue Bücher in eine Plastiktüte. «Wir verschwinden gleich.»

«Wo wollen wir eigentlich hin?» fragte ich im Fahrstuhl.

«Die Bücher umtauschen.»

«Und wo?»

«Im Kaufhaus Rainart.»

Als wir durch die Eingangstür des Hochhauses gingen, stand da ein dicklicher Mann und nahm gerade den Finger vom Klingelknopf.

»Er hat bei euch gedrückt», sagte ich.

«Quatsch», sagte Gudrun.

Es war offener Verkaufssonnabend und ein fürchterliches Gedränge. Sogar in der Buchabteilung wurde man dauernd geschubst. Gudrun ging zu einem großen Grabbeltisch, suchte sich vier Bücher aus, sah nach dem Preis, rechnete kurz durch und legte die vier mitgebrachten Bücher an ihre Stelle.

«Das mache ich immer so», erklärte sie mir. «Ich tausch sie einfach mehrmals um. Der Verkäuferin darfst du damit nicht kommen, die flippt echt aus.»

«Irre», sagte ich gerade bewundernd, als plötzlich ein Mann neben uns auftauchte mit einem Gesicht wie ein Fruchtjoghurt. Ganz weiß und dazwischen lauter geplatzte Äderchen.

«Sieh mal an!» sagte er mehrmals hintereinander. «Wen haben wir denn da?»

«Eine Kundin, die ihre Bücher umtauscht», sagt Gudrun. «Hier ist mein Kassenbon.»

Er starrte verdutzt auf den Bon. «Nach der Do-it-yourself-Methode! Das haben wir gern. Haut bloß ab, und laßt euch hier nie wieder blicken!»

Das ließen wir uns nicht zweimal sagen.

«Mann, du machst ja Sachen», seufzte ich.

«Wieso?» Gudrun war ganz erstaunt. «Ist doch korrekt.»

Zu Hause hab ich davon natürlich nichts erzählt. Mutti hätte gleich wieder eine Krise bekommen.

Eine Woche später waren wir auch wieder allein. Wenn Gudrun mal keinen Bock auf Bücher hat, dann toben wir durch die Stadt. Am liebsten fahren wir U-Bahn und denken uns tolle Spiele aus. Gudrun ist da sehr erfindungsreich. Zum Beispiel setzen wir uns zu den alten Leuten und reden über unsere Eltern.

«Ist dein Papa noch im Knast?» fragt Gudrun so laut, daß es jeder hören kann. «Was hat er eigentlich angestellt?»

«'ne Bank überfallen.» Ich sehe traurig vor mich hin. Die Altchen glotzen uns an.

«Und dein Bruder?» frage ich. «Hängt der immer noch an der Nadel?»

Gudrun nickt. «Meine Mutter sagt, wenn er sich blicken läßt, schmeißt sie ihn raus.»

«Zeiten sind das heute!» sagt die dickbusige Frau

uns gegenüber zu ihrem Mann. «Weit sind wir gekommen!»

Sie will mit uns ein Gespräch anfangen, aber dem Mann ist das peinlich. «Laß doch. Wir müssen aussteigen.»

Toll ist es, wenn Kontrolle kommt. Dann springen wir auf, rasen zur Tür und versuchen sie aufzukriegen. Das Gesicht des Kontrolleurs strahlt. «Nu mal nicht so eilig, die Damen. Eure Fahrausweise, bitte!» Wenn wir sie ihm dann lässig hinstrecken, ist er schwer enttäuscht. «Weshalb macht ihr denn so 'n Theater?»

Manchmal steigen wir irgendwo aus und schlendern durch total fremde Straßen, wo es ganz verrückte Läden gibt und jedes Lokal griechisch oder türkisch ist. Als wir gerade an einem gammeligen Kellerladen mit Schuhen vorbeigehen und ich die Schrift auf der Schaufensterscheibe *Auf leisen Sohlen* laut lese, sind wir plötzlich von einer Horde Jungs umringt.

«Was hängen dir denn für Fäden aus der Hose?» sagt einer zu Gudrun, die ja wirklich sehr dünne Beine hat.

«Wo die herkommen», sagt ein anderer, «da drükken sie doch abends den Mond noch mit der Stange hoch. Oder seid ihr vom Verfassungsschutz?»

Als sie anfangen, uns zu schubsen, nehmen wir die Beine in die Hand.

«Machst du dir was aus Jungs?» frage ich ganz atemlos, als wir sie abgeschüttelt haben.

«Aus solchen bestimmt nicht.» Gudrun schnappt nach Luft. Wir lachen wie verrückt und können uns gar nicht mehr einkriegen.

Frau Reese und Gudrun haben die gleiche Stimme. Wenn Frau Reese mal länger wegbleiben muß und Gudrun bei mir schlafen möchte, ruft sie einfach bei Mutti an. «Guten Tag, Frau von Trebnitz, ich wollte fragen, ob meine Tochter bei Ihnen übernachten darf. Ich muß für ein paar Tage verreisen.»

«Je-der-zeit», versichert Mutti. «Wir haben Gudrun sehr ins Herz geschlossen. Aber wir Mütter sollten uns auch mal kennenlernen.»

Gudrun erfindet irgendeine Ausrede und sagt dann etwas Freundliches über mich, was Mutti schmeichelt.

«Frau Reese scheint wirklich eine nette Frau zu sein», sagt Mutti. «Sie hat so gar nichts Gewöhnliches. Trotzdem finde ich, du solltest deine alten Freunde nicht so vernachlässigen. Du hockst ja nur noch bei Gudrun.»

«Wir machen Schularbeiten zusammen.»

«Wirklich?» Mutti sieht mich etwas skeptisch an.

«Aber meine Arbeiten sind doch viel besser geworden.» Da muß Mutti mir recht geben.

Dieses Wochenende verbringt Gudrun wieder bei uns. Mutti lobt ihre tadellosen Tischmanieren, ihre Bescheidenheit und daß sie gleich aufspringt, wenn was zu holen ist.

«Wirklich, ein angenehmes Kind.»

Als ich Gudrun nach Hause bringe, sagt sie so ganz beiläufig: «Übrigens, nächste Woche bin ich nicht da. Ich verreise mit meiner Mutter.»

«Jetzt, während der Schule?»

«Mutti hat in den Ferien keine Zeit. Sie hat mir ein Attest besorgt.»

«Na ja, du hast ja mit der Schule keine Probleme», seufze ich.

«Tschau», sagt sie und verschwindet im Hochhaus.

Drei Wochen vergehen, ohne daß Gudrun sich meldet. Als ich schließlich bei ihr anrufe, höre ich nur eine Stimme: «Dieser Anschluß ist vorübergehend nicht erreichbar.»

Ich radle zum Hochhaus hinüber. An der Haustür des Vogels Greif gibt es das Namensschild Reese nicht mehr. Ich klingle irgendwo und fahre zum zwanzigsten Stock. Auch an der Wohnungstür fehlt das Schild. Und die Tür steht offen. Die Wohnung ist total leer. Reeses sind weg. Einfach so. Ohne sich zu verabschieden.

Ich starre aus dem Fenster, den Daumen im Mund. Die untergehende Sonne hat den Himmel rot angepinselt. Gleich wird der Vogel Greif abheben. Ich starre, bis ich das Gefühl habe, über der Erde zu schweben. Der Vogel Greif und ich, wir werden Gudrun finden!

Hinter mir schimpft ein Mann. «Nicht mal für 'n

Augenblick kann man hier 'ne Wohnung offenlassen. Schon sind diese verdammten Gören zugange.»

Mein Daumen flitzt erschrocken aus dem Mund. Ich drehe mich um und frage ihn, wo Reeses hingezogen sind.

Er klimpert ungeduldig mit dem Schlüsselbund.

«Weiß ich's? Jedenfalls hatten sie es verdammt eilig, wegzukommen. Und nun verschwinde!»

Ich werde sie finden!

12. Das Mercedeskind

Wir sind schuld, daß Onkel Kurt sich kein neues Auto leisten kann. Tante Christa muß nämlich zum Psychotherapeuten, und das zahlt die Kasse nicht. Der Psychotherapeut hat zu Onkel Kurt gesagt, Tante Christa wäre kein seltener, aber ein sehr langwieriger Fall. Die Behandlung würde ihre Zeit dauern. Zwei Jahre bestimmt. Er müsse ganz von vorn beginnen, behutsam, Schritt für Schritt, bei Tante Christas Kindheit.

Onkel Kurt ist Muttis Vetter und hat sie früher mal sehr verehrt, behauptet Omi. Papi sieht ihn lieber gehen als kommen. Aber er wohnt nun mal in unserer Stadt und hat viel Familiensinn. Zuviel, meint Papi.

Onkel Kurt redet gern von früher. Wie schön das Leben auf dem Lande war, auf Schloß Ebesdorf in Schlesien. Und wie schmerzlich er es vermißt, das alte Rittergut, seit Generationen im Besitz seiner Familie. In Onkel Kurts Wohnung hängen überall seine Ahnen und Bilder vom Schloß, sogar im Gästeklo. Omi wundert das sehr. «Das Gut war doch total verschuldet und ist bereits 1930 unter den Hammer gekommen. Soviel ich weiß, sind Kurts Eltern damals nach Schweinfurt gezogen.»

Jetzt muß Onkel Kurt bei einer Versicherung fronen, obwohl er sich so sehr nach Grund und Boden sehnt. Deshalb trägt er auch am liebsten einen grünen Anzug und einen Trachtenhut.

«Onkel Kurt im Country-Look», macht Andrea sich lustig, wenn er uns besuchen kommt.

Papi erzählt gern die Geschichte vom Familientreffen in Onkel Kurts Wohnung. Da hatte er doch auf den Tischkarten die Zimmer seiner Neubauwohnung tatsächlich als Salon bezeichnet. Grüner Salon, roter Salon, blauer Salon.

Mutti nimmt Onkel Kurt jedesmal in Schutz. «Sie haben wirklich hübsche alte Sachen –»

«Ich saß auf einem Ikea-Stuhl», sagt Papi.

«– und sich so viel Mühe bei dem Familientreffen gegeben», sagt Mutti, Papis Bemerkung übergehend.

«Aber nur, weil er versuchen wollte, jedem Gast eine Versicherung aufzuschwatzen.»

«Du ärgerst dich ja bloß, weil er dich gern scherzhaft als einen Staatsspitzel bezeichnet.»

«Grüner Salon», wiederholt Papi kopfschüttelnd.

«Na und? Jeder Mensch ist anders albern. Du hast dafür die Marotte mit der Chinesin.»

Onkel Kurt hat Tante Christa beim Joggen kennengelernt. Im Stadtpark sind sie fast aufeinandergeprallt, haben sich gegenseitig entschuldigt und dann zu einem kleinen Gespräch auf eine Bank gesetzt. Onkel Kurt ist sehr schnell auf Schloß Ebesdorf zu sprechen gekommen und wie er die Heimat vermißt. Tante Christa hat es mächtig gefallen, daß er so heimat- und naturverbunden ist. Auch sie liebt die Natur und überhaupt alles Natürliche. Vor allem in der Ernährung.

Damals war Tante Christa noch Redakteurin bei einer Frauenzeitschrift und sorgte dafür, daß dicke Leserinnen durch eine spezielle Diät dünn werden konnten. Sie brachte auch Mutti dazu, sich über richtige Ernährung Gedanken zu machen und nur noch kaltgeschlagenen Honig und linksgedrehten Joghurt zu kaufen. Papi rastete richtig aus, als Mutti ihm statt seiner geliebten Bratkartoffeln «Schneewittchensalat» aus Mohrrüben, geriebenen Äpfeln und Chinakohl vorsetzte, und lehnte den frischen Obstaufstrich «Süße Morgenröte» rundweg ab.

Bevor Ferdinand geboren wurde, besuchte uns Tante Christa häufig und legte für mich und Andrea in der Ecke unseres Kinderzimmers ein Biogärtchen an. In die Mitte hatte sie, ganz süß, ein Bauernhäuschen gestellt, vor dem der Bauer und die Bäuerin auf einem Bänkchen saßen und all die sprießenden Erbsen und Linsen und die Kresse ankuckten.

«Nun könnt ihr mit eigenen Augen sehen, wie

die zarten Keime ans Licht drängen», sagte sie, «und teilhaben an dem Wunder von Werden und Wachsen.»

Aber irgendwie hatten wir damit kein Glück. Erst machte sich das Zwergkaninchen über das Grüne her, dann fiel ein Karton mit Spielsachen vom Kleiderschrank und zermalmte das Bauernhaus.

Bald danach faßte Tante Christa den Entschluß, Mutter zu werden. Von nun an wollte sie nur noch «Wärme und Licht» für ihre zukünftige Familie sein.

Wölfchen, das Mercedeskind, wurde geboren. So hat Papi ihn getauft, weil er fast in Onkel Kurts Auto zur Welt gekommen wäre, als Tante Christas Mutter sie in die Klinik fuhr.

«Die arme Großmutter», sagte Omi. «Was muß sie sich geängstigt haben.»

«Die arme Christa», sagte Mutti.

«Das teure Auto», seufzte Papi.

Tante Christa gab ihre Stellung auf, um sich ganz ihrem Sohn zu widmen, und arbeitete nur noch hin und wieder für die Zeitschrift. Wir bekamen sie daher selten zu Gesicht. Dafür machte sie Papi halb wahnsinnig mit ihren endlosen Telefongesprächen, die sich ausschließlich um das Werden und Wachsen von Wölfchen drehten.

Mutti, die uns fast zur gleichen Zeit Ferdinand

bescherte, war nach diesen Gesprächen immer ganz unsicher, ob er mit Tante Christas Wunderkind Schritt halten würde.

«In manchem ist er vielleicht wirklich noch etwas zurück.» Papi warf mit zugehaltener Nase die Pampers in einen Plastikeimer.

Mutti sah ihn entsetzt an. «Gott, in was denn?»

«Na, weil er noch nicht aufs Klo gehen kann.»

Jetzt, wo Ferdinand fast fünf ist, hat Papi diese Bedenken aufgegeben. Aber der Besuch des Kasperletheaters wurde uns von Tante Christa neulich fast vermasselt. «Ich bin strikt dagegen, daß Konflikte mit Gewalt gelöst werden statt durch Argumente», hatte sie Mutti belehrt. Aber wir sind trotzdem gegangen, und Ferdinand schrie jedesmal vor Vergnügen, wenn der Kasperle dem Krokodil ordentlich eins auf den Kopf gab.

Vor drei Wochen hat Tante Christa mal wieder angerufen und gefragt, ob wir Wölfchen für ein paar Tage nehmen würden. Die Redaktion wollte sie nach London schicken, und das konnte sie schwer ablehnen. Kurt war in der Zeit dummerweise auf Geschäftsreise.

«Das soll für uns wohl eine Ehre sein», murrte Papi.

«Sei doch nicht so ungefällig», tadelte Mutti. «Ferdinand und er sind im gleichen Alter. Sie werden wundervoll zusammen spielen.»

«Hoffentlich.»

Wölfchen, blondgelockt und schmächtig, mit bis zur Schulter reichenden Haaren, an seiner Mutter wie eine schwere Einkaufstasche hängend, hielt am Wochenende bei uns Einzug. Auf dem Rücken trug er einen kleinen Rucksack, aus dem es laut trompetete.

«Das ist ja klassische Musik!» Mutti war ganz verblüfft.

«Stimmt.» Tante Christa strich ihm stolz übers Haar. «Von Bumsmusik will er nichts wissen. Klassik liebt er über alles, vor allem das Trompetenkonzert von Haydn. Er ist ja ein so harmonisches Kind.»

«Aber jetzt stellen wir dieses herrliche Konzert vielleicht mal 'ne Weile ab», meinte Papi.

Das harmonische Kind war nur sehr schwer von Tante Christa zu lösen. Selbst bei Tisch saßen sie Hand in Hand. Es wurde ein sehr unruhiges Mittagessen, denn Wölfchen hatte viele Wünsche. Erst wollte er Milch, dann eigentlich lieber nicht; dann wollte er Saft, dann lieber Brause und dann wieder Haydn.

«Aber bitte nicht bei Tisch», sagte Papi.

Während Wölfchen sich seinem Mittagsschlaf hingab, verließ uns Tante Christa, ganz aufgelöst über diese Trennung.

«Gott sei Dank», seufzte Papi, als sie endlich weg war. «Hast du dir auch alles gut gemerkt, Edith? Ich meine, was du beachten mußt, wenn er zu Bett geht?

Erst die Spieluhr, dann das Märchen, dann der Kassettenrecorder mit dem Haydn, dann das Nachtgebet. Und nicht vergessen, die Lampe brennen und die Tür offen zu lassen.»

«O Gott», seufzte Mutti, «wenn das mit ihm und Ferdinand nur gutgeht.»

«Auch wenn Ferdinand keine klassische Musik hört», sagte Papi, «ist er nicht gerade auf den Kopf gefallen. Ein einfallsreiches Kind.»

«Aber Wölfchen kann schon lesen. Aus der Zeitung. Vorhin hat er mir Mitteilungen der Bundesversicherungsanstalt vorgelesen.»

Der erste Tag unseres Gastes verging damit, daß Ferdinand ihm alles wieder wegriß, was er in die Hand nahm: die Autos, den Trecker, das Skelett, die Bilderbücher, das Dreirad – es war ein Spiel, das beiden zu gefallen schien. Sie beschäftigten sich damit den ganzen Sonntag vormittag und setzten es beim Mittagessen fort. Ferdinand nahm Wölfchen den Löffel weg, den Saft, den Mutti ihm eingegossen hatte, den Pudding, ja sogar die Serviette. Wölfchen litt stumm.

«Also, Ferdinand, was soll denn das?» donnerte Papi los. Ferdinand erschrak ein bißchen und ließ unseren Gast einen Augenblick in Ruhe. Aber kaum waren sie wieder im Kinderzimmer, ging das Theater von vorn los.

«Einfach irre», sagte Andrea.

«Soll er sich doch wehren», sagte Papi.

Wölfchen wehrte sich nicht. Mit großen Augen sah er Ferdinand an, der mit dem Dreirad um ihn herumkurvte.

«Das kommt dabei heraus, wenn so ein Kind keine Spielgefährten hat», meinte Papi. «Schnapsidee, ihn nicht in den Kindergarten zu schicken.»

Nach zwei Tagen hatte Ferdinand Wölfchen in einen willenlosen Sklaven verwandelt. Wölfchen schien es zu gefallen, ein Sklave zu sein. Er ließ sich den Kaugummi aus dem Mund nehmen und sah jedesmal fragend zu Ferdinand hin, wenn er etwas essen wollte. Und erst, wenn unser Bruder gnädig nickte, stopfte er sich den Kuchen in den Mund. Auf Ferdinands Befehl kroch er unters Bett und blieb dort eine halbe Stunde regungslos liegen, bis Papi ihn hervorzog. Papi klopfte ihn ab. «Hier müßte wohl auch mal wieder gesaugt werden.»

Und dann ertappten wir Ferdinand dabei, wie er unserem Gast die Haare abschnitt. Die eine Seite war bereits ratzekahl, als Papi ihm die Schere wegnahm. Die andere hing noch traurig herunter.

Mutti schrie auf: «O Gott, Karl Albrecht! Sieh dir das an!»

Papi betrachtete Wölfchen interessiert. «Sie kriegt einen halben Skinhead zurück.»

«Das wird sie uns nie verzeihen», jammerte Mutti.

Ferdinand bezog eine Tracht Prügel, was Wölfchen veranlaßte, zu Papi ein ganz gemeines Wort zu sagen. «Laß ihn los, du alter Bock!»

Papi war entzückt. «Habt ihr das gehört? Der Junge macht sich.»

Tante Christa bekam eine Nervenkrise, als sie ihren Liebling so verschandelt sah.

«Wär ich bloß nicht nach London gefahren! Du armes, armes Kind! Was hast du leiden müssen!»

Wölfchen befreite sich aus ihrer Umarmung. «Hau doch ab, du geile Kuh!»

Mit Tränen in den Augen fuhr Tante Christa mit ihm davon.

Aus dem Kinderzimmer dröhnte schmetternde Musik. Papi zuckte zusammen.

«Haydns Trompetenkonzert. Das hat man nun von seiner Gastfreundschaft!»

13. Maria

Kaltgeschlagenen Honig und Schneewittchensalat oder Brotaufstrich «Süße Morgenröte» gibt es bei uns schon lange nicht mehr. Mutti hat einfach keine Zeit, stundenlang herumzulaufen, um für uns einzukaufen und sich Gedanken über gesunde Ernährung zu machen. Sie arbeitet jetzt nämlich wieder zwei Mal in der Woche als Krankengymnastin. Sie war ganz happy, daß sie auf Anhieb was gefunden hat, bei dem schlechten Arbeitsmarkt. Papi war nicht sehr erfreut. «Muß das sein? Du wirst nur übernervös, und wer hat es auszubaden? Ich.»

Tante Christa war wahnsinnig sauer, daß Mutti, ihre Vertraute, ihr vorher überhaupt nichts davon erzählt hat, und schrieb ihr einen beleidigten Brief, in dem stand, daß Vertrauen eine wichtige Kategorie für die soziale Gestaltung des Lebens auch im privaten Bereich ist. Ohne Vertrauen wäre ein Zusammenleben auf Dauer nicht möglich, und die Fähigkeit zum Vertrauen gehöre leider zu den am schwächsten entwickelten Kräften des Menschen.

Mutti war beim Vorlesen ganz beeindruckt, und Papi hat so gelacht wie selten.

Um Muttis Kenntnisse wieder aufzufrischen, müssen Anna-Sofie und ich als Versuchskaninchen herhalten. Sie zeigt uns das Gehen im Dreivierteltakt, vorwärts, seitlich, rückwärts. Die Betonung der Armschwünge bei gleich langen Schritten. Gehen mit Ausfallschritten und im Zehenstand. Dann müssen wir ein Tuch mit den nackten Zehen einkrallen, festhalten und aufheben.

«Mein Gott, stellt ihr euch dämlich an!» Sie scheucht uns in den Garten und vertieft sich weiter in das Buch «Krankengymnastik nach Verletzungsfolgen am Bewegungsapparat».

Beim Essen redet Mutti nur noch ganz geschwollen daher. «Ich war heute bei dem Fall mit der distalen Radiusfraktur.»

Wir glotzen sie an.

«Das ist eine Stauchungsfraktur», erklärt sie ungeduldig.

«Und wie ist diese distale Radiusfraktur entstanden?» fragt Papi.

«Die alte Dame ist in ihrer Küche fürchterlich hingefallen», erklärt Mutti, nun wieder allgemein verständlich. «Dabei hat sie sich das Handgelenk gebrochen.»

Damit wir unglücklichen Kinder bei zwei berufstätigen Eltern nicht ganz verwahrlosen und zu unserem Recht kommen, hat Mutti eine Putzfrau angestellt.

Sie heißt Maria und kommt aus Portugal. Tante Christa, mit der Mutti das Vertrauen inzwischen wiederhergestellt hat, hat sie sehr empfohlen.

Nur nach langem Zögern war diese Maria bereit, auch bei uns zu arbeiten.

«Alle Capitalista sind ganz verruckt nach mir», sagt sie am ersten Arbeitstag und kocht sich erst mal einen starken Kaffee.

Marias Lebensgeschichte kennen wir schon von Tante Christa.

Marias früherer Mann ist Unteroffizier in der portugiesischen Armee gewesen und lebte mit ihr in den Kolonien. Dort hatte Maria sogar ein eigenes Dienstmädchen und spielte selber Capitalista. Dann ist ihr Mann aus der Armee entlassen worden. Sie haben ihr Glück in der Bundesrepublik versucht. «Aber das Glück», sagt Maria, «wollte von uns nichts wissen.» Der Unteroffizier ist abgehauen und hat sie sitzenlassen. Mit einer befristeten Aufenthaltsgenehmigung und vier Kindern. Da hat sie zu putzen angefangen. Jeden Tag von acht bis fünf Uhr nachmittags. Sonnabend und Sonntag. Jetzt hat sie einen festen Kundenkreis von Ehefrauen, Witwen und Junggesellen.

Von Männern will Maria nichts mehr wissen. So dumm war sie nur einmal! Und auf keinen Fall will sie in das Dorf zurück, aus dem sie kommt. Ihre Kinder sollen alle mal Capitalistas werden, vor allem

Vasco, der Älteste, dem sie die Handelsschule bezahlt. Täglich schwebt sie in Ängsten, daß sie wieder nach Portugal zurück muß. Eine offizielle Arbeitserlaubnis kriegt sie nämlich nicht.

Ihre Damen kümmern sich sehr um sie. Sie haben auch dafür gesorgt, daß sie jetzt in einer privaten Krankenversicherung ist.

Allmählich kennen wir alle Damen, die Maria beputzt, und ihre Gewohnheiten wie unsere eigenen. Da ist zum Beispiel eine Richterin, die im Wohnzimmer lauter so verruckte Bilder hängen hat. Sie raucht wie ein Schlot, und Maria fragt sich ehrlich, wie lange das die Gardinen noch aushalten. Auch von der Witwe mit dem Dackel erzählt sie gern. Wenn Maria den Damen vom Kaffeekränzchen gerade Kaffee einschenkt, steht die Witwe plötzlich auf, nimmt einen Ball und erklärt den erstaunten Gästen: «Ihr müßt mich entschuldigen. Fipsi hat jetzt seine Spielstunde.» Dann geht sie mit dem Dackel nach nebenan. Auf den Karten, die sie von ihren Reisen an Maria schickt, steht jedesmal: Viele Grüße auch von Fipsi.

Sehr gekränkt ist sie über Frau Barnsen. Die versteckt das Telefon im Schrank, wenn sie verreist ist. «Es klingeln und klingeln, und ich nicht finden kann Apparat. Wie mich dann mein Sohn erreichen?»

Mutti sagt zu Papi, daß sie diese Frau Barnsen gut versteht. Unsere Telefonrechnung ist in letzter Zeit auch rasend hoch und Marias Mutter in Portugal sehr krank.

Manchmal gerät Marias Zeitplan durcheinander. Statt Freitag um zehn erscheint sie am Sonnabend um zwei, wenn Mutti sich zu einem Nickerchen ins Schlafzimmer zurückgezogen hat. Aber das, sagt Maria, läßt sich nun mal nicht ändern. Alle Menschen sind verruckt nach ihr, und dann müssen sie sich schon nach ihr richten. Wo sie doch vier Kinder durchbringen muß, und eins ist immer krank.

Mutti braucht nur ein Wort zu sagen und die anderen Damen auch, dann bleibt sie ganz bei der einen, der alten Frau, die sie wie eine Tochter liebt und ihr schenkt und schenkt. Mutti wühlt schuldbewußt in ihrem Schrank und trennt sich seufzend von einem geliebten Sommermantel. Maria dreht ihn abschätzend hin und her. «Sehr gut für Tante in Portugal.» Sie stopft ihn ziemlich achtlos in eine Plastiktüte.

Die alte Dame, die sie wie ihre Tochter liebt, hätte es gern, daß Maria ganz zu ihr zöge. In der herrschaftlichen Villa, die sie bewohnt, ist Platz genug. Aber das möchte Maria nicht. Sie will mit ihren Kindern allein leben. Mit denen ist sie sehr streng. Das kann Papi uns gegenüber gar nicht oft genug erwähnen. Der Sohn darf nie in eine Discothek. «Aber warum denn nicht?» fragt Andrea. «Was ist dabei?»

«Ich arbeiten und arbeiten, und Vasco in Discothek

mit frechen Mädchen.» Maria schüttelt den Kopf. «Dafür ist Geld nicht da.» Wenn er das noch einmal tut, hat sie ihm gedroht, schickt sie ihn zurück zu Onkel. «Dann kannst du mit ihm fischen gehen, Tag und Nacht.» Aber der Sohn hat die Drohung nicht ernst genommen. Als er nach zehn Uhr pfeifend heimkam, war sein Koffer schon gepackt.

«Morgen früh ich dich bringe nach Haus», hat Maria entschieden. Vasco hat geweint und gefleht, aber sie ist eisern geblieben. Sie sind in den Zug gestiegen, und der Junge hat die ganze Zeit geheult. «Mamita, das kannst du doch nicht tun!» Auf der ersten Station ist sie dann ausgestiegen und wieder mit ihm zurückgefahren. Das nächste Mal, hat Maria gesagt, macht sie Ernst.

Unser Haus findet Maria sehr verruckt. Mutti findet es verruckt, daß sie dauernd neue Putzmittel kaufen muß, aber Maria zum Aufwischen kaum Wasser benützt.

«Mit einem halben Eimer Wasser putzt sie das ganze Haus, und was davon noch übrig bleibt, da kocht sie Kaffee draus», summt Papi.

Wir Kinder finden es sehr verruckt, daß wir jetzt zu Mittag nur noch Nudeln kriegen. Gekocht, gebraten, gebacken, als Salat. «Können wir nicht mal was anderes bekommen?» beklagen wir uns bei Mutti.

Mutti sagt, wir sollen uns nicht anstellen. Nudeln wären sehr nahrhaft.

«So ändern sich die Zeiten», meint Papi. «Vom

Biogarten zurück zur verpönten Mehlspeise. Wo bleiben denn da deine vielgepriesenen Ballaststoffe und die essentiellen Fette?»

Eines Tages bleibt Maria fort, und Mutti telefoniert besorgt mit allen Damen. Die Richterin kann schließlich Auskunft geben. Maria ist nach Portugal gefahren. Wann und ob sie wiederkommt, weiß niemand.

«Eine wirklich zuverlässige Kraft!» sagt Papi und kommt aus dem Büro geeilt, um uns die Nudeln auf die Teller zu schütten. Aber nach ein paar Wochen ist Maria wieder da.

Da wird die alte Dame, die Maria so liebt, krank. Nun hat sie noch weniger Zeit für uns. Und wir müssen mal wieder ran. Denn reicher Lohn wird ihr winken. Sie und der Doktor, der täglich kommt, werden eine Menge Geld erben, worüber sie gern und viel redet, wenn sie sich hin und wieder doch noch mal blicken läßt.

Sie wird sich eine Wohnung nehmen, wo sie nicht mehr die Kohlen aus dem Keller schleppen muß; sie wird den Führerschein machen, sich ein Auto kaufen und Ferdinand, dem kleinen Liebling, ein richtiges Fahrrad schenken. Andrea bekommt das Armband, das sie sich schon so lange wünschte, und Anna-Sofie einen kleinen Hund. «Und du, Charlotte? Was wünschst du dir?»

«Einen Schaukelstuhl», sagte ich. «Ein Schaukelstuhl wäre unheimlich toll.»

Natürlich können wir einem so großzügigen Menschen wie Maria nicht mehr die Arbeit allein überlassen. Wir überschlagen uns, um ihr zu helfen. Tragen den Mülleimer runter, machen den Abwasch, wischen Staub und essen, ohne zu murren, angebrannte Nudeln.

«Das Haus sieht eigentlich immer recht ordentlich aus», findet Mutti. «Maria ist doch tüchtiger, als ich gedacht habe.»

Die alte Dame ist gestorben. «Nun werden wir uns wohl nach einer neuen Hilfe umsehen müssen», sagt Mutti.

«Ich krieg ein Fahrrad», sagt Ferdinand.

«Und ich einen Hund.» Anna-Sofie sieht ihre Eltern etwas ängstlich an.

«Also, da haben wir ja wohl auch noch ein Wort mitzusprechen», sagt Mutti. Während sie sich noch um den Hund zanken, hören wir, wie die Haustür aufgeschlossen wird. Maria kommt herein und läßt sich schluchzend auf einen Stuhl fallen.

«Nun beruhigen Sie sich doch», sagt Papi. «Die alte Frau hat sicher nicht leiden müssen. Die war ja schon fast neunzig.»

Maria weint und weint. Wir sehen uns ratlos an.

«Diese Südländer trauern eben noch sehr elementar um den Tod eines geliebten Menschen», flüstert Mutti Papi zu.

Allmählich fängt sie an, sich zu beruhigen. Es ist

nichts mit dem Geld. Maria wird keine Capitalista werden.

«Sind noch andere Erben aufgetaucht?» fragt Papi mitfühlend.

«Schlimmer! Viel schlimmer!» Maria fängt wieder an zu weinen.

Wir erfahren, daß die alte Dame viel Schwarzgeld gehabt hat in einem Schließfach auf der Bank, für das der Doktor und Maria eine gemeinsame Vollmacht besitzen.

«Aha», sagt Papi, «und das Schließfach war leer.»

Maria schüttelt den Kopf, und Mutti sagt: «Nun laßt sie doch mal zu Ende erzählen.»

Der Doktor hat sich geweigert, mit Maria zur Bank zu gehen und das Geld herauszuholen. Die Bank hat es dem Amtsgericht gemeldet, und nun ist das schöne Geld futsch. Denn es muß versteuert werden. «Trotzdem wird schon noch ein bißchen was übrigbleiben», tröstet Mutti sie.

Maria schüttelt wieder den Kopf. Wir erfahren, daß es kein Testament gibt und die Vollmacht ohne Testament gar nichts bedeutet. Jetzt forschen sie erst mal nach Angehörigen, die vielleicht noch leben. Maria steht auf, schnaubt sich die Nase und verschwindet in der Küche.

Mutti sieht ihr mitleidig nach. «Ihr könnt ihr eigentlich heute mal ein bißchen helfen, Kinder.»

Aber das können wir nun wirklich nicht. Bei den vielen Schularbeiten, die wir aufhaben.

14. Der schöne Willi

Frau Fröhlich hat einen neuen Herrn. Er ist das Thema Nummer eins in der Siedlung. Auch Mutti redet immer wieder davon. «Ist er wirklich zwanzig Jahre jünger? Was meinst du, Karl Albrecht?» Papi meint gar nichts. Er sitzt mit Ferdinand auf dem Schoß vor dem Fernseher und sieht sich die Muppets mit uns an.

«Er soll sie verprügeln», sagt Andrea. «Jedenfalls ist sie neulich mit einem blauen Auge herumgelaufen.»

Anna-Sofie dreht sich um und glubscht uns an. Mutti gibt Andrea ein warnendes Zeichen. Die Süße darf sich nicht erschrecken. Sie ist ja so sensibel! Neulich nachts ist sie, weil sie schlecht geträumt hatte, schreiend durchs Haus gelaufen. Mutti konnte sie kaum beruhigen. Der Lehrer hatte im Unterricht über Hiroshima gesprochen und über die Folgen eines Atomkrieges. Er hat ihnen auch einen Film darüber gezeigt. Das ist ihr so in die Knochen gefahren, wie mir damals Frau Reimers Schilderung von dem Bombenangriff auf unsere Stadt. Mutti war ganz beunruhigt. Das Kind muß womöglich noch zum Psychotherapeuten.

«Unerhört!» schimpft Papi.

Mit der Schule hat Papi nicht viel im Sinn. Er drückt sich, wo er kann, vor den Elternsprechtagen. «Da wird sowieso nur törichtes Zeug gequatscht.» Aber diesmal war das anders. Da hat er sich gleich auf die Socken gemacht und Anna-Sofies Lehrer zur Rede gestellt. Was er sich dächte, so kleine Kinder mit solchen Horrorvisionen zu ängstigen.

Herr Seifert, der Klassenlehrer, war ganz erstaunt. Papis Reaktion war ihm total unverständlich. «Man kann gar nicht früh genug anfangen, die Kinder über die Folgen eines nuklearen Krieges aufzuklären und über das unsinnige Wettrüsten», erklärte er Papi.

«Aber doch wohl nicht schon in diesem Alter! Meine Tochter ist ja gerade erst neun. Und bis sie zur Wahl geht, dauert's noch eine Weile.» Papi war ganz aufgebracht über Herrn Seiferts Standpunkt.

Die Realität sei nun mal unerfreulich, ist er da von Herrn Seifert belehrt worden. Davor dürften auch die Kinder nicht die Augen verschließen. Papi hätte wohl Urlaub von der Wirklichkeit genommen.

Papi ist mächtig in Rage geraten. Dann würde Herr Seifert vielleicht die Güte haben, die Kinder darüber aufzuklären, was es sonst noch so für mörderische Waffen gibt. Das Auto, zum Beispiel. Vor allem weil soviel Halbverrückte ans Steuer gelassen würden, die sich nicht an die Geschwindigkeitsbegrenzungen hielten.

Anna-Sofies Lehrer haben sie den Führerschein weggenommen, weil er so gerast ist.

Herrn Seifert kratzte diese Anspielung überhaupt nicht. Er sagte, mit der Technik und ihren Folgen müßten wir nun mal leben. Das ließe sich nicht ändern.

Auch nicht, daß die Verkehrsrowdies immer mehr zunehmen? fragte Papi. Und die Gewalt an den Schulen? Sein kleines Mädchen traue sich ja kaum noch allein nach Haus aus Angst vor den großen Jungs. Er als Vater, sagte Papi bissig, würde es jedenfalls außerordentlich begrüßen, wenn sich Herr Seifert mal um die pädagogische Aufgabe kümmern würde, Gewalt zu verhindern.

Papi war unheimlich stolz, daß er sich für seine Süße so stark gemacht hatte. Aber gedankt hat's ihm Anna-Sofie nicht. Im Gegenteil, sie heulte herum, daß sie sich ja so schämte und was denn die anderen aus der Klasse jetzt von ihr denken sollten. Papi hätte keine Ahnung wieviel Unrecht es auf der Welt gibt. Ihre Eltern wären ja nicht mal bereit, in bestimmten Geschäften für den Kaffee zehn Pfennig mehr auszugeben, von denen dann Schulen in Nicaragua gebaut werden könnten. Papi dächte nur immerfort an seine dämlichen Uhren. Und dann zischte sie ihn tatsächlich an: «Faschist!»

Mutti hat schrill aufgelacht, und Papi war wahnsinnig beleidigt. Er bildet sich nämlich eine Menge auf seine Toleranz ein, weil er stundenlang geduldig den Zeugen Jehovas zuhört und ihnen den «Wachtturm» abkauft. Sie lieben Papi sehr und machen enttäuschte Gesichter, wenn Mutti an der Tür erscheint und sie kurz abfertigt, weil gerade etwas anbrennt, die Badewanne überläuft oder das Telefon klingelt.

Einen Augenblick habe ich gedacht, jetzt klebt er der Süßen eine. Aber er seufzte nur tief, was er gerne tut, wenn er sich unverstanden fühlt, und sagte ganz ruhig: «Das mit dem Kaffee finde ich eine prima Idee. Die zehn Pfennige ziehen wir dir dann von deinem Taschengeld ab.»

Den Rest des Tages war Anna-Sofie Luft für ihn und ich zur Abwechslung seine Beste. Doch dann ist die Süße nachts zu den Oldies ins Bett gekrochen und hat herumgewimmert, sie graule sich wieder so und er solle sie festhalten. Mutti ist ihr nicht auf den Leim gekrochen. «Was soll der Unsinn, Anna-Sofie?» Aber Papi ist natürlich dahingeschmolzen und nahm sie gleich wieder in Schutz. «Ach, laß sie doch, wenn sie sich fürchtet. Sie ist doch so sensibel.» Als ich so alt war wie meine Schwester, durfte ich mir das nicht erlauben. Da hieß es einfach: Dafür bist du jetzt zu groß, Charlotte. Und zu schwer, fand Papi. Da bricht uns ja das Bett zusammen.

Anna-Sofie und sensibel! Da kann ich nur lachen.

Die ist hart wie 'ne Rockerbraut und fürchtet sich vor nichts. So reagiert sie auf Andreas Bemerkung von Frau Fröhlichs blauen Augen auch völlig anders, als erwartet. «Sprecht ihr vielleicht vom schönen Willi? Der ist ein Zuhälter.»

Mutti ist baff. «Weißt du denn überhaupt, was das Wort Zuhälter bedeutet?»

«Na klar doch. Der schickt Mädchen auf den Strich.»

«Hört euch dieses Wurm an!»

Ich werfe Andrea einen vielsagenden Blick zu. Sie sieht mich verächtlich an. «Tu bloß nicht so, als ob du selbst den Schimmer einer Ahnung hättest.»

«Vor Anna-Sofie möchte ich darüber lieber nicht reden», sage ich würdevoll. «Aber ich könnte dir Sachen erzählen, ihr würdet staunen.»

«Ist ja schon gut», sagt Mutti.

Hänschen hat mich nämlich total aufgeklärt. Er ist sogar schon mal in einem Puff gewesen. Aber die haben ihn rausgeschmissen. «Komm in zwei Jahren wieder, Kleiner!» hieß es.

«Wie ist es nur möglich?» grübelt Mutti laut vor sich hin. «Wo doch Frau Fröhlich eine so glückliche Ehe geführt hat. Und dann jetzt dieser junge Bursche! Obwohl ich glaube, im Grunde ist er ein ganz anständiger Mensch. Was kann er dafür, daß er arbeitslos ist und sich aus Gram darüber so oft betrinkt? Wahrscheinlich weckt er Frau Fröhlichs mütterliche Gefühle.»

«Wenn du meinst», sagt Papi zerstreut und stellt den Fernseher auf die Sportschau um. «Ich hatte da eher einen etwas anderen Eindruck.»

Den schönen Willi hat Frau Fröhlich während einer Kur kennengelernt, die ihr die Kasse bewilligt hat. Ihr Kreislauf macht ihr so zu schaffen.

Der schöne Willi ist Asthmatiker, und das, sagt Frau Fröhlich, sind immer sehr einfühlsame Menschen.

Der schöne Willi ist gleich voll auf Frau Fröhlich abgefahren. Sie konnte es erst gar nicht glauben. Dieser hübsche, junge Mensch und sie. Deshalb war sie auch zu Anfang sehr mißtrauisch, wo man doch jeden Tag in der Zeitung von Heiratsschwindlern lesen kann. Und immerhin besitzt sie ein eigenes Haus. Außerdem ist sie Witwe. Was sollten da die Leute denken? Sie hat sich daher auch gar nicht darum gekümmert, daß er dauernd um sie herumwieselte. Die erste Zeit war sie noch viel zu sehr mit ihrer Gesundheit beschäftigt.

«Das war ein volles Programm, Charlotte, sage ich dir. Von morgens bis abends. Ins Moorbad rein, zum Wassertreten raus. Massage früh, Gymnastik am Nachmittag. Und dann diese interessanten Vorträge der Kurärzte. Daß körperliche Erschöpfung oft aus dem Seelischen kommt, nach psycho-sozialem Streß.»

Bei einem solchen Vortrag hatte sich der schöne

Willi neben sie gesetzt, während der Arzt gerade vom Stellenwert der Entspannung redete. Erst hat er sie nur so von der Seite angesehen. Dann hat er plötzlich ganz sanft ihre Hand genommen und gedrückt. Sie war wie gelähmt von Kopf bis Fuß. Richtig schummrig ist ihr geworden, und sie hat nur noch halb gehört, was der Arzt von dem breiten Spektrum der Gesundheitsstörungen erzählte.

Nach dem Vortrag ist sie dann mit Willi die Wandelhalle auf und ab gegangen, hat ihr Wässerchen getrunken und der Kurkapelle gelauscht, die gerade «Glühwürmchen, Glühwürmchen, flimm're, schimm're» spielte. Wo es doch gar keine Glühwürmchen mehr gibt, weil sie der Umweltverschmutzung zum Opfer gefallen sind. Das hat uns jedenfalls Herr Fröhlich gesagt. Und der kannte sich ja nun wirklich in der Natur aus.

Also, sie sind so hin und her gegangen, und jeder hat von sich gesprochen. Der schöne Willi hat ihr erzählt, daß seine Eltern bei einem Verkehrsunfall umgekommen sind, daß er eine schwere Jugend gehabt hat, daß er arbeitslos ist und daß er sich nun mal nichts aus diesen emanzipierten Frauen macht. Die wären kalt wie eine Hundeschnauze und dächten nur an sich und hätten überhaupt kein Herz. Und auf das Herz käme es schließlich bei einer Frau besonders an.

Als Frau Fröhlich mit dem schönen Willi zurückgekommen ist, stand die Siedlung kopf. Frau Fröhlich hat erst behauptet, der schöne Willi wäre ihr Neffe. Aber das glaubte ihr natürlich keiner. So wie die sich beim Kaufmann angesehen haben! Tante und Neffe? Niemals! Daß dieser junge Mann nur auf Frau Fröhlichs Ersparnisse und das Häuschen aus war, das fühlte doch ein Blinder mit dem Krückstock. Nicht das Schwarze unterm Nagel, arbeitslos, aber ein Motorrad wie der König von Spanien, der ja mit so einer schweren Maschine nachts auf Mädchenjagd gehen soll. Und das ganz in Leder, sagt Frau Reimer vom Kiosk.

Zu uns ist der schöne Willi sehr nett. Anna-Sofie darf sogar manchmal auf seinem Motorrad mitfahren. Frau Fröhlich ist nicht wiederzuerkennen. Sie trägt die Hosen so eng wie Andrea und das Haar ganz krisselig, dazu einen riesigen Ohrring. Auch die blaue Grotte hat sich sehr verändert. Der schöne Teppich ist voller häßlicher Flecken und Löcher, die von Zigarettenkippen stammen. Der Vogelkäfig hat eine große Delle.

Nachts ist es jetzt oft furchtbar laut in dem Haus. Statt Vogelstimmen hört man eine Sängerin tönen: «Ich geb' heut nacht mein Herz frei und leb' mit vollem Risiko. In der Nacht der Wölfe brennt ein Licht irgendwo», oder so ähnlich. Aus der Küche kommt kein Duft mehr von Frischgebackenem, es riecht eher nach Bier und Schnaps. Mummel schleicht verstört durch die Gärten.

«Wahrscheinlich hat dieser Willi ihm einen Tritt

verpaßt», vermutet Opa Naumann. «So ein asozialer Typ ist doch zu allem fähig.»

Von den Nachbarn läßt sich keiner mehr bei Frau Fröhlich blicken. Mit dem schönen Willi will niemand was zu tun haben. Nur Anna-Sofie ist dauernd drüben. Sie muß sich um Mummel kümmern, erklärt sie Mutti.

»Na ja, sie ist eben Willis kleine Puppe», hänsele ich. «Er bringt ihr oft was mit und zeigt ihr, wo er überall tätowiert ist.»

Darüber muß Mutti un-be-dingt mit Papi sprechen. Aber dazu kommt es nicht mehr. In der Nacht geht es wieder hoch her bei Fröhlichs. Jemand schreit wie wahnsinnig. Wir stürzen aus den Betten, kucken aus dem Fenster und sehen einen Streifenwagen vor Fröhlichs Haus. Zwei Polizisten kommen aus der Gartenpforte, zwischen sich den schönen Willi. Dahinter Opa Naumann. Die Wagentür klappt, und dann wird es wieder still.

Opa Naumann ist der Held des Tages. Als er Frau Fröhlich so schreien hörte, ist er in Bademantel und Pantoffeln durch den Garten hinübergerannt und von hinten durch die Küche ins Haus eingedrungen. Er hat nämlich noch einen Schlüssel zum Hintereingang aus der Zeit, als Frau Fröhlich zur Kur war.

Mit einem kurzen Handkantenschlag hat er den schönen Willi außer Gefecht gesetzt. Der war gerade dabei, mit einem Messer an Frau Fröhlich herumzuschlitzen. Blau wie ein Veilchen.

Sie ist Opa Naumann schluchzend um den Hals gefallen, er hat sie beruhigt und die Polizei gerufen.

«Die Generation von Opa Naumann», sagt Frau Reimer, «die hat wenigstens noch Mumm in den Knochen. Und Opa Naumann hat ja auch die Nahkampfspange. Ist überhaupt ein stattlicher Mann.»

Der schöne Willi muß hinter Schloß und Riegel. Soll 'ne Menge auf dem Kerbholz haben, Gewalttätigkeit und Körperverletzung und so. Aber Opa Naumann ist da skeptisch. «Die lassen ihn bestimmt bald wieder laufen. Die Gefängnisse sind ja überfüllt mit solchen Typen.»

Frau Fröhlich sagt, sie ist aus einem schweren Alptraum erwacht. Sie weiß gar nicht, wie sie Opa Naumann danken soll, der ihr das Leben gerettet hat, sozusagen. Und was für ein wundervoller Mensch er ist.

Opa Naumann kümmert sich jetzt sehr um sie. Flickt ihr den Gartenzaun, schneidet ihr die Hecke und macht ihre Dachrinne sauber. Er hat auch den goldenen Käfig ausgedellt und dabei geholfen, den blauen Teppich zu schamponieren.

«Vielleicht heiraten die beiden», sagte ich zu Hänschen.

Hänschen muß mal wieder den Kopf über mich schütteln. «Kann sie doch nicht, du Blödmann. Dann verliert sie ihre Pension.»

Dann besuchen Anna-Sofie und ich nach langer

Zeit mal wieder gemeinsam Frau Fröhlich in ihrer blauen Grotte. Es ist wie früher. Sie sitzt im Schaukelstuhl, Mummel auf dem Schoß, und sieht uns zu, wie wir uns ihre Kekse reinziehen. Halblaut spricht sie vor sich hin: «Ich hab heut nacht von ihm geträumt.»

«Von wem denn?» frage ich.

Sie antwortet nicht, streichelt nur Mummel.

Anna-Sofie sieht sie an und sagt mit vollem Mund etwas undeutlich: «Er kommt wieder. Bestimmt, Hundertprozentig.»

15. Der Bushwalker

Normalerweise ist Omi ja dem totalen Rentnerstreß verfallen und flitzt mit ihrem Auto durch die Lande. Von überallher bekommen wir eine Karte: Florenz, Paris, Madrid.

«Eure Großmutter kuckt wirklich unter jeden Stein.» Mutti betrachtet sich gerührt die Ansichtskarten. «Soll sie nur ihr Leben genießen. Schwer genug hat sie's ja gehabt. Gott sei Dank bekommt sie eine ganz anständige Rente. Die Jahre als Leiterin eines Gästehauses haben sich ausgezahlt.»

Tante Hertha schüttelt über die Reiselust ihrer Schwester nur den Kopf. Omi wäre schon als Kind so flatterhaft gewesen. Wenigstens im Alter sollte man sich dem Dienst am Nächsten widmen. Aber dafür hat Omi eben keine Meinung. Wir können nur staunen, was sie auf ihren Reisen für Strapazen aushält. Aber wenn wir mit ihr durch die Stadt nageln, jammert sie jedesmal: «Kinder, nicht so schnell. Meine Knie, mein Herz!» Doch wenn Mutti mal wegfährt, ist Omi gleich zur Stelle, um auf uns aufzupassen.

Dieser Aufgabe sehen wir jedesmal mit gemischten Gefühlen entgegen. «Warum muß die arme Omi bei uns einhüten?» fragt Andrea scheinheilig. «Wir werden auch ganz gut allein fertig. Vielleicht will sie ja gerade wieder nach Australien fahren oder so.» Dort ist sie nämlich auch schon gewesen und, wie Papi behauptet, «ein richtiger Bushwalker geworden».

Mutti sieht Andrea an. «Sagtest du, allein fertig? Ich möchte nicht noch mal eine angetaute Tiefkühltruhe vorfinden und eine Waschmaschine mit Reißzwecken im Flusensieb.»

Omi ist soweit ganz in Ordnung. Die ersten Tage mit ihr sind zwar echt nervig, weil sie vom Aufräumungsfimmel besessen ist. Sogar die Schubladen in der Küche werden entkrümelt. Sie fegt ächzend Unterwäsche und leere Keksschachteln unter unseren Betten hervor und meckert, daß wir Milch und Obstsäfte in der Packung auf den Tisch stellen, anstatt sie in Kännchen umzugießen. Und am Sonntagmorgen sollen wir schon um elf am Frühstückstisch sitzen! Aber nach ein paar Tagen läßt sie die Zügel wieder schleifen und seufzt nur ein bißchen über die viele Wäsche.

Aber daß sie aus Papi wieder den großen Häuptling macht, den wir von vorne bis hinten bedienen sollen, das paßt uns nicht. «Bringt mal, tut mal, holt mal was für euern Vater.» So hetzt sie uns durch die Gegend. «Was möchtest du denn gern essen, Karl

Albrecht? Welches Hemd soll ich dir rauslegen? Was für deine Dienstreise einpacken?»

Mutti sagt, sie braucht danach mindestens vier Wochen, um Papi wieder zu emanzipieren. Trotzdem sind ihr ab und an ein paar Tage ohne uns diese Arbeit wert. Papi genießt natürlich sein Pascha-Dasein. Deshalb darf Omi auch wie vom Schmetterling gebissen reden. Was er sich bei uns sofort verbittet. «Nun macht mal Feuerpause. Ich hab einen schweren Tag hinter mir.»

Omi erzählt gern von früher. Es beginnt meist damit, daß sie irgend etwas in unserem Haushalt vermißt. «Wo ist eigentlich der Plattenkoffer mit den Holzrädern geblieben, in dem ich damals eure Mutter über die Straßen gezogen habe?»

Doch wir haben an diesem Koffer, in dem Mutti jetzt Werkzeug verstaut, ebensowenig Interesse wie an dem ausgebeulten Kochtopf, der irgendwo im Keller steht und früher ein Stahlhelm gewesen sein soll.

Andrea hört viel lieber, wie reich unsere Urgroßeltern mal gewesen sind, um damit vor ihren Freundinnen anzugeben. Und wieviel Personal sie hatten. Omi zählt auf: «Eine Mademoiselle, eine Nanna, einen Hauslehrer, eine Beschließerin, und von denen hatte jeder wieder ein eigenes Mädchen zur Bedienung! Außerdem eine Köchin, drei weitere Stubenmädchen, einen Diener, einen Dienerjungen und das

Küchenmädchen, das sogenannte fünfte Rad am Wagen.»

«Wenn ich das in meiner Klasse erzähle, glaubt mir kein Aas», seufzt Andrea. «Das ist ja wie bei der Königin von England.»

Omi lacht. «Aber dann, aber dann kam die Inflation, und aus war's mit der Herrlichkeit. Das ganze Vermögen nicht mehr wert als ein Schlips. Von da an gab's nur noch Erbsensuppe und Sirup.»

«Warum bist du eigentlich nicht mitgekommen», fragt Andrea, «als wir mit Onkel Kurt durch Schlesien gefahren sind?»

«Ich will mir nicht mehr an meiner Seele rütteln lassen. Ich hab alles hier drin.» Sie deutet auf ihr Herz. «Jeden Raum, jedes Zimmer, den Park, den Hof, die bröckelige Treppe zum Weinkeller, das Hechtloch im See. Bevor wir weg mußten, habe ich mich vor das abgebrannte Schloß gesetzt und alles in Gedanken abgemalt. Hinterher war der Schmerz weg. Erledigt. Vorbei.»

Andrea hat erzählt, der Park wäre wie ein Urwald gewesen. Sie hat sich mit einer jungen Polin angefreundet, der sie nun Pakete schickt, die aber Mutti bezahlen muß. Andrea konnte es nicht fassen, daß man noch so leben kann, mit einem Klo auf dem Hof und einer Pumpe in der Küche. Geradezu abartig. Die Polen waren wahnsinnig gastlich. Nur Onkel Kurt hat sich aufgeregt über die Mumien. War ja auch echt irre. Irgendwelche Jugendlichen hatten die Gruft unserer Vorfahren in eine Discothek umgewandelt und die Särge als Sitzplätze benutzt. Die Gebeine hatten sie auf den Vorhof geworfen. Onkel Kurt ist sofort zu dem Geistlichen im Dorf gegangen und hat sich schrecklich darüber erregt. Sie sind dann noch einmal beerdigt worden, auf dem Friedhof.

«Sie waren völlig mumifiziert», sagt Andrea, «und sahen richtig beleidigt aus.»

Papi sieht sie mißbilligend an. «Ich muß doch sehr bitten!»

Omi lächelt. «Wir Menschen sind nun mal Barbaren. Wenn man ein bißchen an der Oberfläche kratzt, kommt bei jedem von uns das Mulschige heraus.» Sie kriegt ihren grüblerischen Blick. «Habe ich nun meine Tabletten genommen oder nicht, Kinder?»

«Du hast», sagt Papi. «Ich verstehe nicht, daß du die wie Zucker schluckst. Du wirst dich noch damit umbringen.»

Omi ist auf Medizin ganz versessen. Ein gewisser Nachholbedarf, erklärt uns Mutti. In ihrer Jugend war man einfach nicht krank. Da mußte man jeden Schmerz aushalten.

Die Medikamente nehmen in Omis Koffer den meisten Platz ein. Tabletten gegen Kopfschmerzen, gegen Schlaflosigkeit, gegen Rheuma, für die Verdauung, für die Erhaltung von Zähnen und Knochen. Sie schwört auf jedes neue Mittel, das auf den Markt kommt, und sie geht wie ein Messias durch die

Siedlung, um unsere Nachbarn von seiner fabelhaften Wirkung zu überzeugen.

«Du hättest Arzneimittelvertreterin werden sollen», sagt Papi. «Glaubst du wirklich, daß diese Medikamente dich vor Krankheiten schützen?»

«Ich muß doch versuchen, mich so lange gesund zu erhalten, bis meine Enkelkinder mich pflegen können», sagt Omi.

Andrea kuckt verdutzt. «Aber wäre ein schönes Seniorenheim für dich nicht viel angenehmer?»

Omi blinzelt Papi zu. «Nein, nein, die Liebe eines Enkelkindes läßt sich durch nichts ersetzen. Das wird ein Leben werden! Ihr müßt mir natürlich immer mein Lieblingsgericht kochen. Hefeklöße mit Pflaumensoße, zum Beispiel. Und mir vorlesen, weil ich nicht mehr so gut sehen kann. Generationsvertrag nennt man das ja wohl.»

«Sehr richtig», sagt Papi und streckt die Beine von sich. «Früher, im Mittelalter, gab's sowieso keine Kinder. Da gab's nur kleine Erwachsene.»

Als Mutti zurückkommt, ist Omi voller Verständnis, daß Papi leider, leider nicht mit uns zum Bahnhof kommen kann, um sie abzuholen, weil er so viel zu arbeiten hat. Dafür fährt sie mit uns.

«Karl Albrecht ist völlig überarbeitet», erklärt sie Mutti. «Er ist wieder mit einem Riesenaktenpaket nach Hause gekommen.»

Als wir das Haus betreten, liegen die Akten auf dem Flurtischchen, und Papi sitzt mit Ferdinand vor dem Fernseher, wo sie sich ein Fußballspiel ansehen. Papi springt so hastig auf, daß Ferdinand auf den Boden rollt, und ist etwas verlegen.

«Da seid ihr ja schon. Ich hab mir nur die letzten fünf Minuten vom Endspiel angesehen.»

Mutti begrüßt ihn kühl. «Ich denke, du wirst inzwischen das Abendbrot gemacht haben.»

Diesmal ist Omi sehr verändert. So vergißt sie total, Andreas Lieblingsbluse zu bügeln, obwohl die es ihr mindestens dreimal gesagt hat, und Andrea muß es tatsächlich selbst tun. Als Ferdinand sich vergebens mit seinen Schuhbändeln abmüht, sieht sie ihm geistesabwesend zu. Als er rumjault, weil er sein geliebtes Skelett nicht finden kann, sagt sie nur: «Es wird schon wiederauftauchen.» Und als er sie eine blöde Omi schimpft, meint sie lächelnd: «Da könnte direkt was dran sein, Junge.»

Die Geschichten, die sie uns erzählt, handeln alle von Australien. Daß es da noch einen richtigen Urwald gibt und Sümpfe.

Papi fällt nichts an ihr auf. «Was wollt ihr eigentlich? Sie ist wie immer. War dieser Schmorbraten heute mittag nicht herrlich?» Er faßt sich genüßlich an den Bauch. «Wenn ich da an die ewige Pizza eurer Mutter denke!»

An einem Nachmittag liege ich auf meinem Bett, den Walkman über den Ohren, und höre den Sänger, zu dessen Konzert mich damals Mutti an Andreas

Stelle geschickt hat und wo die Zuhörer Wunderkerzen abbrennen durften. Ich esse Schokolade und lese dabei den Roman «Die sündige Liebe der Katharina», den mir ein Mädchen aus meiner Klasse geliehen hat. Plötzlich kommt Omi schick aufgemacht herein.

«Wo willsten hin?» frage ich.

Aber da ist Omi wie Mutti. Sie beantwortet längst nicht jede Frage. «Ich fahr mal eben in die Stadt», sagt sie nur leichthin. «Vielleicht machst du das Abendbrot, ausnahmsweise.»

«Ungern», sage ich. Aber da ist sie auch schon aus der Tür.

Fast jeden Tag ist Omi jetzt weg, und wir rätseln, was sie wohl treibt.

«Jede Frau hat ihr süßes Geheimnis», sagt Papi und telefoniert lange mit Mutti darüber.

Als Mutti von der Reise wieder zurück ist, bleibt Omi noch eine Weile bei uns. Sie reden viel miteinander, wenn wir raus sind. Erst kurz vor Omis Abfahrt kriegen wir spitz, was eigentlich los ist.

Sie wird ihn nicht heiraten, diesen Bushwalker, den sie auf ihrer Reise durch Australien kennengelernt hat und der extra rübergekommen ist, um sie zu holen.

«Und warum nicht?» fragt Andrea.

Sie kann sich nicht von uns trennen. «Außerdem», sagt Omi, «ist er noch ein sehr altmodischer Mann. Und ich habe nun mal keine Lust mehr, mich nach irgend jemand zu richten.»

«Aber Papi bedienst du doch auch», sagt Andrea, «und machst um ihn ein furchtbares Getue. Also echt ätzend, Omi, wirklich.»

«Das ist ganz was anderes», sagt Omi. «Euer Vater, der ist wie ein Sohn für mich. Und Söhne sind keine Ehemänner.»

«Was für eine Logik!» sagt Mutti und ruft nach Ferdinand. «Du kommst jetzt gleich, auf der Stelle, sofort und hilfst mit beim Tischdecken.»

«Der arme Junge!» seufzt unsere Großmutter.

Ich sehe zu, wie Omi ihren Koffer packt. Sie sieht ziemlich traurig aus.

«Warum heiratest du ihn denn nicht, wenn du ihn liebst?» frage ich. «Liebe ist schließlich das Höchste im Leben!»

«Liebe! Liebe!» sagt Omi. «In Wirklichkeit liebt man doch nur das Gefühl, das der andere in einem erzeugt. Jetzt fahre ich erst mal nach Schweden. Da wollte ich schon immer hin.»

16. Gib her den Speer

Über unsere Großtante Hertha gehen die Meinungen der Familie auseinander. Papi sagt, sie wäre unser soziales Alibi, denn wie ja Anna-Sofie nun festgestellt hätte, kümmerten wir uns um die Armen dieser Welt nicht die Bohne. Mutti lacht: «Du schon!»

Papi kuckt verdutzt. «Ich?»

«Um die armen Reichen, daß sie ihre Steuern pünktlich zahlen.»

Omi dagegen behauptet, ihre Schwester wäre schon im Internat unerträglich gewesen mit ihrem sozialen Tick. So hätte Hertha sie geradezu gezwungen, von dem mageren Taschengeld noch was für die Innere Mission zu spenden.

Onkel Ulrich wiederum bezeichnet Tante Hertha als wahren Engel. So was von Hilfsbereitschaft. Sagenhaft!

Von unserer Großmutter mütterlicherseits, also Omi, her sind wir eine wahnsinnig große Familie. In ihren Geschichten wimmelt's nur so von Onkeln und Tanten. Alles Vettern und Kusinen von Omi. Besonders mit Tanten sind wir reich gesegnet. Wohin wir kommen, irgend jemand quatscht uns bestimmt an und behauptet, mit uns verwandt zu sein. Echt nervig. Mit unseren Großonkeln haben wir weniger Last. Sie sind alle gefallen, bis auf einen, und der jammert deshalb oft: «Wohin man sieht in der Familie – nur noch Weiber! Direkt zum Abgewöhnen.»

Sie liegen in fremder Erde begraben, in Feindesland, das nun wieder zu Freundesland geworden ist, seitdem wir mit den Städten die Patenschaften und den Jugendaustausch haben, auf den Andrea keinen Bock hat, auch wenn Mutti es sehr gut fände, wenn sie ihre Ferien mal im Ausland verbringen würde. In Frankreich, zum Beispiel.

Omis gefallene Vetter kennen wir nur von Fotos. Wir sehen sie auf Fahrrädern, auf Rodelschlitten, auf ihren Ponys auf dem Gutshof, mit ihren Karnickeln im Arm oder einem Gewehr über der Schulter. In kurzen Hosen und später in Uniform mit Mädchen, die ganz irre Hüte tragen wie die von der Heilsarmee. Und Röcke anhaben, die aus alten Uniformen unserer Urgroßeltern stammen sollen.

Auch von den Tanten gibt's natürlich jede Menge Fotos. Vor allem von Hertha, wie sie ihren Hund abschrubbt, Puppenwäsche aufhängt und später mit einem strammen Knoten im Genick einen Kinderchor dirigiert. Am liebsten betrachten wir uns das Foto, wie sie noch als halbes Baby, nur mit einer

Badehose bekleidet, auf einer Decke mitten zwischen hohen Brennesseln steht und verstört auf ihre Füße starrt. Das Küchenmädchen sollte auf sie aufpassen. Weil ihr Tante Hertha dauernd weglief, hat sie sie einfach in die Brennesseln gestellt.

Wir finden das fabelhaft. Das hätten wir auch mit Ferdinand machen sollen.

«Ein Bild, das gar nicht zu meiner Schwester paßt», meint Omi. «Da sieht sie ja richtig verängstigt aus.»

Tante Hertha fürchtete sich nämlich schon als Kind vor nichts und niemandem. Als der besoffene Melker mit dem Beil auf seine Frau losging, biß sie ihn so in den Arm, daß er aufjaulte wie ein getretener Hund. Und die arme Omi hat sie mächtig rumkommandiert. Die durfte bei Tisch nicht eher mit dem Essen anfangen, bis sie von ihr die Erlaubnis hatte. Sogar der Uropi hatte Dampf vor ihr. Der Arzt hatte ihm seinen geliebten Cognac verboten, und Tante Hertha hat sie alle gefunden, die Flaschen. Im Flügel, im Geigenkasten, in der Bibliothek hinter den vielen Bänden der Zeitschrift «Vom Land zum Meer», im Gewehrschrank.

«Muß ja das reinste Minensuchgerät gewesen sein!» meint Papi.

Auch die Uromi hatte nichts zu lachen. Dauernd war Tante Hertha hinter ihr her, daß sie was Nützliches tun sollte. Nicht nur Tischordnung machen, Blumen einstellen und auf dem Klavier herumklimpern. Sie hat es tatsächlich geschafft, daß ihre Mutter nach dem Mokka eigenhändig die Meißner Tassen und das Silber abwusch.

«Da war wohl Tante Hertha bei dem Personal sehr beliebt», meint Andrea.

Omi schüttelt den Kopf. «Nicht besonders. Die vergötterten nur Richard, unseren ältesten Bruder. Der durfte sich alles leisten. Vor allem bei der Mamsell. Die ganze Familie atmete auf», erzählt Omi weiter, «als Hertha sich entschloß, Jugendleiterin zu werden.»

«Das wäre dann wohl auch der richtige Beruf für dich», sagt Andrea zu mir. «Wo du der Tante so ähnlich bist.»

«Aber doch wohl mehr äußerlich», meint Mutti. «Von einem sozialen Engagement habe ich jedenfalls bei Charlotte bislang noch nichts bemerkt.»

«Sie ist viel schlanker als Hertha in ihrem Alter», nimmt Omi mich in Schutz. «Aber nun haben wir genug gelästert.» Omi klappt das Album zu. «Wenn meine Schwester und die Lennarts nicht gewesen wären, wer weiß, ob wir dann hier so friedlich zusammensäßen. Auf keinen Fall hätten wir die Vertreibung so gut überstanden. Allein, was der Gutsinspektor und Hertha im Lager so an Essen heranschleppten!»

«War da nicht mal was zwischen den beiden?» fragt Mutti.

«Ach, das sind nur Gerüchte», wehrt Omi ab. «Ja, ein bißchen hatten sie wohl was füreinander übrig.

Aber da war sie noch in der Ausbildung und Inspektor Lennart längst verlobt.»

«‹Dabei lag sie im Bett bei ihm, das war doch wirklich nett von ihm›», zitiert Mutti.

Omi sieht sie ganz verdattert an. «Was sagst du da?»

«Na, das ist doch aus dem Lied der ‹Vier Nachrichter›, das sie dauernd auf dem Grammophon spielten. Jedenfalls hast du mir das erzählt. ‹Gib her den Speer, Penelope und weine nicht zu sehr.›»

«Ach, das ist doch schon Ewigkeiten her. Ich kann mich kaum noch daran erinnern.» Omi hat keine Lust, darüber zu reden. «Der Lennart hat ja auch bald darauf geheiratet. Eine sehr nette Person übrigens. Schade, daß die Ehe kinderlos geblieben ist.»

«Und du warst dann wohl selber sehr beschäftigt», sagt Mutti. «Mit Papa.»

Dann fangen sie wieder an zu schwärmen, was für ein wunderbarer Mensch unser Großvater gewesen ist, an den sich aber Mutti kaum noch erinnern kann. Er ist gefallen, ebenso wie der Uropi und Onkel Richard. Deshalb ist auch Tante Hertha wieder nach Haus auf das Gut zurückgekehrt und hat, wie Omi sich ausdrückt, bis zum Kriegsende mit dem Inspektor den Laden geschmissen. Die Uromi ist dann sehr bald nach der Vertreibung gestorben, und Omi ist mit Mutti in diesem Kaff in Bayern hängengeblieben, wo sie vom Lager aus eingewiesen worden sind. Tante Hertha hat ein Heim übernommen, in dem Kinder, deren Eltern auf der Flucht verlorengegangen waren, gesammelt wurden. Tante Hertha ist gleich zu den Amis gegangen und hat gesagt, sie braucht unbedingt Schuhe für die Kinder. Die könnten schließlich nicht durch Eis und Schnee barfuß in die Schule gehen. Der Ami hat sie nur ganz kalt angesehen und in fehlerfreiem Deutsch geknurrt: «Hilf dir selbst, dann hilft dir Gott.» Tante Hertha wollte wissen, wie sie das verstehen soll. Ob das eine Aufforderung zum Klauen wäre.

«Nazibrut!» hat der Ami gezischt. Und da ist Tante Hertha richtig ausgeflippt. Kinder wären immer Opfer und keine Täter, überall auf der Welt. *«Do you understand me?»*

Zwei Tage später haben sie dann einen ganzen Lastwagen voller Schuhe herangekarrt. Allerdings nur Damenschuhe. Sogar die Jungs mußten auf hohen Hacken laufen.

Jetzt ist Tante Hertha längst pensioniert und lebt in Köln, wo sie Kindern von Ausländern umsonst Nachhilfeunterricht in Deutsch gibt.

Mutti faßt sich an die Stirn. «Da fällt mir ein, sie wollte ja am Sonntag für zwei Tage kommen.»

«Wirklich schade», sagt Omi ohne jedes Bedauern in der Stimme, «aber da bin ich bereits unterwegs nach Rom. Ich kann meine Reise unmöglich aufschieben.»

Auch unsere Freude hält sich in Grenzen. Omi ist

ja schon manchmal recht seltsam, aber Tante Hertha schlägt jeden Rekord. Ihr Lieblingswort ist «anständig». Kannst du nicht anständig guten Tag sagen? Sitz anständig! Ein anständiger Mensch tut so etwas nicht. In ihrem Leben gab es sehr viele anständige Menschen und ebenso viele, die keinen Anstand hatten. Hin und wieder trinkt sie auch gern mal einen anständigen Schnaps und erwartet, daß Mutti ihr einen anständigen Kaffee kocht. Außerdem zwingt sie uns, Hemden unter unseren Pullis zu tragen, die wir dann in der Schule im Klo erst wieder mühsam ausziehen und in die Schultasche stopfen müssen.

Nur Ferdinand findet sie klasse. Er nennt sie die Gruseltante, weil sie ihn so scharf ansieht, wenn er nicht gleich gehorcht. Und er liebt diese albernen Fingerspiele, die sie ihm beibringt. «Alle meine Fingerlein wollen einmal Tierlein sein. Und der Daumen ist das Schwein.»

Als er mal vierzehn Tage bei ihr zu Besuch war, hat sie ihn ganz schön auf Vordermann gebracht. Sie hat ihm nicht nur das ewige Gequengel abgewöhnt, er konnte sich auch plötzlich allein die Schuhe zubinden und gab beim Haarewaschen, wobei er sich sonst furchtbar anstellt, keinen Mucks mehr von sich. Bloß verstehen konnten wir ihn kaum, weil er nur noch flüsterte.

Nach Tante Herthas Oberweite zu urteilen, müßte sie die Stimme eines Fußballreporters haben, doch sie verblüfft jeden mit ihrem leisen Organ. Je aufgeregter sie ist, um so mehr geht die Stimme weg. «Wahrscheinlich zuviel herumkommandiert», vermutet Papi.

«Ach, Unsinn», nimmt Omi sie in Schutz. «Irgendwas ist mit ihren Stimmbändern nicht in Ordnung. Das weißt du doch.»

Andrea zieht ihren Ohrring ab und betrachtet ihn sich. «Was Tante Hertha mitbringt, ist wirklich klasse. Der Ohrring ist einfach super. Aber wie sie sich anzieht! Schlimmer als die Damen von Jacobs Kaffee.»

«Stimmt», sagt Mutti, «Yves Saint-Laurent hat bei ihrer Garderobe nicht gerade Pate gestanden. Ihre Devise lautet eben: Hauptsache praktisch.»

Am Sonnabend bin ich nach langer Zeit endlich mal wieder ganz allein zu Hause. Andrea ist mit ihrer Clique unterwegs, Anna-Sophie hilft in einem Tierheim aus, den Ferdinand hat Mutti bei einem Freund abgegeben, Papi muß sich bei einem Kollegen vom Finanzamt unbedingt eine Uhr aus dem 18. Jahrhundert ansehen, und Mutti macht in Eheberatung bei Tante Christa, die, wie sie uns erklärt, mal wieder in einer Beziehungskrise steckt.

Dem Haus scheint die Ruhe ebenso zu gefallen wie mir. Es knackt friedlich vor sich hin, läßt ein offenes Fenster klappern, und die Uhren im Wohnzimmer unterhalten sich mit aufgeregtem Ticken.

Was macht ein Kind wie ich allein zu Haus? Es holt sich was Vernünftiges zum Essen. Mandeln und Rosinen sollen sehr gesund sein, und irgendwo muß Mutti noch Schokolade versteckt haben, die sie in die Ostzone schicken wollte, wie sie die DDR immer noch nennt.

Durch die Gärten schmettert Hänschens Trompete und vermischt sich mit dem Gesang einer Lerche vom Band, die sich Frau Fröhlich beim Fensterputzen anhört.

Ich bin gerade dabei, die Schubladen in der Küche zu durchwühlen, da klingelt es an der Haustür. Wahrscheinlich wieder die Zeugen Jehovas. Aber die sind es nicht. Vor mir steht in ihrem uralten Lodenmantel und in Gesundheitsschuhen Tante Hertha. Sie bohrt ihren rechten Zeigefinger in meine linke Schulter und fragt: «Was machst du für ein Gesicht, Charlotte? Habt ihr mich nicht erwartet?»

Mutti muß den Sonntag mit dem Sonnabend verwechselt haben.

Tante Hertha wollte eigentlich die Lennarts besuchen. Sie wohnen hundert Kilometer von uns weg auf dem Land. Als sie Mutti erzählt, daß Herr Lennart einen Schlaganfall hatte und in ein Pflegeheim mußte, ist sie ganz bestürzt. «Und Frau Lennart liegt auch im Krankenhaus und ist am grauen Star operiert worden.»

«Davon wußte ich wirklich nichts», sagt Mutti.

«Wir haben noch gestern von den beiden gesprochen.»

«Meine Schwester hätte sich ruhig ein bißchen mehr um die Lennarts kümmern können, statt in der Gegend herumzukutschen», haucht Tante Hertha. «Wo ist sie überhaupt? Zu Hause konnte ich sie nicht erreichen.»

«Sie ist nach Italien gefahren.»

«Italien?» Tante Hertha schnaubt unwillig durch die Nase. «Diese ewige Rumreiserei ist mir unverständlich.»

Mutti wird selbst-ver-ständ-lich Tante Hertha zu Herrn Lennart bringen, und am nächsten Tag fahren wir zu dem Pflegeheim. Es liegt in einem schönen Park mit vielen Blumenrabatten. Vor der Eingangstür steht eine Bronzefigur, eine Schwester, die einen alten Mann stützt.

Das Heim ist nagelneu und funkelt förmlich in der Sonne. Wir gehen durch einen langen, hellen Flur, in dem Kübelpflanzen wie Wachtposten stehen und Pfeile auf Tafeln in alle Richtungen zeigen. Mutti sieht in eine Teeküche, wo Schwestern sitzen und Kaffee trinken. Sie fragt, wo Herr Lennart liegt.

Sein Zimmer ist hell und freundlich. In drei Betten liegen drei alte Männer. Sie haben den gleichen vorwurfsvollen Blick wie meine auf dem Dachboden abgestellten Puppen.

Im Bett am Fenster schläft Herr Lennart. Jedenfalls

hat er die Augen geschlossen. Tante Hertha faßt nach seiner Hand. Aber Herr Lennart erkennt sie nicht. «Mein Lieschen», murmelt er, «wo bist du bloß gewesen?»

«Ich bin's doch», flüstert Tante Hertha. Doch Herr Lennart ist nicht interessiert an unserer Tante. «Lieschen soll kommen», quengelt er.

«Gott, hat der abgebaut«, sagt Tante Hertha leise vor sich hin. «Das wird wohl erst besser werden, wenn die beiden wieder zusammen sind.»

«Eine Frauenstation haben wir nicht», sagt die Schwester, die gerade Essen verteilt. «Abendbrot, meine Herren.»

Ich sehe auf die Uhr. Es ist erst fünf.

«Ich werde mal mit der Heimleiterin sprechen», sagt Tante Hertha zu Mutti und erhebt sich entschlossen.

Die Heimleiterin ist sehr freundlich. Aber sie kann Tante Hertha nicht helfen. «Ich darf da keine Ausnahme machen. Für Ehepaare sind wir nicht eingerichtet.»

«In ihre Wohnung zurück können die beiden auch nicht mehr», sagt Tante Hertha. «Frau Lennart ist ja fast blind. Und wieso bringt man Ehepaare nicht zusammen unter?»

«Da müssen Sie die Behörde fragen, die dieses Heim gebaut hat», sagt die Heimleiterin. «Ich kann da gar nichts machen. Ich habe meine Vorschriften.»

«Soll das etwa heißen, daß die beiden womöglich den Rest ihres Lebens getrennt zubringen müssen?»

Die Heimleiterin überlegt. «Wenn sie nichts unternehmen, bestimmt.»

«Lieschen», hören wir Herrn Lennart über den Flur rufen. «Lieschen!»

Wir gehen noch einmal zu ihm zurück. Diesmal scheint er Tante Hertha zu erkennen. Er lächelt sie listig an und sagt mit hoher Stimme: «Gib her den Speer, Penelope, und weine nicht zu sehr. Wenn ich im Herbst dich wiederseh, dann weinst du noch viel mehr.»

Tante Hertha kuckt jetzt so verstört wie damals als kleines Mädchen auf der Decke zwischen den Brennnesseln.

«Alt werden ist furchtbar», haucht sie.

Mutti legt den Arm um sie. «Du wirst bestimmt eine Lösung finden.»

17. Ich sehe was, was du nicht siehst

Onkel Ulrich wird sich um die Lennarts kümmern. Er hat es Tante Hertha versprochen. Und auf Onkel Ulrich kann man sich verlassen. Das weiß jeder. Tante Hertha ist ihm ja so dankbar. «Wie schön, daß es noch Menschen wie deinen Bruder gibt, Karl Albrecht.»

Papi nickt selbstgefällig. «Ulrich wiegt eure ganze bucklige Verwandschaft auf.»

Onkel Ulrich ist wahnsinnig beliebt. Sogar in der Siedlung werde ich dauernd gefragt: «Wie geht's denn dem Herrn Doktor, Charlotte? Wann läßt er sich mal wieder blicken?»

Ich mache mich wichtig. «Keine Zeit, keine Zeit, der Onkel.» Immer im Streß und unentbehrlich im Krankenhaus, wo er als Unfallchirurg arbeitet.

Doch Onkel Ulrich kann viel mehr als nur Knochen zusammennageln und Mutti telefonisch aufklären, was wir denn nun eigentlich haben. Masern? Windpocken? Oder ganz einfach keinen Bock auf die Schule.

Wenn er zu Besuch ist, repariert er jedes elektrische Gerät, führt fabelhafte Zaubertricks vor, geht mit uns in alle Filme, die wir sehen wollen, und bekocht uns mit Leidenschaft.

«Ich frage mich, warum ich nicht dich geheiratet habe, Schwager.» Mutti leckt sich genüßlich die Lippen, als uns Onkel Ulrich Schinken im Teig serviert.

«Gab's da je Ambitionen?» fragt Papi.

«Na, hinter Ulrich waren sie doch alle her», sagt Mutti. «Der reinste Rattenfänger.»

Seine Frau, Tante Leonie, schüttelt ihre vielen Armbänder und lacht. «Aber was er dann mit der Ratte anfangen sollte, das wußte er nicht.»

Wir sehen sie mißbilligend an. Sie ist wahnsinnig schick und sieht genauso aus wie die Fotomodelle mit den teuren Autos auf den Werbeplakaten, die lässig an den Wagentüren lehnen oder sich auf dem Kühler räkeln. Wir mögen Tante Leonie nicht besonders.

«Dieses Luxuspüppchen paßt eigentlich gar nicht zu deinem Bruder», sagt Mutti. «Warum er ausgerechnet die heiraten mußte?»

Papi findet sie ganz nett. Einen erfreulichen Anblick auf jeden Fall. Außerdem ist sie Ulrichs Kontrastprogramm. Wie sollte sonst seine Güte zur Geltung kommen?

«Bei uns ist es umgekehrt», sagt Mutti. «Ohne dich würde niemand merken, was für eine selbstlose Frau ich bin.»

Onkel Ulrich ist wirklich das Glanzstück der Familie. Nie stellt er sich dusselig an wie unser Vater. Mit dem einzukaufen, ist echt nervig. Jedesmal muß ich im Supermarkt aufpassen, daß er das Fleisch, das es ja meist an einem Extrastand mit Bedienung gibt, nicht gleich in die Tasche steckt, sondern in den Einkaufswagen legt. Mit Vorliebe stößt er irgendwas um und fegt Flaschen vom Regal. Und so ein armes Schwein von Azubi kann dann die Scherben auffegen. Nicht mal mit einem Münzfernsprecher weiß er vernünftig umzugehen. Fassungslos beobachten wir, wie er versucht, ein Zweimarkstück in den Schlitz zu zwängen.

«Nu seht euch das an!» Mutti schüttelt den Kopf. «Wie der erste Mensch. Ja, ja, die Herren Beamten haben halt ihre Sekretärin, die ihnen die niedere Arbeit abnimmt.»

Unser Onkel weiß immer einen Weg, und bei jedem Problem, das wir haben, heißt es: Rufen wir doch mal Ulrich an, was der dazu meint. Er kennt 'ne Menge Prominenz und wird überall eingeladen, sogar neulich von einem richtigen Minister. Der war mit mächtig viel Promille auf der Autobahn in der Nähe des Krankenhauses gegen die Leitplanke gekracht und von Onkel Ulrich wieder zusammengeflickt worden.

Wir waren total überrascht, als wir hörten, daß Tante Leonie sich von ihm trennen wollte.

«Sie war ja schon die ganze letzte Zeit so biestig zu

ihm», erinnert sich Mutti. «Was sollte diese Bemerkung von der Ratte? Und weißt du noch, als wir ‹Ich sehe was, was du nicht siehst› gespielt haben und ich Onkel Ulrich erraten sollte, hat sie gesagt: ‹Ich sehe was, was du nicht siehst, und das ist ein Blender!›»

Verstehen kann es niemand. Sogar Tante Christa wundert sich darüber, obwohl sie ja sonst eine Menge an Männern auszusetzen hat. Denn das sind für sie alle Egoisten und denken nur an sich. Ganz anders Onkel Ulrich. «Der hat ein echtes Problembewußtsein für Frauen entwickelt», sagt sie zu Tante Leonie.

Tante Leonie bricht in Tränen aus. «Von mir aus könnt ihr euch ihn und sein Problembewußtsein an den Hut stecken!» schluchzt sie. «Ihr lebt ja nicht mit ihm zusammen.»

Onkel Ulrich hat denn auch Tante Leonie gleich total verstanden, daß sie von ihm weg will. «Sie ist nun mal eine temperamentvolle Frau, und ich bin ein ziemlicher Langweiler.»

«Nun machen sie sich alle wieder Hoffnungen im Krankenhaus, die Schwestern und die Narkoseärztin auch», meint Mutti.

Papi kuckt nachdenklich vor sich hin. «Manchmal denke ich, er hat mit den Jahren wirklich 'ne kleine Meise gekriegt. Warum er katholisch geworden ist, kann ich mir bis heute nicht erklären.»

Darüber redet der Onkel nicht gern. Nicht mal mit mir, wo ich doch sein Patenkind und seine Lieblingsnichte bin.

«Darauf hast du uns nun oft genug aufmerksam gemacht», erklärt Mutti unwillig. «Trotzden kein Grund, ihm auf den Schoß zu klettern wie ein Baby. Damit muß jetzt Schluß sein.»

Sonst stöhnt Papi gern über die vielen Gäste, die sich so das Jahr über bei uns rankrümeln. Nur Onkel Ulrich ist da eine Ausnahme. Papi freut sich sehr, als sein Bruder sich ansagt. «Hat sich ja wirklich eine Ewigkeit nicht mehr blicken lassen.»

Mutti bringt mit mir das Gästezimmer auf Hochglanz, bezieht das Bett mit ihrer besten Bettwäsche und scheuert voller Ekel das bekleckerte Waschbekken. «Wer von euch hat sich denn hier die Zähne geputzt?»

Papi und Onkel Ulrich reden viel von früher, aber selten von unseren Großeltern und der Flucht. Alles, was wir darüber wissen, haben wir von Omi. Dafür sprechen sie um so mehr von der guten Tante Anni, bei der sie nach der Flucht in Hannover gelandet sind. Sie mußten sie beim Mensch-ärgere-dich-nicht-Spielen immer gewinnen lassen, sonst durften sie nicht ins Kino.

«Und während wir auf dem Güterbahnhof für sie Kohlen klauten, ging sie in die Kirche und betete, daß wir dabei nicht von den Engländern erwischt wurden», erzählt Onkel Ulrich. «Weißt du noch, wie sie an der Gallenblase operiert werden mußte? Da war sie schon hoch in den Achtzigern. Und als die Ärzte sich unterhielten, als sie für die Narkose vorbereitet wurde, setzte sie sich auf und sagte: ‹Nun fangen Sie endlich an, junger Mann! Ich habe meine Zeit auch nicht gestohlen.›»

Mutti behauptet, ich klebte mal wieder unerträglich an meinem Patenonkel. «Einfach gräßlich! Ist dir das denn nicht lästig, Ulrich?»

«Überhaupt nicht», versichert er und streicht mir übers Haar. Endlich gelingt es mir, ihn von der Familie loszueisen und mit ihm allein einen Spaziergang zu machen. Wir gehen zu dem kleinen Teich in Serengeti, und ich rede wie angefaßt. Er hört mir geduldig zu. Ich muß einfach alles loswerden. Von der Bombe im Teich, den Toten unter dem Rasen, von Frau Kulacks Beerdigung, von dem schönen Willi, von Hänschens Karriere als Fotomodell, von Wölfchen, dem Ferdinand die Haare abgeschnitten hat, von Gudrun, die ich so vermisse, und von meinem fabelhaften Aufsatz, für den ich fast eine Eins bekommen habe.

«Da hast du mich wohl richtig zum Helden gemacht?» Er lächelt ganz merkwürdig. «Aber die Wahrheit sieht ein bißchen anders aus. Zu einem Handgemenge mit dem Pferdedieb ist es überhaupt nicht gekommen. Und auf einen Menschen zu zielen, war uns als Kinder streng verboten. Es war also sozusagen das erste Mal, daß ich so etwas tat. Plötzlich fühlte ich mich wie auf der Fuchsjagd. Kimme und Korn gestrichen und abgedrückt. Der arme Mann hatte nicht die geringste Chance. Dabei hätte es wahrscheinlich völlig genügt, wenn ich ihm nur gedroht hätte.»

Ich sehe ihn mit offenem Mund an. «Schließlich war es Notwehr. Du konntest doch nicht wissen, ob er bewaffnet war. Vielleicht hätte er sonst Papi und dich abgemurkst.»

«Kannst du dich noch an die Geschichte von dem Einbrecher erinnern, Charlotte? Den ich vor einem Jahr bei mir überrascht habe?» Ich nicke. «Ein ganz harmloses Bürschchen, das über die Terrassentür hereingekommen ist. Als ich mit der Pistole auf ihn zielte, überkam mich der gleiche Rausch wie damals. Ich habe abgedrückt, aber glücklicherweise vergessen, vorher den Sicherungshebel zu lösen.«

Mein Onkel eine Art Triebmörder? Ich kann's nicht glauben. Papi hat recht, er muß 'ne Meise haben.

Onkel Ulrich lacht. «Nu kuck nicht so entsetzt, Charlotte. Ich möchte nur nicht, daß du mich so glorifizierst. Du sollst wissen, daß die Motive, warum man etwas tut, nicht immer so edel sind, wie sie aussehen.»

Immerfort sollen wir uns an jemand ein Beispiel nehmen. An Albert Schweitzer, an Schwester Teresa, an Onkel Ulrich, und dann kommt so ein Beispiel und stellt alles auf den Kopf.

«Aber für uns bist du nun mal ein großes Vorbild. Tante Hertha sagt, du bist der beste Mensch, den sie kennt, und sie kennt 'ne Menge Leute. Jeder bewundert dich.»

Onkel Ulrich schüttelt den Kopf. «Du sollst überhaupt niemanden bewundern, Charlotte. Und nur auf dein eigenes Gewissen hören, was es dir sagt. Mir sagt es ...»

Er verrät mir sein großes Geheimnis, das er schon lange mit sich herumträgt. Aber ich darf es zu Hause erst erzählen, wenn er wieder abgereist ist. Natürlich finde ich es wahnsinnig gut, daß er so viel Vertrauen zu mir hat. Andererseits kann ich es gar nicht abwarten, darüber zu sprechen. Ich bin richtig erleichtert, als er sich verabschiedet.

Als ich damit herausrücke, wollen es die Eltern kaum glauben.

«Ulrich geht in ein Kloster? Jetzt ist mein Bruder wirklich übergeschnappt!» stöhnt Papi.

Ich fange an zu weinen. «Nun sehen wir ihn nie wieder», schluchze ich. «Ihr werdet es sehen.»

«Werde gefälligst nicht hysterisch.» Papi ist richtig ärgerlich.

Andrea tröstet mich im Badezimmer, während sie einen neuen dämonischen Lidstrich ausprobiert. «Einfach toll, daß er es nur dir erzählt hat. Vielleicht ist er ja ehrlich in dich verknallt. Wie Pater Ralph de Bricassart in dem Film ‹Dornenvögel› in diese Meggie. Erst wird er Bischof, und dann kriegst du ein Kind von ihm.»

«Wer will denn so was!» entrüste ich mich.

«Aber ein bißchen wie dieser Schauspieler, der Richard Chamberlain, sieht er ja tatsächlich aus. Allerdings du nicht gerade wie das Mädchen. Oder hast du vielleicht tizianrotes Haar und Augen wie geschmolzene Edelsteine?»

Am nächsten Tag steht mein Entschluß fest. Ich werde Nonne! Eine Braut des Himmels. Denn zum wahren Leben, hat Onkel Ulrich gesagt, findet man nur durch die Kraft der Stille.

Hänschen hält das für eine prima Idee. «Da wird sich dein Alter bestimmt freuen.»

«Wieso?» frage ich verblüfft.

Hänschen grinst. «Dann spart er sich 'ne Menge Mäuse für die Ausbildung. Wenigstens bei dir.»

18. Das Tigerbaby

Serengeti darf nicht sterben! Das sagte schon Professor Grzimek. Wo soll sonst Hänschen die fremden Jungens verkloppen, die bei uns nichts zu suchen haben? Wo soll ich ungestört meine viele Schokolade essen und Hänschen seine Pornohefte lesen? Wohin flüchten wir denn, wenn es zu Hause Stunk gibt? Meistens ja ums liebe Geld, das Mutti so rasend verschwendet, wie Papi findet.

«Das Leben ist eben furchtbar teuer geworden», sagt Mutti.

Wo doch das teuerste Gut, was sie haben, wir Kinder sind! Uns müßte man genauso schonen wie das neubezogene Sofa, bei dem Mutti schon aufschreit, wenn wir mit einem Marmeladenbrötchen nur in seine Nähe kommen. Aber was tun sie? Sie stecken uns ein Zäpfchen in den Po und schicken uns trotz wahnsinniger Bauchschmerzen brutal in die Schule.

Als ich mit der Schreckensnachricht nach Hause komme, daß auf Serengeti nun doch Hochhäuser gebaut werden sollen, hört mir niemand zu. Papi hat nämlich auch eine kolossale Neuigkeit für uns: Er soll jetzt endlich befördert werden. Wir machen betretene Gesichter und starren ihn an. Beförderung bedeutet Versetzung in ein anderes Bundesland. Geredet hat er schon lange davon.

Papi ist über unsere Reaktion enttäuscht. «Ich dachte, ihr würdet bis an die Decke springen! Stattdessen macht ihr Gesichter, als würden wir gepfändet.»

«Aber mein Garten», sagt Mutti schließlich. «Und das gemütliche Haus.»

«Gemütliches Haus?» erbost sich Papi. «Wer hat denn dauernd über diese unpraktische Bruchbude gejammert?»

«Nun übertreibst du aber, Karl Albrecht», sagt Mutti.

Papi beginnt, die neue Stadt in den verlockendsten Farben zu schildern. Alles wird dort schöner, komfortabler, besser sein. Die Schule, die Umgebung, die Luft so nahe an der See. Nicht mehr dieser faulige Geruch bei Wetterumschwung. Und erst diese herrschaftliche Villa, in der wir wohnen werden. Mit einem parkähnlichen Garten und eigenem Schwimmbad.

«Wahrscheinlich ist der Schwamm drin», sagt Mutti.

«Im Schwimmbad?» Papi sieht sie irritiert an.

«In der herrschaftlichen Villa.» Mutti steht auf und stellt das Abendbrotgeschirr zusammen.

«Und daß ich mehr Gehalt kriege, bedeutet dir wohl gar nichts? Schließlich müssen wir an die Zukunft unserer Kinder denken. An die Ausbildung und an weiß Gott noch was. Aber woher ich das Geld nehme, interessiert niemanden.»

«Reg dich nicht auf, du hast ja recht.»

«Das will ich auch meinen.» Papi verläßt beleidigt das Eßzimmer. Mutti sieht uns an.

«Ich finde Umzug klasse!» sagt Ferdinand.

«Du hältst die Klappe!» sagt Anna-Sofie. «Ich bleibe hier.»

«Wo denn? Vielleicht bei Frau Fröhlich?» Andrea lacht. «Unser Haus muß verkauft werden, Klein-Dowie!» Sie ist die einzige, die sich mit Papi freut. Eine herrschaftliche Villa, ein Schwimmbad, ein parkähnlicher Garten. Da wird sie gleich eine House-warming-Party geben, mit Grillen und so.

Omi stimmt ihr zu. «Ihr müßt flexibel sein, Kinder», redet sie auf uns ein. Ihr ist's egal, wo sie wohnt. Hauptsache, sie hat uns und ein Bad. Das ist für sie immer noch das höchste. Gleich fängt sie wieder davon an, wie schwierig es früher mal mit dem Waschen war und in was für merkwürdigen Gegenständen sie sich schon abgeschrubbt hat: Regentonnen, Pferdeeimer, Zuber und sogar ...

«In einem Nachttopf», vollendet Andrea den Satz.

Omi ist enttäuscht. «Ach, ihr kennt die Geschichte schon?»

Ich will keine Villa mit Schwimmbad, keine reizvolle Umgebung. Ich will in diesem ollen Haus bleiben und von der Chinesin und dem Tigerbaby träumen. Ich will meine Verstecke auf unserem Spielplatz nicht aufgeben. In diesem Urwald, wo alles durcheinander wächst, wo man glaubt, Tarzan würde gleich durch die Zweige hüpfen. Hänschen will ihn ja mal echt gesehen haben. Ich will die Karnickel beobachten und für Mutti Holunderbeeren sammeln, auch wenn niemand den Saft mag. Frau Fröhlich soll mir noch oft vom schönen Willi erzählen. Hänschen wird später hier Polizist werden und die Verkehrsrowdies aufschreiben. Vor allem die BMW-Fahrer. Und am Abend auf seiner Trompete spielen.

Wir werden einfach eine Demo machen und Serengeti zu einem Naturschutzpark erklären. Nichts darf sich verändern. Es muß alles bleiben, wie es ist.

«Bis jetzt ist es ja noch nicht soweit», tröstet mich Mutti, die Gedanken lesen kann.

Papi meint: «Wenn das Gelände sowieso bebaut wird, fällt euch das Wegziehen leichter. Und überhaupt, die schönsten Jahre haben wir hier gehabt.»

Wir fahren am Wochenende, um unser zukünftiges Zuhause zu besichtigen. Mutti beginnt sich langsam dafür zu erwärmen. Ein großer Dachboden, drei Klos, ein schöner, großer, trockener Keller. Nicht schlecht. Papi verspricht Anna-Sofie, im Garten ein kleines Gehege anzulegen. Da darf sie dann ihre Schützlinge unterbringen. Das findet Anna-Sofie, die Verräterin, enorm.

«Und du, Charlotte», sagt Papi, «du bekommst Cellostunden. Das hast du dir doch schon so lange gewünscht.»

Aber ich lasse mich nicht bestechen. «Cello ist doof», maule ich, verstecke mich aber gleich vorsichtshalber hinter Muttis Rücken.

»Dieses Kind!» sagt Papi. »Dieses Kind!»

Mutti nimmt mich in Schutz. «Sie kommt nach dir, was willst du? Wer wollte denn damals unbedingt in der Siedlung bleiben und mußte deshalb diese Bruchbude hier kaufen?»

«Hm!» Papi streicht sich übers Kinn. «Aber auch ich bringe ja schließlich Opfer.»

Die ersten Interessenten erscheinen und besichtigen unser Haus. Sie stolpern über die vielen Treppchen. Etwas verstört sitzen sie dann im Wohnzimmer und betrachten die Uhren. «Originelles Haus! Aber ist es nicht ein wenig unpraktisch mit den vielen Ecken?»

«Ü-ber-haupt-nicht!» versichert Mutti. «Das Putzen geht einem ganz leicht von der Hand.»

Papi stößt einen kurzen Huster aus.

Mutti beginnt den Boden zu entrümpeln. Ich helfe ihr dabei. Was sich da so angesammelt hat! Kaum zu glauben. Sogar der augenlose Teddy und die Puppenstube, die Opa Naumann mir gebastelt hat, fallen mir wieder in die Hände.

Wir zanken uns um jedes Stück, das Mutti wegschmeißen will. Heimlich hole ich mir das meiste wieder aus dem Container.

Am Abend kommt Papi schlecht gelaunt nach Hause. Seinem Gesicht ist anzusehen, daß man ihm besser aus dem Wege geht. Beim Abendbrot sagt er: «Ich habe eine gute und eine schlechte Nachricht. Welche wollt ihr zuerst hören?»

«Die gute.»

«Das Gelände wird nicht bebaut werden.»

«Keine Hochhäuser?»

«Nein, keine Hochhäuser. Die Stadt ist pleite. Bis die wieder zu Geld kommen, kann's noch Jahre dauern. Und jetzt die schlechte Nachricht: Wegen der angespannten Finanzlage werden die Beförderungen im Finanzamt auf unbestimmte Zeit verschoben.»

Mich reißt's vom Stuhl. »Super!»

Papi sieht mich vorwurfsvoll an. «Egoistin!»

«Mach dir keine Gedanken, Karl Albrecht», tröstet ihn Mutti. »Es kommt, wie's kommt. So bin ich wenigstens mal gezwungen gewesen, richtig auszumisten.»

«Das meiste habe ich wieder zurückgeholt», sage ich.

Bevor ich ins Bett gehe, setze ich mich im Nachthemd aufs Fensterbrett und schaue auf den Vogel Greif, der zu mir rüberblinkt. Der Vollmond ruht sich gerade auf ihm aus.

«Ihr kriegt uns nicht!»

«Was schreist du denn so?» Unter mir bewegt sich ein Schatten. Es ist Hänschen.

Papi erscheint im Zimmer. »Komm schnell, Charlotte. Ich muß dir was zeigen.» Er läßt mir nicht mal Zeit, mir einen Bademantel anzuziehen. Im Nachthemd gehe ich mit ihm in die Garage. Er holt etwas Eingewickeltes aus dem Auto. Im Wohnzimmer packt er es aus. Mutti fällt fast in Ohnmacht. «Eine Katze als Uhr. So was Scheußliches habe ich ja überhaupt noch nicht gesehen.»

«Ein Tigerbaby», verbessert Papi und grinst mich an.

«Auch nicht schöner! Wirst du denn nie erwachsen!» jammert Mutti.

«Wer wird das schon.» Papi zieht die Uhr auf und summt vor sich hin: «Mitsou, Mitsou, Mitsou, mein ganzes Glück bist du.»

Ferdinand taucht im Schlafanzug an der Tür auf. «Weißt du was, Papi», sagt er, «weißt du was», und klettert auf sein Tretmobil, das er unter dem Schreibtisch geparkt hat. »Wir kriegen 'ne Schnellstraße durch die Siedlung gebaut. Vierspurig, sagt Hänschen. Klasse, nich?» Dann rammt er das Tischbein, so daß die neue Uhr vor Schreck zu schlagen anfängt, und singt: «Laternen in den Bäumen, die laden ein zum Träumen!»

Familienbande

SERIE PIPER

Inhalt

Für die Kartoffel-Pflanzer
Rudolf Streit-Scherz und Ursula Griessel

König Pimpernel

«Na, denn noch schöne Urlaubstage», sagte der Taxifahrer und ließ, ungeachtet des strömenden Regens, Stefanies Koffer an der Gartenpforte stehen. Sie zog ihn bis zur Haustür hinter sich her und kramte die Schlüssel hervor. Während sie Koffer und Tasche im Flur abstellte, floh wie üblich allerlei kleines Getier, das sich, vor Kälte und Nässe Schutz suchend, durch Spalten und Risse in den Flur gedrängt hatte, erschreckt in alle Richtungen und verschwand unter der Scheuerleiste und dem rotbraunen aufgerollten Kokosläufer. Als sie durch die Räume ging, empfing sie als erstes das hauseigene Parfum, eine Mischung aus spakigen Kleidern, frischer Farbe und irgend etwas Verfaultem, das sich später als eine unter den Küchentisch gerollte Kartoffel entpuppte. So mühte sie sich, wenigstens eines der Fenster in der Diele zu öffnen, was ihr mit einigen Schwierigkeiten gelang, denn der frischgestrichene Rahmen war mal wieder von Farbe verklebt. Das gleiche tat sie im Wohnzimmer, voller Angst, bei dem herzhaften Versuch könne die Fensterscheibe sich aus dem bröckligen Kitt lösen. Dabei fiel ihr eine dicke Spinne auf die Hand, und es war schwer zu sagen, wer wen mehr erschreckte. In den Räumen war es angenehm warm. Der Nachbar hatte wohl vorsorglich die Heizung angestellt, und der Durchzug ließ einen Schwall frischer Seeluft durchs Haus strömen.

Im Lauf der Jahre sah sich Stefanie immer weniger imstande, den schweren Koffer die steile Treppe nach oben in die Mansarde zu bugsieren. So packte sie ihn unten aus und trug Stück für Stück hinauf, sortierte die Kleider in den kleinen Verschlag, der als Schrank diente, und die Wäsche in die Kommode. Das Zimmer, in dem sie sich seit vielen Jahren einquartierte, war mehr und mehr modernisiert worden. Man hatte den Bodenraum neben der Schrägwand isoliert, den Holzfußboden neu lackiert, einen Durchlauferhitzer unter dem Waschbecken angebracht, einen Heizkörper installiert und hier das einfache Glasfenster durch Thermopanescheiben ersetzt. Das einzige altmodische Stück war die Matratze, wie übrigens in den anderen Schlafzimmern auch. Sie war bestimmt mehr als fünfzig Jahre alt und natürlich noch dreigeteilt. Wem vorher Rückenschmerzen unbekannt gewesen waren, der lernte sie jetzt kennen. Nur Loni, der Hausbesitzerin und Freundin, schien der liebe Gott ein völlig anderes Kreuz beschert zu haben. Ihre Matratze in dem ehelichen Schlafzimmer war die schlimmste von allen und ließ die meisten Gäste das großzügige Angebot, dort einzuziehen, abschlagen. Außer auf Dellen und Buckeln lag man darauf wie auf einem schrägen, ständig wippenden Brett, was Loni als besonders gemütlich empfand. So verhallten Stefanies Mahnungen, doch endlich diese ungesunden alten Dinger rauszuschmeißen, denn ein

Drittel seines Lebens verbringe man schließlich im Bett, ungehört. Auch störte es sie überhaupt nicht, daß man sich im Freundeskreis erzählte, einige Gäste hätten noch durchaus aufrechten Ganges und elastischen Trittes ihr Schlafzimmer aufgesucht und seien am Morgen darauf um Jahre gealtert, stöhnend und in greisenhafter Haltung am Frühstückstisch erschienen.

Stefanie ging nach unten, nahm aus dem kleinen Bauernschrank in der Diele eine Tasse und brühte sich in der Küche einen Tee auf. Mit dem Geschirr und einem Teller in der Küche vorgefundener ziemlich muffiger Kekse ging sie ins Wohnzimmer und nahm sich das Gästebuch vor. Von den nächtlichen Martyrien war darin allerdings nichts zu lesen, um so mehr von Regentagen. «Anfangs war es zum Verzagen, denn der Petrus war uns gram, bis nach circa zwanzig Tagen doch die liebe Sonne kam.»

Wie sie feststellte, war sie der erste Gast gewesen. Das Häuschen war von Lonis Ehemann Anfang 1962 recht preiswert erworben worden. Er hatte die ewigen Auseinandersetzungen, wohin man in den Ferien mit den Kindern aus zwei Ehen reisen sollte, satt gehabt. Im Februar war sie zum ersten Mal hingefahren, bei Windstärke neun und Eisregen. Es war die erste längere Strecke nach Lonis Führerscheinprüfung, die erst nach dem dritten Anlauf geklappt hatte. Der Fahrlehrer war entzückt gewesen über diese sichere Einnahmequelle und hatte sie väterlich ermahnt, nur ja nicht die Geduld zu verlieren.

Stefanie saß ziemlich unruhig neben ihr und schloß bei jedem Überholmanöver krampfhaft die Augen. Aber die Fahrt verlief reibungslos, bis auf die Kleinigkeit, daß an der Tankstelle weder der unbedarfte Lehrling noch Loni die Öffnung des Benzintanks fanden.

Das Haus empfing die Freundinnen im Schneegestöber, vom Nordost umbraust, mit klappernden Dachziegeln. Es lag wie verloren in einem kahlen Garten, vor dem sich bis auf ein paar zerstreut liegende Nachbarhäuser leer und endlos die Heide dehnte. Nur im Wohnzimmer gab es eine Gasheizung, so daß sie es vorzogen, ihre Mäntel anzubehalten. Das Zimmer war mit den alten Möbeln der früheren Hausbesitzerin eingerichtet, die, neu gestrichen und wie in der Diele mit Blumen bemalt, ganz behaglich wirkten. Auch im Mansardenzimmer, in das Stefanie sich einquartiert hatte, herrschte eine Temperatur von etwa null Grad, und es zog heftig durch die breiten Ritzen zwischen Holzverschalung und Boden. Dazu glitzerte das Holz vor Feuchtigkeit, und gelegentlich fiel ein Tropfen auf das kojenartige Bett. Aber mit einem Unterbett und zwei bleischweren Federbetten, die ebenfalls aus dem Haushalt der alten Frau stammten und Stefanie an ihre Flüchtlingszeit erinnerten, einer Wärmflasche und dicken Socken ließ sich die Kälte ganz gut überstehen, und auch die erste Bekanntschaft mit der antiken Matratze war noch einigermaßen auszuhalten. Man war ja noch jung und Kummer gewöhnt. Nur hatte sie in der Nacht ein paarmal das unbehagliche Gefühl, Hunderte von Augen seien auf sie gerichtet. Beim Frühstück mit starkem Kaffee und frischen Brötchen erzählte sie ihrer Freundin davon. Loni lachte. «Das sind die Holzwürmer. Die sitzen noch zu Hunderten in den Brettern. Irgendwann müssen wir da wohl mal mit Petroleum ran.» Aber trotz Kälte und Nässe, einem Boiler im Badezimmer, der nicht anspringen wollte, und klammer Bettwäsche waren es doch drei sehr schöne Tage mit Strandspaziergängen und Erkundigungsfahrten über die Insel.

Allmählich wurde das Haus zu dem, wofür es gedacht war: einem Sammelplatz für Mütter mit Kindern und deren Freunden während der Ferien. Kinder aller Altersstufen durchtobten es, und man konnte sich nur immer wundern, wie viele Personen in den fünf winzigen Zimmern Platz fanden und wie man mit dem einen Klo, der einen Dusche, dem einen Waschbecken zurechtkam. Lonis Mann ließ sich in den Ferien nur selten blicken. Gelegentlich kam er an den Wochenenden mit dem Bullenzug, von den Insulanern so genannt, weil ihn die meisten Ehemänner aus der Stadt für die Wochenenden bei den Familien benutzten.

Stefanie verbrachte regelmäßig ihren Urlaub hier, und jedesmal, wenn sie kam, gab es eine Neuerung: Kostbare Teppiche und Brücken schmückten die Räume, an den Wänden hingen wertvolle Bilder, sämtliche Zimmer waren mit einer Heizung versehen, und ihre Mansarde überraschte sie mit dem Durchlauferhitzer. Nur die Küche war ihrer Freundin gleichgültig. Sie hätte gut für eine Fotoausstellung unter dem Motto «Wie Flüchtlinge damals kochten» dienen können. Von den drei Flammen des Gasherds waren nur noch zwei zu benutzen, und beim Anzünden war es ratsam, wegen der stichartigen Flamme, die man zunächst erzeugte, den Kopf abzuwenden und einen Schritt Abstand zu halten. Der Kühlschrank von der Größe eines Pappkartons hatte selbstverständlich noch kein Tiefkühlfach, und die Spüle mußte aus derselben Zeit wie die Matratzen stammen. Als endlich, endlich eine fahrbare Waschmaschine in das Badezimmer einzog, verhedderte man sich an dem langen Kabel, das von ihr in die Diele führte, und beim Schleudern tanzte die Maschine wie ein Derwisch, so daß der Ablaufschlauch, der sich in dem teuren Waschbecken aus Porzellan nicht befestigen ließ, herunterrutschte und das Badezimmer unter Wasser setzte.

Einen Fernseher fand Loni überflüssig, und ihre Gäste wagten nicht zu widersprechen. Sich gegenseitig versichernd, was für eine Wohltat es doch sei, auf diese alle Unterhaltung tötende Flimmerkiste zu verzichten, fand man sich nichtsdestotrotz für den «Alten» oder «Derrick» bei Freunden oder im Kurhaus ein. Auch auf ein Telefon durfte man nicht hoffen, und man stand vor den wenigen Telefonzellen auf der Insel geduldig Schlange. Dagegen war der verwilderte Garten nun tipptopp gepflegt und das Grundstück mit einem Steinwall eingefaßt. Das Haus selbst prangte in einem altrosa Außenanstrich, und die Initialen der Freundin schmückten die Vorderfront. Die herrliche, duftende Heide gab es schon lange nicht mehr, dafür jede Menge Reihenhäuser, eins häßlicher als das andere, und der Autoverkehr konnte sich durchaus mit der Rush-hour in einer Großstadt messen.

Die erste Partie Kinder war verheiratet und teilweise schon wieder geschieden, und nun, in den neunziger Jahren, stellte sich endlich wenigstens eines der ersehnten Enkelkinder ein. Seinem Erscheinen verdankte das

Haus eine Einbauküche mit Waschmaschine und Geschirrspüler, neue Bettwäsche, einen Fernseher, wenn auch ohne Fernbedienung, mit winzigem Bildschirm und nach kurzer Zeit bereits defekt gewordenem Einschaltknopf, und ein Telefon. Nur die Matratzen krümelten und mieften weiter vor sich hin, und Loni widersetzte sich allen flehentlichen Bitten ihrer Tochter, wenigstens für ihr Enkelkind eine neue anzuschaffen, denn diese Matratzen seien ja wohl das Unhygienischste, was es gebe. Hatte sich die Matratze bis jetzt auf Bettina schädlich ausgewirkt? Hatte sie davon eine Allergie bekommen, irgendwelche Stiche von irgendwelchen geheimnisvollen Tieren? Asthma? Nein. Also war doch alles in Ordnung. «Denk doch mal nach, Kind, was das alles kostet!» Und Loni drehte sich wohlgefällig in ihrem neuesten Yves-Saint-Laurent-Kleid vor dem Spiegel.

Stefanie schenkte sich Tee nach, blätterte weiter im Gästebuch und vertiefte sich in die Gedichte. «Ich bin das kleinste Kind im Haus, doch meine Ferien sind jetzt aus.» Und immer wieder: «Naß war's, kalt war's, windig war's.» Gekritzeltes, Gezeichnetes, Gedichtetes, Geklebtes, alles war in dem fast vollen Gästebuch zu finden. Was war in diesen über dreißig Jahren im Freundeskreis nicht alles passiert! Ehen waren geplatzt und das oft auf schockierende Weise. Die Silberhochzeit eines befreundeten Ehepaares war groß gefeiert worden, mit Toasts auf die gemeinsamen schönen und schweren Jahre, mit Scharaden und neckischen Theateraufführungen. Launige Gedichte wurden vorgetragen, und jemand sang: «Dat du meen Leefsten büs.» Als endlich die letzten Gäste gegangen waren, hatte der Ehemann seinen Ring abgezogen und ganz ruhig zu seiner völlig sprachlosen Frau gesagt: «So, mein Liebling, das war's. Nun möchte ich endlich, endlich meinen eigenen Weg gehen.» Und wie sich herausstellte, hatte er bereits seit zwanzig Jahren eine Geliebte. Es gab Krankheiten, Konkurse, Selbstmorde und grauenhafte Unfälle. Ein Sechsjähriger erdrosselte sich beim Schaukeln, ein anderes Kind trank eine giftige Flüssigkeit und verätzte sich den Magen, und ein Siebzehnjähriger verschwand auf Nimmerwiedersehen in einer Sekte.

Im Vergleich zu diesen Ereignissen war Stefanies Leben eher ruhig verlaufen: ihre Ehe mit dem zwanzig Jahre älteren Mann, der von den Freunden nur «der gute Karl» genannt wurde, das geordnete Leben in dem gemütlichen Reihenhaus, die Halbtagsbeschäftigung nach Karls Tod. «Bist du nicht manchmal traurig, daß du keine Kinder hast?» wollten die Freunde wissen.

«Nein, überhaupt nicht», sagte sie, und sie meinte es ehrlich. Die Kinder ihrer Freunde reichten durchaus zur Befriedigung ihrer eher verkümmerten mütterlichen Triebe, wobei sich allerdings die Sympathie auf beiden Seiten in Grenzen hielt. Die Mitteilung, die liebe Tante Stefanie werde über sie wachen, während die Eltern auf eine kleine Reise gingen, wurde nicht gerade mit Jubelschreien begrüßt. Stefanies Kochkünste waren mager, und sie konnte einer Meuterei nur vorbeugen, indem sie ein tägliches Frühstücksei bewilligte, das es sonst nur an Sonntagen gab. Das einzige, was die Kinder, bevor sich das Fernsehen ihrer Seelen bemächtigte, wirklich an ihr mochten, waren ihre Gutenachtgeschichten, die es an

Gruseleffekten durchaus mit diesem Medium aufnehmen konnten. Die Kinder waren versessen darauf, auch wenn sie danach Alpträume hatten und wimmernd durch die Wohnung geisterten. Dagegen lehnten sie Bücher wie «Was drei kleine Bären im Walde erlebten» oder «Heidi» kategorisch ab. Manchmal gelang es Stefanie sogar später noch, sich gegen das Fernsehen zu behaupten. Sie hatte inzwischen eine ganze Sammlung von Horrorgeschichten. Da gab es die von dem armen Meerschweinchen, das von einem bösen Karnickel als Sklave im Bau gehalten wurde, oder von der betagten Maus, die mit letzter Kraft tief in einen riesigen Käse vorgedrungen war und dann doch verhungerte, weil sie ihr Gebiß zerbrochen hatte. Die Eltern waren entsetzt, und jüngere Mütter, die bereits einer Generation angehörten, der die Wissenschaft eingebleut hatte, Märchen strotzten vor sexuellen Symbolen und Sadismus, sagten zu ihren Männern, Tante Stefanie mit ihrer merkwürdigen Phantasie müsse bei aller Nettigkeit sexuell ja doch ziemlich verklemmt sein. Und dann fielen dunkle Andeutungen über «Alice im Wunderland» und ihren Autor, bei dem ja auch wohl nicht alles gestimmt habe.

Ein Blick aus dem Fenster sagte Stefanie, daß das Wetter sich gebessert hatte. Sie klappte das Gästebuch zu, trug das Teegeschirr in die herrschaftliche Küche und griff nach ihrem Parka, um an den Strand zu gehen. Der Wind hatte nachgelassen. Die Wolken hatten sich verzogen, und die Sonne gab sich Mühe, die viele Feuchtigkeit verdunsten zu lassen. Trotz fortgeschrittener Jahreszeit war die Insel noch voller Urlauber, und von einem einsamen Strandspaziergang konnte keine Rede sein. In den letzten Jahren hatte sich das Strandleben verändert. Burgen gab es nicht mehr und auch nicht mehr die strenge Trennung zwischen Nackten und Bekleideten. Nur die alberne Mode, daß bei kaltem Wetter die Männer sich nur oben herum dick einmummelten und die Frauen zu blankem Busen lange Hosen trugen, war geblieben.

Nach einer Stunde kehrte Stefanie in das Häuschen zurück. Zwei Tage noch, dann würde Loni mit der Enkeltochter erscheinen, Bettina, dem Herzepimpel. Wie hatte sie sich über andere Großmütter lustig gemacht! Jetzt jedoch entblödete sie sich nicht, der Friseuse, dem Berater bei der Bank, der Fußpflegerin und der Schneiderin jedesmal die neuesten Fotos von ihrem Engelsgeschöpf unter die Nase zu halten. Und da sie eine geschätzte Kundin war, bemühte man sich eilfertig, ihr Entzücken zu teilen. Sie nahm es daher Stefanie auch etwas übel, daß sie sich nur sehr gelegentlich bei ihr blicken ließ, wenn das Kind in ihrer Obhut war.

Am Tage der Ankunft ihrer Freundin bezog Stefanie die Betten und ärgerte sich wie immer über die Matratzen, diesmal vor allem über Bettinas. Sie schlug unwillig mit der Hand darauf. Eine Staubwolke löste sich, so daß sie niesen mußte, und etwas Spitzes bohrte sich in ihren Finger. Loni selbst hatte sich, wie Stefanie feststellte, eine Kaschmirdecke, die dreimal so teuer gewesen sein mußte wie eine neue Matratze, unter das Bettlaken gelegt.

Die Freundin kam mit Bettina allein. Ihrem Mann lag die Insel nicht besonders. Er fand sie deprimierend. Loni war's nur recht. «Zwei Quengelköppe sind ein bißchen ville», sagte sie zu Stefanie bei der Ankunft und, mit Panik in der Stimme, zu Bettina, die ihnen voraus ins Wohnzimmer rannte: «Aber bitte nicht mit den Schuhen auf das neu bezogene Sofa!» Die Warnung war berechtigt. Der hellgelbe Seidensatin war überaus empfindlich.

Stefanie half ihr, den Koffer in ihr Schlafzimmer zu schleppen. «Was für eine abgestandene Luft!» Loni riß die Fenster auf, die Stefanie erst vor ein paar Minuten geschlossen hatte, weil es mal wieder regnete.

«Du willst es ja nicht wahrhaben, aber es sind nun mal die Matratzen», sagte Stefanie.

«Mag sein», sagte die Freundin, «aber du hast ja keine Ahnung, was das alles kostet! Außerdem, das ist eben der Inselgeruch. Den kannst du in fast allen Häusern finden.»

«Inselgeruch?» sagte Stefanie mit erhobener Stimme. «Das ist ja das Neueste, was ich höre.» Und darüber mußten sie beide lachen.

Gemeinsam brachten sie Bettina ins Bett, und Stefanie nahm die Gelegenheit wahr, darauf hinzuweisen, daß die Matratze für das geliebte Enkelkind eigentlich nur noch aus Staub bestehe. Loni ging jedoch nicht darauf ein, und Bettina verlangte energisch nach einem Schlummerlied, das ihr auch von Stefanie sofort serviert wurde. Es war ein Gedicht über einen kleinen Drachen, und Stefanie erfand ohne Schwierigkeit eine passende Melodie dazu.

Bin ein kleiner fieser Drache,
fies, solang es mir gefällt.

Bin von allen fiesen Drachen
wohl der fieseste der Welt.
Fies ist meine Denkungsweise,
fieser Atem strömt aus mir.
Ich war fies zu meinen Eltern
und bin fieser noch zu dir. *

Das Kind wollte mehr und gab keine Ruhe. Aber seine Großmutter meinte, nun sei es genug, und Stefanie versprach ihr die zweite Strophe für ein andermal. Während Bettina noch herumquengelte und sich nicht damit zufriedengeben wollte, klingelte unten das Telefon, und Loni verließ das Zimmer. «Aber eine Geschichte kannst du mir wenigstens noch erzählen», sagte Bettina.

«Hm», sagte Stefanie und starrte düster auf die verrottete Matratze unter dem verrutschten Bettlaken, die sicherlich voller Milben steckte. Milben liebten Matratzen. Sie hatte so ein Tier tausendfach vergrößert in einer Apothekenzeitung gesehen. Milben! Das war das Stichwort. Ihre Phantasie setzte sich sofort in Gang, und es entstand ein ganzes Volk dieser grausligen Geschöpfe. «Was sind denn Milben?» fragte Bettina schon etwas schläfrig und nur undeutlich, denn sie hatte mal wieder den Daumen im Mund.

* aus: Jack Prelutsky, «Lied vom fiesen Drachen». Aus dem Amerikanischen von Ludwig Harig. Aus dem Kinderbuch: Jack Prelutsky / Peter Sis, «The Dragons Are Singing Tonight».
© 1993 by Jack Prelutsky. Auf deutsch erschienen in: *Jaguar, Zebra, Nerz, Mandrill* ... © 1994 Carl Hanser Verlag München Wien.

«Milben gibt es seit Millionen von Jahren, und ein Volksstamm lebt nun in deiner Matratze.»

«In meiner Matratze?»

«In deiner Matratze», bestätigte Stefanie, «und natürlich, wie jedes Volk, haben sie auch einen König. Was meinst du, wie der heißt?»

Während das Kind nachdachte und Stefanie mit halbem Ohr auf die Stimme ihrer Freundin am Telefon lauschte, legte ihr die Phantasie bereits einen passenden Namen auf die Zunge. «Nun, ich will ihn dir verraten: Scarlet Pimpernel. Aber», fuhr Stefanie feierlich fort, «du darfst mit niemandem darüber sprechen. Es ist ein großes Geheimnis, das nur wir beide kennen dürfen.»

Das Kind legte einen Finger auf den Mund und sah sie verschwörerisch an. «Niemand», versprach es.

Als junges Mädchen hatte Stefanie den Roman «Die scharlachrote Blume» förmlich verschlungen und mit seinem Helden, einem waghalsigen englischen Lord, der unter dem Decknamen «Scarlet Pimpernel» während der Französischen Revolution zahlreiche französische Standesgenossen unter höchsten Gefahren vor der Guillotine rettete, alle Höhen und Tiefen dieses Abenteuers durchlebt. Und erst die mit Mißverständnissen, Verstellungen und verhaltener Leidenschaft gewürzte Liebesgeschichte!

«Aber wie ist denn der König in meine Matratze gekommen?» riß Bettina sie aus ihren Gedanken.

«Eine interessante Frage», sagte Stefanie, um Zeit zu gewinnen, und ließ ihre Augen über die Matratze wandern. «Wahrscheinlich durch das Loch da», sagte sie dann und deutete auf ein offensichtlich von einer brennenden Zigarette herrührendes kleines Loch, das unter dem verrutschten Laken sichtbar wurde.

Bettina bohrte interessiert darin herum. «Aber es ist sehr klein.»

«Völlig ausreichend für Milben», sagte Stefanie. In diesem Augenblick kam Loni zurück. «Wer war's denn?» fragte Stefanie und machte dabei Bettina ein Zeichen, ja den Mund zu halten.

«Schröders natürlich.» Schröders waren ein Neuzugang in der Seniorenclique. Obwohl sie eines der schönsten Häuser mal eben aus dem Handgelenk für fünf (oder waren es zehn?) Millionen gekauft hatten, mußten sie sich noch sehr abstrampeln, um in dieser Clique Anerkennung zu finden. Eine Einladung von ihnen bedeutete immer ein fulminantes Essen in einem der teuersten Restaurants auf der Insel, sozusagen Hummer und Kaviar satt. Man rümpfte zwar über diesen zur Schau gestellten Reichtum die Nase, zierte sich aber beim Zugreifen nicht. Die Gastgeber nahmen es demütig hin, daß sie zu fortgeschrittener Stunde selbst kaum noch zu Worte kamen und man sich angeregt über ihre Köpfe hinweg unterhielt. Es war wie in Kinderzeiten, wo der Neue sich erst seine Sporen verdienen mußte und sich bis dahin bescheiden im Schatten der Platzhirsche zu halten hatte.

«Sie haben mich für heute abend eingeladen. Ich hab gar nicht erst erwähnt, daß du auch hier bist. Du wärst ja sowieso nicht mitgegangen, oder?» Loni sah Stefanie fragend an.

Stefanie nickte. Sie haßte diese sich endlos hinziehenden Abendeinladungen. Man saß festgenagelt am selben

Platz und hatte sich im Grunde schon nach zwei Stunden nichts mehr zu sagen. «Bestimmt nicht», sagte sie.

Eine der vielen positiven Seiten ihrer Freundschaft war, daß auf der Insel jeder seine eigenen Wege gehen konnte. Auch diesmal stellte sich wieder ein gewisser Rhythmus ein. Tagsüber gehörte Bettina ihrer Großmutter und dem Strandleben, an den Abenden, an denen Loni reihum Bekannte und Freunde besuchte, dem Stamm derer von Pimpernel. Wenn Loni, bevor sie loszog, sich noch einmal bei ihrem Enkelkind aufs Bett setzte, um ihr gute Nacht zu sagen, zuckte das Kind jedesmal nervös zusammen. «Nicht, Omi!»

Ihre Großmutter starrte sie verständnislos an. «Warum soll ich mich nicht an dein Fußende setzen?»

«Es tut ihnen weh», murmelte Bettina.

«Was tut dir weh?» sagte die Großmutter, mit deren Gehör es nicht mehr zum besten stand. Aber weil das Kind ein so unglückliches Gesicht machte, holte sie dann doch einen Stuhl. Nach einer Weile verschwand sie, und Stefanie konnte ihre Geschichten über die unglaublichen Vorkommnisse in der Matratze weiterspinnen.

Eines Tages wurde für Loni eine Gegeneinladung fällig, und so kam der Nachmittag, an dem zehn Personen in der kleinen Diele und im Wohnzimmer zusammenkamen und sich mit gekonnter Unbekümmertheit auf Sesselchen und Sofa fallen ließen. Unter ihnen natürlich auch Schröders, die – Gastgeschenke waren in der Clique nicht üblich – Loni mit einem kunstvoll eingepackten exquisiten Parfum überraschten. Sie bewunderten hingerissen alles, sogar einen alten zerlumpten Bettvorleger auf der Diele. Bettina hatte ihn dort hingeschleppt, einen Pappkarton daraufgestellt und Arche Noah gespielt. «Menschen, nehmt mich mit, ich bin doch eine Mutter!» hatte sie dabei die ganze Zeit gerufen. Das Herzepimpel wurde natürlich sehr herausgeputzt, voll Stolz herumgereicht und hatte alle Mühe, sich Frau Schröders innigen Umarmungen zu entziehen. Die Kleine war von den vielen Fremden und den Schlückchen Sekt völlig überdreht und begann plötzlich, den erstaunten Gästen mit durchdringender Stimme eine verworrene Geschichte von Milben in einer Matratze zu erzählen. Die Unterhaltung erstarb, und alles starrte auf das Kind, das in entzückender Unbefangenheit von etwas sprach, wofür man normalerweise den Kammerjäger bestellt hätte.

«Milben, wie reizend», sagte Frau Schröder, und es war ihr anzusehen, wie sehr sie es ihrer Gastgeberin gönnte, von ihrer Enkeltochter blamiert zu werden. Aber Loni zeigte sich der Situation wieder einmal vollkommen gewachsen. «So ist es nun mal in diesen alten Häusern», sagte sie unbekümmert und, zu Schröders gewandt: «In Ihrem Haus, hat mir ein Handwerker erzählt, soll es ja nur so von Ratten gewimmelt haben.»

Man wandte sich sehr schnell anderen Themen zu, nämlich der Feststellung, daß das Publikum auf der Insel von Jahr zu Jahr schlechter werde und daß trotz der großen Arbeitslosigkeit niemand bereit sei, im Haushalt zu arbeiten.

Nachdem die Gäste gegangen waren, wappnete sich Stefanie für das, was sie wohl jetzt von Loni zu hören bekommen würde. Aber auch hier reagierte Loni wieder völlig anders. «Deine Phantasie möchte ich haben», war alles, was sie sagte, und sie betrachtete sich stirnrunzelnd einen dicken schwarzen Streifen auf der Schabracke des Sofas.

«Können sich denn die Leute nie vernünftig die Schuhe abputzen?»

Am nächsten Tag ging diesmal Stefanie mit der Kleinen zum Strand. Ihre Freundin hatte sie darum gebeten, weil sie, wie sie sagte, ein volles Programm habe. Als sie den Strand erreichten, herrschte dort bereits viel Betrieb. Während es sich Stefanie im Strandkorb bequem machte, tobte Bettina mit anderen Kindern herum. Zwischendurch aßen sie allerlei Ungesundes wie Pommes frites, irgend etwas Klebriges mit einer fetten Soße und natürlich Eis. Plötzlich hörte Stefanie, die wieder im Strandkorb eingenickt war, wie Bettinas Stimmchen ganz in ihrer Nähe einem betagten Ehepaar mitteilte, sie habe kein Zuhause. Sie müsse jede Nacht im Strandkorb schlafen. «Du armer kleiner Engel. Wirklich grauenhaft!» erregte sich die Frau. «Jetzt setzen sie in der Urlaubszeit schon Kinder aus. Früher waren es wenigstens nur Hunde.» Bettina hatte sich zu ihren Füßen gekauert und vertraute ihnen die Milbengeschichte an. «Verstehst du, was das Kind uns sagen will? Sie redet immerzu von einem König und von Milben.»

«Kinder muß man nicht verstehen», sagte der Mann und vertiefte sich wieder in die Bild-Zeitung.

Früher als üblich kehrte Stefanie mit Bettina in das Häuschen zurück. Dort waren inzwischen erstaunliche Dinge passiert: Loni hatte sämtliche Matratzen ausgetauscht. Die neuen waren von erlesener Qualität, allergiegetestet und bandscheibenfreundlich. Stefanie spürte förmlich, wie sich ihr Rücken auf diese herrliche Lagerstatt freute. Nur das Kind geriet außer sich. Scarlet Pimpernel samt Hofstaat und Volk für immer verschwunden! Ja, vielleicht sogar auf einer Mülldeponie gelandet, wo sie ihr Leben von hackenden Möwen und von Sturm und Regen bedroht fristen mußten. Bettina schmiß sich auf die Erde, trampelte und schrie und benahm sich wie eine Verrückte. Loni blieb gelassen. Kinder waren nun mal unberechenbar, nie wußte man so recht, was in ihren Köpfen vorging. «Nun wollen wir aber nicht albern sein», sagte sie schließlich nur.

Merkwürdigerweise fühlte auch Stefanie eine gewisse Wehmut. Galt sie den geschichtsträchtigen Matratzen, die ihr Leben so lange begleitet hatten, oder ihrem Geisteskind Scarlet Pimpernel? Ihre Phantasie tröstete sie sogleich mit dem Einfall, das Volk der Milben habe sich wahrscheinlich rechtzeitig auf den Bettvorleger gerettet und warte nur darauf, neues, noch jungfräuliches Land zu erobern. Das Kind schluchzte immer noch vor sich hin, und selbst die zweite Strophe des kleinen Drachen, die Stefanie ihr vorsang, konnte sie nicht beruhigen.

Ich bin fies, weil ich so fies bin,
fies bei Tag und fies bei Nacht.
Jeder weiß, daß ich so fies bin,
wer mir fies ins Auge lacht.
Nach mir schaut nur selten einer,
wenn ich fies vorüber geh.
Bin ein fieser, fieser Drache,
groß nur wie der dicke Zeh.*

* s. Fußnote S. 18

«Selbsterkenntnis», sagte Loni zu Stefanie. «Dem Kind so einen Unsinn zu erzählen. Aber mit Milben ist es nun wohl endgültig vorbei.» Und sie schlug kräftig auf die neue Matratze, aus der auch nicht das kleinste Staubkorn entwich.

«Omi ist fies», schrie Bettina außer sich. Aber ihre Großmutter reagierte nicht, denn das Telefon klingelte mal wieder, und sie war schon halb zur Tür hinaus.

«Pscht!» sagte Stefanie zu der Kleinen. «Beruhige dich. Scarlet Pimpernel ist längst wieder in deinem Bett. Er hat mir eben zugewinkt.»

«Aber wo denn?» sagte die Kleine und hörte prompt mit Weinen auf.

«In deinem Kopfkissen», sagte Stefanie und gab den klumpigen Daunen in dem ausgeblichenen Inlett, das ihr schon längst ein Dorn im Auge war, einen kleinen Puff.

Die gute Tat

Was für ein bedauernswerter Mann und was für eine nachdenklich stimmende Geschichte, dachte Sigrid, als sie dem Ausgang des Stadtparks zustrebte. Sie hatte Glück gehabt, gerade heute schien die lange Regenperiode ein Ende gefunden zu haben, und die Sonne zeigte sich wieder, so daß sie ihren Stammplatz aufsuchen konnte, die Rasenbank. Im Rücken von einem dichten Wall Heckenrosen abgeschirmt, gab sie den Blick frei auf eine große Rasenfläche, auf der nur einige Silberpappeln und eine riesige Rotbuche standen. Das allerdings hatte gelegentlich den Nachteil, daß sich schwitzende Fußballer, wie dem Stall zustrebende Kühe brüllend, austobten und den herrlichen Rasen ramponierten. Von der Nachbarbank hatte ein Obdachloser Besitz ergriffen. Wie sie pochte er auf sein Gewohnheitsrecht, nur mit sehr viel mehr Erfolg. Wenn sein Platz von anderen Leuten besetzt war, drängte er sich ungeniert zwischen sie, handelte es sich um eine einzelne Person, rutschte er ihr immer mehr auf die Pelle, in beiden Fällen unappetitliche Geräusche von sich gebend, sich kratzend oder leise vor sich hinmurmelnd, bis auch die Dickfelligsten, auch des strengen Geruchs wegen, der von ihm ausging, die Stellung räumten. Nur mit alten Damen gab es gelegentlich Schwierigkeiten. Sie schienen gegen Gerüche jeglicher Art unempfindlich zu sein, redeten gütlich auf ihn ein und fragten ihn, ob er nicht Lust habe, sich ein paar Mark zu verdienen, in ihrem Garten gebe es eine Menge zu tun. Das wiederum erschreckte den Berber so, daß er sich einen Schluck genehmigen mußte mit der Entschuldigung: «Gut gegen Läuse.» Das war den Damen zwar neu, aber Grund genug, ihn seinem bedauernswerten Schicksal zu überlassen. Wenn er dann die Bank wieder für sich alleine hatte, streckte er sich darauf aus, faltete seine Hände auf dem recht stattlichen Bauch und gab sich dem Nichtstun hin.

So etwas hätte Sigrid nie gewagt. Sie fläzte sich auch nicht herum, sondern saß in manierlicher Haltung da, wie es sich für eine Frau mittleren Alters gehörte, ordentlich gekleidet, mit gepflegtem Haar und einer damenhaft distanzierten Freundlichkeit. Auf ihre weiblich-raffinierte Weise war sie auch sehr hinterher, ihren Stammplatz zu verteidigen, und hatte im Laufe der Jahre ihr eigenes System entwickelt. Sie nahm sich inzwischen das Recht heraus, allein zu bestimmen, wer neben ihr sitzen durfte. So pflanzte sie sich in die Mitte der Bank und belegte wie in einem Eisenbahnabteil den Rest mit Strickjacke, Sonnenschirm, Sonnenmilch, Zeitschriften und Obst, so daß sich die meisten Spaziergänger schon davon abschrecken ließen. Trotzdem blieb gelegentlich jemand stehen und sah sie fragend an. Aber dann genügte der Hinweis, im Prinzip sei die Bank besetzt, ihre beiden Enkel holten sich nur ein Eis. Es gab jedoch auch Unerschrockene, die trocken sagten: «Na, bis jetzt sind sie ja noch nicht da», oder: «Es ist ja genug Platz vorhanden», und sich in aller Ruhe neben ihr niederließen. Vor allem junge Frauen fürchtete Sigrid. Sie kamen mit ihrem Baby in der Kinderkarre den kleinen Kiesweg entlanggestampft, ließen sich neben ihr auf die Bank fallen, zerrten mit besitzergreifender Bewegung das erschreckt zappelnde Kleinkind aus der Karre und steckten ihm eine mit Tee gefüllte Nuckelflasche in den Mund, was in Sigrid jedesmal unangenehme Erinnerungen an ihre eigene Kindheit weckte, als sie noch von ihrer älteren Schwester wie eine Puppe behandelt worden war und ihr fürchterliche Dinge wie ungesüßter Rhabarbersaft oder Zuckerwasser eingeflößt wurden.

Ebenso lästig waren die Trostbedürftigen. In der Art, wie sie sich dahinschleppten und dann schwerfällig auf die Bank niedersinken ließen, wußte Sigrid schon im voraus, was ihr blühte, nämlich unerquickliche Gespräche über Krankheiten jeder Art, mit und ohne Operation, Scheidung und anderes Liebesleid. Daran änderte auch das keckste Äußere, flatternder Minirock, hochgeschnürte, klobige Schuhe und Ringe in Ohrläppchen und Nase, nichts. Sigrid erkannte sofort, daß auch dieses Menschenkind ein wahrer Jammerlappen war.

Trotz ihrer manchmal verdrießlichen Situation wäre Sigrid jedoch ebensowenig wie der Obdachlose auf den Gedanken gekommen, das Feld zu räumen. Auch ihn hatte sie, solange sie diesen Park besuchte, nie auf einem anderen Platz angetroffen, und seine Angewohnheiten hatten sich wie die ihren nie verändert. Hin und wieder trank er ein Schlückchen, aß ein Brot und entledigte sich, wenn es sehr warm war, seiner Schuhe und Socken, zog aber niemals Hemd und Jacke aus. Sein dunkles Haar war inzwischen ergraut, aber seine blühende Phantasie ließ nichts zu wünschen übrig. Nach wie vor bewunderte Sigrid seinen Einfallsreichtum, wenn es darum ging, irgendeinem Neugierigen seine Lebensgeschichte aufzutischen. Sigrid, die noch ein sehr gutes Gehör besaß, folgte den immer neuen Varianten mit Spannung. Von der Vollwaise bis zum schwarzen Schaf der Familie war alles drin, und je nach politischer Mode war er ein Verfolgter des Nationalsozialismus, des Stalinismus oder des Rassismus. Er war das Opfer eines gewalttätigen Vaters, einer lieblosen Mutter, von herzlosen Vermietern auf die Straße gesetzt, von seiner Frau im Stich gelassen. Oft lachte Sigrid anerkennend still in sich hinein, wenn es ihm wieder einmal gelungen war, seine Zuhörer zu beeindrucken und einen stattlichen Geldschein zu kassieren. Sie selbst hatte noch nie ein Wort mit ihm gewechselt, nur die Blicke, die sie austauschten, wenn sie sich sahen, verrieten eine gewisse gegenseitige Sympathie. Nie hatte sie ihm etwas zugesteckt oder das geringste Mitleid gezeigt. Instinktiv spürte sie, daß er das als große Taktlosigkeit empfunden hätte und daß damit ihre wortlose freundschaftliche Beziehung verlorengegangen wäre.

So gaben sich beide ihrer Muße hin, wobei Sigrid in ihrem Dösen hin und wieder von jemandem gestört wurde, der sich neben sie setzte. Glücklicherweise gab es nicht nur Jammerlappen. Hin und wieder wurde ihr auch sehr Unterhaltsames geboten. Nach dem üblichen

Blabla über das Wetter, die Jahreszeit, zu kleine und zu teure Brötchen, die Arbeitslosigkeit und die Rabauken, die die hübsche kleine Bronzestatue eines Schulmädchens in den Teich geschmissen hatten, nahm das Gespräch eine jähe Wendung, und sie bekam Spannendes zu hören. Wie etwa von dem netten Witwer, der erst nach dem Tode seiner geliebten Frau begann, ihre Begeisterung für klassische Musik zu teilen. Zum Andenken an sie war er mit einem CD-Player und ihrem Lieblingsstück, der Alpensymphonie von Richard Strauss, in die Berge gefahren, um dieses herrliche Stück bei Sonnenaufgang zu genießen. Doch statt der aufgehenden Sonne gab es ein plötzliches Unwetter, und er wäre fast samt CD-Player und Alpensymphonie unter dem herunterstürzenden Geröll begraben worden.

Auch Lehrreiches hatte sie in Gesprächen erfahren. Der Gutachter einer Versicherung war sogar in der Lage gewesen, ihr die Bedienung eines Laptops einleuchtend zu erklären. Sie hatte tatsächlich alles begriffen. Dabei war sie gewöhnt, daß ihr die Verkäufer in der Elektronikabteilung an der Nasenspitze anzusehen schienen, daß sie auf diesem Gebiet ein Steinzeitmensch war. Jedenfalls verkrümelten sie sich schleunigst, sobald sie auftauchte. Erst der Geschäftsführer ermunterte sie mit einem scharfen Blick zur Bedienung. Viel herausgekommen war dabei nicht. Ihre Begriffsstutzigkeit hatte die Geduld der jungen Männer auf eine harte Probe gestellt und ihre Frage, wieso man diesen ständig blinkenden Pfeil nicht abstellen könne, sie in ratlose Verwirrung versetzt.

Der Laptop-Besitzer hatte dazu sehr spannend aus seinem Beruf erzählt. Er klärte sie darüber auf, daß Einbrecher und Taschendiebe keineswegs mehr wie früher dunkle, verwahrloste Gestalten seien, sondern gut gekleidete, außergewöhnlich höfliche Männer und Frauen. Wenn einen solche Typen nach dem Weg, nach dem Zug, nach der Zeit fragten, hieß es, besonders wachsam zu sein, denn meist merkte man erst zu Hause, daß die Brieftasche fehlte. Das Neueste heutzutage seien Einbrüche in den Versicherungen selbst, wo man dann die Kundenunterlagen klaute, um sie an einschlägige Kreise zu verkaufen, die damit gezielt und auf Bestellung Antiquitäten und anderes Wertvolle stehlen ließen. Die Herren Einbrecher seien eben heutzutage von ganz anderem Kaliber. Sich zum Beispiel als Schutz einen Hund zu halten, sei völlig überflüssig. Die hätten so ihre Tricks, das Tier blitzschnell außer Gefecht zu setzen, ohne daß es überhaupt jemand mitbekomme.

Ja, es wurde Sigrid viel Unterhaltsames geboten, aber auch Trauriges oder Tragikomisches wie das, was ihr eine Frau ihres Alters erzählte. Sie hatte ihre Tante rührend gepflegt, so daß diese im Krankenhaus das Testament zu ihren Gunsten änderte. Satz für Satz erfuhr sie von dem zu erwartenden großen Erbe, bis sie vor Überraschung und Dankbarkeit zu weinen begann, was die Tante sichtlich genoß. «Und nun», sagte sie zum Abschluß, «gib mir mal den Kugelschreiber vom Nachttisch, ich muß noch unterschreiben.» Das waren ihre letzten Worte in diesem Leben. Dieses traurige Erlebnis des bedauernswerten Geschöpfes war ihr wegen seiner grotesken Seite noch lange nachgegangen.

Nichts aber hatte sie je so beeindruckt und so eine nachhaltige Wirkung gezeigt wie das, was sie heute gehört hatte. Es beschäftigte sie noch, als sie längst wieder zu Hause war. Dabei hatte es zunächst so ausgesehen, als ob ihr der Park an diesem Tag fast allein gehörte: kein Kindergeschrei, kein Hundegekläff, herrliche Stille und eine unberührte, vom Tau glitzernde Rasenfläche. Nicht einmal ein einziger dieser heftig gestikulierenden Handy-Besitzer, die im Laufschritt, den kleinen Apparat ans Ohr gedrückt, die Wege entlangeilten, zeigte sich. Dazu diese strahlende Sonne! Was für ein Genuß! Der Berber schien es ebenso zu empfinden und richtete sich, wohlig «ach ja, ach ja» seufzend, auf seiner Bank ein. Wie sie belustigt feststellte, hatte er sich ein neues Hemd zugelegt.

Es war wirklich ein milder, zum Träumen einladender Herbsttag, und sie mußte eingenickt sein, denn als sie die Augen wieder öffnete, stellte sie fest, daß jemand neben ihr saß: ein Allerweltstyp, vom Alter her schwer einzuschätzen, mit langem, flusigem Haar und einem bebrillten, farblosen, nichtssagenden Gesicht, in Jeans und Lederjacke. Er war gerade dabei, ein Schriftstück in seiner Aktentasche zu verstauen, und richtete ein paar höfliche Worte an sie. Seine klangvolle und tiefe Stimme besänftigte ihren Unmut über die Störung, und ehe sie es sich versah, war aus den höflichen Worten eine außergewöhnlich spannende Geschichte geworden, so daß sie mehrmals dachte, das ist ja wirklich wie im Fernsehen. Dieser Mensch war auf einem Bauernhof aufgewachsen und hatte, wie es auf dem Lande so üblich ist, schon als er klein war, ordentlich rangemußt.

«Als Kind?» fragte sie ungläubig. «Ich dachte, das ist verboten.»

«Das läßt sich auf dem Lande nun mal nicht ändern», sagte er gleichmütig, «da muß jeder ran, egal was zu tun ist. Frühjahrsbestellung, Ernte oder die tägliche Arbeit im Kuhstall.» Er lächelte. «Glauben Sie mir, oft war ich so übermüdet, daß ich in der Schule eingeschlafen bin.»

«Mein Gott», sagte Sigrid, «hat denn da der Lehrer nicht protestiert?»

«Der war das von den Kindern der Bauern gewöhnt, es war halt so üblich. Nur bei meinem jüngeren Bruder haben die Eltern eine Ausnahme gemacht. Der hatte das Paradies auf Erden. Er hat nie den Stock zu spüren oder eine Mistgabel in die Hand gedrückt bekommen. Angeblich war er zu zart für grobe Arbeiten wie Sägen, Holzhacken, Ausmisten.» Noch dazu sei er, der Ältere, immer an allem schuld gewesen. Und dann sagte der Mann auf ihrer Bank und sah Sigrid dabei forschend an: «Ich hoffe, Sie sind nicht allzusehr schockiert von dem, was jetzt kommt.»

Sie schüttelte, nun wirklich neugierig, heftig den Kopf.

«Dann habe ich versucht, ihn umzubringen.»

Sigrid war drauf und dran, ganz naiv zu fragen: «Wie denn?», aber sie verschluckte diese Frage noch rechtzeitig. Sie wäre auch überflüssig gewesen, denn er gab ganz bereitwillig sein Verbrechen preis.

«Wissen Sie, wir hatten einen Zuchtbullen, ein ganz prächtiges Tier, und meist war er ja zahm wie ein Lamm. Nur manchmal kriegte er seinen Koller. Dann mußte man sich vorsehen, und es war ganz schön gefährlich, ihm nahe zu kommen. Im Gegensatz zu meinem Bruder kannte ich die Anzeichen. Er stampfte in seiner Box herum, brüllte und riß an der Kette. Doch mein Bruder hatte keine Ahnung davon. Er war ja meist im Haus. Na ja, eines Tages war es mal wieder soweit. Der Bulle machte einen Riesenaufstand, beruhigte sich zwischendurch und legte dann wieder los. Unter einem Vorwand habe ich den Kleinen in den Stall gelockt und ihn überredet, auf seinen Rücken zu klettern. Als Mutprobe sozusagen.»

«Mein Gott!» rief Sigrid. «Das arme Kind!»

«Normalerweise ein völlig ungefährliches Experiment», sagte der Mann beruhigend. «Wenn er in der Koppel angepflockt war, hatte ich schon manchmal auf ihm gesessen. Aber an diesem Tag wäre wirklich Vorsicht am Platze gewesen. Das war es ja eben.»

Sigrid war so gefesselt von seiner Geschichte, daß sie eine ungeduldig abwehrende Geste machte, als sich eine sehr alte Dame dazusetzen wollte. Die alte Dame suchte eingeschüchtert das Weite.

«Zuerst hat sich der Kleine geweigert, auch wenn er die wirkliche Gefahr nicht erkannte. Aber ich habe ihn so lange gehänselt, bis er tatsächlich über die Bretterwand stieg. Und dann, als er sich gerade auf den Rücken schwingen wollte, fing der Bulle wieder an herumzutoben. Er war ja an der Kette, aufspießen konnte er ihn also nicht. Aber der Junge rutschte zwischen der Wand und dem Tier herunter und geriet ihm genau zwischen die Hufe. Als ich den Kleinen endlich aus der Box heraus hatte, war er bereits bewußtlos. Acht Tage hat er im Koma gelegen. Und danach war er völlig gelähmt. Nicht einmal mehr sprechen konnte er. Er hat mich nur immer angekuckt, und wenn ich in seiner Nähe war, sind mir seine Augen gefolgt.» Er machte eine Pause und sah geistesabwesend vor sich hin. Dann sah er Sigrid aufmerksam an.

«Vielleicht wirkt es auf Sie reichlich dramatisch.»

«Dramatisch?» rief Sigrid. «Wahnsinnig traurig!»

«Meine Eltern ahnten natürlich nicht», fuhr er fort, «was sich wirklich abgespielt hatte. Sie waren mir dankbar, daß ich mich so rührend um ihn kümmerte. Wir hatten von da an ein sehr gutes Verhältnis. So bin ich praktisch kaum noch vom Hof weggekommen. Und als meine Eltern nicht mehr lebten, erst recht nicht mehr. Als sie starben, war ich dreißig. Ich habe schließlich den Hof verkauft und wohne seitdem mit meinem Bruder hier in der Stadt. Von dem, was der Hof gebracht hat, können wir leidlich leben.»

Dann erzählte er Sigrid noch, daß beruflich nichts mehr für ihn drin sei, denn länger als zwei Stunden könne er seinen Bruder nicht allein lassen. Dafür sei er ein perfekter Krankenpfleger geworden. Er schwieg einen Augenblick nachdenklich und sagte dann: «Ich muß noch hinzufügen, der Arzt hat gesagt, mein Bruder kann trotz seiner Behinderung uralt werden.»

Sigrid war ganz erschüttert. Aber er wirkte ganz gelöst, ja, man konnte fast sagen, gut gelaunt. Vielleicht, dachte Sigrid, ist er erleichtert, daß er sich einmal alles von der Seele reden konnte.

Er stand auf. «Meine Geschichte scheint Sie sehr beeindruckt zu haben», bemerkte er. Und der Obdachlose, der sie schon mehrmals während des Gesprächs durch sein leises Kichern gestört hatte, schwenkte die Flasche und rief: «Gut gemacht, Kumpel!» – was Sigrid auch nicht gerade angebracht fand. Es war sonst nicht seine Art, sich in ihre Gespräche zu mischen, und sie warf ihm einen mißbilligenden Blick zu.

Während ihr zu Hause die Geschichte im Kopf kreiste, kamen plötzlich eigene Schuldgefühle wieder ans Tageslicht. Natürlich nicht so dramatische. Den Wunsch, jemanden umzubringen, hatte sie eigentlich nie verspürt. Aber sie waren stark genug, um sie kräftig zu kneifen. Plötzlich fiel ihr ein, daß sie sich seit einer Ewigkeit nicht mehr bei ihrer Schwägerin hatte blicken lassen. Diese lebte, nach einem Verkehrsunfall behindert und meist im Rollstuhl sitzend, in einem Pflegeheim. Agnes war eine sehr aktive und hilfsbereite Person gewesen, die der eher etwas indolenten Sigrid tatkräftig zur Seite gestanden hatte, als der Bruder pflegebedürftig geworden war, und nach seinem Tode großmütig auf vieles verzichtete, was ihr laut Testament zustand. Auch hatte sie sich um all das gekümmert, wozu Sigrid sich unfähig zeigte.

Jetzt gestand Sigrid sich reumütig ein, daß sie ihrer Schwägerin in vielem nicht das Wasser reichen konnte und ihre Gutmütigkeit oft ganz schön ausgenutzt hatte. Mit geradezu masochistischem Vergnügen warf sie sich nun vor, rücksichtslos und egoistisch zu sein, ja, sie begann sich geradezu in ihrer Lieblosigkeit zu suhlen, nannte sich undankbar und gedankenlos. Und als ihr dazu noch ihr sonst eher lückenhaftes Gedächtnis präzise vorrechnete, wann sie ihre Schwägerin das letzte Mal besucht hatte, war sie entsetzt über sich selbst. Ein

Jahr, mein Gott, so lange war das nun schon wieder her. Und es gab keine Ausrede, die ihr schlechtes Gewissen hätte mildern können. Es blieb nun mal eine Schande.

Gleich am nächsten Tag machte sie sich auf den Weg zu Agnes. Umgeben von einem gepflegten Garten, lag das Heim in beschaulicher Ruhe vor ihr. Drinnen allerdings war es nicht ganz so beschaulich. Die Schwestern hetzten den Flur entlang, und wie sie ihren Reden entnahm, war gerade eines der «Altchen» mal wieder aus dem Bett gefallen, und man konnte nur hoffen, daß dabei nicht allzu viele Knochen zu Bruch gegangen waren. Es dauerte einen Augenblick, bis sie jemanden zu fassen bekam, der sie zu ihrer Schwägerin brachte.

Agnes saß in einem sonnigen, wenn auch recht beengten Zweibettzimmer wohlfrisiert und manikürt in ihrem Rollstuhl am Fenster und freute sich sichtlich, sie zu sehen. Sigrid schlängelte sich an den beiden Betten vorbei und zog sich einen Stuhl heran. Die von ihr insgeheim gefürchtete Frage: «Warum hast du dich so lange nicht blicken lassen?» blieb zu ihrer großen Erleichterung aus. Es war fast wie in alten Zeiten. Agnes hatte immer lebhaften Anteil an Sigrids Leben genommen, das, solange es ihrem Mann gesundheitlich noch gutging, sehr viel abwechslungsreicher gewesen war. Er war gern gereist, und so hatte sie eine ganze Menge von der Welt gesehen. Doch nach seinem Tode hatte sich ihre Indolenz verstärkt, und sie begnügte sich außer dem regelmäßigen Besuch beim Friseur mit gelegentlichem Schaufensterbummel oder einem Nachmittag im Kino. Der Park wurde immer mehr zum Mittelpunkt für sie und gehörte zu ihrem Leben wie ihre kleine adrette Wohnung, in der sie seit zwanzig Jahren lebte. Sie pusselte gern stundenlang darin herum, was man den Räumen ansah. «Ein wahres Schmuckkästchen», lobten die Nachbarn. So hatte sie außer ihren Erlebnissen im Park wenig an Unterhaltungsstoff zu bieten. Aber ihrer Schwägerin schien das völlig zu reichen. Sie lachte ein paarmal herzlich über ihre Schilderungen, so daß Sigrid, von soviel Interesse animiert, gar kein Ende mehr fand und reichlich spät bemerkte, daß ihre Schwägerin mit dem Schlaf kämpfte, ohne dabei ihr freundliches Lächeln zu verlieren. Ein wenig beschämt verabschiedete sie sich, und Agnes bedankte sich noch einmal mit großer Herzlichkeit für ihren Besuch.

Sigrids Hochstimmung hielt noch an, als sie schon wieder in ihre Wohnung zurückgekehrt war. Die gute Agnes. Wie sehr hatte sie sich gefreut. Wenn sie wüßte, daß ein Wildfremder der Anstoß dafür gewesen war. Dieser arme Mensch, der klaglos nur noch für seinen behinderten Bruder lebte! Sigrid beschloß, sich ein Beispiel an ihm zu nehmen und ihre Schwägerin wenigstens für ein, zwei Wochen zu sich zu holen. Die Parterrewohnung bot sich für die Benutzung eines Rollstuhls geradezu an und hatte sich schon während der langen Krankheit ihres Mannes als praktisch erwiesen. Sigrid sah sich schon die Schwägerin im Park spazierenfahren, wie damals ihren Mann. Allerdings fiel ihr dann doch ein, daß diese Aufgabe meist Agnes übernommen hatte. Aber diesmal war das anders. Diesmal würde sie die hilfsbereite Pflegerin sein.

Von ihrem Vorhaben beflügelt, fuhr sie ein paar Tage später wieder in das Heim, um der überraschten Schwägerin die frohe Botschaft zu überbringen. Zu ihrem Staunen reagierte diese etwas zögerlich. Aber ihr Überschwang trug sie darüber hinweg. Agnes' zaghafte Einwände, sie brauche doch mehr Hilfe, als Sigrid sich vielleicht klarmache, auch wenn sie manchmal noch ihre Krücken benutzen könne, wischte sie mit einem herzlichen «Aber ich bitte dich, ich hab mir das alles sehr genau überlegt» hinweg. «Mach dir keine Gedanken, das läßt sich alles organisieren.» Allmählich wurde Agnes von ihrem Optimismus angesteckt und strahlte förmlich, was man, wie Sigrid fand, schließlich auch von ihr erwarten konnte.

Die Heimleiterin nahm das Angebot, die Schwägerin zu sich zu nehmen, eher sachlich zur Kenntnis, so, als sei es das Selbstverständlichste von der Welt. «Einen Monat? Das paßt mir sehr gut. Wir müssen nämlich die beiden Damen umquartieren. Das Zimmer soll renoviert werden. Dann spart sich Ihre Schwägerin das viele Hin und Her.»

«Aber das ist ein Mißverständnis!» rief Sigrid erschrocken. «Mehr als zwei Wochen kann ich nicht ...»

Die Heimleiterin ging souverän über den Einwand hinweg. «Also, vier Wochen», entschied sie und strahlte trotz ihrer Jugend so viel unbeugsame Autorität aus, daß Sigrid nicht zu widersprechen wagte.

Auf dem Heimweg tröstete sie sich damit, daß es schließlich auf eine Woche mehr oder weniger nicht ankomme. Aber ihre euphorische Stimmung war leicht gedämpft und erholte sich erst wieder, als sie bei jedem im Haus, dem sie ihren Entschluß mitteilte, auf große Bewunderung stieß. «Sie haben wirklich Mut!» – «Ihre

Schwägerin ist zu beneiden!» – «Daran könnte sich so mancher ein Beispiel nehmen!» Sigrid konnte gar nicht genug davon bekommen und schnitt das Thema im Fahrstuhl, im Treppenhaus und an der Haustür immer wieder an, zumal die Vorbereitungen für ihren Gast unvermutet schwierig wurden und ihre Stimmung immer wieder aufgemuntert werden mußte. Zeit für ihren geliebten Park fand sie vorläufig nicht mehr. Statt dessen drehte sich jetzt ihr ganzes Sinnen und Trachten um ein Spezialbett, das bei der Sozialstation angefordert werden mußte, um Toilettenaufsätze und feste Badematten, ein Sitzbrett für die Badewanne und um die rollstuhlgerechte Umgestaltung der Wohnung. Sie räumte Möbel um, schleppte Beistelltische und überflüssige Stühle auf den Boden, rollte ihre Brücken zusammen und schob sie ächzend unters Bett.

Der Zeitpunkt rückte näher, und sie war schon ganz erschöpft von all dem, was noch zu erledigen war. Dazu kamen ihr mehr und mehr Bedenken, ob sie Agnes die geeignete Pflege bieten konnte. Doch es gab niemanden, der sich für ihr Problem interessierte. Die anfänglich so bewunderungsvollen Nachbarn wechselten hastig die Straßenseite, wenn sie ihr begegneten. Und wenn ein Ausweichen unmöglich war, hörten sie nur sehr kurz zu, riefen: «Machen Sie sich keine Sorgen, das schaffen Sie schon!», sahen ostentativ auf ihre Uhr und eilten davon.

Einen Tag bevor die Schwägerin vom Roten Kreuz gebracht werden sollte, gönnte Sigrid sich noch einmal zur Entspannung einen Gang in den Park, obwohl mit nicht ganz gutem Gewissen, denn es war noch immer eine Menge zu tun. Zu ihrer Enttäuschung sah sie schon von weitem, daß bereits jemand Besitz von ihrer Bank ergriffen hatte, der Obdachlose dagegen weit und breit nicht zu erblicken war. Doch beim Näherkommen verschwand ihr Unmut. Auf der Bank saß ihr Gesprächspartner mit dem schweren Schicksal. Er war so intensiv mit Lesen beschäftigt, daß er es kaum wahrnahm, als sie sich neben ihn setzte.

«Hallo!» sagte sie. «Wie geht es Ihrem gelähmten Bruder?»

Der Mann blickte auf. «Was für 'n Bruder?» fragte er befremdet. Dann schlug er sich mit der flachen Hand gegen die Stirn. «Natürlich!» rief er. «Sie sind ja die Dame, an der ich meine Kurzgeschichte ausprobiert habe. Ich hab schon immer gehofft, ich treffe Sie mal wieder.»

Kurzgeschichte ausprobiert? Sigrid stutzte einen Augenblick, ehe sie, ganz von ihren eigenen Gedanken erfüllt, sagte: «Ich auch. Nur bin ich in der letzten Zeit nicht mehr in den Park gekommen. Meine Schwägerin wird für ein paar Wochen bei mir einziehen. Sie ist nämlich gelähmt, genau wie Ihr Bruder. Daß ich mich dazu durchgerungen habe, verdankt sie eigentlich Ihnen. Ihr Schicksal hat mich sehr beeindruckt.»

«Mein Schicksal scheinen eher Sie gewesen zu sein», sagte der Mann lachend. «Soviel Anteilnahme beflügelt jeden Autor. Ich habe die Story einer Zeitschrift angeboten, und, stellen Sie sich vor, sie ist tatsächlich angenommen worden.»

Vier Wochen, dachte Sigrid, und kein Entrinnen.

Lizzy

Es gab zwei Geschöpfe, denen Torsten Colsmann fast alles verzieh. Das eine war sein Enkelsohn Axel, das andere Lizzy, eine wunderschöne Golden-Retriever-Hündin, die alle guten Eigenschaften dieser Rasse in sich vereinte. Sie war intelligent, zärtlich und voller ansteckender Lebensfreude. Nur fügsam war sie gerade nicht.

Er hatte Lizzy während eines Spaziergangs im Stadtforst gefunden. Als er eine kleine Lichtung überqueren wollte, lag da mitten auf dem Weg dieses schöne Tier, streckte sich, gähnte und wedelte freundlich.

«Na», sagte Torsten Colsmann gut gelaunt, denn es war ein wunderschöner Frühsommertag, «machst du hier ein Nickerchen?» Und er sah sich suchend nach den Besitzern um. Aber weit und breit war kein Mensch zu sehen, und so ging er schließlich weiter. Der Hund stand auf und folgte ihm, und als Torsten stehenblieb, sprang er mit freudigem Winseln an ihm hoch und gab ihm zu verstehen, daß er ihn begleiten wollte, so, als sei dies das Selbstverständlichste von der Welt. Zuerst hatte er noch versucht, die Hündin loszuwerden, hatte in die Hände geklatscht, «kschksch» gemacht und ihr zugerufen:

«Such, such!», was sie zwar eifrig tat, aber sehr schnell wieder ließ, um zu ihm zurückzukehren. Er beugte sich zu ihr hinunter. «Kein Halsband, keine Hundemarke», murmelte er vor sich hin, und sie bestubste seine Hand, eine Aufforderung, doch endlich weiterzugehen. Kurz vor seiner Gartenpforte streichelte er sie noch einmal und sagte: «Du heißt jetzt Lizzy. Bin gespannt, was Toni zu dir sagt. Also dann, auf in den Kampf.»

Toni, seine Frau, sagte eine ganze Menge. Sicher, ein schönes, reinrassiges Tier, aber um Gottes willen, was sollten sie in ihrem Alter noch mit einem Hund! Wo sollten sie ihn lassen, wenn sie reisen wollten? Und außerdem war er doch offensichtlich jemandem weggelaufen. Am besten, er brachte ihn gleich ins Tierheim. Dort lag vielleicht schon eine Suchmeldung vor. Mit Lizzys Kopf zwischen den Knien reagierte er zu seinem eigenen Erstaunen überaus trotzig: «Ich denk ja gar nicht dran.»

Seine Frau war fassungslos. «Was ist denn in dich gefahren? Wir können doch nicht einfach einen fremden Hund behalten!»

«Können wir», sagte er und begann, Lizzy mit Marzipanbrot zu füttern, seiner Lieblingssüßigkeit.

«Dann gib ihr wenigstens etwas Anständiges zu fressen», sagte Toni scheinbar nachgebend. Aber er kannte seine Frau zu gut, um sich davon täuschen zu lassen. Irgendwann würde sie ihm sein neues Spielzeug wieder wegnehmen. In den ersten Wochen war er deshalb jedesmal aufs Schlimmste gefaßt, wenn er aus geschäftlichen Gründen für längere Zeit abwesend sein mußte. Er wartete förmlich darauf, daß Toni ihm bei seiner Rückkehr mitteilte, Lizzys Besitzer hätten sich gemeldet. Aber allmählich schwand die Furcht, und seine Zuneigung zu dem Hund wuchs von Tag zu Tag.

Bis ihm Lizzy begegnet war, hatte sich Torsten wenig aus Hunden gemacht, obwohl sie, als seine Kinder noch klein waren, welche gehalten hatten. Er konnte sich nur noch sehr vage an eine Art großes Wollknäuel erinnern, das mit dem Geräusch einer Quietschpuppe durch die Zimmer raste und über das man immer irgendwo stolperte, und an eine dickbäuchige, herrische Dogge, deren Gebell eine ganze Tonleiter durchlief. Ruhelos trabte sie den ganzen Tag durch die Wohnung, immer auf der Suche nach seiner Frau. Ihn selbst nahm das Tier nicht für voll. Nur manchmal blieb es plötzlich vor ihm stehen und bedachte ihn mit einem kalten, eindringlichen Blick, so daß er sich jedesmal fühlte, als hätte man ihn bei etwas Unanständigem ertappt.

Ganz anders Lizzy. Lizzy war SEIN Hund, und SEIN Hund begleitete ihn nun auf seinen täglichen Spaziergängen. Toni schien sich mit dem neuen Hausgenossen abgefunden zu haben, und mit einem amüsierten Lächeln verfolgte sie das Theater, das er mit dem Tier machte. Er brachte ihm allerlei Kunststückchen bei, zum Beispiel den Hundenapf zu apportieren und auf die neckische Frage: «Bist du mein altes Mädchen?» freudig zu bellen. Ein luxuriöser Hundekorb wurde angeschafft mit einer Spezialdecke, die man in der Waschmaschine waschen konnte. Aber Lizzy zog es vor, auf dem neubezogenen Biedermeiersofa zu schlafen oder in einem der Gästebetten, und reagierte nicht auf Torstens verzweifeltes Bemühen, ihr diese Unart abzugewöhnen.

Toni zeigte sich diesem Benehmen gegenüber erstaunlich gelassen. Ihre Großzügigkeit hatte er immer an ihr geschätzt, wobei er sich auch diesmal im klaren darüber war, daß es ratsamer sei, diese besser nicht auf eine zu harte Probe zu stellen, denn im tiefsten Inneren ihres Herzens war sie nachtragend, und man mußte auf einen plötzlichen Gegenschlag gefaßt sein. Er erinnerte sich noch sehr gut an eine Affäre, die er mit einer Boutiquebesitzerin gehabt hatte. Über seine kleinen gelegentlichen Seitensprünge, sozusagen beruflich bedingte Betriebsunfälle, verlor sie nicht viele Worte. Aber da hätte es ihn warnen müssen, daß sie kein Interesse mehr an seinen geschäftlichen Dingen zeigte und ihn bei seinen düsteren Zukunftsprognosen, die er gern von sich gab, auch wenn die Geschäfte noch so gut liefen, nicht wie sonst tröstete, sondern nur meinte: «Ach, du Armer. Dann mach uns jetzt erst mal einen Drink.» Bald bemerkte er entsetzt, daß ihr immer häufiger der Sinn nach einem Getränk stand, oft bereits am frühen Vormittag. Er versuchte, der Ursache auf den Grund zu gehen, aber sie sagte nur mit einem undurchsichtigen Lachen, er solle nicht den Moralapostel spielen. Das Gerücht, das man ihm zutrug, sie habe ein Verhältnis mit seinem besten Freund, tat er als unglaubwürdig ab, bis er die beiden zufällig in der Halle eines Hotels überraschte, in dem er mit einem Geschäftspartner frühstückte. Die Affäre mit der Boutiquebesitzerin fand ein schnelles Ende, und Toni begann wieder Interesse für seine Arbeit zu zeigen.

Doch in diesem Fall tröstete er sich damit, daß man ja wohl einen Hund nicht mit einem Seitensprung gleichsetzen könne. Trotzdem war es ratsam, Vorsicht walten zu lassen. Er tat alles, um Konflikten aus dem Wege zu gehen. Nach jedem Spaziergang säuberte er sorgsam Lizzys Pfoten, damit sie nicht den hellen Veloursteppich im Wohnzimmer beschmutzte, und verbot ihr streng, die Küche zu betreten. «Da hast du nichts zu suchen, hörst du?» Toni sagte großzügig, ihr mache das nichts aus.

«Ich habe Angst wegen deiner Tabletten», erklärte er. «Ich meine, es fallen ja häufig mal welche runter. Neulich hat Lizzy jedenfalls auf etwas rosa Aussehendem herumgekaut.»

«Das wäre das Neueste», sagte Toni steif, und prompt war er mal wieder ins Fettnäpfchen getreten – er hätte sich ohrfeigen können. Sie liebte es nicht, auf ihre Medikamente angesprochen zu werden, dieses verräterische Zeichen dafür, daß auch sie ihren Preis ans Alter zu zahlen hatte. Ihr Gesicht verfinsterte sich, und er beeilte sich zu sagen: «Ich meine ja nur.» Er verkniff sich, ihr das merkwürdige Verhalten des Hundes nach dem Pillengenuß unter die Nase zu reiben: Lizzy war mit einem menschenähnlichen Seufzer im Büro unter seinen Schreibtisch gekrochen und hatte dort den ganzen Tag schlafend zugebracht.

Etwa zwanzig Minuten vom Haus entfernt, am Ufer eines großen Sees, gab es einen Hundetreff. Dort ging es zu wie auf einem Kinderspielplatz. Hunde aller Rassen, Altersstufen und Größen jagten kläffend im Pulk hinter einem Ball her, balgten sich und suchten ängstlich zwischen den Beinen ihrer Besitzer Schutz, wenn sie sich bedroht fühlten.

Nachdem einige Monate vergangen waren und Torsten die Angst überwunden hatte, Lizzy könne von irgend jemandem wiedererkannt werden, gesellte er sich gelegentlich dazu und wurde gern von den überwiegend aus jungen Frauen bestehenden Grüppchen aufgenommen. Man streichelte und bewunderte Lizzy und tauschte Erfahrungen aus, die man mit seinen eigenen Lieblingen gemacht hatte.

Hier fühlte er sich viel wohler als im Kreise der Freundinnen seiner Frau, die meisten bereits Witwen, was ihm, wie die vielen Todesanzeigen seines Jahrgangs, jedesmal wieder seine achtzig Jahre in Erinnerung brachte. Wie immer drückte er sich vor der Begrüßungszeremonie. Einen wichtigen Brief vorschützend, verzog er sich mit Lizzy ins Büro, von wo aus er einen Blick auf die Straße hatte und sehen konnte, wie sie sich mit ihren schweren Autos in die Parklücken schoben und die Gartenpforte öffneten. Als seine Frau den Kopf hereinsteckte und ungeduldig fragte: «Torsten, wo bleibst du denn? Sie sind da», sah er von einem amtlich aussehenden Schriftstück hoch und sagte: «Gleich, Liebling, ich muß das hier wirklich erst fertigmachen, sonst bekomme ich Schwierigkeiten.»

«Die wirst du irgendwann mit mir bekommen, wenn du dich jedesmal weigerst, meine Freundinnen zu begrüßen», sagte sie ironisch und verschwand auf den Flur, wo sich die Damen ihres Kränzchens inzwischen versammelt hatten und ein lärmendes Gerede ausbrach, bis die Frage fiel: «Wo ist denn dein Torsten?», und Toni wie immer antwortete: «Er kommt auch gleich. Er muß nur noch schnell etwas Dringendes erledigen.»

Torsten verharrte noch eine gute halbe Stunde in seiner Burg, räumte seinen Schreibtisch zum dritten Mal an diesem Tage auf, fütterte Lizzy und sich mit dem geliebten Marzipanbrot und gab sich schließlich einen Ruck: «Dann wollen wir mal, Lizzy.» Frauen waren etwas Wunderbares, ohne Zweifel, aber nur einzeln und nicht im Auftrieb, schon gar nicht alte. Kaffeeduft zog durchs Haus, und er hörte Toni in der Küche hantieren. Er betrat die Küche, als sie gerade dabei war, den Kaffee aufzubrühen. «Laß das mal», sagte er chevaleresk, «ich mach das schon.»

Sie warf ihm einen belustigten Blick zu. «Meinetwegen.»

Geschickt das Tablett mit dem Kaffeegeschirr balancierend, betrat er, gefolgt von Lizzy, das Wohnzimmer und verkündete mit aufgesetzter Munterkeit: «Hier ist der Mann, der den Kaffee kocht.»

Er wurde für diese Leistung natürlich sehr gelobt, und man versicherte mehrmals, daß der eigene Mann so etwas leider nie tun würde. Dann ließen sich die Damen von ihm die wirtschaftliche Lage der Bundesrepublik erklären. Damit sehe es doch im Augenblick ziemlich finster aus, oder etwa nicht? Und alle diese Frauen, die im Krieg und nach dem Krieg ohne ihre Männer oder sie tatkräftig unterstützend «den Laden geschmissen» hatten, wie Toni es gern ausdrückte, hörten ihm zu, als hätte er allein den Stein der Weisen in der Hand.

Als die Gäste gegangen waren – er brachte sie selbstverständlich zu ihren Autos, stand, an diesem kalten Januartag viel zu dünn angezogen, ohne Kopfbedeckung fröstelnd herum, bis sie schließlich abfuhren –, lobte ihn Toni für die Mühe, die er sich mit den Damen gegeben hatte.

«Man tut, was man kann», sagte er bescheiden, in der Hoffnung, sie würden noch ein bißchen bei diesem Thema bleiben. Aber da entdeckte Toni, daß Lizzy in der Küche die Silberplatte mit den Lachshäppchen total abgeräumt hatte, und mit weiteren Komplimenten war nicht mehr zu rechnen.

Der nahe gelegene See fror zu, und nachdem er leicht von Schnee überpudert war, ließ es sich auf ihm gut laufen. Die kalte, trockene Luft, der glitzernde Schnee und der strahlend blaue Winterhimmel brachten Torsten so in Schwung, daß er mit Lizzy alberne Spielchen spielte und sie mit lauten Rufen und Händeklatschen vor sich herjagte. Dabei kam es fast zu einem Zusammenstoß mit einer Skifahrerin, die gerade auf ihn zuglitt. Es war ein entzückendes junges Geschöpf, das noch rechtzeitig bremste und ihn vergnügt mit den Worten: «Mach keinen Scheiß, Opa» anstrahlte, was ihn leicht zusammenzucken ließ.

Sie wechselten noch ein paar freundliche Worte, und sie fuhr wieder davon, nicht ohne sich noch einmal umzudrehen und ihm mit dem Skistock zuzuwinken. Er beugte sich zu Lizzy und streichelte sie. «Tausend Schuß, dann ist Schluß», sagte er mit fröhlicher Resignation, und Lizzy bellte verständnisvoll. Beschwingt kehrte er nach Haus zurück und rief gleich nach seiner Frau, um ihr von diesem herrlichen Spaziergang auf dem See zu erzählen. Weil eine Antwort ausblieb, rief er noch einmal, während er sorgsam Lizzys Pfoten reinigte.

Toni sah verärgert aus, als sie die Treppe vom Keller heraufkam. «Während du den schönen Wintertag genießt, darf ich wieder mal den Keller aufräumen und saubermachen.»

Von ihm unbemerkt, war Lizzy, wie leider öfter, im Keller auf Mäusejagd gegangen, hatte dabei den Stapel alter Kartons zum Einsturz gebracht und zwei Marmeladengläser sowie je ein Glas mit Gurken und Sauerkirschen vom Regal gefegt. Den ganzen Tag über war Toni gereizt, und er verzog sich so schnell wie möglich in sein Büro.

Den Abend verbrachten sie zu dritt, Lizzy schlafend zu seinen Füßen, vor dem Fernseher, und er nahm es hin, daß ihn die eingestellte Lautstärke – Toni war etwas schwerhörig –, die noch von den erregten Stimmen der Diskussionsrunde unterstrichen wurde, fast in den Ohren schmerzte. Von der Diskussion selber bekam er nicht viel mit, denn seine Gedanken gingen ihre eigenen Wege. Es schien um irgendein unappetitliches Thema zu gehen, und eine sehr blonde Person mit viel Haar und leichtem Doppelkinn, die einen mindestens zwei Nummern zu engen schwarzen Hosenanzug trug, sprach dauernd von einer multisexuellen Leistungsgesellschaft, ein ihm bisher völlig unbekannter Ausdruck. Verstohlen musterte er seine Frau. Trotz ihres Alters konnte man sich immer noch mit ihr sehen lassen, ganz im Gegensatz zu einigen ihrer Freundinnen, bei deren Anblick er jedesmal den Eindruck hatte, daß ihre Gesichter immer mehr zusammenschnurrten. Alle naselang riefen sie an, wahrscheinlich nur, um seiner armen, gütigen Toni ihr Herz auszuschütten. Er rückte seinen

Stuhl etwas näher an sie heran und griff zärtlich nach ihrer Hand. Diese Bewegung weckte Lizzy sofort aus ihrem totenähnlichen Schlaf, und sie drängte sich eifersüchtig zwischen die beiden. Ärgerlich gab Torsten seinem Liebling einen Schubs. «Nun bleib endlich mal auf deinem Platz, du Landplage.»

«Du hast den Nagel auf den Kopf getroffen», bemerkte seine Frau ironisch.

«Das meinst du doch nicht im Ernst», sagte er betrübt. Aber sogleich servierte sie ihm eine ganze Latte von Lizzys Unarten. Sie hatte nicht nur wieder auf dem Biedermeiersofa geschlafen, sie hatte auch etwas Stinkendes, Widerliches darauf zerkaut. Jedenfalls war da jetzt ein großer, eklig aussehender Fleck. Sie hatte seinen besten Mantel vom Haken gerissen und sich nachts darin eingewickelt. Und jetzt, in diesem Augenblick, stank sie mal wieder fürchterlich. «Riechst du das denn nicht?» fragte Toni anklagend.

Sie hatte recht, Lizzy stank. Aber ihn störte das nicht so sehr. «Ich werde sie morgen baden», versprach er. «Wenn du willst, bringe ich sie raus.»

Toni setzte sich in ihrem Sessel zurecht und wandte sich wieder der Diskussion zu, die immer noch lebhaft in Gang war und bei der gerade jemand von den sexuellen Riten der Eskimos berichtete. Er gab die Hoffnung auf, an diesem Abend noch ein vernünftiges Gespräch mit ihr zu führen. «Also, ich geh dann schon mal mit dem Hund», sagte er.

«Tu das», sagte sie kühl. An der Tür drehte er sich noch einmal um und versuchte, einen Schlag zu landen, wenigstens einen kleinen. «In unserem Alter sollte man seine Zeit nicht mit etwas Albernem wie so einer Diskussion vergeuden», sagte er in erzieherischem Ton, und Herr und Hund verließen das Zimmer.

Während er seinen Rundgang mit Lizzy durch die menschenleeren Straßen machte, drehten sich seine Gedanken um Lizzy und seine Frau. Was konnte sie nur gegen diesen Hund haben? Frauen waren wirklich merkwürdige Geschöpfe. Daß sie früher oft unglücklich darüber war, daß die Firma nicht ihm, sondern er der Firma zu gehören schien wie einer nie zufriedenzustellenden Geliebten, konnte er im nachhinein verstehen. «Du und deine Spielwiese», hatte sie oft spöttisch gesagt. Und er hatte jedesmal geantwortet: «Von deren Gras wir aber alle sehr komfortabel leben.»

Jedem Künstler wurde zugestanden, daß er besessen von seiner Arbeit war. Warum sollte es bei einem Geschäftsmann anders sein? Spielwiese! Er kaute ärgerlich auf dem Wort herum und grinste gleichzeitig. Es hatte schon Spaß gemacht, Konkurrenten auszuschalten, ihnen ein Bein zu stellen oder mit ihnen «Wer fürchtet sich vorm schwarzen Mann» zu spielen. Viel Zeit war da für die Familie nicht mehr übriggeblieben, und das wenige mußte sie mit den Rotariern, dem Tennisclub und einem Förderkreis für wohltätige Zwecke, dem er angehörte, teilen. Hin und wieder hatte seine Frau versucht, ihn wenigstens ins Kino zu locken. Aber während ihr bei dem Film «Jenseits von Afrika» angesichts dieser herrlichen Landschaft und der ergreifenden Liebesgeschichte Tränen der Rührung übers Gesicht rannen, hatte sein kräftiges Schnarchen Mozarts Klarinettenkonzert begleitet.

Torsten sah auf die Uhr. «Ich denk, nun ist es genug», sagte er zu Lizzy, die gerade intensiv einen Baum beschnüffelte. Doch Lizzy gab ihm zu verstehen, daß sie da ganz anderer Meinung sei, und so drehte er ihr zuliebe noch eine weitere Runde, obwohl er sich ziemlich abgeschlagen fühlte. Während ein riesiger Mond auf sie beide herabsah, umkreisten seine Gedanken wieder die Familie. Die Entwicklung seiner Kinder war an ihm vorbeigegangen, ohne daß er sich allzusehr damit beschäftigt hätte. Er war ernsthaft erschrocken gewesen, als plötzlich eine junge, kaum bekleidete Frau aus dem Badezimmer gehüpft kam, gefolgt von einem ebenfalls nur sehr nachlässig gekleideten jungen Mann, und ihm ein fröhliches «Hallo, Paps!» zurief. Das war seine Tochter? Hatte er sie nicht gerade erst von seinen Füßen geklaubt, wo sie sich festklammerte und jammernd rief: «Papi, Arm! Papi, Arm!» Mit dem ältesten Sohn ging es ihm nicht anders. Zweimal im Jahr wurden ihm Zeugnisse vorgelegt, die er nach einem flüchtigen Blick unterschrieb, während er abwechselnd, nach Weisung seiner Frau, tadelte oder das Portemonnaie zog. Es hatte nur selten Fälle gegeben, bei denen er in seinen Augen über sich selbst hinausgewachsen war. Einmal hatte er seinen Jungen am Frühstückstisch überrascht, als dieser voll düsterer Trauer die Schärfe seines Taschenmessers an dem von seiner Mutter wie ihren Augapfel gehüteten Eßtisch – ein seltenes Stück aus dem siebzehnten Jahrhundert – erprobte. Vage Erinnerungen an seine eigene Pubertät waren bei diesem Anblick in ihm wachgeworden. Er hatte sich neben ihn gesetzt und väterlich tröstend auf ihn eingesprochen, bis der Junge ihm seinen

Kummer erzählt hatte, der natürlich von einem Mädchen verursacht worden war. Es war einer der ganz seltenen Fälle, daß er zu spät ins Büro kam, und während der ganzen Fahrt dorthin hatte ihn das wärmende Gefühl einer starken Zuneigung begleitet. Beschwingt davon, war es ihm an diesem Tag gelungen, ein außerordentlich günstiges Geschäft abzuschließen und seinen Konkurrenten fast in den Ruin zu treiben. Und er hatte das Bild von seiner Frau und den Kindern auf seinem Schreibtisch geradegerückt und dabei beiläufig zu seiner ihn anbetenden Sekretärin gesagt, ohne seine Familie habe er nicht die Kraft, die nötig sei, um so ein Unternehmen zu führen. Inzwischen hatte der kleine, von Liebeskummer geschüttelte Spatz die Firma übernommen, und Torsten gab seiner Frau gegenüber immer wieder seiner Verwunderung Ausdruck, daß bei dem lässigen Führungsstil des Jungen die Firma nicht längst pleite war, und fügte hinzu, wenn sie ihm einen ihrer tadelnden Blicke zuwarf: «Schon gut, schon gut, ich sag ja nichts.»

«Nun ist es aber wirklich genug, Lizzy», sagte er und kehrte mit ihr, plötzlich sehr müde und mit einem merkwürdigen Schmerz im Rücken, ins Haus zurück. Dort empfing ihn die Stimme des Nachrichtensprechers, und er konnte selbst im Flur Wort für Wort verstehen. Mit einem kleinen Seufzer verzog er sich mit Lizzy ins Büro. Er nahm ihren Kopf zwischen seine Knie, nannte sie liebevoll «einen verdammten Bastard, ein Miststück, eine Töle» und holte aus einer der Schubladen die Marzipanbrote heraus. Während er sie fütterte, dachte er an seinen Morgenspaziergang auf dem zugefrorenen See, wie er mit Lizzy herumgetobt war und wie ihn dieses kleine kecke Ding angestrahlt hatte. Er sah den bettelnden Hund strafend an. «Nun ist aber wirklich Schluß», sagte er und steckte sich selbst noch blitzschnell ein Marzipanstück in den Mund. «Und jetzt ab in die Heia. Morgen gehen wir da wieder hin.»

Aber aus diesem Abenteuer wurde nichts. In der Nacht wurde das Ziehen im Rücken stärker, und Toni kramte besorgt in einer mit Medikamenten gefüllten Kommodenschublade nach dem passenden schmerzstillenden Mittel, nicht ohne bissig zu bemerken: «Für lange Unterhosen war der Herr natürlich wieder zu eitel.»

Am nächsten Tag mußte der Arzt kommen, und es dauerte seine Zeit, bis die Nierenbeckenentzündung ausgeheilt war. Für lange Spaziergänge war er immer noch zu schwach, was seine Spuren bei Lizzy hinterließ. «Mein Gott, hat der Hund eine Wampe», sagte er besorgt. Und Toni fühlte sich angegriffen und sagte: «Ich kann mich nun wirklich nicht den ganzen Tag mit DEINEM Hund beschäftigen.»

Der Frühling kam, und langsam ging es wieder auch mit ihm bergauf. Trotzdem war seine Seele von Schwermut geplagt. Ach, das Leben war ein Jammertal. «Mein Gott, was bist du nölig», sagte seine Frau munter und betrachtete wohlgefällig ihren Frühlingsstrauß vom Markt. «Ist der nicht hübsch?»

«Axel könnte sich auch mal wieder melden», sagte er quengelig.

Zu seinem einzigen Enkelkind hatte er von Anfang an ein völlig anderes Verhältnis gehabt als zu seinen Kindern. Er hatte sich sogar bereit erklärt, ihm die Flasche zu geben und die Pampers zu wechseln, wenn Not am Manne war. «Zur Gewohnheit darf es natürlich nicht werden», hatte er rasch hinzugesetzt. Er hatte den Kleinen gern in die Firma mitgenommen, und Axel hatte der flotten jungen Sekretärin seines Vaters ins Ohr geflüstert: «Opa geht heute mit mir in den Tierpark. Aber Oma weiß nichts davon. Du darfst ihr nichts sagen, sonst will sie womöglich mit. Und das wird Opa zu teuer.» In seinem Büro hatte er ihm nebenbei sozusagen die ganze Schöpfung erklärt, und der Junge hatte sein neues Wissen, nämlich, daß ein Spatz 14,5 cm groß ist, sogleich an seine Großmutter weitergegeben. Später lehrte er ihn das Einmaleins einer vernünftigen Geldanlage, so daß der Junge zwar immer noch beharrlich «und» mit t schrieb, aber einen Kontoauszug mühelos lesen konnte. Ihm brachte er sogar das Opfer eines Kinobesuches, saß da, betäubt von dem Krach auf der Leinwand und dem, den die Kinder veranstalteten, außerstande, die Zusammenhänge eines Science-fiction-Films zu begreifen, harrte geduldig neben seinem Enkelsohn aus und drängte zwei Stunden später auf von Kaugummi, verkleckertem Eis und Coca-Cola schmatzenden Sohlen ins Freie.

Daß sie so viel Zeit mit dem Enkelsohn verbringen konnten, lag an dem glücklichen Umstand, daß seine Schwiegertochter ständig auf der Suche nach sich selbst war und ihm das Kind gern überließ. Inzwischen ging Axel seine eigenen Wege und ließ sich bei den Großeltern nur noch gelegentlich blicken. «So alte Menschen wie wir haben ihm eben nichts mehr zu bieten», sagte

Torsten und starrte düster auf die Frühlingsblumen in der Vase.

Seine Frau lachte. «Die Größe eines Singvogels interessiert ihn vielleicht nicht mehr, aber bestimmt der Scheck, den du ihm ab und zu schickst», sagte sie trokken. «Im übrigen ist es gerade man sechs Wochen her, daß er bei uns war.»

Das Telefon klingelte im Büro. Er ging und nahm den Hörer ab, und Lizzy erkannte an dem freudigen Ton in seiner Stimme, daß sie erst einmal abgemeldet war. Beleidigt kroch sie unter den Schreibtisch.

«Axel! Wie schön, mein Junge! Gerade haben deine Großmutter und ich über dich gesprochen. Also, wir können dann am Sonnabend fest mit dir rechnen?» Die Antwort ließ ihn befriedigt den Hörer auflegen, und Lizzy kroch wieder unter dem Schreibtisch hervor. Gefolgt von ihr, ging er ins Wohnzimmer, um Toni die Nachricht zu bringen.

«Na, siehste», war alles, was sie sagte. Und nach einer Weile: «Bin gespannt, was er sich jetzt für eine Frisur zugelegt hat. Mit diesem Bürstenhaarschnitt sah er ja wirklich grauenhaft aus.»

«Ist doch egal», sagte Torsten beschwichtigend. Er hoffte inbrünstig, Großmutter und Enkelsohn würden nicht wieder deswegen aneinandergeraten. «Wir waren ja auch mal jung.»

Toni sah ihn spöttisch an. «Das waren wir.»

Zwei Tage später kam Axel auf seinem Mofa angeknattert. «Bei dem Krach werden sich mal wieder die Nachbarn freuen», seufzte seine Großmutter.

Es hatte schon mehrfach Beschwerden über ihn gegeben, vor allen Dingen dann, wenn er nachts durch die stillen Straßen des Villenviertels gelärmt war. Aber an seiner Frisur war diesmal nichts auszusetzen. Selbstverständlich schleppte er seinen Computer mit, von dem er sich anscheinend nicht einmal ein paar Tage trennen konnte. Seine sonstige ungestüme Fröhlichkeit war diesmal jedoch wie weggeblasen. Statt seine Großeltern mit jugendlicher Unbekümmertheit ein wenig aufzumuntern, saß er finster blickend und maulig am Mittagstisch und löffelte sein Lieblingsgericht in sich hinein, als wäre es die bitterste Medizin, von einem Lob für seine Großmutter ganz zu schweigen.

«Schmeckt es dir denn nicht?» sagte Toni, nun doch etwas gekränkt.

Und er antwortete mürrisch: «Wenn ich nichts sage, ist alles in Ordnung.»

Das ging selbst seinem Großvater zu weit. Er fühlte sich in die Pflicht genommen, seiner Frau ritterlich beizustehen, und wurde, weil er eigentlich keine Lust dazu hatte, sich einzumischen, gleich sehr heftig. «Was soll denn das nun wieder heißen? Deine Großmutter hat den ganzen Vormittag deinetwegen in der Küche gestanden!»

Der Junge zuckte verdrossen die Achseln. «Selber schuld.» Er stand auf, ging türenknallend hinaus und ließ ein sprachloses Großelternpaar zurück.

Während er sich seinen Großeltern gegenüber von einer ziemlich kratzbürstigen Seite zeigte, war das bei Lizzy völlig anders. Er spielte stundenlang mit ihr auf dem Fußboden und murmelte Zärtlichkeiten in sie hinein. Lizzy war ihm von der ersten Stunde an verfallen.

Nicht einmal seine gelegentlich recht ruppigen Spiele mit ihr, bei denen sie oft schmerzlich winselte, konnten sie davon abbringen, ihm ihre bedingungslose Ergebenheit zu zeigen. Mehr denn je weigerte sich Lizzy, in ihrem schönen Hundekorb zu schlafen. Sobald Torsten und seine Frau im Bett waren, tappte sie leise die Treppe hinauf in Axels Zimmer und machte es sich an seinem Fußende bequem. Aber nicht nur in diesem Fall war sie obstinat. Sie stellte sich taub, wenn ihr Herr sie rief, und reizte Toni mit immer neuen Unarten. Sie hatte sich schon immer gern Briefe und Kuverts aus dem Papierkorb geholt und sie wie für eine Schnitzeljagd im Haus verteilt. Aber nun hatte sie sich die schlechte Angewohnheit zugelegt, Tonis Tesafilm und andere Klebestreifen zu stibitzen und sie zu einem feuchten Brei zu zerkauen. «Jetzt ist diese Töle völlig übergeschnappt!» rief Toni verzweifelt, und Axel, der nach einem langen Telefongespräch plötzlich seine Fröhlichkeit wiedergefunden hatte, lachte sich halb kaputt.

So hätte alles wieder zum besten stehen können. Aber Toni blieb nervös und gereizt. Auf die Frage ihres Mannes, ob sie sich nicht wohl fühle, reagierte sie nur ungeduldig. «Was soll mit mir sein? Aber mit dem Jungen stimmt doch irgend etwas nicht. Du merkst natürlich mal wieder nichts.»

Er vermied eine Diskussion, obwohl ihn diese Anspielung auf die ihm fehlende Sensibilität kränkte.

Am Tag bevor der Junge wieder zu seinen Eltern zurückfuhr, brachen Großvater, Enkelsohn und Lizzy vormittags zu einem längeren Spaziergang auf, den sie allerdings nach einer halben Stunde wieder abbrechen mußten, weil Torsten die Puste knapp wurde. Trotzdem, die gute Laune blieb, und lachend und sich gegenseitig neckend betraten sie das Haus. Zum ersten Mal vergaß Torsten, seiner Lizzy die Pfoten abzuwischen, und die beiden Männer bemerkten mit Entsetzen ihre schwarzen Tapsen auf dem Veloursteppich. Der Großvater eilte in die Küche, kam mit einem nassen Lappen wieder, den er mit einem Putzmittel durchtränkt hatte, und rubbelte auf dem Teppich herum, was die Flecken noch verschlimmerte. Als er sich aufrichtete, stand seine Frau hinter ihm. Das, was sie dachte, stand ihr deutlich ins Gesicht geschrieben, und vorbei war es mit der Harmonie der vergangenen Stunden.

Am Nachmittag wienerte Axel, von Lizzy assistiert, die hingebungsvoll Putzlappen und Schwamm apportierte, sein Mofa. Die Großeltern beobachteten ihn dabei durch das Bürofenster, und Toni sagte zu ihrem Mann: «Du solltest ihm den Hund schenken.»

Torsten zuckte zusammen. «Was soll ich?»

«Lizzy braucht mehr Bewegung. Das siehst du ja selbst. Und dem Jungen würde sie guttun.»

«Dann kaufe ich ihm eben einen Hund», sagte Torsten.

«Er will nicht einen Hund, er will Lizzy.»

Beim Abendbrot zeigte sich der Junge wieder von seiner unausstehlichsten Seite. Er pflückte die Lachsscheiben wie Salatblätter von der Platte und stopfte sie sich in den Mund, womit er eine der Grundregeln des Hauses Colsmann brach: «Ohne Brot gibt es weder Käse noch Wurst.»

«Muß das sein?» sagte Toni schließlich mahnend. Aber der Junge reagierte nicht darauf.

Ihr Mann versuchte, die gespannte Atmosphäre ein wenig aufzulockern, und begann mit einer «Wißt ihr noch»- und «Könnt ihr euch noch erinnern»-Geschichte. Auch darauf reagierte Axel nicht. Er griff nach der Zeitung und blätterte darin. Torsten verstummte gekränkt und fragte nach einer Weile, was er längst wußte: «Also, du verläßt uns morgen wieder?»

Der Junge versöhnte ihn sogleich mit der Antwort. «Das stinkt mir echt.»

Als sie im Bett lagen, fing Toni wieder von dem Hund an. Sie redeten die halbe Nacht. Es klang sehr vernünftig, was sie sagte. Das arme Tier kam ja wirklich bei ihm nicht mehr zu seinem Recht. Schließlich war er zu dem Opfer bereit. Aber er fühlte sich alt und elend. «Du brichst mir das Herz», sagte er.

«Du hast ja keins», sagte sie und gab ihm einen Kuß.

Die stürmische Freude seines Enkels am nächsten Tage war ihm dann doch fast wieder die Sache wert. Und Lizzy? Als er sie einen Tag später in seinem Auto zum Haus seines Sohnes brachte, verschwand sie in ihrem neuen Heim, ohne sich noch einmal nach ihm umzublicken.

Während er auf der Rückfahrt im Stau stand, sah er sich wieder mit Lizzy auf dem zugefrorenen Eis herumtoben und hörte ihr fröhliches Bellen. Und dann dieses kecke junge Ding... Am See war er schon lange nicht mehr gewesen und auch nicht beim Treffpunkt der Hundefreunde. Wahrscheinlich hatte Toni recht: Es war so das beste.

Im Haus war alles verschwunden, was ihn an Lizzy hätte erinnern können: der Hundekorb, die Leine, der Büffelknochen, ja sogar die Flecke auf dem Veloursteppich. Toni mußte noch ein geeignetes Reinigungsmittel gefunden haben.

Die ersten Wochen rief Axel häufig an, um ihm von Lizzy zu berichten. Und so sehr er sich über diese Anrufe freute, fühlte er sich doch hinterher merkwürdig leer. Dann war er so damit beschäftigt, eine Lungenentzündung auszukurieren, daß ihm gar nicht auffiel, daß Axel sich nicht mehr meldete. Erst als es ihm wieder besserging, fragte er nach seinem Enkel. «Aber das habe ich dir doch erzählt!» rief Toni. «Er ist jetzt in England im Internat.»

«In England?» fragte er ungläubig. «Warum das denn?»

«Er war in irgend so eine Clique geraten, und da fanden die Eltern einen Tapetenwechsel angebracht. Ein Jahr wird er wohl mindestens da bleiben.»

«Und Lizzy?» fragte er matt.

«Die ist jetzt mit seiner Mutter ein Herz und eine Seele.»

«Meine Lizzy», sagte er melancholisch, aber der Schmerz, den er in den ersten Wochen empfunden hatte, wollte sich nicht mehr einstellen.

Ein ganz normales Kind

In den Augen seiner Mutter war Nils ein außergewöhnlicher Junge. Schon die Treffsicherheit, mit der er als Baby seinem Vater den Schnuller ins Gesicht spuckte, seine große Zehe zielgenau in seine Nuckelflasche rammte, seine Windeln nur sparsam benutzte und erst wie ein poröser Gartenschlauch zu lecken anfing, wenn er nackt auf dem Teppich herumkroch. Aber vor allem war er außergewöhnlich zäh, hatte er doch bis jetzt alles, was ihm das Leben zumutete, unbeschadet überstanden. Es gab da große, mittlere und kleine Katastrophen. Zu den großen gehörte ein Sturz aus einem glücklicherweise sehr langsam fahrenden Zug. Der Unfall wurde sogar in der Lokalzeitung erwähnt, weil niemand sich erklären konnte, wie er es fertiggebracht hatte, die Türverriegelung zu lösen. Des weiteren gehörte dazu eine rasende Skateboardfahrt eine abschüssige Straße hinunter und die Landung auf der Motorhaube eines Taxis. Der geschockte Taxifahrer sagte danach aus, er habe die Knochen richtig krachen hören. Aber Nils' Skelett war außerordentlich biegsam, und er kam tatsächlich nur mit Prellungen davon.

Doch das Ungeheuerlichste, was Nils seiner Familie

antat, war etwas, wozu ihn ein kahlköpfiger Halbwüchsiger verleitete: Er sprühte ein Hakenkreuz, wenn auch verkehrt herum, auf die frisch getünchte Hauswand des Nachbarn. Das genügte seiner besorgten Mutter, ihn sofort einem Therapeuten auszuliefern. Nur mit Schaudern dachte er noch daran zurück. Schon allein die Art, wie dieser Mensch sich ab und zu heftig auf dem Handrücken kratzte, war einfach schrecklich gewesen. Dazu mußte er auch noch mit Puppen spielen und mit einem Teddy, was er als außerordentlich demütigend empfand, denn in dieser Hinsicht war er noch ein sehr altmodischer Junge, und Teddys haßte er sowieso. Sein Freund und Spielgefährte war ein kleiner Roboter, den er durch die Wohnung marschieren ließ, wenn er nicht gerade seine Phantasie mit Geschöpfen aus Horrorfilmen des Fernsehens anfüllte: Monster, die aus Sümpfen stiegen, Spinnen, höher als der Eiffelturm, oder aus Gräbern kletternde Zombies.

Der Therapeut fragte ihn, ob er vielleicht noch bei seinen Eltern schlafe.

«Nie», sagte Nils. Da sei sein Vater strikt dagegen.

«Und warum?» wollte der Therapeut wissen.

«Er sagt, wenigstens an einem Ort in diesem verdammten Haus möchte er vor mir Ruhe haben», erklärte Nils.

«Ah, so.» Der Therapeut machte sich Notizen. Aber vielleicht gebe es einen Onkel?

Ja, den gab's. Der Therapeut kratzte seinen Handrükken. «Und?» Aber der lasse sich nur selten blicken.

«Und wie stehst du denn so im großen und ganzen mit deinem Nachbarn? Haßt du ihn?»

Nils kuckte verwundert. «Überhaupt nicht. Der ist klasse. Wir gehen immer zusammen angeln, und er nimmt mich mit in seine Sauna.»

«Aha.» Der Therapeut begann wieder, seinen Handrücken heftig zu malträtieren. «Interessant.» Als er jedoch hörte, daß der Nachbar ein politisch verfolgter, dunkelhäutiger ausländischer Mitbürger war, gab er es schnell auf, weiter nachzuforschen, und schickte den Jungen nach Hause. Ein paar Tage später bekamen Nils' Eltern sein Gutachten, an dem der Preis das Bemerkenswerteste war und das damit schloß, Nils sei ein ganz normales Kind.

Zu den mittleren Katastrophen gehörten zahllose Prügeleien, bei denen er zwei Zähne und fast ein Auge verlor, eine leichte Alkoholvergiftung und daß er beim Herumspielen am geheiligten Computer des Vaters ein sehr wichtiges Programm gelöscht hatte.

Die kleinen Katastrophen durchzogen die Familie wie Hausstaub die Wohnung. Vereiterte Mandeln, Allergien, eine überlaufende Badewanne, eine ganze Trommel total verfärbter Wäsche, verursacht durch seine roten Lieblingssocken, die er heimlich noch schnell in die Waschmaschine gestopft hatte, verpatzte Klassenarbeiten, gefährdete Versetzungen und das schon etwas länger zurückliegende Desaster mit Silvie, seiner Kindergartenfreundin. Silvies blondes Haar reichte ihr bis über die Schultern und war der ganze Stolz ihrer Mutter, aber zugegebenermaßen auch eine Versuchung für jeden kleinen teuflischen Jungen. Gelegentlich brachte er Silvie zum Mittagessen mit, und eines Tages blickte Nils' Mutter ziemlich fassungslos auf Silvies verstümmelte Lockenpracht. «Kind, was hast du denn bloß mit deinen schönen Haaren gemacht!»

Und Silvie antwortete in einer Art Singsang: «Nils hat gesagt, laß uns Friseur spielen. Und ich hab gesagt, ich will nich' Friseur spielen. Dann schneidste mir die Haare ab. Und da hat Nils gesagt, nein, wir spielen Friseur, und ich schneid dir nicht die Haare ab. Und dann haben wir Friseur gespielt, und dann hat er mir die Haare abgeschnitten.»

Vier Wochen lang sprachen die Mütter nicht miteinander, und Nils wurde dazu verdonnert, von seinem Taschengeld ein Versöhnungsgeschenk zu kaufen. Er wählte Pfefferminztaler, die er leidenschaftlich gern aß, Silvie aber nicht mochte. So sah sie maulig zu, wie er sie in sich hineinschlang, und schüttelte jedesmal den Kopf, wenn er ihr freundlich die Schachtel herüberreichte und fragte: «Na? Willste nich' doch mal probieren?»

Bei aller Liebe hatte seine Mutter ihren außergewöhnlichen Jungen manchmal herzlich satt. So auch an diesem Sonnabend morgen, wo er unbedingt wieder seine Kräfte mit ihr messen mußte, während sie noch ziemlich verschlafen nach einer spät beendeten Geburtstagsfeier durch die Küche schlappte. Im Gegensatz zu ihr war er außerordentlich gut in Form und das, obwohl er sich um Mitternacht zwei Pornofilme angesehen und, noch schlimmer, fast ein Kilo der fürs Wochenende bestimmten Quarkspeise verschlungen hatte. Es entspann sich eine hitzige Debatte über saubere Unterwäsche, den Gebrauch von Seife beim Duschen und ungeputzte Schuhe, die übermäßig schnell an seinen Füßen dahinwelkten. «Schuhe putzen? Dir fehlt ja 'ne

Latte im Zaun!» rief er. Da war es um die Geduld seiner mit dem Rüstzeug vieler Fachliteratur über richtige Kindererziehung, in der Geduld und Toleranz immer an erster Stelle standen, ausgestatteten Mutter geschehen. In Nils' Sprache: Sie knallte durch. Und zu seinem großen Entzücken jagte sie ihn mit wüsten Beschimpfungen durch die Wohnung, bis sie schließlich weinend auf einem Stuhl zusammenbrach und mehrmals schrie, sie werde ihn morgen, nein, noch heute in ein Internat oder, noch besser, ein Heim für schwererziehbare Kinder geben.

«Leere Drohungen.» Er lächelte milde und räkelte sich auf ihrem Lieblingsstuhl, einem zierlichen Biedermeiersesselchen, kippelte gefährlich mit ihm und ließ ihren Wutausbruch mit diabolischem Grinsen über sich ergehen. Seine Mutter griff zum Telefonhörer und rief Tante Jutta an, und zu seinem fassungslosen Staunen hörte er, wie sie zwitscherte: «Nils kommt dich heute nachmittag besuchen. Es ist dir doch recht? Er freut sich schon so sehr auf dich.»

«Du hast ja wohl 'n Sprung in der Schüssel!» rief Nils, als das Gespräch beendet war. «Ich denk ja gar nicht dran!»

Aber seine Mutter wußte, daß er seine Großtante mochte, und so war es nicht allzu schwer für sie, ihn herumzukriegen. Zum Staunen der Familie hegte er alten Menschen gegenüber die gleiche Sympathie wie zum Beispiel für Susi, eine zahme Ratte, die er sich aus dem Tierheim geholt hatte. Susi, damals in einem ziemlich räudigen Zustand, führte jetzt ein beschauliches Leben in einem seiner sehr teuren Skistiefel, den er, ohne seine Mutter zu fragen, ihretwegen ausgemustert hatte.

«Meinetwegen.» Er zwängte sich, sehr zur Erleichterung seiner Mutter, aus dem zierlichen Sessel. «Aber ich nehme Susi mit.»

Und diesmal sagte seine Mutter sehr bestimmt: «Bitte nicht.»

Sofort gab es das übliche Hickhack, warum nicht, darum nicht, das damit endete, daß ihm seine Mutter fünf Mark in die Hand drückte und ihn mit knappen Worten aufforderte abzuzischen. Nils gab nach. Geld anzunehmen bedeutete nach einem stillen Abkommen, sich vorübergehend gefügig zu zeigen.

«Gebongt», sagte er und überlegte sich, in welche Rolle zu schlüpfen für diesen Besuch am angemessensten sei. Vampir, Sheriff, Indianer, Massenmörder... Er ging sein ganzes Repertoire durch und entschloß sich schließlich für Herkules. Über den hatte er gerade einen Film gesehen. Herkules mit seinem dümmlich-schönen Gesicht, seinem beachtlichen Brustkorb und Muskelspiel hatte ihm sehr imponiert. Mit einer Art Keule hatte er Drachen und andere Ungeheuer zu Mus geschlagen und war dafür von den Dorfbewohnern mit Dankesworten überschüttet worden. In diesem Film war er jederzeit hilfreich zur Stelle, um die Schwachen zu beschützen. Das einzige Problem bei diesem Vorbild an Kraft und Mut war, daß er all diese herrlichen Taten mit bloßem Oberkörper vollbrachte, und für diese Kostümierung war die Märzluft reichlich kühl. Vielleicht wäre Captain Kirk von der *Enterprise* angebrachter. Aber nach einigen Überlegungen entschloß er sich dann doch für Herkules, zog sich aber Pullover und Hemd vorsichtshalber erst in der Garage aus, als er sein Rad herausholte, und verstaute fröstelnd seine Sachen auf dem Gepäckträger. Nun, er würde sich schon warmstrampeln.

«Junge, du wirst dir den Tod holen!» rief der besorgte Nachbar und ausländische Mitbürger und winkte ihm freundlich zu, als Nils am Gartenzaun vorbeiradelte. Die Sache mit dem Hakenkreuz hatte der nette Mann längst vergessen. Ihn beschäftigten vielmehr diese verdammten Maulwürfe in seinem Garten. Mißmutig betrachtete er sich ihre Spuren auf dem gerade erst zart sprießenden Rasen.

Ein an der Ampel wartendes Ehepaar musterte kopfschüttelnd den neben ihnen haltenden frierenden Jungen. «Das arme Kind», sagte die Frau. «Wahrscheinlich ist der Vater arbeitslos.»

«Red doch keinen Unsinn», sagte der Mann und deutete auf den Gepäckträger.

Während Nils vor sich hin strampelte und ein kalter Ostwind ihn allmählich eine bläuliche Färbung annehmen ließ, kam er schließlich doch zu der Überzeugung, daß Herkules nicht das Wahre sei, und zog sich wieder an. Genausogut konnte er David Hasselhoff sein. Der war auch ein Ritter ohne Furcht und Tadel, vollbrachte mit einem sprechenden Auto wahre Wunder oder war als Rettungsschwimmer stets in letzter Sekunde zur Stelle.

Vergnügt radelte Nils weiter. Der Park, den er durchqueren mußte, war fast menschenleer. Wenn er von seiner Clique genug hatte, hielt er sich dort gern allein an seinen Lieblingsplätzen auf. Er langweilte sich nie. Sobald er sich mies fühlte, weil in der Schule nicht alles so gelaufen war oder er von anderen Prügel bezogen hatte, setzte er sich gern zu den Alten, die die Bänke bevölkerten. Manchmal röchelten und pusteten sie vor sich hin und sprachen mit sich selbst. Aber alle zeigten sich erfreut, daß ein Kind sich herabließ, ihnen Gesellschaft zu leisten und ihnen zuzuhören. Das Gefühl der Überlegenheit, das sie ihm gaben, ließ dann sein angeschlagenes Selbstbewußtsein wieder zurückkehren. Und wenn er sich von ihnen verabschiedete, riefen sie ihm nach: «Laß dich mal wieder blicken! Bist ein netter Junge!»

Ähnlich ging es ihm mit Tante Jutta, die in der Familie nicht ganz für voll genommen wurde. Sie gewann nur an Bedeutung, wenn man sie brauchte. Dabei hatte sie doch gerade den Beruf ausgewählt, der bei der jungen Generation nur mangelhaftes Interesse fand, was von den Älteren beweint wurde: Sie war Krankenschwester gewesen, hätte also höchste Anerkennung verdient. In gewisser Weise gab man sie ihr natürlich auch. Aber gegen all die inzwischen die Familie bevölkernden Ärzte, Juristen, Manager und Unternehmer war sie doch nur ein sehr bescheidenes Licht und noch dazu, da unverheiratet, von dem Geruch der Altjüngferlichkeit umgeben. Ja, wenn sie noch eine wortgewaltige Oberin gewesen wäre oder wenigstens Stationsschwester! Aber nicht einmal dazu hatte sie es gebracht. Nun war sie pensioniert und lebte ihr durchschnittliches Leben in einer ebenso durchschnittlichen Wohnung zu Ende und – jedenfalls glaubte die Familie das – freute sich halbtot, wenn sich mal jemand blicken ließ. Aber das tat sie nun gerade nicht. Früher, als sie noch berufstätig gewesen war, hatte sie ihren kurzen Urlaub jedesmal damit verbringen müssen, kranke Familienmitglieder zu pflegen oder auf Kinder aufzupassen. Jetzt, wo sie endlich aller Fesseln ledig war, zeigte sie sich nur noch sehr widerstrebend bereit, selbstlos wie früher nur ihrem Nächsten zu dienen und sich vor den Familienkarren spannen zu lassen. Doch noch immer fiel es ihr schwer, so etwas unverblümt auszusprechen. Das Pflichtgefühl war ebenso mühsam auszurotten wie Quecken im Garten und verbot ihr immer noch, ein ganz normaler Egoist zu sein.

Mehr als früher haderte sie mit ihrem Schicksal, das sie zu einem ungeliebten Beruf gezwungen hatte. Als junges Mädchen hatte sie ganz andere Träume gehabt, die allerdings sehr wechselten, je nachdem, was für Filme sie gesehen hatte. Mal sah sie sich als «Schwedische Nachtigall», dann wieder als «Femme fatale» à la Zarah Leander oder als Großwildjägerin. Doch nachdem ihre Eltern von den Russen verschleppt worden waren, fand sie sich nach langem Umherirren unvermutet bei einer Tante ein. Die Freude über diese plötzlich aufgetauchte Nichte hielt sich sehr in Grenzen. «Wo kommst du denn her?» war alles, was die ehemalige Diakonissin sagte, und sie hatte sich sogleich auf den Weg gemacht, um diesen unerwünschten Gast so schnell wie möglich wieder loszuwerden. Ihre Mühe war von Erfolg gekrönt. Das Krankenhaus, in dem sie selbst früher gearbeitet hatte, war bereit, ihre Nichte als Schwesternschülerin anzunehmen. Geradezu euphorisch teilte sie es der kleinen Jutta mit. «Ist es nicht wundervoll?» rief sie. «Ja, Gottes Wege. Ach, wie freue ich mich für dich!» Und das junge, unerfahrene, vom Schicksal arg gebeutelte Ding von knapp achtzehn Jahren war dankbar, erst einmal einen Unterschlupf gefunden zu haben, auch wenn er keineswegs ihren früheren Träumen entsprach.

Nun hatte man ihr also wieder mal dieses Kind aufs Auge gedrückt, und sie war wie immer zu feige gewesen, den Besuch abzuwimmeln. An den gewohnten Mittagsschlaf war nun natürlich nicht zu denken. Sie begann mißmutig, die Wohnung aufzuräumen, und stieß sich dabei dauernd an den zu großen Möbeln, mit denen der Raum vollgestopft war. Sie hätte gut auf diesen ganzen Kram verzichten können, aber als sie einzog, war einer nach dem anderen von der Sippe erschienen und hatte ihr das, was er los sein wollte, förmlich aufgedrängt. «Wir haben da noch ein entzückendes Sofa, das wäre genau das richtige für dich.» Das entzückende Sofa war so unhandlich, daß sich die Transportkosten als teurer erwiesen, als das Ding wert war. Sie erinnerte sich plötzlich wieder daran, wie ihr Vater oft gesagt hatte: «Familie braucht man, aber weit weg muß sie sein.»

Nils war da allerdings eine Ausnahme. Ihn hatte sie in ihr Herz geschlossen. Und auch Nils' Sympathie war sofort geweckt, als die Tante ihm bei seinem ersten Besuch anhand einer Schokoladenpuppe eine Blinddarmoperation demonstrierte und er den Patienten hinterher genüßlich verspeisen durfte. Außerdem zeigte Tante Jutta viel Verständnis für seine Spinnereien. Sie tauschten kleine Geheimnisse aus, und Nils beichtete ihr sogar, aber da war er noch sehr viel jünger, daß er hin und wieder noch ins Bett machte, und Tante Jutta gestand ihm, daß sie, anstatt den Abfall säuberlich zu trennen, alles zusammen in die Mülltonne schmiß. Eine Zeitlang hatte er auch großes Interesse für ihre Erlebnisse in Kriegs- und Nachkriegszeit gezeigt und konnte gar nicht glauben, was es da so an Merkwürdigkeiten zu essen gab, falsches Gänseschmalz zum Beispiel aus Grieß, Majoran, Wasser und einer Prise an Fett, und er fand den Spruch: «Salz und Brot macht die Wangen rot, Butterbröter machen sie noch viel röter» echt gut. Aber am liebsten hörte er die Geschichten von Hamsterfahrten, bei denen man gut daran tat, besser nicht auf dem Trittbrett zu stehen, weil sie einem sonst den zwischen den Beinen festgeklemmten Rucksack klauten, wenn der Zug langsam fuhr, und natürlich, wie Tante Jutta es der Polizei heimgezahlt hatte, als sie ihre gehamsterten Lebensmittel beschlagnahmten. «Und du hast wirklich deinen Rucksack mit Brennesseln vollgestopft?» fragte er jedesmal wieder begierig. Tante Jutta nickte. «Und der Polizist hat sich bei der Kontrolle die Finger dran verbrannt, und wie!» sagte Tante Jutta stolz. «Du hättest die Blasen auf seiner Hand mal sehen sollen.»

«Klasse», sagte Nils ehrfurchtsvoll, der Tante Juttas Heldentat gar nicht oft genug hören konnte.

Sie überlegte, was sie mit ihm unternehmen sollte. Aber da klingelte es schon, und David Hasselhoff alias Nils betrat festen Schrittes die Wohnung. «Und wie geht's zu Hause?» fragte Tante Jutta, nachdem sie sich begrüßt hatten.

«Meiner Alten ist mal wieder der Film gerissen»,

sagte Nils. Und dann erzählte er ihr von den Pornos, die er sich reingezogen hatte. Zwar war er aufgeklärter als eine Kurtisane am Hofe Ludwigs XIV., doch irgendwie, fand Tante Jutta, schien er noch einiges durcheinanderzubringen. «In welchem Programm hast du denn den Film gesehen?» fragte sie interessiert und notierte sich den Kanal und die Tageszeit. Dann beschlossen beide, einen Stadtbummel zu machen. Es war langer Sonnabend, und die Geschäfte waren noch offen. Vorher verschwand er noch einmal im Badezimmer, wo er, wie sie wußte, erst mal eine Zeitlang Grimassen schneidend vor dem Spiegel stand und sich dann sorgfältig die Haare kämmte. Sie zog sich inzwischen im Schlafzimmer um und puderte ihre Apfelbäckchen.

«Na, wie seh ich aus?» fragte sie Nils, als er aus dem Badezimmer kam.

Er sah sie bewundernd an: «Klasse!» und fügte hinzu: «Als du jung warst, haben dich bestimmt 'ne Menge Typen angebaggert.»

Sie sah ihn mißtrauisch an. Doch er schien es ehrlich zu meinen, und das stimmte sie fröhlich.

Wie es sich für David Hasselhoff gehörte, umklammerte er ihren Arm mit festem Griff, so daß sie auf der Treppe ein paarmal fast ins Stolpern kam, und sprach ermunternd: «Wir sind gleich unten, Tante Jutta.»

Sie bummelten durch die Einkaufspassagen, und seine Tante bestaunte sehnsüchtig die luxuriösen Auslagen in den Geschäften. Sie wagte nicht, sich einzugestehen, daß sie eine große Schwäche dafür hatte. Denn in der Kindersprache ausgedrückt, war Luxus baba, das hatte man ihr viele Jahre lang eingebimst, und so versagte sie sich tapfer weiterhin den Wunsch nach eleganten Markenschuhen, Kleidern der Haute Couture und ausgefallenen Handtaschen, obwohl die Rente ihr etwas weniger Sparsamkeit durchaus gestattet hätte. «Durchaus», hörte sie sich plötzlich laut sagen, so daß sie Nils erstaunt ansah.

Während er sie von Schaufenster zu Schaufenster zerrte und sie für Sportausrüstungen, Markenturnschuhe und Computer zu begeistern versuchte, überfiel sie wieder einmal der ketzerische Gedanke, daß sie sich ihr Leben lang für dumm hatte verkaufen lassen. Warum nur hatte sie nicht, wie andere Schwesternschülerinnen, gelegentlich dagegen aufgemuckt, sich herumschubsen und für ein Vergelt's Gott wie eine Zitrone auspressen zu lassen, so daß es am Ende zur Selbstverständlichkeit wurde, immer dort einzuspringen, wo man sie brauchte, für andere alles mögliche zu übernehmen und dafür auf ihre Freizeit zu verzichten. Gedankt hatte es ihr niemand. Sie blieb die nette, kleine, einfältige Jutta, bei der es sich nicht groß lohnte, sie an Kirchentagen oder Ausflügen teilnehmen zu lassen.

«Scheiße», sagte sie plötzlich und blieb stehen.

«Da hast du wirklich recht», sagte der ahnungslose Nils und deutete voller Abscheu auf einen großen Haufen Hundekot. «Sollen doch die Leute auf ihre blöden Köter aufpassen. Komm, sei vorsichtig, tritt nicht rein», fügte David Hasselhoff hinzu.

«Bin ich blind?» sagte seine Tante grimmig und steuerte eine Konditorei an, die als besonders teuer galt. Wohlwollend sah sie zu, wie Nils gierig eine riesige Portion Eis in sich hineinlöffelte. Während sie sich selbst bereits ein zweites Stück Torte zu Gemüte führte, kehrten ihre Gedanken wieder in die Vergangenheit zurück. «Na, Schwester Jutta, halten Sie hier mal wieder die Stellung?» hatte der diensttuende Arzt gefragt, der sie am Sonntag den Flur entlanghetzen sah oder den sie bei der Visite begleitete. Und sie errötete ein wenig und beteuerte, sie mache es gern. Sie hatte dem Charmeur von Stationsarzt tapfer widerstanden, als er sie küssen wollte, und die Flasche Birnenschnaps, das Geschenk eines Patienten, zwar erst in ihrem Schrank versteckt, aber dann doch brav bei der Stationsschwester abgeliefert. Sie hatte sich nicht einmal beschwert, als ein jähzorniger Chirurg Teile des Operationsbestecks nach ihr warf und sie «eine dämliche Kuh» nannte. Nie war sie vom Pfad der Tugend abgewichen, aber besser fühlte sie sich deswegen nicht. Im Laufe der Jahre wuchs ihr Widerwille gegen dieses Duftgemisch von Lysolin, Jod, Essen und was sonst noch so an Gerüchen in Fluren und Zimmern festsaß, fast ins Unerträgliche. Die letzten fünf Jahre ihrer Dienstzeit hatte man sie einer Krebsstation zugeteilt, und sie war durch die schwere Pflege so erschöpft, daß jegliches Mitleid für die Patienten erlosch und ihre Abneigung sich noch verstärkte. Wenn sie die Vasen der Patienten für die Nacht auf den Flur stellte, vergrub sie oft ihre Nase in den frischen Blumen, um durch ihren Duft wenigstens für einen Augenblick all das Elend, die Tränen, die Verzweiflung, aber auch die entsetzlichen Gerüche, mit denen sie täglich konfrontiert wurde, zu verdrängen. Damals konnte sie sich für ihre eigene Pflege höchstens Lavendel oder Kölnisch Wasser leisten, die bevorzugten Riechwässer der

Patienten, so daß sie selbst in ihrer Freizeit an die Krebsstation erinnert wurde. Doch jetzt, seit ihrer Pensionierung, waren Kölnisch Wasser und Lavendel für sie passé. Nur die Familie beglückte sie immer wieder gern mit Riesenflaschen «Lavendel Uralt» oder «4711». Ihr Badezimmerschrank quoll geradezu über davon. Sie selbst benützte nur noch edle Seifen und Badeessenzen und besprühte sich mit Eau de Toilette. Doch zu einem wirklich teuren Parfum konnte sie sich nicht entschließen. Eine Verkäuferin in einer Parfümerie hatte ihr einmal etwas auf den Handrücken getupft, das «Desire» hieß – «etwa Begierde», übersetzte die Verkäuferin gönnerhaft. So roch es auch – herrlich! Aber 250 Mark für ein winziges Fläschchen, wo doch so viel Hunger und Elend in der Welt herrschten! Tapfer hatte sie die «Begierde» niedergerungen und den Laden wieder verlassen.

Nach der Konditorei zog es Nils ins Kaufhaus. Dort wollte er feststellen, ob sie eine bestimmte Fahrradmarke hatten. Jedoch der muffige Verkäufer schüttelte nur den Kopf, und so ließen sie sich ein wenig durch die Abteilungen treiben, fuhren die Rolltreppen rauf und runter, bis sie wieder im Parterre landeten, wo auf viel Glas dargeboten wurde, was die Industrie für Pflege und Schönheit bereithielt, darunter ganze Batterien von kostbaren Parfums in exquisiten Fläschchen. Tante Jutta blieb stehen, ließ ihren Blick sehnsüchtig wandern und entdeckte als erstes «Desire» und noch dazu verlockend greifbar. Und da passierte es: Plötzlich hatte sie, sie wußte selbst nicht wie, das Fläschchen in der Hand und ließ es in ihrer Manteltasche verschwinden. Nils sah ihr mit offenem Mund zu, schüttelte ein sich an ihm festklammerndes Kind ab und folgte seiner Tante, die mit raschen Schritten dem Ausgang zustrebte. Doch sie kamen nur bis zur Schwingtür. Ein schriller Pfeifton war zu hören. Der Hausdetektiv war im Nu zur Stelle und brachte Tante und Neffen in sein Büro. Gleichmütig wartete er ab, was er nun an Entschuldigungsgründen zu hören bekommen würde. Frauen waren da sehr erfindungsreich. Sie waren krank, litten an Depressionen, ihr Mann war ein Säufer, und wenn er wüßte, was sie getan hätten, würde er sie halbtot schlagen, oder sie waren in den Wechseljahren. «Also, ich höre», sagte er schließlich ungeduldig. «Oder hat es Ihnen die Sprache verschlagen?»

Das war David Hasselhoffs Stunde. Er sagte leise, aber bestimmt: «Ich war's. Als das Ding zu piepsen anfing, hab ich's ihr in die Tasche gesteckt. Meine Mutter hat Geburtstag», fügte er, nun wieder Nils, noch hinzu.

«Eine wirklich gelungene Geburtstagsüberraschung, in jeder Beziehung», bemerkte der Detektiv, und Tante Jutta rief verstört: «Was sagst du da, Junge? Du hast doch überhaupt nichts damit zu tun!» Der Detektiv glaubte ihr kein Wort, fand es aber ganz rührend, wie sie ihrem mißratenen Neffen beisprang. Aber ihm konnte niemand etwas vormachen. Er kannte seine Pappenheimer. Er glaubte diesem Lümmel aufs Wort, daß er nur seine eigene Haut hatte retten wollen. Immerhin, er hatte dann die Tat doch eingestanden. «Na, dann will ich jetzt mal deine Eltern anrufen.»

Während Nils nach Hause radelte, verging die Euphorie, in die ihn seine gute Tat versetzt hatte. David Hasselhoff hatte sich in Luft aufgelöst, und ihm wurde ziemlich bänglich. Dazu gab es denn auch allen Grund. Sein Vater machte Anstalten, ihn ordentlich zu versohlen, was seine Mutter aber glücklicherweise verhinderte. Es entwickelte sich deswegen ein hitziger Disput zwischen den Eltern, bis der Vater schrie: «Ach, macht doch, was ihr wollt!» und türenknallend das Zimmer verließ. Die Dankbarkeit gegenüber seiner Beschützerin war allerdings nur von kurzer Dauer. Sie hatte etwas viel Schlimmeres vor. «Ich ruf jetzt mal deinen Psychotherapeuten an. Gleich morgen gehst du zu ihm», sagte sie.

Nils fragte sich ernstlich, ob es sich überhaupt lohnte, ein Beschützer der Armen und Schwachen zu sein. «*Enterprise,* Dringlichkeitsstufe eins», murmelte er, und die ewig gleiche Frage: «Junge, wo willst du nun schon wieder hin?» verhallte in der unendlichen Weite des Weltraums.

Der Sündenbock

Ewald Hanke hatte noch nicht seinen Mantel im Flur an den Garderobenhaken gehängt, da begann Frau Liedtke bereits mit ihrem Klagegesang. Ewald war in dieser Hinsicht schon etwas abgestumpft, und meist gelang es ihm auch, sie mit einem väterlich tadelnden «Aber, aber, wir wollen uns doch nicht aufregen, denken Sie an Ihr Herz» zu beschwichtigen.

Doch diesmal war sie nicht zu bremsen. Er ließ ihre Suada ergeben über sich ergehen, und Frau Liedtke gab ungehemmt von sich, was sie wieder einmal auf die Palme gebracht hatte. Es waren Sweety und Maxi, seine beiden Hunde. Stunden, sagte Frau Liedtke, Stunden brauchte sie, um all das aufzuzählen, was diese beiden Biester schon wieder angestellt hatten: im Handumdrehn ein Handtuch zerfetzt – «Sie haben Tauziehen damit gespielt!» –, Herrn Hankes Bademantel vom Haken gerissen und sich darin herumgebalgt, an der Steckdose herumgekaut, bis die Drähte bloßlagen – «Hab gedacht, jeden Moment kriegt Sweety eine gewischt, und dann hat sich der Laden» –, die Butter aus dem Einholkorb geklaut und mit ihr die Auslegware richtig eingesaut – «Und sehen Sie sich nur das an!» Anklagend deutete sie auf die in Fetzen herunterhängende Tapete. «Ist doch nicht zu glauben, was Sweety fertigbringt, sogar den Schreibtischstuhl hat sie bepinkelt. Und dann...» Sie machte eine bedeutungsvolle Pause. «Diese Haare!» Kein Zimmer, in dem die Hundehaare nicht wie angeklebt in den Teppichen festsaßen. Stunden brauchte man, um sie zu entfernen. Sie verstopften den Staubsauger und verunreinigten die von Maxis Ausdünstungen sowieso schon reichlich geschwängerte Luft noch mehr. Ewald Hanke mußte zugeben, daß der Gestank des alten Hundes allmählich zu einem Problem wurde.

«Nun ja», versuchte er matt, ihn in Schutz zu nehmen. «Wir werden schließlich alle alt.»

«Aber deswegen legen wir uns doch nicht auf die frischgemangelte Bettwäsche, verstecken Vergammeltes unter dem Sofa und zerkauen anderer Leute Socken», empörte sich Frau Liedtke.

«Ich dachte immer, Sie mögen Maxi», sagte Ewald Hanke etwas erstaunt.

Frau Liedtke machte ein mürrisches Gesicht. «Tu ich auch, bis jetzt jedenfalls. Aber seitdem diese Hündin da ist, benimmt er sich höchst eigenartig.» Und nun kam endlich zur Sprache, warum sie so verärgert war.

Sweety hatte mal wieder das ganze Papier aus dem Papierkorb herumgestreut. «Hab ihr nur einen kleinen Klaps gegeben und sie ausgeschimpft. Und was soll ich Ihnen sagen: Da ist er plötzlich auf mich los.» In höchst eindrucksvoller Pose demonstrierte die nicht gerade schlanke Putzfrau das Verhalten des Hundes und sprang mit ausgestreckten Händen und einem drohenden

«Wuff, wuff!» auf den erschreckt zurückweichenden Ewald Hanke zu. «Richtig bellen kann er ja nicht mehr. Aber ob er noch beißen kann, möcht ich nicht ausprobieren! Ich sag's, wie's ist, zwei Finger aufs Herz: Seitdem die Sweety im Haus ist, traue ich dem nicht mehr übern Weg, diesem Höllenhund.»

Ewald Hanke spürte, daß die Kränkung größer für sie gewesen war als der Schreck. Denn Maxi war in gewisser Weise auch ihr Hund. Sie hatte ihn oft in Pension genommen, wenn Ewald für längere Zeit verreisen mußte. Und er selbst wiederum hatte gegenüber seiner Putzfrau eine leichte Eifersucht verspürt, wenn der Hund bei ihrem Kommen eine so rasende Freude zeigte. Aber er gab ihr recht. Ihm war das veränderte Verhalten des Hundes auch schon aufgefallen. Sweety brachte ihn richtig in Schwung, zu sehr, wie er fand. Das wilde Getobe in der Wohnung begann auch ihm auf die Nerven zu gehen. Meist endete es damit, daß Maxi, vor Anstrengung hechelnd, platt auf dem Boden lag und seine Sweety aus rotgeränderten Augen, das linke Auge noch dazu von einer riesigen Warze fast verdeckt, spitzbübisch anblinzelte, worauf die Hündin sich an ihn schmiegte und begann, genüßlich an einem seiner Ohren herumzukauen.

«Na, dann will ich mal», sagte Frau Liedtke, «aber ich sag's, wie's ist, Herr Hanke. Diese Sauerei wird mir allmählich zuviel.» Der gewisse drohende Unterton erschreckte ihn. Er legte deshalb leicht den Arm um sie, eine jener begütigenden Gesten, die sie sehr zu schätzen wußte, und sagte in frotzelndem, aber durchaus ernstgemeintem Ton: «Das sagen Sie man Maxi selbst.»

«Wir werden sehen», sagte Frau Liedtke gemessen, aber schon wesentlich freundlicher. «Der alte Knacker. Hat wohl Frühlingsgefühle. Na, viel Unheil kann er ja nicht mehr anrichten, das arme Tier.»

Ewald Hanke fühlte sich angegriffen. «Hätte ich ihn damals lieber einschläfern lassen sollen?» sagte er.

Sie zuckte die Achseln. «Ich gehe dann. Bin sowieso schon spät dran.» Sie wechselte ihre Schuhe, band ihre Schürze ab und verließ die Wohnung.

Als sie gegangen war, machte er das Futter für die Hunde fertig und sah ihnen beim Fressen zu. Während Sweety mit ihrem glänzenden Fell, den vor Lebenslust funkelnden Augen und ihren geschmeidigen Bewegungen immer mehr ihre babyhafte Tolpatschigkeit verlor und sich zu einer eleganten Jagdhündin entwickelte, war mit Maxi nicht mehr viel Staat zu machen. Sein einst so dichtes schwarzes Fell hatte eine matte graue Farbe angenommen, seine Schnauze war weiß geworden, und mit seinem Gehör stand es auch nicht mehr zum besten. Sein kraftloses Bellen konnte niemanden mehr erschrecken. Und daß ihn oft das Rheuma plagte, merkte man an der Art, wie er mühsam aufstand. Er streichelte ihn gerührt. «Na, mein Alter?» Aber der Hund ließ sich beim Fressen nicht stören und ging dann, ganz anders als früher, sofort in seinen Korb, ohne ihn zu beachten. Er dachte gar nicht daran, sich zu seinem Herrn zu begeben, so sehr der ihn auch lockte. Er machte tatsächlich in der letzten Zeit den Eindruck, als trüge er ihm gewisse Dinge nach und mache ihm Vorwürfe für etwas, wofür er nichts konnte. Das hatte auch seine Frau getan, die ihn nun nach der Scheidung, vertreten durch eine raffinierte Anwältin, langsam, aber sicher immer mehr ruinierte. Dabei waren die ersten Jahre seiner Ehe mit der vielumschwärmten Sonja durchaus harmonisch und friedlich verlaufen, und sie neckte ihn eher mit dem, was sie an ihm auszusetzen hatte. «Du hörst einem nie richtig zu», beschwerte sie sich lachend. «Weshalb erzähl ich dir dann überhaupt noch was.» Und er grinste ein bißchen und dachte an den jüdischen Witz: «Sie red und red, aber was sie red, das sagt sie nicht.»

Zunächst schien sie auch ein Kind nicht zu vermissen. Aber dann war sie von diesem Wunsch wie besessen und nannte ihn grausam, weil er so wenig Verständnis dafür zeigte. Er hatte nichts gegen Kinder. Kinder gehörten nun mal zwangsläufig in eine Ehe. Aber ebensogern wäre er auch allein mit seiner Frau geblieben. Wenn es nun mal nicht sein sollte, warum so ein Theater? Sein Liebesleben begann, ganz im Zeichen des Fieberthermometers zu stehen. Das hatte er sich etwas anders vorgestellt. Und bald war sie fest davon überzeugt, daß es nur an ihm liegen könne. Sie schleppte ihn zu einem Arzt, was er sehr genierlich fand. Es stellte sich heraus, daß es nicht an ihm lag, was sie ihm nun auch wieder übelnahm.

Aber nach einem Urlaub klappte es überraschenderweise dann doch. Seine Sonja war nun ganz werdende Mutter. Die Gespräche drehten sich nur noch um die Schwangerschaft. Wenn er abgespannt nach Hause kam, mußte er sich, anstatt es sich vor dem Fernseher bei einem Fußballspiel gemütlich zu machen, ein Video über Schwangerschaftsgymnastik oder etwas Ähnliches ansehen. Gott sei Dank war das Baby dann so vernünftig, ohne Schwierigkeiten auf die Welt zu kommen. Dafür schrie es den Eltern nachts die Ohren voll. War es da nicht nur recht und billig, daß seine strapazierte Mutter ab und an übers Wochenende zu einer Freundin oder ihren Eltern fuhr, um sich ein wenig von den Mutterpflichten zu erholen, und ihm die Kleine überließ? Und das noch mit der Begründung: «Du hast sie sicher gern mal ganz für dich allein.»

Während Ewald Hanke sich einen Kaffee aufbrühte und den Teebeutel vom Frühstück aus der Teekanne entfernte, was Frau Liedtke aus unerfindlichen Gründen nie tat, fiel ihm wieder all dieser lästige Babykram ein, mit dem er nun, ungeschickt genug, hantieren mußte: Pampers wechseln, Fläschchen geben, auf das obligate Bäuerchen warten, Kinderwagen schieben – und dazu das ewige Geschrei.

Auf die Dauer erwies sich ihre Wohnung für dieses Prachtexemplar an Kind zu klein. Ein Haus mußte her. Außer Bausparvertrag und Hypotheken lud er sich ein zusätzliches Arbeitspensum auf, um das Ganze zu finanzieren. Er rackerte sich wirklich redlich ab, trotzdem bekam er nur Vorwürfe zu hören. Sonja warf ihm vor, das besitzanzeigende Fürwort gepachtet zu haben: «Mein Haus, meine Frau, mein Kind, mein Hund, warum sagst du nicht ein einziges Mal: unser?»

«Mein Gott», sagte er bestürzt und verbesserte sich hastig: «Unser Gott, ich denke mir doch gar nichts dabei.»

«Solltest du aber», sagte sie spitz, und seine kleine, inzwischen fünfjährige Tochter kletterte auf seinen Schoß und flüsterte ihm ins Ohr: «Mama ist eine blöde Kuh.»

Aber diese Zeit der Solidarisierung verging schnell. Das liebenswürdige Kind entwickelte sich zu einem mißmutigen, launischen Geschöpf, das dauernd auf irgend etwas «total abgefahren» war und kam und ging, wie es ihm paßte.

«Deine Erziehung», sagte Sonja, die gerade im Begriff war, das Haus zu verlassen, was sie mit schöner Regelmäßigkeit tat, wenn er nach Haus kam, mit der Begründung, sie wolle schließlich auch noch etwas vom Leben haben. Nie unternehme er etwas mit ihr, nie! Und eines Tages waren Mutter und Tochter abgeschwirrt. Nur den Hund ließen sie zurück, den sie gegen seinen Einspruch angeschafft hatten.

Sonja reichte die Scheidung ein. Bei der Verhandlung sprach man viel von seelischer Grausamkeit, und auch sonst brachte sie die erstaunlichsten Dinge gegen ihn vor. Nicht nur, daß er in ihren Augen ein despotischer Griesgram war, sondern auch ein Pedant und Hypochonder, und das nur, weil er sich einmal Sorgen um dieses merkwürdige Ziehen im Rücken, den stechenden Schmerz im Knie und das seltsame taube Gefühl im Ringfinger gemacht hatte. Aber war er nicht schließlich der Familie gegenüber verpflichtet, gesund zu bleiben? Nur ihretwegen ließ er sich alle halbe Jahre gründlich durchchecken. Einmal hatte er sich, erleichtert darüber, daß mit seinem Körper soweit alles in Ordnung schien, dazu hinreißen lassen, seiner Frau den Laborbericht vorzulesen, zugegebenermaßen bedächtig und langsam, wie es nun mal seine Art war, angefangen von den roten Blutkörperchen bis zur Auswertung des EKGs, wobei er allerdings von den medizinischen Ausdrücken nur einen

Bruchteil verstand. Daß er dazu noch an ihm wichtigen Stellen bedeutsam die Stimme gehoben habe, war dagegen eine glatte Erfindung.

Und so was wie diese beiden Frauen war für ihn einmal der ganze Lebensinhalt gewesen! Fassungslos hatte er auf seine Tochter mit der Perle in der Nase und den roten Strubbelhaaren gestarrt, die bei jeder Aussage der Mutter beipflichtend nickte. Frauen! Wie sie doch versuchten, einen an die Wand zu quetschen. Richterin, Schriftführerin, Anwältin, nur Frauen.

Da hatte sein zappeliger Anwalt, der dauernd nervös an seinem kleinen Ziegenbart herumzupfte, keine Chance, die Zahlungen, die er leisten sollte, herunterzudrücken – zumal Ewald dummerweise zugeben mußte, daß ihm bei seiner Frau tatsächlich einmal die Hand ausgerutscht war, als sie ihn wieder einmal zum Sündenbock stempeln wollte. Die Folgen bekam er jetzt zu spüren. Resigniert willigte er in alles ein, was ihm die Richterin an Kosten aufbrummte, obwohl sein Anwalt noch versuchte, zu retten, was zu retten war, und ihm zuflüsterte: «Halten Sie sich da raus, ich mach das schon. Sonst ziehen Sie die beiden ja bis aufs Hemd aus.»

Er zuckte resigniert die Achseln. «Soll ich sie verhungern lassen? So untüchtig, wie sie beide sind?»

Dem Anwalt war es egal. Sein Geld bekam er so oder so. Wen interessierte es schon, wie sauer Ewald Hanke es sich verdienen mußte. Ihm war im Leben nichts geschenkt worden. Er war nicht gerade das, was man einen Senkrechtstarter nennt. Schon die Schule war ihm schwergefallen, und seine Zeugnisse veranlaßten seinen Vater, einen Studienrat, zu der Bemerkung: «Unser Ewald ist wohl mehr ein Kind für draußen.» Immerhin hatte er dann doch das Abitur bestanden und eine, wenn auch sehr bescheidene, Karriere gemacht.

Im Wohnzimmer mußte er feststellen, daß Frau Liedtke mal wieder eine Überschwemmung beim Blumengießen angerichtet hatte. Sorgfältig tupfte er die Wasserpfütze von der Tischplatte und rückte danach die Bilder wieder gerade. Das war auch so eine ihrer Schwächen. Um zu demonstrieren, wie gründlich sie Staub wischte, erzeugte sie stets eine gewisse Unordnung, wie sie überhaupt ihre Eigenheiten hatte. Dazu gehörte eine Antipathie gegen bestimmte Geräte. Sie haßte die Geschirrspülmaschine, mit der sie nicht klarkam, die Mikrowelle, nachdem sie sich an einem heißen Teller die Hand verbrannt hatte, und den Staubsauger. «Wo haben Sie sich den bloß andrehen lassen?» Aber sie war ihm nie untreu geworden. Als ihm Sonjas Anwältin lapidar mitteilte, daß er Großvater geworden war, sich der glückliche Vater seines Enkelsohns aber leider außerstande sah, auch nur einen Pfennig zu zahlen, bat man ihn wieder einmal zur Kasse, und er mußte das Haus verkaufen. Denn wer hatte schließlich Schuld an diesem ganzen Desaster? Natürlich er! Einerseits hatte er seiner Tochter zuwenig «Freiraum» gegeben, wie sie ihm vorwarfen, andererseits das Mädchen zu sehr laufen lassen. Das jedenfalls ließ die Anwältin durchblikken. Ewald Hanke lächelte ein wenig trübe. Und seine Frau, dieses zarte Geschöpf mit der immer noch verwundeten Seele, sah sich natürlich weiterhin außerstande, einer Tätigkeit nachzugehen.

Die neue Wohnung war in Frau Liedtkes Augen ein gesellschaftlicher Abstieg. Trotzdem ließ sie ihn nicht im Stich und nahm sogar eine zwanzigminütige Busfahrt in Kauf, was sie ihm allerdings gelegentlich unter die Nase rieb. Und was wäre aus Maxi geworden ohne sie, wenn Ewald auf Dienstreisen war? Trotzdem wurde der Umzug vom Haus in diese Wohnung für ihn zu einer unvorhergesehenen Katastrophe. Das Pech wollte es nämlich, daß es ausgerechnet in der Siedlung, in die er gezogen war, von Hunden aller Altersklassen, Rassen und jeden Geschlechts nur so wimmelte, und Maxi kam aus seinem Liebesrausch überhaupt nicht mehr heraus. Er winselte, jammerte, jaulte in der Wohnung herum und hatte es besonders auf eine Pekinesendame abgesehen, deren Besitzerin ein Stockwerk höher wohnte, büxte aus, wo er konnte, und saß dann heulend an der Wohnungstür der Mieterin im Hausflur, was diese nicht gerade heiter stimmte. Ewald Hanke konsultierte schließlich in seiner Verzweiflung einen Tierarzt. Der gab dem Hund erst mal eine Beruhigungsspritze, die Maxi höchst verwundert über sich ergehen ließ, was aber leider wenig brachte. Beim abendlichen Gassigehen hechelte er nach wie vor den liebeswilligen Hündinnen hinterher, so daß Ewald ihn kaum halten konnte. Und die meist weiblichen Besitzerinnen riefen ängstlich: «Hoffentlich ist Ihrer auch ein Mädchen!»

Aber ein Mädchen war Maxi nun wirklich nicht, und Ewald Hanke war stolz auf ihn, wie er bei ihren gemeinsamen Ausflügen voller Schwung und Lebensfreude mit fliegenden Ohren über eine Wiese raste oder ihn laut bellend umkreiste. Was für eine Kraft, was für ein

Temperament! Wirklich ein prächtiges Tier. Er streichelte liebevoll sein dichtes Fell und fuhr sich dann bekümmert über sein eigenes, schon leicht schütteres Haar.

Aber das Beste an Maxi war, daß er so gut zuhören konnte. Den Kopf auf Ewald Hankes Knie gelegt, sah er ihn aufmerksam an, wenn er seinen Büroärger bei ihm ablud, und leckte ihm tröstend die Hände. Wäre er doch nur nicht so ein Frauenheld gewesen! Mein Gott, dieses Tier war ja einfach unersättlich, und die wachsende Feindseligkeit der Nachbarn wurde langsam unangenehm.

«Es hilft nichts, Sie müssen ihn kastrieren lassen», hatte der Tierarzt gesagt. «Wirklich, keine Affäre! Der Hund leidet überhaupt nicht darunter. Höchstens, daß er etwas träger wird und ein wenig zunimmt. Das ist schon alles.»

«Eigentlich schon genug», sagte Ewald Hanke seufzend.

«Nun ja, hin und wieder gibt es da eine kleine Ausnahme. Gelegentlich passiert es, daß die Rüden hinterher besonders aggressiv werden. Aber in meiner Praxis ist mir bis jetzt noch kein einziger Fall vorgekommen. Und Ihr Hund hat ja einen friedfertigen Charakter.»

«Das hat er.» Ewald gab seinem Maxi noch schnell einen Leckerbissen, ehe er ihn der Helferin überließ.

Der Tierarzt sollte recht behalten. Ein paar Tage nach der Operation wirkte Maxi noch ziemlich benommen, war dann aber schnell wieder ganz der alte. Nur, daß er erwartungsgemäß kein Interesse mehr für die Hundedamen zeigte, dafür um so mehr fürs Fressen. Allein das geflüsterte Wort «Keksi» weckte ihn aus tiefstem Schlaf. Von nun an nahm Ewald ihn des öfteren ins Büro mit, wo seine freundliche Art die Sekretärin entzückte, und bald fühlte er sich auch unter Ewald Hankes Schreibtisch heimisch. Außerdem liebte es Maxi, Auto zu fahren. Den Kopf auf die heruntergelassene Fensterscheibe gelegt, ließ er sich mit halbgeschlossenen Augen den Fahrtwind um die Nase streichen. Nur mit zunehmendem Alter wurde er ein wenig mürrisch und eigensinnig und musterte Ewald, wie es ihm vorkam, gelegentlich mit jenem vorwurfsvollen Blick, der ihn an seine Frau erinnerte. Doch das Zauberwort «Keksi» ließ die Augen des Hundes wieder aufleuchten und ihn die Ohren spitzen.

Bei seinen Ausflügen mit Maxi hatte Ewald einen kleinen flachen See entdeckt. Dort war er mit ihm meist hingefahren, weil der Hund so gern im Wasser herumplanschte. Aber seit einiger Zeit mied Ewald den See. Ihm war die Gegend verleidet. Als sie das letzte Mal dort gewesen waren, herrschte leichter Nieselregen, und auf den Spazierwegen ließ sich kaum jemand blicken. Während Maxi vergnügt in dem dichten Schilf herumschnüffelte, war plötzlich ein kleiner weißer Hund aufgetaucht, und ohne jede Vorwarnung, ohne Bellen und Knurren, stürzte sich sein Maxi auf ihn, schüttelte ihn wie seine geliebte Quietschpuppe und biß ihn tot, und dann, als sei es das Nebensächlichste der Welt und ohne dem kleinen Leichnam noch einen Blick zu gönnen, hob er an einem Baum das Bein und schnüffelte wieder weiter. Es war alles so schnell gegangen, daß Ewald Hankes Versuch einzugreifen zu spät kam. «Mein Gott (unser Gott)!» Ewald Hanke sah sich scheu um, ergriff den kleinen toten Hund und warf ihn kurzerhand in ein dichtes Gebüsch. Seine Stimme klang heiser, als er nach Maxi rief. Der kam sofort gehorsam, als sei nichts gewesen, und begrüßte seinen Herrn mit freudigem Bellen.

Ewald Hanke blieb nicht lange Zeit, über das seltsame Verhalten seines Hundes nachzugrübeln. Er verliebte sich Hals über Kopf in eine junge, trostbedürftige Witwe, die ihn nun häufig besuchte, begleitet von ihrer dreimonatigen Jagdhündin Sweety. Gemeinsam lachten sie nun über die Verrücktheiten der beiden Tiere, vor allem über Maxi. Er hatte seine sonst so würdevolle Haltung aufgegeben, zog wie Sweety knurrend an der Hundedecke, schleppte die merkwürdigsten Dinge in die Wohnung, kaute darauf herum und wälzte sich wie sie auf dem Teppich.

Aber Ewalds neues Glück fand ein unerwartet schnelles Ende. Die attraktive Witwe mit dem Schneewittchengesicht war seiner überdrüssig geworden.

«Wieso denn?» fragte er bestürzt. «Hast du jemand anders kennengelernt?»

Nein, das hatte sie nicht, aber eine Menge an ihm auszusetzen. Zuviel, wie sie fand. Da war einmal seine Pedanterie. «Jedesmal, wenn ich den Tisch gedeckt habe, arrangierst du alles wieder um, sogar die Blumen. Dauernd die Angst, wir könnten irgendwo zu spät hinkommen. Immer bist du schon eine Stunde vor Abfahrt des Zuges auf dem Bahnhof. Und außerdem, du hörst überhaupt nicht zu, auch wenn du noch so ein interessiertes Gesicht machst. Mit deinen Gedanken bist du ganz woanders.»

«Aber ich antworte dir doch immer», verteidigte sich Ewald.

«Ja. Aber nur, weil du dir angewöhnt hast, meinen letzten Satz im Gehirn zu speichern.» Sie seufzte. «Also wirklich. Und warum versicherst du mir dauernd, du kämst gleich wieder, wenn du aus dem Zimmer gehst?» Sie ahmte seine etwas nölige Sprechweise nach. «Liebling, bin gleich wieder da. Ich zieh mir nur 'n anderes Hemd an. Liebling, ich bin gleich wieder da. Ich hol mir nur noch was zu trinken.»

Er schwieg verlegen. Sie hatte recht, es wirkte wirklich ein wenig lächerlich. Aber daran war Maxi schuld. Der Hund trottete, wo er ging, hinter ihm her, und wenn sein Herr aufstand, erhob auch er sich. Und erst wenn Ewald Hanke ihm ein beschwichtigendes «Ich bin gleich wieder da» zurief, rollte er sich wieder auf dem Teppich zusammen.

«Na ja», sagte die Witwe einlenkend, «vielleicht bist du auch nur ein bißchen eingerostet und hast verlernt, mit Frauen umzugehen.»

«Bis jetzt sind von den Damen meiner Bekanntschaft keine Klagen gekommen», sagte er steif.

Sie zog belustigt die Augenbrauen hoch. «Waren denn da welche?»

Als Erinnerung an schöne Tage und zum Trost schenkte sie ihm Sweety, ein rechtes Danaergeschenk, obwohl er sich zuerst sehr darüber gefreut hatte. Aber Sweety verwandelte seine gepflegte Wohnung mehr und mehr in etwas, das so aussah, als wäre sie von einer Armee von Mäusen erobert worden. Kein Gegenstand, den sie nicht benagt hätte, seien es Tischbeine, Polstermöbel, ja, sogar die Vorhänge wiesen die Spuren ihrer scharfen Zähne auf. Das ewige Getobe der beiden Hunde ließ den Mieter unter ihm immer häufiger an die Heizung klopfen. Sweetys durchdringendes Gejaule gewann auch nicht gerade das Herz der Nachbarn. «Sie sollten sie in der Oper auftreten lassen», bemerkte einer der Hausbewohner spitz. «Die schmettert ja ganze Arien.»

Vielleicht hätte er ja noch der Hausgemeinschaft getrotzt. Aber dann tat Sweety etwas, was für Ewald zu einer Katastrophe zu führen drohte: Bei ihrem Versuch, an eine auf Ewalds Schreibtisch liegende Tafel Schokolade heranzukommen, ging das holzgeschnitzte Kästchen, in dem er seine Briefmarken aufzubewahren pflegte, zu Bruch. Es war ein Geschenk von Frau Liedtke, das sie ihm von einem Urlaub in der Karibik mitgebracht hatte und das er hoch in Ehren hielt. Frau Liedtke war außer sich. «Ich oder der Hund», sagte sie dramatisch, und es war ihr ernst damit. Unmöglich für ihn, ohne Frau Liedtke, diese Perle, auszukommen. Er hatte keine Wahl. Sweety mußte gehen.

Er verschenkte sie an eine kinderreiche Familie, die er auf einem seiner Spaziergänge kennengelernt hatte und die ein paar Kilometer von seiner Siedlung entfernt wohnte. Ihre Villa schien eine Art Arche Noah für gestrandete Tiere zu sein, denn als er Sweety zu ihnen brachte, hüpfte, flatterte und kroch ihm allerlei Getier entgegen. «Alles Geschenke von Menschen, die nichts weiter im Sinn hatten, als ihre Lieblinge so schnell wie möglich wieder loszuwerden», wurde ihm in unüberhörbar tadelndem Ton mitgeteilt.

Teils erleichtert – Sweety wird es hier bestimmt gut haben –, teils von Schuldgefühlen geplagt – sie war so ein liebes, zutrauliches Tier – kehrte er in seine Wohnung zurück. Maxi, in Erwartung Sweetys, schoß an ihm vorbei die Treppe hinunter und kehrte ganz niedergeschlagen zurück, als er sie nicht finden konnte. Winselnd strich er durch die Zimmer und setzte sich schließlich vor seinen Herrn. Und da war er wieder, dieser seltsam anklagende Blick. Aber diesmal lag noch etwas anderes in seinen Augen. «Ich bin gleich wieder da, ich hol dir Keksi», sagte Ewald Hanke, hastete in die Küche und warf ihm eine Handvoll seiner Lieblingshundekuchen hin. Der Hund schmatzte sie gierig auf und sah seinen Herrn dankbar an. Dann ging er in seinen Korb, wo er sich mit einem schweren, fast menschenähnlichen Seufzer zusammenrollte. Ewald Hanke beugte sich zu ihm hinunter und streichelte ihn. «Was sollte ich denn machen? Nun sei wieder ein lieber Hund.»

Als er im Bett lag, hörte er Maxi auf seiner Quietschpuppe herumkauen, und das Geräusch zerrte an seinen Nerven. In der Nacht wachte er davon auf, daß etwas Klebriges, Sabbriges auf sein Gesicht fiel. Erschreckt schleuderte er es von sich und knipste die Nachttischlampe an. Auf der Steppdecke lag die Quietschpuppe, und vor seinem Bett stand Maxi. «Na, mein Alter», sagte er beschwichtigend und streckte die Hand aus, um ihn zu streicheln. «Kannst du nicht schlafen, oder was ist los?» Aber der Hund schnappte nach seiner Hand und ließ ein böses Knurren hören. Erschreckt zog Ewald die Hand zurück. «Was ist denn in dich gefahren?» rief er und machte Anstalten, aus dem Bett zu klettern. Der

Hund knurrte wie ein Rasender, und sein Fell sträubte sich. Grimmig fletschte er die Zähne. Und Ewald Hanke dachte an den kleinen weißen Hund.

Die Schönste im Land

Arnold nennt uns die Viererbande, meine Freundinnen Anita, Britta, Ingrid und mich. «Und du bist der Boß», sagt er mit diesem gewissen Unterton in der Stimme, bei dem man nie weiß, ob es ernst gemeint ist oder er mich aufziehen will. Soll er. Wir vier wissen, was wir aneinander haben. Und das seit nunmehr über fünfzig Jahren. Von Kindheit an kennen wir alle unsere Schwächen, unsere Tricks, unsere Wünsche und unsere schmutzigen kleinen Geheimnisse wie niemand sonst. Und wir vertrauen uns. Mit Einschränkung natürlich. In puncto Männer ist mit keiner Frau zu spaßen, auch mit der besten Freundin nicht. Da heißt es: Holzauge sei wachsam – um es in dem Jargon unserer Mädchenjahre auszudrücken. So habe ich auch meinen Arnold ihnen gegenüber immer scharf im Auge, obwohl nun wirklich kein Anlaß dazu besteht, ihm zu mißtrauen. Meine Freundinnen gehören nicht gerade zu denen, für die Männer aus dem Fenster springen. Arnold ist ganz meiner Meinung. «Du bist nun mal die Schönste im Land», sagt er.

«Ohne mir etwas einbilden zu wollen, da gibt es noch ein paar andere Herren, die dieser Meinung waren», sage ich. «Aber die hast du ja dann erfolgreich verjagt.» Das hört er gern.

Tatsache ist, daß Arnold auch nicht gerade unter mangelndem Zulauf leiden mußte. Seine Eltern besaßen *das* Möbelgeschäft in unserer Stadt. Er sah und sieht immer noch blendend aus und galt als der große Preis bei Müttern und Töchtern. Ich mußte mich also schon sehr anstrengen, und einmal schien es fast, als wäre ich unter «ferner liefen». So waren Britta, Anita und Ingrid, meine Klassengefährtinnen, ein großer Trost. Es war kurz vor unserem Abitur, und sie kamen jeden Nachmittag bei mir vorbei unter dem Vorwand gemeinsamer Schularbeiten. Sie hörten sich teilnehmend meinen ständig wiederholten Monolog: «Da habe ich gesagt, und da hat er gesagt, und da habe ich gesagt, nein, da hat er gesagt» an, während sie in Windeseile Baisers mit Schlagsahne verschlangen, denn meine Eltern besaßen die erste Konditorei am Platze, und bei uns herrschte trotz Krieg an Kuchen kein Mangel.

«Nette Mädchen», pflegte meine Mutter jedesmal zu sagen, sobald sie das Haus wieder verlassen hatten, «wenn sie auch nicht die Schönheit drückt. Freundinnen muß man haben, aber hübsch sollten sie nicht sein.»

Dabei sahen damals alle drei recht passabel aus. Ingrid mit ihren leuchtendblauen Augen und dem schlanken Hals, der in ihren Blusen mit dem Bubikragen gut zur Geltung kam, war hübscher als Britta mit ihrer Brille auf der Stupsnase, dem immer etwas fettigen Haar und dem leichten Silberblick. Britta war zwar im Weitsprung und im Speerwerfen ein As, aber mit ihrem Interesse an Heilkräutern riß sie die Jungen nicht gerade vom Stuhl. Bei der samthäutigen, kugeligen Anita war das anders. Ihr rückten sie gern so nah wie möglich auf die Pelle, und während sie dramatisch: «Hinterm Berg, hinterm Berg brennt es in der Mühle» zitierte, wobei sie das R wundervoll rollte, waren die Augen des Lehrers wohlwollend auf ihren großzügigen Ausschnitt gerichtet. Sie heiratete als erste von uns, aber das Glück dauerte nicht lange. Ihr Hänschen war bereits gefallen, als ich noch verbissen um Arnold kämpfte, und blieb in ihrem Gedächtnis für immer und ewig ein unschuldig aussehender, pausbäckiger Zwanzigjähriger, der uns mit dem üblichen «Für Führer, Volk und Vaterland»-Gesicht aus dem Foto anstarrte. Bald darauf wurde Anitas Vater zum Major befördert und in eine andere Garnison versetzt, und sie verschwand erst einmal aus unserem Blickfeld.

Dann konnte auch meine Mutter endlich das Brautkleid nähen lassen. «Man muß eben nur wollen», sagte sie zufrieden und: «Jetzt brauchst du nicht in den Arbeitsdienst.»

«Aber Arnold muß zum Militär», weinte ich. Doch dann war alles halb so schlimm. Dank des Möbelhauses verfügten seine Eltern über gute Beziehungen in der Gegend, auch bei der Wehrmacht, und Arnold hielt sich überall dort auf, wo vom Krieg nichts zu spüren war, in Bayern, im Schwarzwald und im Schwabenland. Natürlich besuchte ich ihn so oft wie möglich. Arnold gefiel das sehr. «Ich bin stolz auf dich», sagte er, und das konnte er wohl sein. In meinem duftigen Crêpe-de-Chine-Kleid mit dem roten Lackgürtel und in den dazu passenden Korksandalen sah ich wirklich entzückend aus, wie ihm seine Vorgesetzten immer wieder augenzwinkernd versicherten.

Meine drei Freundinnen verlor ich in dieser Zeit fast ganz aus den Augen. Erst nach dem Krieg fanden wir wieder richtig zusammen. Britta war inzwischen verheiratet gewesen, aber schon wieder geschieden, und Anita hatte bereits den zweiten Ehemann, und zwar Otto, den Greis, wie wir ihn untereinander nannten, nicht etwa, weil er zwanzig Jahre älter war als wir, sondern weil er unserer Meinung nach schon als Mumie geboren sein mußte.

«Wie bist du bloß zu dem gekommen?» fragte ich fassungslos.

Sie zuckte bekümmert die Achseln. «Ich weiß auch nicht. Es hat sich so ergeben. Soweit ist er ja auch ganz nett. Vielleicht ein bißchen ruhig.»

«Grabesruhig», sagte ich und sah mich schaudernd in der ungeheizten kalten Pracht mit den dunklen Möbeln um.

Natürlich sorgten Britta und ich dafür, daß sie mehr unter Leute kam. Darüber geriet Otto, der Greis, in Wut und schickte seine Mutter ins Gefecht, die ein ernstes, wenn auch nutzloses Gespräch mit Anita über ihre Pflichten führte und sie an die zarte Gesundheit ihres Sohnes erinnerte, der ihrer Aussage nach nicht nur ein schwaches Herz, sondern auch eine angegriffene Leber und einen empfindlichen Magen habe. Darauf fuhr sie, aufgehetzt von uns und ohne auf sein «Ich verbiete es dir» zu hören, mit uns drei anderen übers Wochenende nach Rom und machte dort in unserem kleinen Hotel bei den Männern unheimlich Furore. Wir sparten nicht mit guten Tips, wobei sich Ingrid besonders hervortat. Sie war die einzige von uns, die freiwillig beschlossen hatte, ihr junges Leben einem verheirateten Mann zu opfern. Sie hatte seit Jahr und Tag ein Verhältnis mit ihm, aber er dachte nicht im Traum daran, sich scheiden zu lassen. Britta wiederum hatte mit ihrem ewigen Gerede über alles, was mit Krankheiten zusammenhing, den Ehemann aus dem Haus getrieben. Niemand sieht sich gern tagtäglich, ja stündlich von Viren und Bakterien umlauert, die ihn irgendwann unweigerlich zur Strecke bringen, vor allem dann nicht, wenn man den Rußlandfeldzug, Gefangenschaft und eine schwere Diphtherie unbeschadet überstanden hat. Und so vermieste sie auch Anita ihr kurzes Glück, indem sie anschaulich schilderte, was man sich in einem fremden Land mit einem fremden Mann alles holen konnte.

Es kam mir so vor, als seien meine Freundinnen etwas neidisch auf Anita. Ich bin da so ganz anders. Ich freute mich für sie über ihre Erfolge, die ich mir, ehrlich gesagt, allerdings nicht so recht erklären konnte. Vielleicht war es ihre ordinäre Lache. Damit hatte sie schon als Schülerin den Hausmeister bezirzt. Primitive Männer mögen so etwas. Vielleicht war ihr aber auch anzumerken, daß sie sich nach einem Abenteuer sehnte. Verständlich bei Otto, dem Greis. Ich kannte so einen Notstand natürlich nicht. Ich hatte mit Arnold in jeder Hinsicht das große Los gezogen. Als ich ihm nach meiner Rückkehr von Anitas Erlebnissen erzählte, sagte er nur mitleidig: «Armes Tier.» Er hat sich inzwischen Gott sei Dank mit meinen Freundinnen abgefunden, für die er zu Anfang ein schon fast beleidigendes Desinteresse zeigte. Jedesmal, wenn ich sie einlud, versuchte er, sich unter einem Vorwand zu drücken. «Aber Arnold», sagte ich, «soll ich denn einen so gutaussehenden Mann wie dich im Schrank verstecken?»

Er war geschmeichelt. «Meinetwegen. Wer kann dir schon etwas abschlagen, der Schönsten im Land.» Und er zeigte sich von nun an von der charmantesten Seite, gab jeder von ihnen ein Küßchen hier, ein Küßchen da, was ich nun wieder etwas übertrieben fand.

Während meine drei Freundinnen in trostlosen Büros – Otto der Greis hatte sich nach Anitas Eskapade sofort scheiden lassen – ihren in meinen Augen ebenso trostlosen Tätigkeiten nachgingen, um finanziell einigermaßen über die Runden zu kommen, und Ingrid sich noch dazu mit der bescheidensten Arbeit zufriedengab, nur um ihrem Liebsten von Stadt zu Stadt folgen zu können, wenn er wieder einmal als Vertreter versetzt worden war, gab es für Arnold und mich keine Probleme. Das Möbelhaus, das nun ihm gehörte, florierte von Jahr zu Jahr mehr dank eines außerordentlich tüchtigen Prokuristen, der die Zügel fest in der Hand hielt, und Arnolds Anwesenheit war kaum erforderlich. Wir machten herrliche Reisen. Meine beiden Jungen wußte ich gut versorgt, an Personal mangelte es nicht, so daß es das übliche Geplänkel – «Wer trägt den Mülleimer raus, wer mäht den Rasen, wer hilft mir in der Küche, wer bringt die Bierflaschen in den Keller?» – zwischen uns nicht gab. Wo immer wir auftauchten – wir waren in diesen Jahren fast jeden Abend unterwegs und wurden viel eingeladen –, folgten uns bewundernde Blicke, und man flüsterte sich zu: «Was für ein schönes Paar.»

Doch dann fiel ein Schatten auf unser Glück, und schuld daran war dieses seltsame Hobby, das sich Arnold plötzlich zulegte. Er begann sich für Insekten zu interessieren, ja, er entwickelte geradezu eine Leidenschaft dafür, egal, ob es sich um Ohrwürmer, Steinfliegen, Wespen, Ameisen oder Heuschrecken, ja, sogar Küchenschaben handelte. Als sich so ein Tier in unseren Keller verirrte, was unsere Putzfrau mit großem Gekreische meldete, durfte es nicht in der Mülltonne landen, sondern wurde im Garten ausgesetzt. Vergeblich versuchte er, mich für dieses Ungeziefer zu erwärmen, sprach davon, wie einzigartig Insekteneier in Gestalt und Struktur seien und daß es sogar bei Spinnen eine Brutpflege gebe, was bei nur wenigen Insekten der Fall sei, ebenso bei den Ohrwürmern. Er versuchte, mich versöhnlich zu stimmen, indem er mir Schmuck in Form einer goldenen Raupe, einer Libelle aus Platin und eines mit Rubinen besetzten Marienkäfers schenkte. Er hatte inzwischen ein ganzes Regal voller Fachliteratur, und allen wissenschaftlichen Honig, den er daraus saugte, gab er an mich weiter. Wußte ich, daß Eichelhäher sich mit ausgebreiteten Flügeln auf Ameisenhaufen setzen, weil die verspritzte Säure der Ameisen die Milben in ihrem Gefieder tötet? Ich wußte es nicht. Daß man die Nester der kleinköpfigen Roßameise vorwiegend in morschen Baumstümpfen und Holz findet, dagegen die gelbbraune Knotenameise den feuchten Boden unter Steinen bevorzugt? «Ich bin gleich wieder da», sagte ich und erhob mich hastig. Ich eilte ins Badezimmer. Dort stand ich lange und betrachtete mich im Spiegel. Was war zwischen uns beiden passiert, daß er einer Kurzkopf-Schmarotzerwespe den Vorzug gab und eine Laubheuschrecke zu meiner Konkurrentin wurde?

Um das Maß vollzumachen, legte er in unserem parkähnlichen Garten einen kleinen Teich an, um dort den gemeinen Taumelkäfer, den Gelbbrandkäfer und den Schlammschwimmer zu beobachten. Nur mit viel List bekam ich ihn dahin, daß er zu den Schmetterlingen überschwenkte und ihnen mehr und mehr den Vorzug gab. Das waren wenigstens noch appetitliche Tiere. Bald hätte ich es an Wissen über sie mit jedem Botaniker aufnehmen können, und ich gab es fleißig an meine Freundinnen weiter. «Wußtet ihr», fragte ich sie, «daß die Männchen häufig nach der Begattung sterben und daß sie ein bestimmtes Balzritual haben, das bereits während des Fluges beginnt, wobei die Partner oft regelrecht durch die Luft wirbeln? Der Balzflug», belehrte ich sie, «endet schließlich am Boden. Das Männchen umschreitet das Weibchen und versucht es mit den Flügeln zu berühren.»

Meine Freundinnen sahen mich mit offenem Mund an. «Wie süß», rief Anita, «und hochinteressant! Aber ich muß jetzt leider gehen.»

«Was ist denn mit der los?» fragte ich verdutzt, weil sie es so eilig gehabt hatte, sich zu verabschieden.

«Weißt du das nicht?» fragte Britta.

Ich reagierte gekränkt. «Woher sollte ich? Mir sagt ja keiner was.» Denn meine Freundinnen gaben mir in dieser schweren Zeit mit Arnold nicht den erwarteten Trost.

«Sie arbeitet neuerdings als Fotomodell.»

«Als Fotomodell?» rief ich. «Mit fünfzig? Das kann

nicht dein Ernst sein. Mein Gott, auf was hat sie sich denn da wieder eingelassen?»

«Nein, nein», beruhigte mich Britta. «Es ist schon was ganz Seriöses. Aber mir hat sie auch nichts erzählt. Ich bin durch Zufall draufgestoßen. Hier, sieh selbst.»

Sie holte aus ihrer Brieftasche ein etwas zerknittertes Werbefoto einer Illustrierten, das unsere kugelige Anita in einen Taucheranzug gezwängt zeigte, unternehmungslustig die Taucherbrille schwenkend, hinter sich das brausende Meer. Und das, wo Anita als einzige von uns nicht mal mit den Füßen ins Wasser ging. Es war die Werbung einer Lebensversicherung, die einem versprach, auch als Rentner ein übermütiges Leben führen und sich sogar dem Luxus des Tauchsports hingeben zu können. Anita, ein Model! Ich hatte noch nie ein Angebot in dieser Richtung bekommen, was aber sicher daran lag, daß die Werbung gerade Typen wie Anita brauchte, nicht übertrieben attraktiv und das Aussehen dem Alter entsprechend. Auch erfuhr ich von Britta, daß Anita nun eine Menge Verehrerpost bekam. «Natürlich alles Halbbekloppte», sagte sie und lachte. Und dann lästerten wir gemeinsam ein wenig über sie.

Anita verdiente als Fotomodell immerhin so viel, daß sie sich eine Eigentumswohnung kaufen konnte. Mir blieb nichts anderes übrig, als ihr beim Einrichten zu helfen, denn Anita hat einen schauderhaften Geschmack, und so waren wir eine ganze Woche damit beschäftigt, in der Stadt herumzujagen. Ein Jahr später ging dann Britta ihre eigenen Wege. Sie hatte eine kleine Erbschaft gemacht und ließ sich zur Heilpraktikerin ausbilden. Verständlich, daß sie da nur noch wenig Zeit für mich hatte.

Und Ingrid? Ingrid hatte ihre letzten Ersparnisse zusammengekratzt und war ihrem Liebsten nach Südamerika gefolgt, wo sie in einer mörderischen Gegend, in der es Tag und Nacht regnete und von Ungeziefer nur so wimmelte, gemeinsam mit ihm die Unbilden des Lebens ertrug. Jedenfalls war das ihren kärglichen Zeilen auf bunten Postkarten zu entnehmen. Es kam mir vor, als zeigte unsere Viererbande gewisse Auflösungserscheinungen.

Arnold wurde immer spleeniger. Ich bin Gott sei Dank ein sehr einsichtiger Mensch, und so gestand ich mir ein, daß es vielleicht ein Fehler war, ihm gleich zu Anfang unserer Ehe alle alten Freunde zu vermiesen. Diese Männerkumpanei läßt schnell die leichtfertige Atmosphäre der Junggesellenzeit entstehen, und wie meine Mutter immer sagte: «Wehret den Anfängen.» Aber nun war es zu spät. Dazu wurde er noch ausgesprochen knietschig. Als ich ihn um ein neues Auto bat, lehnte er mir diesen Wunsch brüsk ab. «Du hast ja dein eigenes Konto», sagte er, «was hindert dich daran, dir eins zu kaufen?»

Es stimmte. Arnold hatte mich im Lauf der Jahre zu einer vermögenden Frau gemacht. Aber war das ein Grund? Britta, die ich endlich mal wieder am Telefon erwischte, hatte es recht eilig und meinte etwas kurz angebunden: «Wahrscheinlich der Anfang einer schweren Depression.»

Ich tippte mehr auf die junge Sekretärin, die er vor

einiger Zeit für sein Büro eingestellt hatte, auch wenn er sich selten genug dort blicken ließ. Ich klopfte bei ihm auf den Busch, doch er grinste nur und sagte trocken: «Wenn du willst, bringe ich dir das Opfer und mache sie zu meiner Geliebten. Aber danach wirst du mich wohl im Krankenhaus besuchen müssen. Ihr Mann ist nämlich Landesmeister im Schwergewicht.» Darüber mußten wir beide lachen, und einen Augenblick war es wie früher. Das gewünschte Auto schenkte er mir trotzdem nicht, dafür ein überaus kostbares Schmuckstück in Form eines Schmetterlings, mit Rubinen, Brillanten und Smaragden besetzt.

Auch sonst schien sich das Blatt wieder zu meinen Gunsten zu wenden. Der Prokurist bekam einen Herzinfarkt und mußte aus der Firma ausscheiden. Ein so tüchtiger Mann, wie er es gewesen war, ließ sich als Nachfolger nicht finden, und so mußte Arnold zwangsläufig das Heft in die Hand nehmen und viel Zeit in der Firma verbringen. Er war nun so beschäftigt, daß ihm kaum noch Zeit blieb, den Admiral in unserem Garten zu bewundern, der bekanntlich zu den schönsten Tagfaltern Mitteleuropas zählt, wie ich gelernt hatte. Er sprach jetzt mit mir nicht mehr über den Schwirrflug des Dickkopffalters, den gleitenden Segelflug des Apollos, sondern mehr und mehr über Bilanzen und Konjunktur. Wir hatten jetzt auch wieder häufiger Gäste, meist Geschäftsfreunde, die unser großzügig gebautes Haus, das kostbare Porzellan, die nach und nach von Arnold erworbenen wertvollen Bilder, den gepflegten Garten und den kleinen Weiher bewunderten, unter dessen Seerosenblättern bunte Fischchen hervorlugten – daß sie aus Plastik waren, fiel den meisten nicht auf. Der gemeine Taumelkäfer, Gelbbrandkäfer und Schlammschwimmer spielten dagegen nur noch eine untergeordnete Rolle, ebenso wie ich bei den Besuchern, was aber von Arnold heftig bestritten wurde.

«Es stört mich nicht», sagte ich entsagungsvoll, «man muß eben mit Würde alt werden können», und fuhr ihm bedeutungsvoll durch sein gefärbtes Haar. «Wir sind jetzt über sechzig, vergiß das nicht.»

«Aber zäher als jede Generation davor», sagte Arnold und tat mal wieder, als hätte er an sämtlichen Feldzügen der großdeutschen Wehrmacht teilgenommen.

Mit zunehmendem Alter schlossen wir, die Viererbande, uns wieder enger zusammen und bekamen den Bildungstick. Wir grasten alles ab, was die Kultur so zu bieten hat. Wir rasten durch Museen und Galerien, allen voran Ingrid, die auf sehr schmerzliche Weise von ihrem Geliebten verlassen worden war – er hatte sich scheiden lassen und eine zwanzig Jahre Jüngere geheiratet –, ließen moderne Kunst auf uns wirken, bestaunten Kunstgegenstände aus vielen Jahrhunderten und lauschten fröstelnd unter freiem Himmel Mozart und Brahms. Doch irgendwann wurden wir wieder häuslicher, zogen den Schwatz am Telefon und das gemütliche Zusammensein dem Herumgejage vor.

Ich war jetzt sehr mit meiner einzigen Enkeltochter beschäftigt, die, wie mir auch mein Friseur, mein Masseur, meine Schneiderin und mein Golflehrer, denen ich ihr Foto zeigte, immer wieder aufs neue bestätigten, auf dem besten Weg war, die Schönste im Land zu werden. Mochten sich meine kinderlosen Freundinnen ruhig darüber amüsieren und sich vielsagende Blicke zuwerfen, wenn ich von ihr erzählte. Immer noch besser, als dauernd von Krankheiten zu sprechen, wie Britta es tat, die einem neuerdings jedes Essen vermieste, vor allem aber Torten und Schlagsahne und andere herrliche Sachen. Auch verlangte sie von uns, viel zu trinken. Zwei Liter Wasser am Tage seien das mindeste. Aber unsere Frage, was wir dann unterwegs, ja womöglich im Stau anfangen sollten, konnte sie auch nicht beantworten. Auch mit der Alzheimer-Krankheit ängstigte sie uns gern. Sie nervte uns dauernd mit Tests, an denen man ablesen konnte, wie gut oder schlecht es noch mit unserem Gedächtnis bestellt war. Zwanzig Tiernamen mußten wir in anderthalb Minuten nennen. Ich, von Arnold geschult, schnitt natürlich am besten ab und schnurrte, ohne zu stocken, die verschiedensten Insektenarten herunter, so daß ich auf eine viel höhere Zahl kam.

Auch sonst hatte ich meinen Freundinnen einiges voraus. Zum Beispiel mein Haar. Es war noch immer dicht, und keine einzige weiße Strähne zeigte sich. Eine Brille brauchte ich nur, um meine Augen vor der Sonne zu schützen. «Dafür», sagte Arnold, der schon seit Jahren eine tragen mußte, «höre ich noch sehr gut», und ich mußte ihn erst darauf aufmerksam machen, daß das Telefon stundenlang zu läuten pflegte, bevor er es bemerkte, worauf er sofort den Fernseher auf Flüsterlautstärke stellte. Und als ich ihn darauf hinwies, daß ich leider nicht gelernt hätte, von den Lippen zu lesen, behauptete er, es sei reine Höflichkeit gegen mich, bei dem Gedröhne, wie ich es bevorzugte, könne er sonst kein Wort von meinen Kommentaren verstehen, die ich zu jedem Film gäbe. Er lächelte mich dabei an und zeigte mir seine immer noch makellosen Zähne. Soweit ich mich erinnere, ist dieser Mensch bis jetzt nicht ein einziges Mal beim Zahnarzt gewesen.

Wir Freundinnen sprachen jetzt gern von früher und wie es in unserer Jugend so zugegangen war, die uns ja leider durch den Krieg so versaut wurde. Man denke da nur an den Bombenangriff auf unser Städtchen. Es war der einzige in sechs Kriegsjahren, aber es hatte ganz schön gebumst, obwohl die Bomben in den Fluß fielen und nur ein Haufen toter Fische auf den Wiesen herumlag. Und wie furchtbar alles gewesen war! Anita, unser einziger Flüchtling in der Runde, führte gern das große Wort und sprach von ihrer grauenhaften Flucht, dreißig Kilometer weit, und die Amerikaner immer dicht auf ihren Fersen.

Inzwischen hat Arnold mit meinen zu Anfang so unerwünschten Freundinnen Freundschaft geschlossen und leistet uns jetzt ausgesprochen gern Gesellschaft. Er ist dankbar, wenn ihm Britta seine rheumatische Schulter massiert, Anita ihm köstliche Kekse mitbringt und Ingrid ihn von seinen Geschäften erzählen läßt. Wir haben also wirklich eine lange Strecke gemeinsamen Lebens zurückgelegt. Und jetzt, wo uns allen ein runder Geburtstag bevorsteht und wir in demselben Jahr siebzig werden, zeigt sich Arnold mal wieder von der großzügigsten Seite. Wir wollen diesen Tag gemeinsam begehen. «Es wird ein rauschendes Fest geben», verspricht er uns. «Wir werden trinken, tanzen und fröhlich sein.»

In solchen Sachen läßt sich Arnold nicht lumpen. Das ganze Haus wird für diesen Ehrentag auf den Kopf gestellt und ein Zelt im Garten errichtet. Ein Meisterkoch soll aus Paris eingeflogen werden, und alles, was in dieser Stadt Rang und Namen hat, ist eingeladen worden. Die meisten haben zugesagt. Trotz der vielen Hilfen, die wir haben, gibt es auch für mich noch viel zu tun. Schneiderin, Kosmetikerin, Friseuse und natürlich das Blumenarrangement.

Auf der Suche nach Arnold, um mit ihm über die Tischordnung zu sprechen, entdecke ich in seinem Büro auf dem Schreibtisch einen Umschlag mit der Bemerkung «vernichten». Im allgemeinen bin ich kein neugieriger Mensch. Aber vielleicht ist ja Arnold in irgendwelche dubiosen Geschäfte verwickelt, und ich kann ihm heraushelfen. Ich öffne vorsichtig den Umschlag, und heraus fallen Briefe und Fotos, säuberlich in zwei Bündel geordnet.

Das ist nun einen Monat her. Seitdem verbringe ich einige erholsame Wochen auf einer Schönheitsfarm. Und das habe ich weiß Gott nötig. So groß war der Schock, der mir von Arnold versetzt worden ist. Als ich in seinem Büro den Umschlag geöffnet hatte, nahm ich mir als erstes die Fotos vor, und wer sah mir entgegen? Anita mit einem riesigen Sonnenhut vor einer Staffelei auf einer blühenden Wiese sitzend, von Schmetterlingen umgaukelt. Ich drehte das Foto um. «Dein Schmetterling» las ich. Ein zweites Bild zeigte Britta im Bikini, und ich dachte mal wieder, wie unvorteilhaft sie doch darin aussieht. Ich habe sie oft taktvoll darauf aufmerksam gemacht, aber, wie ich jetzt sah, vergeblich. Auf der Rückseite dieses Fotos stand: «In inniger Liebe, Dein

Ohrwurm.» Die Briefe zu lesen blieb mir keine Zeit. Ich hörte bereits Arnolds Stimme auf dem Flur. Mit dem Umschlag in der Hand raste ich an ihm vorbei ins Schlafzimmer. Er folgte mir erschrocken. Während das Haus in Erwartung des großen Festes glänzte und funkelte und die Blumen die Räume mit Duft erfüllten, machte ich Arnold in unserem Schlafzimmer eine fürchterliche Szene. Ich warf ihm den Umschlag vor die Füße, riß die Schranktür auf, holte mit zitternden Händen den edelsteinbesetzten Schmetterling aus der Schmuckschatulle, warf ihn auf die Erde und versuchte, ihn vor Arnolds Augen zu zermalmen, woran mich die flauschige Auslegware hinderte. Ich klaubte ihn wieder heraus und wiederholte die Prozedur auf den Fliesen des Badezimmers. Befriedigt hörte ich es unter meinen Schuhen knirschen und splittern. Und was tat Arnold? Er lachte. «Nur zu!» rief er. «Es ist sowieso nur Travellerschmuck. Ich war damals ziemlich knapp bei Kasse.»

Ganz betäubt von dem, was mir jetzt klar wurde, starrte ich ihn an. Eine Eigentumswohnung für Anita, eine Ausbildung für Britta! Bei Gott, meine beiden Freundinnen hatten diesen Narren ganz schön ausgenommen. Und für mich, die Schönste im Land, Travellerschmuck. Und was war mit Ingrid? Vielleicht war ja das ganze Getue mit ihrem Liebsten in Südamerika nur eine Finte gewesen, und sie hatte sich statt dessen in von Arnold finanzierten teuren Hotelbetten wer weiß wo geräkelt. Aber ein Verhältnis mit Ingrid bestritt er auf das entschiedenste. «Zwei aus deiner Bande genügten.»

«Und das in meinem Haus! Wie konntest du nur?» rief ich.

«Deine Schuld», sagte er. «Du hast mir ja die beiden förmlich aufgedrängt. Gelegenheit macht Diebe, würde deine Mutter gesagt haben. Nun beruhige dich mal. Es ist ja alles schon so lange her. Und du weißt doch, die meisten Schmetterlinge fliegen nur von Mai bis September.» Er streckte seine Hand nach mir aus. «Vergeben und vergessen?»

«Wir werden sehen», sagte ich würdevoll. «Zuerst müssen wir das Fest überstehen.»

«Du wirst sein, was du immer warst: die Schönste im Land», sagte er und verließ das Zimmer. Ich ließ mich erschöpft auf einen Stuhl fallen. Mein Mann und die Viererbande. So wie es aussah, war er der Boß gewesen und nicht ich. Ja, war es vielleicht noch. Frauen sind schließlich keine Schmetterlinge.

Die Erbtante

«Es gibt so'ne und solche und Langenbeelauer.» Dieser Satz machte in der Familie sofort die Runde, wenn man sich über Tante Tilly geärgert hatte. Tante Tillys Heimatort lag nicht weit von der früheren polnischen Grenze und stand in dem Ruf, daß seine früheren Bewohner besonders eigensinnig, schlitzohrig und lebenslustig waren. Tante Tillys Eltern hatten dort bereits in der zweiten Generation eine große Fabrik besessen, aber das war für die Jüngeren alles schon so lange her, daß niemand so recht wußte, wie alt Tante Tilly eigentlich war. In der Familie wurde behauptet, sie habe gleich nach der Vertreibung, als sie einen neuen Personalausweis beantragen mußte, ihr Geburtsjahr um zehn Jahre verschoben, was in dem allgemeinen Chaos, das damals bei den Behörden herrschte, auch wohl kaum aufgefallen wäre. Aber hundertprozentig wußte man es nicht. Und so konnte sie ebensogut achtzig wie neunzig sein. Als besonders ärgerlich empfand ein Großneffe diese Ungewißheit. Er hatte Familienforschung zu seinem Hobby gemacht und sammelte eifrig, was es nach Flucht und Vertreibung noch an Dokumenten und Urkunden gab. Einmal im Jahr trommelte er Vettern und Basen, wie sie sich gegenseitig betitelten, zusammen, gab Namenlisten und Adressen heraus und ärgerte sich jedesmal wieder über Tante Tilly, die mit ihrem unbestimmten Alter seinen Ordnungssinn beleidigte. Hilfesuchend wandte er sich dann an Onkel Eberhard, Tante Tillys Vertrauten, der ihm teilnahmsvoll zuhörte und jedesmal versicherte, bei passender Gelegenheit der Tante auf den Zahn zu fühlen. Ein Versprechen, das er klugerweise jedoch nie hielt. Tante Tillys Empfindlichkeit diesem Thema gegenüber war ihm wohlbekannt.

Eberhard galt nicht gerade als Glanzstück der Familie. Er war ein kleiner, verdruckst aussehender, ziemlich langweiliger Mensch, der seine Tage auf dem Katasteramt – schon das Wort ließ die Familie erschauern – verbracht hatte, bis ihn eine kleine Erbschaft erlöste, von der er bescheiden, aber ohne arbeiten zu müssen, leben konnte. Das gewisse Ansehen, das er trotzdem genoß, verdankte er nur Tante Tilly, denn so, wie es aussah, würde dieser «dusselige Mensch» vielleicht einmal der alleinige Erbe dieser reichen Tante sein. Als Eberhard jedoch der verdutzten Familie erklärte, er werde, sollte er die Tante wirklich einmal beerben, zugunsten anderer Mitglieder verzichten, er brauche diesen ganzen Plunder nicht, wurde das Wort «dusselig» sofort durch «uneigennützig» ersetzt. Er zeigte sich sogar bereit, schon jetzt eine schriftliche Verzichterklärung zu leisten. Man wehrte peinlich berührt ab und versicherte ihm mehrmals, so, wie er sich um die Tante kümmere, sei doch eine Erbschaft nur recht und billig, und gab im nächsten Satz zu verstehen, daß man die Tante ja so gern mal wiedersehen würde, merkwürdigerweise dieser Wunsch bei der alten Dame jedoch bis jetzt nicht das rechte Echo gefunden habe. Sie sei wohl schon ein wenig verschroben.

Besonders auf einen Besuch erpicht war die Mutter einer Großnichte. Sie umsäuselte denn auch am Familientag Eberhard den ganzen Abend und pries ihm ihre Tochter Verena an, bis sie endlich auf den Kern der Sache kam. Angeblich hatte Tante Tilly sie gebeten, sie rechtzeitig an Verenas Konfirmation zu erinnern. «Weißt du, Eberhard», sagte sie, und in ihren wäßrigen Augen schimmerte die gnadenlose Energie einer Mutter, die für ihre Tochter etwas Wertvolles ergattern will, «Tante Tilly hat ja wirklich schönen Schmuck. Und davon will sie wohl Verena etwas Hübsches zukommen lassen. Aber du kennst das ja. Alte Menschen sind eben immer etwas umständlich. Ich weiß nicht recht, wie ich mich da verhalten soll. Komme ich sie nicht mit Verena besuchen, ist sie vielleicht noch gekränkt und fühlt sich übergangen.» Sie seufzte. «So oder so. Wie man's macht, ist es falsch. Auf jeden Fall wäre es riesig nett, wenn du mal ein bißchen vorfühlen würdest.» Was Eberhard auch versprach.

Die Tante ließ sich tatsächlich von ihm überreden, wenn auch widerstrebend. Sie sah wenig Vergnügen darin, mit einer dieser zahlreichen Großneffen und -nichten einen gemeinsamen Nachmittag zu verbringen. Aber Eberhard zuliebe gab sie nach, und so fanden sich Mutter und Tochter an einem Sonntag nachmittag bei ihr ein. Zu Tante Tillys eigener Überraschung kam sie diesmal voll auf ihre Kosten. Das Aussehen der

Kleinen gefiel ihr sehr, angefangen vom streichholzkurzen Haarschnitt, der aussah, als hätte ihn ein preußischer Feldwebel zu Kaisers Zeiten eigenhändig vorgenommen, dem turnhemdartigen Oberteil und dem an beiden Seiten hochgeschlitzten Flatterrock, der bei jeder Bewegung einen kräftigen, marmorierten Oberschenkel entblößte, bis zu den schweren Schnürstiefeln mit den über den Schaft gerollten roten Wollsocken. Die Mutter dieses Geschöpfes fing Tante Tillys belustigten Blick auf und seufzte entsagungsvoll.

Tante Tilly schloß für einen Moment die Augen, weniger aus Ermüdung, als um die emporsteigenden Bilder der Vergangenheit zu genießen. Sie, die Jüngste des Fabrikantenehepaars, hatte in Verenas Alter eine Zeitlang unbedingt Nonne werden wollen. Aber dieser Wunsch war auf wenig Gegenliebe gestoßen, und es hatte auch niemanden interessiert, wenn sie darüber sprechen wollte. Zu einer Geburtstagsfeier für ihren Vater war sie deshalb provokativ beim festlichen Diner als Nonne erschienen. Sie hatte sich die Haare selbst abgeschnitten und von der Dorfschneiderin eine Art Kutte nähen lassen. Eine Menge Erspartes war dafür draufgegangen. Natürlich gab es einen großen Eklat. Das Geburtstagskind geriet völlig außer Kontrolle, nannte seine Tochter ein spinniges Frauenzimmer, die Gäste sahen betreten auf ihre Teller, und sie wurde unverzüglich auf ihr Zimmer geschickt, aus dem sie sich zwei Tage lang nicht rühren durfte.

«Kratzt die uns jetzt ab?» brachte sie die besorgte Stimme der Konfirmandin wieder in die Gegenwart zurück. Tante Tilly öffnete die Augen, lächelte und sagte: «Da drüben auf dem Tischchen steht meine Schmuckschatulle. Bring sie mir doch mal her. Vielleicht finden wir ja etwas für dich, was dir gefällt.»

Das Stück, das sich Verena aussuchte, war ein ziemlicher Plunder aus den zwanziger Jahren, hübsch, aber wertlos, was Verenas Mutter, die vergeblich versuchte, sie für eine goldene Halskette zu erwärmen, wieder einen entsagungsvollen Seufzer entlockte. Verena jedoch ließ sich sogar hinreißen, ihrer Großtante einen Kuß zu geben, und versicherte immer wieder, die ausgesuchte Brosche sei «einfach Wahnsinn» und die Tante «total verrückt», ihr so was Schönes zu schenken.

Obwohl die Familie Eberhards Vertrauensstellung bei Tante Tilly gern für sich ausnutzte, konnten seine Brüder überhaupt nicht verstehen, was Tante Tilly an dieser «trüben Tasse» fand. Aber gerade diese Geringschätzung war vielleicht der Hauptgrund, denn er hatte viel unter seinen ihn zwickenden und zwackenden Brüdern auszustehen gehabt und der Tante daher oft leid getan, so daß sie ihn des öfteren in Schutz nahm. Aber hatte sie das wirklich? Eberhard erinnerte sich vage, daß sie gelegentlich erst sehr spät zu seiner Rettung herbeigeeilt war. Einmal hatten ihn die Brüder gezwungen, ein an einem Faden befestigtes Stück Speck herunterzuschlukken, und es dann wieder herausgezogen. Tante Tillys Gesichtsausdruck war keineswegs entsetzt, eher amüsiert gewesen, als sie ihn von dieser Tortur befreite, und es war ihr anzumerken, daß er auch in ihren Augen ein ziemlicher Waschlappen war. Trotzdem fand sie, in Eberhardchen, wie sie ihn mitleidig nannte, stecke mehr, als man ihm zubillige, zum Beispiel dieses amüsante Talent, Geräusche zu imitieren. Die Familie fand es zuerst auch ganz nett, bis Eberhardchen auf die unglückliche Idee kam, im Haus eine Grille zu imitieren. Die ganze Familie machte sich auf die Suche nach diesem Tier, was erhebliche Umstände mit sich brachte. Vor allem seine Mutter zeigte wenig Verständnis für diesen kleinen Scherz, als dabei ein kostbarer Wandteller zu Bruch ging.

Noch schlimmer war es, was er sich mit seinem Vater erlaubt hatte. Als die beiden im Auto saßen und der Vater wie üblich in hoher Geschwindigkeit, jede Verkehrsregel mißachtend, durch die Lande brauste, ertönte plötzlich die Sirene eines Polizeiwagens. Er nahm sofort den Fuß vom Gaspedal und hielt in Erwartung eines saftigen Strafmandats gehorsam an. Als er merkte, daß er einer dieser Albernheiten seines Sohnes aufgesessen war, der noch dazu gar nicht aufhören konnte zu lachen, verprügelte er ihn fürchterlich.

Später hatte Tante Tilly ihren Neffen aus den Augen verloren, und die Familie machte immer häufigere Versuche, sich ihrer zu bemächtigen. Alle Augenblicke erschien jemand in ihrem beschaulichen Häuschen, um «mal nach ihr zu kucken», und je nachdem, wie der Besucher empfangen worden war, wechselte die Meinung über sie. Tante Tilly hatte ihren kranken Vater aufopfernd gepflegt, Tante Tilly hatte sich überhaupt nicht um ihre Eltern gekümmert, Tante Tilly war ein bildhübsches Mädchen gewesen, Tante Tilly hatte mit dreißig bereits falsche Zähne, Tante Tilly war strohdumm, Tante Tilly hatte als einzige ihr Abitur gemacht und das auch noch mit Auszeichnung. Tante Tillys erwählte Herren waren Parvenus oder noch wirkliche Gentlemen, Tante Tilly bezirzte jeden Mann mit ihrem Charme, Tante Tilly brach in jede Ehe ein.

Aber nicht nur die Männer lagen ihr zu Füßen, auch das Geld klebte förmlich an ihr und vermehrte sich in rasendem Tempo. Es hatte sie nicht einmal nach dem Krieg im Stich gelassen, als sie, wie andere Vertriebene, mit einem Minimum an Gepäck im Westen landete: Es kehrte in Form des Lastenausgleichs wieder zu ihr zurück. Ihr netter Bankmensch hatte ihr Aktien empfohlen, in den Jahren des Wirtschaftswunders *der* Tip. Diesen sprießenden Reichtum teilte sie nach dem Tode ihres zweiten Mannes zunächst mit einem sehr viel jüngeren Maler, dessen melancholische Bilder, in denen Hölle und Tod eine große Rolle spielten, so kurz nach dem Krieg kein rechtes Echo fanden und erst, nachdem der Künstler in den siebziger Jahren einem Verkehrsunfall erlegen war, als große Kunstwerke «entdeckt» wurden. Sie, die zwanzig Jahre ältere Geliebte, die schon damit gegen jede gesellschaftliche Regel verstoßen hatte, wurde nun auch noch Nutznießerin seines späten Ruhms, und in der Familie sagte man mal wieder: «Es gibt so'ne und solche und Langenbeelauer.»

Nach seiner Erbschaft war Eberhard wieder in die Heimatstadt zurückgezogen und hatte ein paar Wochen später der Tante einen Besuch abgestattet, wobei er sie schon im Garten mit dem Trillern einer Lerche begrüßte. «Na so was, das Eberhardchen», sagte sie, sichtlich erfreut, aber auch mit einer Spur Herablassung. «Schön, dich mal wieder zu sehen.» Sie sprachen von alten Zeiten, und er entdeckte zu seiner Freude unter den vielen wertvollen Porzellanfiguren auch seinen chinesischen Fo-Hund, ein eher wie ein Drache aussehendes Tier, das er schon als Kind bewundert und geliebt hatte. Er nahm ihn in die Hand und betrachtete ihn voller Rührung. «Du warst ja ein phantasievolles Kind», bemerkte die Tante, «und hast weiß Gott was mit ihm angestellt. Mal war er ein Pferd, mal ein Mensch, mal ein Auto, wie es gerade in das Spiel paßte. Wenn du zu mir kamst, hast du ihn dir gleich gegriffen.»

«Und einmal habe ich ihn, glaube ich, sogar entführt», sagte Eberhardchen versonnen. Er hatte diesen sehr wertvollen Hund zu Hause unter seinem Spielzeug versteckt. Es gab große Aufregung deswegen, bis ihn einer seiner Brüder entdeckte und Eberhardchen verpetzte.

Tante Tilly lachte. «Aber im großen und ganzen warst du ein sehr liebes Kerlchen», sagte sie direkt mit Zärtlichkeit in der Stimme. Und für einen winzigen Augenblick hoffte er ebenso inbrünstig wie früher, sie würde ihm die Figur schenken. Doch die Tante musterte ihn nur ein wenig spöttisch und kam auf andere Dinge zu sprechen.

Bald ging Eberhardchen in ihrem Hause ein und aus, und Tante Tilly ließ ihn fast unmerklich immer mehr für sich regeln, vor allem ihr unangenehme Sachen. Er machte für sie Behördengänge, sah Handwerkern und Lieferanten auf die Finger, kümmerte sich um einen geeigneten Gärtner und hielt ihr, so gut er konnte, die Familie vom Leibe, was zunächst einige Verstimmung auslöste, aber schließlich akzeptiert wurde. Tante Tilly schien ihm aufrichtig dankbar dafür zu sein, aber das hinderte sie nicht, ihn hin und wieder ein wenig zu piesacken und ihm mehr oder weniger versteckt zu verstehen zu geben, daß er vielleicht ein herzensguter Junge, aber leider doch sehr unattraktiv sei. Doch das nicht gerade mit Talenten ausgestattete, einsame Eberhardchen sah darüber hinweg, auch, daß sie ihn an die Verwaltung ihres Vermögens nicht heranließ. Die winzige Portion Macht, die ihm dank Tante Tilly verliehen wurde, entschädigte ihn für vieles. Nur wenn er mit dem jungen Anwalt, der Tante Tilly beriet, zu tun hatte, reizte ihn dessen selbstgefällige, salbadernde Art, und er fand, an seinem hochgestylten Büro mit einer ebenso hochgestylten Sekretärin konnte man das viele Geld, das er an Klienten wie Tante Tilly verdiente, förmlich riechen. In dieser Glas-Stahl-Leder-Monotonie gab es nur eine Ausnahme, eine wundervolle schneeweiße Katze, die geschmeidig durch die Räume strich oder in einem Körbchen schlummerte. Sie war der Augapfel des Anwalts. Während des Gesprächs stand er hin und wieder auf, ließ die Katze unter seinen Händen kräftig schnurren oder nahm sie liebevoll auf den Arm und sprach mit einer hohen, zärtlichen Stimme zu ihr. Daß der Anwalt sich Eberhard gegenüber recht aufgeschlossen zeigte, war diesem Tier zu verdanken. Es zeigte eine gewisse Affinität zu ihm und sprang auf seinen Schoß, sobald er Platz genommen hatte. So erging sich der Anwalt manchmal in gewissen Andeutungen über Tante Tillys Vermögen und verabschiedete ihn mit den Worten: «Eine prächtige alte Dame, Ihre Tante, Sie Glückspilz», womit alles und nichts gesagt war.

Die Zeit ging friedlich dahin, bis sich etwas Unvorhergesehenes ereignete. Tante Tillys Haushälterin starb, und das ausgerechnet, als Eberhard sich auf einer mehrwöchigen Reise befand und nicht so schnell erreichbar war. Er fiel aus allen Wolken, als ihm nach seiner Rückkehr plötzlich eine ihm völlig unbekannte Person die Haustür öffnete. Es war die neue Haushälterin, Olga, eine Deutschpolin. Tante Tillys Anwalt hatte sie ihr eilends besorgt, um sie von ihrer Familie zu befreien, die sich sofort fürsorglich bei ihr eingenistet hatte und ihr unbedingt eine Pflegerin aufschwatzen wollte. «In deinem Alter wäre das wirklich das einzig Wahre.» Olga erwies sich sehr schnell als beste Lösung. Sie beherrschte alles, was nötig war, konnte kochen, putzen, nähen und war dazu noch als Krankenschwester ausgebildet.

Aber nicht nur für Tante Tilly, auch für Olga kam dieses Arrangement wie gerufen. Sie hatte sich aus Polen abgesetzt, nachdem ihr die Schwierigkeiten dort über den Kopf gewachsen waren. Ihre Familie bestand aus einem kränkelnden Frührentner als Ehemann, einem trinkfreudigen Nichtsnutz von Schwiegersohn, der sich dazu noch von ihr bedienen ließ, und einer kettenrauchenden, mißvergnügten Tochter sowie drei ungezügelten Enkelkindern zwischen drei und acht Jahren. Das alles wuselte, kreischte, stöhnte, jammerte, fluchte in zwei winzigen Räumen herum und wurde mehr oder weniger von dem, was Olga in Deutschland verdiente, ernährt. Jedesmal, wenn sie zurückgekehrt war, mußte sie, wie sie Tante Tilly später anvertraute, erst wieder Ordnung in den Saustall bringen. Trotzdem hatte sie dieses Kreuz immer wieder auf sich genommen. Bis der Schwiegersohn sie eines Tages im Suff die Treppe hinunterstieß und sich kurz danach ihr kränkelnder Josef auch noch eine Freundin zulegte. Da beschloß sie, komme, was wolle, so lange wie möglich in Deutschland zu bleiben. Und der Anwalt hatte es tatsächlich fertiggebracht, ihr eine längere Aufenthaltsgenehmigung zu erwirken. Zwar schickte sie noch Geld nach Polen, aber längst nicht mehr alles. Vergeblich versuchte die Familie, ihrer wieder habhaft zu werden, und probierte sogar, über die Enkelkinder an ihr Portemonnaie zu kommen. Sie riefen bei Tante Tilly an und wimmerten ihrer Großmutter ins Telefon, wie sehr sie sie vermißten. Doch Olga blieb hart, wenn auch oft unter heißen Tränen.

Tante Tillys Familie wiederum verfolgte den wachsenden Einfluß dieser «Polackin» mit großem Mißtrauen, und jeder hatte eine Geschichte parat, in der alte Damen von ihren Pflegerinnen drangsaliert worden waren. Auch Eberhard war zu bedauern. Wie liebevoll hatte er sich Tante Tillys angenommen und mit Takt und Feingefühl so manches Peinliche geregelt. Man brauchte da nur an die Eskapade mit dem Hausarzt zu denken, zu dem Tante Tilly plötzlich eine wahre Leidenschaft entwickelt hatte. Herausgekommen war es durch Verena. Sie besuchte erstaunlicherweise von sich aus hin und wieder die alte Tante und führte mit ihr interessante Gespräche über die Liebe, von der Tante Tilly, wie es dem Kind vorkam, eine Menge mehr wußte als ihre «debile» Mutter. Dabei hatte sie ein Gedicht der Tante mitgehen lassen, weniger in der Absicht, sie der Lächerlichkeit preiszugeben, als in dem Wunsch, es selbst zu verwenden und ihrem etwas laurigen Freund damit zu imponieren, denn sie fand das Gedicht einfach «megageil». Dummerweise las sie es dann doch ihrer Mutter vor. «So war ich mir bis heute nicht bewußt, / daß du erhebst an jedem jungen Morgen / dein schönes Haupt gestärkt an meiner Brust.» Die Mutter war sofort zum Telefon geeilt, um der Familie darüber zu berichten. Nur Verenas ältere Schwester, die gerade ihr Psychologiestudium abgeschlossen hatte, stellte sich auf die Seite der Tante, hielt der Familie einen belehrenden Vortrag, wie wichtig auch noch im hohen Alter die Erfüllung der Sexualität sei, und begann sogar, ins Detail zu gehen. Aber davon wollte nun wirklich niemand etwas wissen, und man überließ lieber Eberhard das Problem. Wobei man nicht vergaß, darauf hinzuweisen, daß leider auch Ärzte oft sehr hinter dem Geld her seien und er vielleicht den Herrn doch einmal etwas genauer unter die Lupe nehmen sollte. «Wir verlassen uns da ganz auf dich, lieber Eberhard, wie immer!» Und Eberhard versprach alles, dachte aber gar nicht daran, mit der Tante über so ein heikles Thema zu reden. Er kannte die Grenzen seines Einflusses nur zu gut. Dem Arzt gegenüber machte er nur sehr vorsichtige Äußerungen, doch der war keineswegs schockiert und meinte zufrieden: «Sie ist wieder kräftig durchgegrünt.» Dabei warf er Eberhard einen prüfenden Blick zu, als wollte er sagen: «Das täte dir auch mal wieder ganz gut, mein Junge.»

Die Familie kümmerte sich nicht weiter um diese Angelegenheit. Eberhardchen würde es schon richten. Dafür beugte sie sich nun sorgenvoll über Olga. Was konnte da wohl noch alles passieren! Vorsichtig tippte man deswegen bei Eberhard an, aber der zeigte sich ganz souverän, nannte Olga eine sehr tüchtige Person und ließ sich seine Enttäuschung und innere Wut nicht anmerken. Vergeblich hatte er versucht, seine Tante ein wenig vor Olga zu warnen, war aber damit bei ihr auf taube Ohren gestoßen. Und als er einmal die beiden in der Küche herumalbern hörte und hinterher geringschätzig bemerkte: «Lache mit dem Sklaven, und er zeigt dir den Hintern», reagierte sie ungewöhnlich scharf, und er mußte sich eingestehen, daß er schon lange nicht mehr die erste Geige spielte. Ihm kam der kleine böse Gedanke, ob es nicht einen Weg gebe, Olga die Aufenthaltsgenehmigung wieder zu entziehen, und vor seinen Augen saß sie bereits tränenüberströmt, breitbeinig, mit Pappkarton und Kopftuch auf dem Bahnsteig. Doch er mußte dieses Bild gleich wieder revidieren, denn Olga sah nicht nur gut aus, sie zog sich auch sehr gut an. Auch mußte er sich eingestehen, daß sie höflich zu ihm war, sich keineswegs anbiederte, ihn nur aus unerfindlichen Gründen beharrlich «Herr Eberhard» nannte. Einmal hatte er sich sogar hinreißen lassen, ihr die Geschichte von dem Fo-Hund zu erzählen, was er hinterher sehr bereute, weil sie ihn danach oft etwas mitleidig ansah. Unglücklich, wie er über diese Entwicklung war, fiel er gelegentlich in die Unart seiner Kindheit zurück, Menschen mit seiner Imitationsgabe zu erschrecken. So auch die sehr abergläubische Olga mit dem dumpfen Ruf einer Eule im nächtlichen Garten.

Mit dem sicheren Instinkt einer Herde für das richtige Leittier begann die Familie, die Fronten zu wechseln.

Olga war nun nicht mehr die «Polackin», sondern eine Deutsche und wie viele ein Opfer des Krieges, eine treue, zuverlässige Person, und Tante Tilly konnte von Glück sagen, so eine Perle gefunden zu haben. Es war jetzt Olga, die die Audienzen vermittelte. Andererseits war die Familie auch diplomatisch genug, den beiseite geschobenen Kronprinzen nicht ganz zu ignorieren. Wer weiß, schon morgen konnte sich das Blatt wieder wenden. So gab man sich ihm gegenüber verständnisvoll und tröstete ihn mit unverbindlichen Sprüchen wie «Kommt Zeit, kommt Rat» oder «Es ist noch nicht aller Tage Abend». Und Eberhard, der sich an jedes ihrer Worte klammerte, revanchierte sich, indem er wieder einmal Tante Tillys eventuelles Erbe, diesen Plunder, den er ja bekanntlich nicht brauchte, großzügig verteilte. Bis auf den Fo-Hund natürlich. Immer mehr wurde er von der fixen Idee besessen, dieses Andenken an seine Kindheit könnte irgendwann mal ebenso verschwunden sein wie manch andere Kostbarkeit. Denn mit zunehmendem Alter ging Tante Tilly recht sorglos mit ihren Preziosen um. Zum Entsetzen der Familie bedachte sie sogar den Briefträger mit einem Silberschälchen und den Fensterputzer mit einem wertvollen Perlmuttdöschen. Man steckte sich hinter Olga, aber die zuckte nur lachend die Achseln.

So großzügig Tante Tilly geworden war, von ihrem Fo-Hund trennte sie sich nicht, auch wenn Eberhardchen ihr jedesmal vor seinem Geburtstag zu verstehen gab, daß sie ihm damit eine riesige Freude machen würde, und seine rührende Kindheitsgeschichte noch so oft aufwärmte. «Langenbeelau», dachte er dann böse und steigerte sich geradezu in Haßgefühle gegenüber der Tante, die nur noch so wenig Interesse an ihm zeigte.

Tante Tilly ahnte nichts davon, aber es wäre ihr auch gleichgültig gewesen. Sie war viel zu sehr damit beschäftigt, mit Olga die Pfade der Kindheit und Jugend zurückzuverfolgen. Wenn Olga auch wesentlich jünger war, so gab es doch noch viele Gemeinsamkeiten. Olga kannte noch Kreisel und Schnurrädchen, die man aus dem Stück sternförmiger Pappe fertigte, auf dem der Zwirn aufgewickelt war, und selbstverständlich Häkelpuppen, Zierschnallen für die Schuhe und die propellerartigen Haarschleifen, die man an Festtagen auf den Kopf gepflanzt bekam. Sie hatte noch all die Spiele aus Tante Tillys Kindheit gespielt, «Dreh dich nicht um, der Plumpsack geht um», «Ziehe durch, ziehe durch, durch die goldne Brücke», «Himmel und Hölle» und «Hinkepott». Sie hatte Kirschkerne ausgezählt: «Der erste macht's um die Dukaten, der zweite um ein schön' Gesicht, der dritte, weil man's ihm geraten, der vierte, weil Mama so spricht, der fünft' und sechste sind zu dumm, die wissen selber nicht, warum.» Sie wußte noch, was man mit einem Ball alles anfangen kann, hatte ihn mit kunstvollen Verrenkungen an das Scheunentor geworfen, «Armer Student wäscht sich die Händ'» oder mit anderen «Müde, matt, marode» gespielt. Natürlich hatte die in einer Schmiede aufgewachsene Olga schon als Kind sehr viel mehr ran müssen als die verwöhnte Tante Tilly, hatte Gänse hüten und auf die kleinen Geschwister aufpassen müssen. Aber auch ihr hatte es an Phantasie nicht gefehlt. Den Kaiser hatte sie natürlich nicht mehr erlebt, aber dafür eine Menge an Unerfreulichem, als die Deutschen Polen besetzten. Auch ihr Heimatort lag nahe der Grenze, und so mischten sich in ihre Erinnerungen auch das mahlende Geräusch fahrender Panzer, das Knattern von Maschinengewehren, das Heulen von Artilleriegeschossen und von zum Angriff ansetzenden Jagdfliegern. Doch damit beschäftigten sich die beiden Frauen meist nur kurz. Viel lieber kamen sie auf ihre Männer zu sprechen. Mit dreien wie Tante Tilly konnte Olga natürlich nicht Schritt halten. Das hinderte sie nicht, ihren kränklichen, ungetreuen, nörgligen Josef nach Strich und Faden herauszustreichen. Josef war ein Bild von einem Jüngling gewesen. Josef hatte eine Zeitlang sehr gut verdient. Josef las ihr jeden Wunsch von den Augen ab. Und Tante Tilly verkniff sich gütig jede Bemerkung. Manchmal sangen sie sogar gemeinsam alte Schlager: «Ich tanze mit dir in den Himmel hinein, in den siebenten Himmel der Liebe.»

Der Rückblick in ihr vergangenes Leben war eine ihrer Lieblingsbeschäftigungen. Aber fast ebensogern spielten sie Halma. Olga hatte es schnell gelernt und wurde eine durchaus ebenbürtige Partnerin. Tante Tilly mußte sich sehr anstrengen, um überhaupt hin und wieder noch zu gewinnen.

An einem regnerischen Novembertag gaben sich die beiden wieder einmal diesem Spiel hin, wobei Tante Tilly Olga in eine Sackgasse lockte und Olga alle Hände voll zu tun hatte, um da wieder herauszukommen. Als es ihr endlich gelungen war und sie ihrer Partnerin einen triumphierenden Blick zuwarf, bemerkte sie, daß Tante Tilly schlief. Das war nichts Ungewöhnliches. Sie hielt zwischendurch immer mal wieder ein Nickerchen. Und so dauerte es einige Zeit, bis Olga begriff, daß sie nicht mehr aufwachen würde.

Die Familie strömte herbei. Und Eberhard, dessen Besuch bei der Tante schon etliche Wochen zurücklag, sah mit einem Blick, daß sein geliebter Fo-Hund verschwunden war. Zur Testamentseröffnung wurde zu aller Erstaunen die gesamte Familie gebeten. Der Anwalt las ihnen Tante Tillys letzten Willen vor. Er war kurz und bündig. «Zankt euch nicht, und teilt euch alles redlich.» Die Aufzählung des Vermögens an Aktien, Immobilien und sonstigen Werten ließ die Familie ganz betäubt über sich ergehen. Niemand sagte ein Wort. Nur Eberhardchen, dem die Tante das Verteilen des Plunders, den er nicht brauchte, so hinterhältig abgenommen hatte, verlor jede Contenance, sprach von unerhörten Machenschaften und daß noch ein zweites Testament existieren müsse. Der Anwalt reagierte gelassen. Er wies auf das Datum hin, das nicht allzulange zurücklag. Eberhard warf ihm einen haßerfüllten Blick zu, und während er zur Tür rannte, ertönte der gellende Schmerzensschrei einer gemarterten Katze, so daß der Anwalt geradezu einen Hechtsprung in den Nebenraum tat, wo aber sein geliebtes Tier friedlich schlief.

Eberhard raste die Treppenstufen hinunter und stieß am Hauseingang fast mit Olga zusammen. «Lassen Sie mich gefälligst vorbei!» fuhr er sie an. Aber sie hielt ihn am Ärmel fest. «Herr Eberhard, ich hab was für Sie.»

Sie griff in ihre Tasche und drückte ihm etwas in die Hand. Es war der Fo-Hund.

Freundinnen

An diesem Montag morgen fühlte sich Martina Struck rundherum wohl, was bei ihr nicht allzuoft der Fall war. Am Freitag hatte sie erfahren, daß die nach langem Hin- und Herüberlegen geforderte Gehaltserhöhung ohne Einwand bewilligt worden war, so daß sie schon in recht aufgeräumter Stimmung ins Wochenende ging. Ihre gute Laune wurde am Sonntag durch eine ehemalige Klassenkameradin noch verstärkt, die sie eine Ewigkeit nicht gesehen hatte. Der Gast zeigte sich voller Bewunderung für das vor einem halben Jahr neu bezogene teure Appartement und jubelte bei jeder Besonderheit, z. B. daß sich durch Händeklatschen die Lampen einschalteten: «Phänomenal!» Sie hatte ihr überbackene Krabbenbrötchen mit einem edlen Wein serviert und als Nachtisch gefüllte Orangen. Während sie dem exklusiven Getränk zusprachen und die Kerzen in den venezianischen Glasleuchtern sanft vor sich hin tropften, breitete Martina vor dem ehrfürchtig lauschenden Besuch, der es, wie sie erfuhr, nicht weiter als bis zur Sprechstundenhilfe gebracht hatte, ihr reiches und interessantes Berufsleben aus. Als sie das Ganze mit dem Satz: «Dazu muß man natürlich viel Durchsetzungsvermögen haben» abrundete, bemerkte sie, daß die frühere Mitschülerin auf ihre abgeknabberten Fingernägel starrte.

«Also, cool und tough», sagte die Gefährtin aus der Schulzeit. Während Martina ihre Hände in den Jackentaschen ihres seidenen Hausanzuges verschwinden ließ, fiel ihr plötzlich ein, daß sie von dieser Person, die ihr da gegenübersaß und die sie mit einem köstlichen Abendbrot verwöhnte, früher nie zu Geburtstagen eingeladen worden war. Und wie sehnsüchtig hatte sie darauf gewartet!

Doch dieser Schatten einer Mißstimmung verflog schnell, als sie wieder die Wohnung für sich allein hatte, und sie ging mit der Gewißheit ins Bett, großen Eindruck gemacht zu haben. Sie schlief prächtig und stieg am Morgen gut gelaunt in ihr Auto. Auf dem Weg in die Firma zeigte sie anderen Autofahrern wieder einmal, was in einem Porsche steckt, und schlängelte sich rasant, doch lässig durch den Verkehr. Sie genoß auch ihren Parkplatz, der ihr dank ihrer Stellung zustand und es nun unnötig machte, wie das «Fußvolk» Ewigkeiten nach einer Parklücke suchen zu müssen. In ihrem dunkelblauen, schmal geschnittenen Blazer mit den weißen Perlmuttknöpfen und dem dazugehörigen engen dunkelblauen Rock – nicht zu kurz und nicht zu lang –, der weißen, teuren Seidenbluse, mit dem dezenten Makeup, den halblangen, glatten, frischgewaschenen Haaren, fühlte sie sich ganz eins mit jenen selbstbewußten Geschöpfen aus den amerikanischen TV-Serien, die in Konferenzen frisch und frei das Wort ergreifen und dafür mit einem wohlwollenden Lächeln des allerhöchsten Chefs bedacht werden, was sich ebenso auf ihre Intelligenz wie auf ihr Aussehen bezieht. Sie stieg aus ihrem gehegten und gepflegten Wagen und warf, ganz dynamische Powerfrau, die Wagentür zu. Dabei rutschte sie auf etwas Glitschigem aus und wäre fast hingefallen. Glücklicherweise bemerkte der Firmenchef, der zwei Parkplätze weiter ebenfalls gerade aus seinem Wagen stieg, dieses kleine Mißgeschick nicht. Er winkte ihr nur freundlich zu, und sie erwiderte den Gruß mit damenhafter Zurückhaltung.

Nun saß sie in ihrem vor drei Monaten neu eingerichteten Büro am Schreibtisch – auch das war ihr anstandslos bewilligt worden – und fuhr wohlgefällig über die eichenfurnierte, rotbraun gebeizte Schreibtischplatte. Auch die moosgrüne Auslegware und die Zimmerpflanzen konnten sich sehen lassen, und es gab jetzt sogar eine automatische Vorrichtung, die die Jalousie herunterließ, wenn es draußen zu warm wurde. Für einen Augenblick schloß sie die Augen, um sich der Illusion ihrer Unentbehrlichkeit hinzugeben.

«Na, noch ein kleines Nickerchen? Warst wohl gestern mal wieder auf der Sause.» Vor ihr stand Hanni, Kollegin, Weggefährtin, Freundin, bewundert, beneidet, verflucht.

«Wie bist du denn hier reingekommen?» sagte Martina mürrisch. Sie haßte es, so überfallen zu werden. Und nach den bitteren Erfahrungen der Vergangenheit duldete sie es auch nicht mehr. Wofür hatte sie schließlich eine Sekretärin, deren Aufgabe es war, jeden Besucher anzumelden.

«Na, durch die Tür», sagte Hanni trocken, und ihr

belustigter Blick verriet Martina, daß sie wieder einmal von ihr nicht so recht für voll genommen wurde. Ohne Martinas Aufforderung setzte sie sich. Im Gegensatz zu ihrer eigenen damenhaften Eleganz war sie, wie Martina fand, eher wie eine biedere Hausfrau gekleidet, die mal eben um die Ecke Brötchen holen geht. Ihre krausen Haare hätten dringend einen Schnitt vertragen und die von der Sonne verbrannte Nase wenigstens einen Hauch Puder. Und doch gab ihr das geblümte, kittelartige Kleid, dessen großzügiger Ausschnitt dauernd eine ihrer wohlgepolsterten Schultern freizugeben drohte, eine aufreizende Note, die Martina irritiert sagen ließ: «Sind deine Kleider alle in der Reinigung, oder weshalb trägst du diesen Lappen?» Und dann, auf die Unterschriftenmappe auf ihrem Schreibtisch deutend: «Ich muß das hier nur schnell . . .» Sie vollendete den Satz nicht, sondern beugte sich mit großer Konzentration über die vorgelegten Briefe. Hannis amüsiertes «Mensch, Martina!» überhörte sie geflissentlich, und erst nach geraumer Zeit legte sie den Kugelschreiber beiseite und rief ihre Sekretärin. Die kam herein, sagte sichtlich erfreut zu Hanni: «Hallo, Frau Ahrendt! Ihr Spargelrezept ist wirklich prima», ergriff die Mappe und ging wieder hinaus.

«Also, was hast du nun auf dem Herzen?» sagte Martina, unmutig über den vertraulichen Ton der Sekretärin.

«Nicht viel», erklärte Hanni. «Ich würde nur gern eine Woche Urlaub schon im Juli nehmen und nicht erst im September.»

Sie tut, als wär's das Selbstverständlichste von der

Welt, daß ich das für sie arrangiere, dachte Martina. Dabei müßte sie doch genau wissen, daß in diesem Zeitraum Schulferien waren und die Kolleginnen mit Kindern dann ihren Urlaub nahmen. In letzter Zeit hatte Hanni dauernd Extrawürste haben wollen. Erst vor kurzem hatte sie mit fadenscheinigen Gründen drei Tage gefehlt, wobei man gerechterweise zugeben mußte, daß Überstunden abzubummeln waren. Und sie kam neuerdings sogar hin und wieder zu spät. Martina warf ihr einen schrägen Blick zu. Sie sah elend aus. Wahrscheinlich Eheprobleme, längst fällig nach zwanzig Jahren mit Rolf, dem Langweiler.

«Vielleicht verrätst du mir mal den Grund», sagte sie nicht besonders freundlich. Aber Hanni lächelte nur geheimnisvoll und sagte: «Es ist noch top secret, laß dich überraschen.»

Martina schoß durch den Kopf, ob ihre Freundin womöglich schwanger war, sozusagen noch auf den letzten Drücker vor den Wechseljahren. Typisch für Hanni. Aber dann hielt sie das doch für ausgeschlossen. Sie gab sich nicht die Blöße, der Sache weiter auf den Grund zu gehen, und sagte nur: «Ich will sehen, was sich machen läßt» und griff demonstrativ zum Telefonhörer, um Hanni anzudeuten, wie beschäftigt sie war. «Na, denn noch viel Spaß», sagte ihre Freundin und ging.

Hanni und Martina hatten zur gleichen Zeit in der Firma als Lehrlinge angefangen. Der damals noch übersehbare Betrieb war im Laufe der Jahre mehr und mehr gewachsen. Dauernd wurde erweitert, umgebaut, umgezogen, und die Büroeinrichtungen wurden von Mal zu Mal schnittiger. Ihr erstes Zimmer hatten sie sich noch zu dritt teilen müssen. Sie saßen an drei aneinandergestellten Schreibtischen mit Schreibtischgarnituren aus Bakelit, und an der Wand gegenüber standen drei schlecht schließende Garderobenschränke, die wie von der ehemaligen Wehrmacht übriggeblieben aussahen. Dazu kam der übliche Aktenschrank mit Rollverschluß, aber immerhin hatten sie schon elektrische Schreibmaschinen.

Das Betriebsklima war gut. An Minirock und hautengen Pullovern störte sich niemand mehr, und überarbeiten tat man sich auch nicht. Die Konjunktur lief, so daß Urlaubsvertretungen ganz selbstverständlich waren und einen nach der Rückkehr nicht ein übervoller Schreibtisch erwartete.

An unterhaltsamem Klatsch gab es keinen Mangel. Wenn diese oder jene Stenotypistin plötzlich erhobenen Hauptes über den Flur schwänzelte und ihren Kolleginnen Anweisungen des Chefs lässig aus dem Handgelenk auf den Tisch knallte, tauschte man vielsagende Blicke. «Sieh an, sieh an, nun auch die.» Meist war das Glück von kurzer Dauer. Nur wenige schafften es, nicht wieder in ihre Bedeutungslosigkeit zurückzusinken. Traurig, traurig, fanden Martina und Hanni, aber auch: selbst schuld. Und Martina, die ihre Schüchternheit gern hinter einer gewissen Überheblichkeit versteckte, meinte: «Wie kann man nur so blöd sein.»

«Weiß man's?» sagte Hanni weise. «Wer weiß, was uns noch so blüht.»

Und die sehr viel ältere dritte Kollegin bemerkte,

wenn auch nur mit mildem Tadel, denn sie mochte Hanni: «Ihnen bestimmt bald eine Menge, wenn Sie unser Telefon dauernd für Ihre Privatgespräche blockieren.»

Hanni wurde rot. Der Jüngling, der sie nach Dienstschluß abholte und sich auch gelegentlich im Büro blikken ließ, stieß auf allgemeines Wohlwollen und lief unter der Rubrik «braver Junge». Nur Martina rümpfte insgeheim die Nase über diesen nichtssagenden Freund, mußte aber zugeben, daß Hanni, im Gegensatz zu ihr selbst, der sehr viel Hübscheren, nun nicht mehr an den Wochenenden allein in ihrer Bude hocken oder ins Kino gehen mußte. Doch ehe sie lange darüber ins Grübeln kam, fand sich auch für sie etwas Passendes, ein blondgelocktes, schwuppiges Kerlchen, ganz in Leder verpackt, mit Dackelblick und einschmeichelnder Stimme. Den fand man im Büro «einfach süß», allerdings seine Vorliebe für schwere Motorräder etwas bedenklich. Aus der bis dahin eher ängstlichen Martina wurde nun eine kesse Motorradbraut, der die Männer wohlwollend nachsahen, wenn sie gelegentlich in ihrer Lederkluft die Flure entlangmarschierte, den schweren Helm schwenkend.

Vor ihrer Abschlußprüfung als Bürokaufmann war Martina nur noch ein Nervenbündel und strapazierte ihre Fingernägel, während Hanni der Meinung war: «Mehr als lernen kann man nicht.» Sie verbrachte den Abend vorher noch vergnügt bis weit über Mitternacht auf dem Fest der Kleingärtner und schlief die wenigen verbleibenden Stunden wie ein Murmeltier. Ihr Gleichmut trug Früchte. Sie bestand die Prüfung mit Auszeichnung, während Martina, beduselt von zu vielen Beruhigungsmitteln, es nur zu einer sehr durchschnittlichen Note brachte.

Ein Jahr später heiratete Hanni ihren Rolf, legte sich erst einen Bausparvertrag, dann ein Reihenhaus und eine Katze zu und machte den Eindruck, als hätte sie damit ihr Lebensziel erreicht. Anders Martina. Sie schlüpfte, dem Zeitgeist entsprechend, immer mehr in die Rolle einer emanzipierten Frau und reagierte auf Hannis Bemerkung, ihr Detlev könne nun auch endlich mal die Ringe kaufen, unerwartet heftig. Ihre Liebe, so belehrte sie ihre Freundin, brauche so etwas Altmodisches wie eine Hochzeit und den ganzen Klimbim nicht.

«Wenn du meinst», sagte Hanni gleichmütig und deutete stolz auf das neu erworbene Aquarium mit Pflanzen, Zierfischen und einem kleinen Springbrunnen in der Mitte. «Gefällt's dir?»

«Es geht», sagte Martina, die viel lieber weiter von sich und ihrem Detlev gesprochen hätte.

Am nächsten Tag ging Martina in eine Zoohandlung und kaufte für Detlev einen in allen Farben schillernden exotischen Fisch in einem bauchigen Glas. Er freute sich ehrlich. «Einfälle hast du, das muß man dir lassen», sagte er und fütterte das arme Tier mit Tabakkrümeln, so daß es ein paar Tage später im Abfalleimer landete.

Martina sprach im Büro nun nicht mehr von ihrem Freund, sondern von ihrem Lebensgefährten, was dieselben vielsagenden Blicke auslöste wie bei den auf Karriere hoffenden Stenotypistinnen und die älteste Kollegin, die kurz vor ihrer Pensionierung stand und alle im Büro damit langweilte, wohin sie überall mit ihrem

Teuren reisen wollte, zu der Bemerkung veranlaßte, das sei ja geradezu ein Freibrief für jeden Mann, sich aus dem Staub zu machen, wenn's soweit war. Hanni sagte lachend: «Mit dieser Warnung werden Sie bei Martina kein Glück haben. Sie findet uns Ehefrauen blöd und spießig.»

«So ist es», sagte Martina unnötig kratzbürstig, denn heimlich beneidete sie ihre Freundin um ihr Selbstbewußtsein, das keinen Augenblick unter der Vorliebe ihres Rolfs für unsägliche Gartenzwerge und Frösche aus Terrakotta litt.

Martina blieb es ein Rätsel, wie ihre so bieder gewordene Freundin es trotzdem schaffte, die meisten der männlichen Angestellten der Firma um den Finger zu wickeln. Wahrscheinlich lag es an ihrem mangelnden Ehrgeiz. Hanni war eben für niemanden gefährlich, was sie durchaus hätte sein können mit ihrer schnellen Auffassungsgabe und dem Blick fürs Wesentliche. Sie hatte auch im Handumdrehen gelernt, mit dem Computer umzugehen, was Martina immer noch gewisse Schwierigkeiten machte. Aber daß sie keine Konkurrenz war, konnte nicht allein der Grund sein, wieso die eher etwas schlampig angezogene und nach glücklichen Ehejahren ein wenig aus dem Leim gegangene Freundin von den Herren in der Firma so bevorzugt wurde. Und irgendwann, nachdem sich an ihrem Mittagstisch in der Kantine wieder einmal sofort männliche Gesellschaft eingefunden und sich ausschließlich auf Hanni konzentriert hatte, konnte Martina es sich nicht verkneifen, leichthin zu fragen: «Wie machst du das bloß?»

Hanni zuckte die Achseln. «Keine Ahnung.»

Aber eine andere Kollegin mischte sich in das Gespräch und erklärte: «Unsere Herren halten Frau Ahrendt für einen schlummernden Vulkan.»

«Und warum?» fragte Martina ungläubig.

«Ich möchte da nur an unser letztes Betriebsfest erinnern», sagte die Kollegin bedeutungsvoll.

Hanni lachte vergnügt: «Stell dir vor, Martina: Ich soll eine Art von Bauchtanz vorgeführt haben, wird behauptet.» Und Martina, die an diesem Tag krank gewesen war, fragte spitz: «Hast du?»

«Ich kann's dir beim besten Willen nicht sagen. Ich kann mich einfach an nichts mehr erinnern.»

«So blau warst du?» sagte Martina mit gespieltem Entsetzen und einer gewissen Schadenfreude.

«Nein. Nur beschwipst», wurde Hanni von ihrer Kollegin in Schutz genommen.

«Was hat denn dein Rolf dazu gesagt?» wollte Martina wissen.

Hanni lachte. «Rolfs Devise ist: Was ich nicht weiß, macht mich nicht heiß.»

«Stille Wasser . . .», frotzelte Martina mit einem etwas gönnerhaften Unterton. «Meinem Detlev dürfte ich mit so was nicht kommen. Der würde mir eine Riesenszene machen.»

In der Freizeit sahen sich die beiden Freundinnen nur noch sehr selten. Martina wurde von ihrem «süßen Jungen», der sich schwertat, erwachsen zu werden, in Atem gehalten. In jeder freien Minute jagten sie, nun jeder auf seiner eigenen Maschine, wie ein inzwischen nicht mehr ganz so jugendliches Bonny-und-Clyde-Paar, über die Landstraßen und im Urlaub durch halb

Europa. Aber irgendwann, bei aller Leidenschaft und Liebe, trat das ein, was die ältere Kollegin prophezeit hatte: Ihr Detlev verschwand ohne große Ankündigung aus ihrem Leben, und sie konnte trotz aller Nachforschungen nicht herausbekommen, wo er steckte. Um ihn zu vergessen, stürzte sie sich auf lauter Dinge, über die sie sich früher mokiert hatte. Sie begann den Tag mit Schattenboxen, verharrte im Schneidersitz in Meditation und versuchte mit Hildegard von Bingen, das Leben mit dem Herzen zu sehen. Hanni war jetzt ihr einziger Trost. Sie kümmerte sich rührend um sie und besuchte sie oft.

Kopfschüttelnd sah sie zu, wie Martina mit verbissener Energie ihre Küche renovierte. «Mein Gott, schon wieder? Du hast sie doch erst vor vier Wochen frisch gestrichen.»

«Die Farbe gefiel mir eben nicht mehr», sagte Martina trotzig und ließ sich total erschöpft auf einen Küchenstuhl fallen.

Hanni sah sie mitleidig an. «Na, nun koch uns erst mal einen Kaffee», sagte sie aufmunternd.

«Schön, daß du gekommen bist», sagte Martina dankbar, während sie den Wasserkessel aufstellte. Und das war sie auch wirklich, wenn es sie auch kränkte, daß Hanni ihre neuen Hobbies ebensowenig ernst nahm wie die wechselnden Herren, die in ihren Schilderungen jedesmal in allem, was sie taten, was sie waren, besonders in der Liebe, einmalig waren. Leider jedoch waren sie auch ebenso einmalig in ihrer Neigung, wieder aus ihrem Leben zu verschwinden. Das Motorradfahren hatte sie aufgegeben. Wozu auch? Nur in ihren Träumen spürte sie noch den Fahrtwind im Gesicht, sie schmeckte noch einmal den unvergeßlichen letzten Urlaub im Sommer nach, als sie durch die Provence gefahren waren, nebeneinander durch die autoleeren, pappelgesäumten Landstraßen, über sich einen mit Schäfchenwolken bedeckten Himmel, den Geruch blühenden Ginsters in der Nase und das Grillenzirpen im Ohr. Aber jedesmal, wenn Detlev sie umarmte, erwachte sie zu ihrem Kummer. Ach, diese unvergleichlichen Wochen in einem unvergleichlichen Land! Der Wahrheit zu Ehren mußte sie sich dann allerdings eingestehen, daß es ziemlich häufig geregnet hatte und daß der süße Detlev die ganze Reise über recht muffig gewesen war. Aber sie wollte sich von der Realität nicht ihre elegische Stimmung vermiesen lassen und betrachtete sich zum wiederholten Male Detlevs hübsches Gesicht auf dem Foto mit dem auf sie gerichteten Dackelblick. Resigniert begab sie sich dann ins Büro mit der traurigen Erkenntnis, daß das nun zwanzig, ja vielleicht sogar dreißig Jahre so weitergehen würde.

Aber gerade die Firma brachte eine entscheidende Wende. Ihr Vorgesetzter hatte ein Auge auf sie geworfen, allerdings nicht in der Weise, wie es früher bei ihm gang und gäbe war. Der Alkohol hatte aus dem einst charmanten Lebenskünstler einen mürrischen, oft aufbrausenden Stinkstiefel gemacht, ihm aber immer noch seine Schlauheit gelassen, um aus seinen Mitarbeitern das Letzte herauszuholen. So auch in Martinas Fall. Das «Mädel», wie er die überwiegend weiblichen Mitarbeiter seiner Abteilung zu nennen pflegte, war vielleicht nicht gerade ein Überflieger, aber sie kannte sich in der

Firma gut aus, besaß ein angenehmes Wesen, genügend gesunden Ehrgeiz und war vor allem nach dem Desaster mit ihrem Freund genau in der richtigen Verfassung, sich gnadenlos ausnutzen zu lassen.

Zunächst hatte er Hanni im Auge gehabt. Sie hatte die besseren Führungsqualitäten und auch sonst entschieden mehr los. Aber sie hatte durchblicken lassen, daß sie nicht gewillt war, nach dem Motto «Alles für die Firma, alles fürs Büro» zu leben. Nun, Martina würde es als Stellvertreterin schon bringen. Und sie enttäuschte ihn nicht. Er gratulierte sich zu seiner Entscheidung, die es ihm ermöglichte, nur noch sporadisch im Büro aufzutauchen, so daß es bereits auffiel, wenn er einmal eine Woche lang regelmäßig kam. Mit Krankmeldungen, Kuren und aufwendigen Krankenhausuntersuchungen hangelte er sich bis zum Frühruhestand.

Und dann geschah etwas, mit dem Martina selbst in ihren kühnsten Träumen nicht gerechnet hatte: Die Firmenleitung machte sie zu seiner Nachfolgerin. Das Glücksgefühl, das diese Beförderung in ihr auslöste, ließ sich durchaus mit den konservierten Empfindungen jenes unvergeßlichen Sommers vergleichen.

Die «Mädels» gratulierten ihr herzlich und schienen sich zu freuen. Aber das änderte sich bald. Eine gewisse Verdrossenheit und versteckte Renitenz machte sich breit. Man pries untereinander wehmütig die Vorzüge des alten Chefs, abgesehen von seinem, aber schließlich auch wieder verzeihlichen, Alkoholproblem. Martina mühte sich vergeblich, den Grund herauszubekommen. Als «rechte Hand» hatte sie sich mit ihnen immer gut verstanden. Und war sie nicht nach Kräften bemüht, den Ansprüchen einer guten Führungskraft zu genügen, Streitereien zu schlichten, die privaten Probleme ihrer «Mädels» anzuhören und nötige Kritik in freundliche Worte zu verpacken?

Obwohl sie Hanni gegenüber jetzt hin und wieder die Vorgesetzte spielte und sich nur ungern eine Blöße gab, überwand sie sich schließlich und fragte: «Was mache ich bloß falsch?»

Hanni, die gerade kräftig in einen Apfel biß, kaute genüßlich darauf herum und meinte dann: «Vielleicht solltest du mal dein Vokabular wechseln. Deine Standardsätze: ‹Fehler machen wir alle, aber einsehen sollte man sie schon› oder ‹Mit ein bißchen Mühe wird's schon werden› bringen sie in Rage. Wahrscheinlich haben sie auch zu wenig Dampf vor dir. In ihren Augen bist du immer noch eine von ihnen. Sie nehmen dich nicht für voll.»

Martina lag auf der Zunge zu fragen: «Tust du das denn?» Aber sie verkniff es sich und zwang sich auch, ihre Nägel in Ruhe zu lassen.

Statt dessen überlegte sie, ob es vielleicht nicht nur bei den Mädels, sondern auch bei Hanni angebracht wäre, ein wenig auf Distanz zu gehen. Hanni war zwar ein guter Kumpel, aber wirklich ausnehmend taktlos. Andererseits mußte sie sich eingestehen, daß ihr Hanni im Büro oft aus einer Klemme geholfen hatte. Im Grunde genommen wäre sie die ideale Stellvertreterin.

Während sie über dieses Problem noch nachgrübelte und wie es zu lösen sei, hatte die Firmenleitung bereits eine Entscheidung getroffen und einen frischgebackenen Betriebswirt dafür vorgesehen. Er war ein ziemlich selbstgefälliger Bursche mit einem ganzen Repertoire von lockeren Sprüchen wie «Das ist aber eine schmale Nummer» oder «Nun mal Strom ins Kabel, meine Damen». Die Mädels kicherten darüber und ließen sich eine ganze Menge von ihm gefallen, auch wenn er sie während der Abwesenheit von Martina ohne Federlesens eine Stunde länger arbeiten ließ, wenn Not am Mann war, und aufpaßte, daß die Zeit für die Mittagspause nicht überschritten wurde. Martina fand das zwar übertrieben, war aber gleichzeitig dankbar, daß er ihr den Rücken freihielt, so daß sie an den von der Firma bezahlten Kursen und Wochenendseminaren teilnehmen konnte, in denen man lernen sollte, einerseits einfühlsam, kommunikativ und motivierend zu sein, andererseits aber auch Durchsetzungsvermögen, Sachlichkeit und Entscheidungsfreude zu zeigen. Ihr Selbstbewußtsein war dadurch sehr gewachsen, und sie grinste nur, als Hanni sagte: «Da lach ich mich ja kugelig. Nun besitzt du wohl eine extra fachliche Schlüsselqualifikation.» Aber sosehr sich ihre Freundin darüber amüsierte, schien es Martina einen Augenblick, als wäre ihre Karriere Hanni nicht ganz so gleichgültig, wie sie vorgab. Jedenfalls zeigte sie mehr Interesse an Martinas neuen Aufgaben als sonst und sagte seufzend: «Wahrscheinlich bist du auf dem richtigen Weg. Ich sollte auch mal darüber nachdenken, weiterzukommen. Nur Rolf und sein ewiges ‹Is noch Bier da?› wird auf die Dauer ziemlich eintönig.»

Doch Martina ging der Sache nicht weiter auf den Grund, sondern ließ ihre Freundin dort, wo sie sie schon viele Jahre hingepackt hatte: In der Schublade mit Gartenzwergen, Hollywoodschaukel, den endlosen Dias von der mittlerweile schon etwas hinfälligen Katze und den Urlaubsbildern aus dem Schwarzwald. Sie hatte sich inzwischen ihren Porsche zugelegt, trug nur noch Kreationen italienischer Modeschöpfer, dazu das passende Schuhwerk und natürlich das Eleganteste an Aktenköfferchen, was die Lederindustrie zu bieten hatte. Im Urlaub fuhr sie, jeder Zoll emanzipierte Karrierefrau, schick und selbständig, wenn auch allein, in ihrem Porsche quer durch Italien und war dann doch erleichtert, als sie, am Ziel angelangt, auf einen älteren Kollegen und seine Frau stieß, an die sie sich anschließen konnte.

Als Martina nach dem Urlaub ihr Büro betrat, hatte sie plötzlich das gleiche unheimliche Gefühl wie damals, kurz bevor ihr Detlev verschwunden war. Irgend etwas lag in der Luft und zweifellos etwas sehr Unerfreuliches. Sie konnte es bereits an den Gesichtern ihrer Mitarbeiterinnen ablesen, die sie höflich, aber reserviert begrüßten.

Dann steckte Hanni es ihr. «Dein Vertreter, dieser charismatisch teamorientierte Mensch, hat es auf deinen Platz abgesehen», erklärte sie ihr. «Er versucht alles, dich madig zu machen.» Martina erfuhr nun, wie man in ihrer Abwesenheit über sie hergefallen war. Die übelsten Gerüchte hatten ihre Mädels in Gang gesetzt, wobei nymphomanische Alkoholikerin noch das Harmloseste gewesen war. Und was hatte dieser raffinierte kleine Bastard getan? Er hatte sich den Mitarbeiterinnen gegenüber diesen üblen Klatsch energisch verbeten, aber gleichzeitig dafür gesorgt, daß er bis zur Firmenleitung vordrang.

Ihr blieb nichts anderes übrig, als den Stier bei den Hörnern zu packen. Sie ging zu ihrem unmittelbaren Vorgesetzten und stellte die Dinge klar. Er war ganz väterliche Güte. «Liebe Frau Struck, wer wird denn auf solches unqualifiziertes Gerede etwas geben.» Er hörte sich eine Weile geduldig an, wie sie sich zu verteidigen versuchte, und musterte sie dabei verstohlen. Mein Gott, was war aus diesem hübschen Ding geworden! Sie hatte jetzt so etwas Gehetztes im Blick, und was war mit ihren Fingernägeln los? Wahrscheinlich war sie doch mit ihrer Arbeit überfordert. Frauen stellte der eigene Ehrgeiz oft ein Bein. Ziemlich abrupt unterbrach er ihren Redefluß, versicherte sie seines vollsten Vertrauens, ließ aber durchblicken, daß in ihrer Abteilung nicht alles nach Wunsch zu laufen scheine, und sprach von fehlender Teamstruktur.

Höchstwahrscheinlich hätte er sie ohne großes Bedauern fallenlassen, wenn ihr nicht der Umstand zu Hilfe gekommen wäre, daß der junge Mann, im Gegensatz zu ihm, dem Älteren, ein Studium und einen Doktortitel vorzuweisen hatte. Er beschloß, es diesem Universitätsjüngelchen nicht zu leicht zu machen. Schließlich zählte Erfahrung immer noch mehr als das sogenannte Know-how. Nach dem Gespräch mit Martina ging er deshalb sofort zum Firmenchef, der diesem Kerlchen gegenüber, wie er wußte, eine väterliche Zuneigung hegte und ihn förderte, wo er konnte. Er redete ihm aus, den jungen Mann an Martinas Stelle zu setzen, sagte ihm eine große Zukunft voraus und wies diskret darauf hin, daß er ihn für diese ziemlich unbedeutende Stellung der Struck für überqualifiziert hielte. «Wenn

Sie mir meine Meinung gestatten», sagte er, «sollte man ihn in unsere Tochterfirma nach Amerika schicken.» Sein Vorschlag fiel auf fruchtbaren Boden, und Martina saß wieder fest im Sattel.

Angst breitete sich unter den Mädels aus. Irgend jemand würde wohl der Sündenbock werden. Wer hatte überhaupt diese absurden Gerüchte über Martina in Umlauf gesetzt? Sie kriegten sich untereinander kräftig in die Haare. Ihre Chefin ließ sich nichts anmerken. Der Büroalltag ging weiter wie zuvor, nur mit dem Unterschied, daß sie von jetzt an jedes persönliche Gespräch vermied und sich nur nach vorheriger Anmeldung bei der Sekretärin sprechen ließ. Daß ihr nun eine eigene zur Verfügung stand, war noch ein Verdienst des jungen Mannes gewesen. Er hatte als erstes dafür gesorgt, schon im eigenen Interesse. Sie sah sich in ihrem Büro um, das jetzt, wo sie sich von der Meute abschirmen ließ, ihre Fluchtburg geworden war. Nur Hanni nahm darauf keine Rücksicht und kam immer wieder, wie gerade eben auch, einfach zu ihr hereingeschneit. Den Urlaub, um den es dabei ging, hatte sie ja wirklich geradezu gefordert. Und dann verriet sie ihr nicht einmal den Grund.

Martina beschloß, Hanni einen Denkzettel zu verpassen. Ein paar Tage ließ sie sie schmoren, dann ging sie zu ihr und erklärte ihr mit blumiger Freundlichkeit, daß es sich leider, leider nicht einrichten lasse. Hanni reagierte gleichmütig. «Dann geht's halt nicht», war alles, was sie sagte. Zu mehr kam es nicht, denn auf Hannis Schreibtisch klingelte das Telefon, und beim Hinausgehen hörte Martina ihre Freundin noch sagen:

«Selbstverständlich, Herr Dr. Weber, das wird sich einrichten lassen.»

«Weber, Weber?» Während Martina zurück in ihr Büro ging, überlegte sie, ob sie diesen Namen bei Hanni schon einmal gehört hatte. Vielleicht der Hausarzt.

Drei Wochen später rief sie ihr Chef zu sich: «Sie haben Ihre Abteilung jetzt wirklich gut im Schuß, Frau Struck, alle Achtung!» Es waren sehr schmeichelhafte Dinge, die sie zu hören bekam. Und zum Abschluß des Gespräches bot er ihr an, eine neue Zweigstelle der Firma in der Stadt aufzubauen. «Sie haben wirklich das Zeug dazu. Aber natürlich brauchen Sie jemanden, der Sie dabei unterstützt. An wen würden Sie denn da denken?» Da war nicht lange zu überlegen. Hanni kam als einzige in Frage. «Guter Vorschlag», sagte der Chef.

Martina hoffte inständig, daß ihre Freundin sie nicht im Stich ließ.

Wenn sie doch nur ein bißchen ehrgeiziger wäre! Auf jeden Fall mußte sie das mit dem Urlaub schleunigst in Ordnung bringen. Und das tat sie dann auch. Hanni war sichtlich erfreut und bedankte sich bei ihr. «Wie nett von dir, daß du es für mich hingekriegt hast.»

Martina ließ eine Woche verstreichen, ehe sie mit ihrem Vorschlag herausrückte. Hanni machte ein bedauerndes Gesicht. «Tut mir leid, aber ich bin gerade dabei, meine Kündigung zu schreiben.»

Martina sah sie fassungslos an. «Kündigung? Warum denn bloß? Was ist denn passiert? Ist einer von euch krank, oder bekommst du nun doch noch ein Baby? Warum hast du mir nichts davon erzählt?»

«Ein Baby?» Hanni kuckte verdutzt. «Wie kommst

du denn darauf? Nein, nichts davon. Ich habe ein tolles Angebot von der Konkurrenz bekommen. Ein ähnliches wie du. Du hast vollkommen recht. Man sollte wirklich mehr aus seinem Beruf machen.»

«Dann kann ich das Ganze vergessen», sagte Martina und ließ sich mutlos auf einen Stuhl fallen. «Ohne dich schaffe ich es nicht.»

Hanni dachte einen Augenblick nach. «Ich hab eine Idee. Weißt du was? Ich nehm dich mit. Das krieg ich hin. Verdienen tust du weit mehr als hier.»

«Aber als was?» fragte Martina, und ihre Stimme zitterte.

«Na, als was wohl?» Hanni lachte gutmütig. «Als meine Assistentin natürlich.»

Natürlich. Haß kroch Martina bis in die Haarwurzeln.

Das Weihnachtsgeschenk

Nun bin ich auch noch schuld, daß Opi angeblich Depressionen hat. «Konntest du nicht *einmal* den Mund halten?» sagt meine Mutter. «Das wäre doch nun wirklich nicht zuviel verlangt gewesen.» Und Großmutter sagt: «Da hast du uns ja was Schönes eingebrockt. Der arme Opi. Das hat er nicht verdient. Wo er immer so rührend um dich besorgt ist.» Und wenn ich mich dann verteidige und sage: «Ich doch auch um ihn. Darum geht es doch», dann wollen sie das gar nicht hören und hacken weiter auf mir herum.

Opi ist da anders. Er macht mir keine Vorwürfe, sieht mich nur manchmal mit diesem starren Blick an, bei dem ich mir immer als kleiner Junge die Hand vor die Augen gehalten habe, weil er mir so unheimlich war. Damals hat sich Großmutter über ihn entrüstet und ganz scharf gesagt: «Laß das, Hans-Heinrich! Du erschreckst das Kind.»

«Was denn?» hat Opi dann unschuldig gefragt. «Ich tu doch gar nichts.»

Und ich habe gefragt: «Warum kuckt der Opi oft so komisch?»

«Wahrscheinlich, weil er denkt, dann bereuen wir alle

unsere Sünden. Das hätte er gern. Stimmt's, Hans-Heinrich?»

Opi hat vergnügt gelacht und gesagt: «Was die Frau immer so redet! Mußt gar nicht hinhören, mein Junge.» Den starren Blick hatte er auch, wenn ihm Großmutter die falsche Wurst oder die falsche Marmelade gekauft hat, was sie grundsätzlich gern tut.

Aber ich habe diesmal nichts zu bereuen. Ich habe nur das getan, was er mir immer predigt: mich verantwortlich gefühlt.

Bis zu diesem Weihnachten war Opi mein bester Kumpel und hat sich so gut wie nie in meine Angelegenheiten gemischt, auch nicht in die von meiner Mutter. Großmutter da schon eher. Sie kommt gern angesäuselt und sagt: «Dorothee, Liebes, ich glaube, wir kriegen Frost. Vergiß nicht, die Stauden zuzudecken.»

In den ersten Jahren nach Vaters Tod, als meine Mutter und ich in den ersten Stock zu meinen Großeltern zogen, konnte von Stauden pflanzen und zudecken noch keine Rede sein. Da durften wir nur niedere Dienste verrichten, wie Mami sagte. Laub harken und Unkraut zupfen. Ans Blumenaussuchen, Bepflanzen und Schneiden ließ Großmutter niemanden heran. Opi tat alles das, was auch ich gern gemacht hätte, Maulwürfe fangen, Rasen mähen und sprengen. Inzwischen überlassen sie Mami die meiste Gartenarbeit.

Nach den Stauden kommt prompt die nächste Säuselarie, das Garagentor. «Was ich noch sagen wollte», fängt Großmutter an, und Mami fällt ihr mit genervtem Blick ins Wort: «Vergiß bitte nicht, das Garagentor zuzumachen. Ich weiß, ich weiß.» Großmutter reagiert sofort gekränkt. «Bitte, bitte, ich wollte dich nur daran erinnern, damit nicht wieder jemand den Benzinkanister oder ein Kabel klaut.»

Das Wort «jemand» hat eigentlich Opi gepachtet. «Jemand hat meinen Autoschlüssel verlegt. Jemand hat die Haustür nicht abgeschlossen. Jemand hat im Badezimmer den Wasserhahn nicht richtig zugedreht.» Aber manchmal macht sich eben auch Großmutter dieses Wort zu eigen. «Ich habe Dorothee mit jemandem in der Stadt gesehen.»

«Ein Jemand oder eine Jemandin?» frotzelt Opi und plinkert mir zu.

Großmutter schert sich nicht darum. «Ein wirklich nett aussehender Mann.»

Während ich vor dem Fernseher sitze, reden sie darüber, wie sehr sie meiner Mutter eine neue Liebe gönnen würden. Daß sich da überhaupt nichts tut, wo sie doch eine so attraktive Person ist!

Aber mit unseren Herren haben wir nicht viel Glück. Irgendwie geht's immer schief. Ich bin froh darüber. Entweder biedern sich diese Typen bei mir an, oder sie erziehen an mir herum. An meinen verstorbenen Vater kann ich mich nur noch sehr vage erinnern und auch kaum noch an den Ort, in dem wir bis zu seinem Tod gelebt haben. Das finden die Großeltern seltsam. «Weißt du überhaupt nichts mehr?»

Ich weiß nur noch, daß ich fürchterlich geheult habe, weil ich zur Beerdigung nicht mein Lieblingshemd anziehen durfte: knallrot und auf der Brusttasche eingestickt: «Donald Duck». Aber sonst ist nicht viel haften geblieben, Großmutter grübelt darüber nach, woran es wohl liegen könnte. Vielleicht eine Art Verdrängung. «Er war ja immerhin schon fünf!»

«Nun zerbrich dir nicht darüber den Kopf», sagt Opi. «Und laß bloß Dorothee damit in Ruh. Sie hat schließlich genug um die Ohren.»

«Ich?» ruft Großmutter ganz empört. «Ich laß doch die beiden wirklich ganz ihr eigenes Leben führen und mische mich in nichts rein.» Auch wenn es da so manches gäbe – aber eher würde sie sich die Zunge abbeißen.

«Hört, hört», sagt Opi, und Großmutter blafft ihn an: «Willst du etwa das Gegenteil behaupten? Daß ich mir im stillen manchmal Sorgen mache, wird ja wohl erlaubt sein.»

Und so sorgt sie dann still meiner Mutter was vor – daß ich seit neuestem einen Ohrring trage, daß ich zuviel vor dem Computer hocke, und dann diese überlaute Rumsmusik! «Der Junge muß ja dabei stocktaub werden.» Und lesen täte ich ja wohl überhaupt nicht mehr, höchstens Comics, und dann das viel zu lange Fernsehen jeden Abend. Wen wunderte es da, daß ich in Deutsch so schlecht bin. Wenn Mami mich dann in Schutz nimmt, lenkt sie sofort ein. Sie solle sich doch um Gottes willen keine Sorgen machen, Jungen seien nun mal so. Ihr Sohn sei ja auch so schlecht in der Schule gewesen. «Spätentwickler eben. Und dann ist der Knoten plötzlich doch geplatzt. Du weißt ja selbst, was er für eine Karriere gemacht hat.» Danach kommt wieder die Litanei mit den Schularbeiten. «Da war ich natürlich immer sehr hinterher.»

Mami will das alles nicht mehr hören, von dem platzenden Knoten und den Schularbeiten. Und überhaupt, diese ganzen Schulprobleme. «Mit den Lehrern ist eben heute auch nicht mehr viel los.» Und sie hat niemanden, der ihr bei all den Schwierigkeiten ein bißchen zur Seite steht, niemanden, nicht mal den Schwiegervater. Er könnte doch nun wirklich mal ab und zu mit dem Jungen Schularbeiten machen. Sie hat schließlich noch einen anstrengenden Beruf. Sie gerät richtig in Rage. Großmutter schrumpft sich ängstlich zur Tür hinaus und sagt nur noch beschwichtigend: «Ich weiß ja, du hast es nicht leicht. Wenn ich dir irgend etwas abnehmen kann...»

Und schon ist sie halb die Treppe hinunter und ich hinter ihr her, denn bei Opi bin ich immer willkommen. Wir reden dann so dies und das, von meiner Techno-Party am letzten Wochenende, daß Rockmusik nicht mehr so mein Ding ist und daß einer aus der Abiturientenklasse einen schweren Unfall gebaut hat, wahrscheinlich Drogen oder Alkohol. «Der Führerschein ist jedenfalls erst mal flöten», sage ich.

«Recht so», sagt Opi.

Aber das finde ich nun ein bißchen hart. «Ist ja schließlich seine Sache, wenn er sich unbedingt zum Krüppel fahren will.»

«Und was ist mit den anderen, die unschuldig in den Unfall verwickelt worden sind und die er nun womöglich auf dem Gewissen hat?» fragt Opi ernst. «Einfach verantwortungslos, so was. Andere zu gefährden, nur weil man nicht auf das Auto verzichten will. Richtig kriminell.»

Er findet ja auch völlig überflüssig, daß die gesetzlichen Krankenkassen Sportverletzungen übernehmen. Dagegen könnte man sich im Urlaub sehr gut selbst versichern und dann nicht der Gemeinschaft damit auf der Tasche liegen. Ich grinse. «Aber Großmutter sagt immer, jeder trage des anderen Last.»

Opi lacht und meint: «Sie die meiste.» Dann kommt er auf das neue Auto zu sprechen, das er sich kaufen will. Wir gehen alles durch, was es so auf dem Markt gibt. Einen Airbag muß es selbstverständlich haben, bequem soll es sein, aber auch nicht zu teuer.

Dann beschließt er mit mir eine «kleine Spazierfahrt». Was wir auf dieser Spazierfahrt machen, ist unser gemeinsames Geheimnis. Schon als ich zwölf war, hat er mich seinen Wagen von der Garage bis zur Gartenpforte fahren lassen, was mit viel Motorgeheul verbunden war. Aber nach dem dritten Mal war bei den Frauen die Hölle los. Sie zeterten herum, wir sollten an die Nachbarn denken. Die hätten sich schon über den Krach beschwert. Und dann die Auspuffgase! Mein einfallsreicher Opi hat dann auch gleich eine spitzenmäßige Lösung gefunden: eine stillgelegte Straße auf einem ehemaligen Industriegelände außerhalb der Stadt. Dort läßt er mich dann ans Steuer, hat aber immer alles im Visier, ob nicht plötzlich jemand auftaucht. Wie immer vergessen wir darüber die Zeit, und Großmutter empfängt uns mit dem gleichen Blick, den sie von Opi übernommen hat. «Für zwei so unpünktliche Zeitgenossen seid ihr aber recht vergnügt», sagt sie mürrisch. «Seit einer Stunde warte ich mit dem Mittagessen. Jetzt kann ich alles wieder warmmachen.»

Wenn sie mich meiner Mutter «abgenommen» haben, wie Großmutter das nennt, und ich am Wochenende bei ihnen Mittag esse, gibt es unweigerlich jedesmal was, das vielleicht vor fünf Jahren mein Lieblingsessen war und mir inzwischen längst zum Hals heraushängt. Meist macht es auch noch tierisch viel Arbeit. Aber Großmutter ist nicht davon abzubringen, daß ich ganz wild darauf bin, und ganz gerührt über meine Bescheidenheit. «Ich mach's doch gern für dich.»

Manchmal ist sie schon eine ganz schön ulkige Kruke. Einerseits würde sie mir am liebsten noch ein Lätzchen umbinden, andererseits appelliert sie dauernd an meine Vernunft oder versucht, mich auf ihre Seite zu ziehen, wenn sie bei Opi etwas erreichen will. Sie möchte zum Beispiel am liebsten ein grünes Auto.

«Sprich du doch mal mit ihm. Auf dich hört er. Er ist bestimmt wieder für dunkelblau.»

Und Opi wiederum gibt sich geheimnisvoll, schleppt mich in sein Arbeitszimmer und sagt: «Kuck mal, was ich mir gekauft habe», und zeigt mir einen klitzekleinen Fernseher, mit dem wirklich kein Mensch etwas anfangen kann. «Du erzählst erst mal Großmutter nichts, sonst zetert sie wieder rum, daß ich mein Geld zum Fenster rauswerfe.»

Ganz unrecht hat sie damit nicht. Das, was Opi sich so aufschwatzen läßt, ist manchmal wirklich ein Hammer. Aber sonst ist er noch sehr auf Draht, bis vor kurzem war er es jedenfalls noch, und unheimlich konsequent, wenn er sich was vorgenommen hat. Ich denke da nur an meinen Computer. Ich habe natürlich gedacht, das packt der nicht. Es hat auch wirklich lange gedauert, fast einen Monat. Jeden Tag hat er sich eine Stunde drangesetzt, und zum Schluß konnte er damit fast besser umgehen als ich.

Ja, und dann hat ihn vor einem guten halben Jahr diese blöde Lungenentzündung erwischt. Die hat er richtig verschleppt und das, wie Großmutter sagt, aus reinem Eigensinn, weil er sich bei Sturm und Regen nie den Mantel zuknöpft, keinen Schal trägt, ganz zu schweigen von einem Hut oder einer Mütze, und sich erst ins Bett legt, wenn er eigentlich schon tot sein müßte. Es hat Wochen gedauert, bis er wieder einigermaßen auf dem Damm war. Großmutter wollte es nicht wahrhaben, wie er sich verändert hatte, daß er etwas konfus war, immer wieder dasselbe fragte und soviel schlief. Sie hat ihn sogar manchmal richtig angepfiffen: «Schlurf doch nicht so! Heb deine Beine!» Und als sich meine Mutter über ihren forschen Ton entsetzte, hat sie sich ganz bockig verteidigt: «Aber wenn die nette junge Briefträgerin die Post bringt, dann hüpft er rum wie ein junger Hase. Und überhaupt, wenn er mehr essen würde, ginge es ihm schon viel besser.»

Also, ich fand's schon echt beschissen, wie der alte Mann so durch die Wohnung torkelte. Und dann hat der Hausarzt auch noch gesagt, es könnte vielleicht ein kleiner Schlaganfall gewesen sein.

Erst im Sommer ging es wieder aufwärts. Er hat sogar wieder Lust bekommen, mit dem Auto herumzufahren, und mich gefragt, ob wir nicht mal wieder unseren kleinen Ausflug machen wollen. Da war ich natürlich gleich dabei und fand es eine klasse Idee. Aber nicht sehr lange. Denn als wir so durch die Stadt gefahren sind, ist mir ganz schön mulmig geworden. Zuerst ist er bei Rot über eine Ampel gewitscht, dann sind wir in einer Einbahnstraße in der falschen Richtung gelandet, beim Einbiegen ist er über den Bordstein gefahren, und dann hat er auch noch einen Radfahrer fast umgenagelt. Ich war heilfroh, als er sagte: «Irgendwie ist mir ziemlich schummerig. Ich glaube, wir kehren besser um.»

Meiner Mutter habe ich nichts davon erzählt. Ihm schien das Ganze nicht viel ausgemacht zu haben, denn am nächsten Tag setzte er sich gleich wieder ins Auto. Diesmal nahm er Großmutter und Mami mit. Ganz blaß kamen sie wieder zurück. Mami bekam mich gleich zu fassen und sagte sehr energisch: «Hör zu, du wirst nicht mehr mit Opi im Auto fahren. Vorläufig jedenfalls. Im Grunde genommen dürfte er sich gar nicht mehr hinters Steuer setzen. Aber das bringe ihm mal jemand bei. Männer sind doch darin die Unvernunft in Person. Auf ihr Auto würden sie niemals verzichten.»

«Frauen doch auch nicht», sagte ich und hab sie an eine von ihren mit Stolz erzählten Geschichten über Großtante Margarete erinnert, die noch mit neunzig und halb blind in ihrem Auto herumgurkte und behauptete: «Mein Auto findet allein nach Haus.»

Es war nicht gerade ihr guter Tag. Sie warf mir nur einen schrägen Blick zu und sagte: «Deck lieber mal den Tisch, statt deine Weisheiten zum besten zu geben.»

Die beiden Frauen steckten jetzt immer häufiger die Köpfe zusammen und überlegten, was sie tun sollten. «Auf die Autobahn darfst du ihn jedenfalls nicht mehr lassen», hörte ich meine Mutter sagen. «Da nehmt ihr besser den Zug.»

Großmutter tat einen tiefen Seufzer. «Es wäre erst mal das Vernünftigste. Irgendwann wird es ihm schon wieder bessergehen.»

«Er ist schließlich schon über achtzig», sagte meine Mutter. «Einmal ist es eben vorbei.» Ganz schön cool kann sie sein, wenn's um das Alter von anderen geht. Und dann setzte sie gleich noch einen drauf und predigte, daß man sich zwischen siebzig und achtzig einmal im Jahr durchchecken lassen sollte. Das müßte Vorschrift sein. Piloten müßten das ja auch. Großmutter kuckte gleich ganz giftig und sagte, statistisch gesehen sehe das aber ganz anders aus. Da seien es die jungen Leute, die bei den Unfällen schlechter abschnitten.

Opi hat natürlich die Blicke mitgekriegt, die sie sich zuwarfen, wenn er seinen Liebling aus der Garage holte, und auch die faulen Ausreden, wenn er mich mitnehmen wollte. Zu viele Schularbeiten, Mami brauchte meine Hilfe im Garten und lauter so 'n Zeugs. Bis er mich eines Tages zur Rede stellte. «Bist du auch der Meinung, daß ich ein Auto nicht mehr beherrsche und eine Gefahr für euch alle bin?»

Ich hab so herumgedruckst und dann gesagt: «Nicht nur für die Familie, Opi. Du sagst doch immer selber, daß so ein Ding schnell eine gefährliche Waffe werden kann, wenn man betrunken ist oder so.»

«Oder so?»

«Na ja, ab so 'nem gewissen Alter...» Es war mir wirklich echt peinlich, das zu sagen, und Opi hat gleich losgeblafft: «Findest du mich vielleicht senil? Das ist doch wohl die Höhe! Raus!» Da hab ich dann doch besser die Fliege gemacht.

Danach haben wir nie wieder darüber geredet. Nur die beiden Frauen haben hinter seinem Rücken weiter

Terror gemacht und sich den Kopf zerbrochen, wie man ihn am Autofahren hindern konnte. Großmutter hat plötzlich behauptet, sie fahre viel lieber mit öffentlichen Verkehrsmitteln, als dauernd irgendwo im Stau zu stehen. Außerdem sei der Zug viel bequemer. Aber er hat sich nicht beirren lassen, er ist dann eben allein gefahren. Und dann haben sie am Fenster gestanden, ihm nachgesehen und gejammert: «Hoffentlich kommt er wieder heil zurück und nicht im Unfallwagen.» Meine Mutter hat gesagt, Männer seien eben wie Kinder, völlig uneinsichtig.

Opi ist immer verschlossener geworden. Nicht unfreundlich, aber irgendwie anders. Ich habe das damals nicht so richtig gecheckt, ich war zu sehr mit anderen Dingen beschäftigt als immer nur mit der Familie. Ich hatte da in der Disco eine süße Plateauschwalbe kennengelernt, Andrea. Sie war schwer in Ordnung, und aussehen tat sie spitzenmäßig. Wir haben viel herumgeblödelt, und ich habe ihr gesagt, sie könnte es durchaus mit Kyoko Date, diesem japanischen Teenie-Model, aufnehmen, das nur auf dem Bildschirm existiert. Sie hat gesagt, das wäre ja ein tolles Kompliment. Wir hatten also viel Spaß, und ich bin überhaupt nicht mehr dazu gekommen, Opis geliebten Derrick mit ihm anzusehen. Dieser glotzäugige Mensch ist nämlich so eine Art Kultfigur für ihn.

Dann kam die Weihnachtszeit und damit der übliche Familienstreß. Er scheint für die Alten einfach dazuzugehören mit all dem Krimskrams an Engelshaar, Lametta, Kerzenhaltern, Sternen aus Goldpapier und selbstgebackenen Pfefferkuchen. Wenn es nach meiner

Mutter ginge, würde sie am liebsten in den Wald marschieren und eigenhändig einen Christbaum abhacken. Soweit ist das ja auch alles ganz nett, aber eben abartig altmodisch. In Andreas Familie ist das ganz anders. Sie haben im vorigen Jahr eine super geschmückte Tanne gehabt, rot angesprüht und als einzigen Schmuck schwarz angemalte Indiopüppchen aus Holz, handgefertigt. Aber bei meiner Mutter konnte ich mit meiner Begeisterung nicht landen. «Rot angesprüht und schwarze Holzpüppchen?» wiederholte sie angeekelt. Das war doch wirklich affig und sollte so was sein, um sich von anderen abzuheben.

Der Heiligabend war dann aber soweit doch ganz in Ordnung. Von Opi bekam ich wieder den gewissen Umschlag, dessen Inhalt ich außerordentlich schätze, Großmutter aber mißbilligt. «Geld ist doch nun wirklich so was Unpersönliches.» Opi sagt dann jedesmal: «Ich weiß, ich weiß, Geld allein macht nicht glücklich. Es muß schon viel sein.»

Diesmal war er zu Scherzen nicht aufgelegt, starrte eher etwas düster vor sich hin. Ich öffnete also den Umschlag und zog etwas hervor, was ich zunächst für einen Scheck hielt. War es aber nicht. Es war ein amtlicher Wisch. Ich überflog ihn und kuckte dann meine Familie ganz verdattert an. Ich muß so perplex ausgesehen haben, daß meine Mutter unwillkürlich rief: «Was um Himmels willen ist passiert, Junge?» Und Opi erklärte: «Ich habe ihm eben seinen größten Wunsch erfüllt.»

«Bitte kein Mofa!» rief Mami entsetzt. «Wir waren uns doch einig, damit noch eine Weile zu warten.»

«Nein, kein Mofa», sagte Opi langsam. «Ich habe meinen Führerschein abgegeben.»

Ein Attentat auf den Bundeskanzler hätte keine größere Wirkung haben können. Die beiden Frauen waren ganz aus dem Häuschen. Großmutter hatte tatsächlich Tränen in den Augen, und auch Opis glänzten verdächtig. Den Rest des Abends mußte ich mir die übliche Arie über die Nachkriegsjahre anhören und was damals das erste Auto bedeutet habe, das Symbol der Freiheit. Und jedes weitere Auto sozusagen ein Meilenstein auf dem Wege des wirtschaftlichen Aufschwungs. «Keinen einzigen Unfall hat dein Großvater gehabt. Überhaupt, wie bist du nur auf den Gedanken gekommen, Opi dazu zu überreden? Wer holt mir jetzt mein Mineralwasser, fährt dich zur Schule, wenn du mal wieder verschlafen hast, und holt dich von deiner Freundin ab?»

Kaum waren wir wieder in unserer Wohnung, fiel meine Mutter über mich her. «Das hättest du deinem armen Großvater nun wirklich nicht antun dürfen. Spielst dich hier in deinem Alter als Moralapostel auf und raubst diesem armen alten Mann ein Stück Lebensqualität.»

Allmählich hat es mir wirklich gestunken. Ich habe schließlich gesagt: «Der Leidtragende bin doch eigentlich ich. Ich muß zu Fuß gehen oder mit dem Rad fahren und darf alle fünf Minuten so einen dämlichen Reifen flicken. So sieht's doch aus.» Dann bin ich türenknallend in mein Zimmer gegangen.

Am nächsten Tag habe ich mich gleich zu Andrea verdrückt. Aber da hatte auch gerade ein Supergau stattgefunden. Keine Rede von einem Megaweihnachtsbaum. In einer Ecke stand nur ein mageres, dürftig geschmücktes Gestrüpp, und Andrea war dauernd am Heulen. Ihre Mutter war abgehauen, ausgerechnet am Heiligen Abend. In diesem Weihnachten war wirklich der Wurm drin. So habe ich mich bald wieder verzogen und bin im Nieselregen nach Haus, zu Fuß natürlich. Dort herrschte inzwischen wieder einigermaßen Ruhe. Sie saßen alle um den Weihnachtsstollen versammelt, und auch Opi machte wieder ein ganz zufriedenes Gesicht. Ich hab dann ganz vorsichtig mal angetippt, wegen dem Mofa und so. «Ach Kind», hat meine Mutter in diesem hassenswerten, geduldig-erzieherischen Ton gesagt, «in deinem Alter, das ist mir viel zu gefährlich. Da ist man noch viel zu unvernünftig. Werd erst mal erwachsen und lerne, Verantwortung zu übernehmen.»

Also, da bin ich doch direkt ins Grübeln gekommen. Aber jetzt sage ich mir wie Oberinspektor Derrick: «Es bleiben immer wieder Fragen offen, und ich muß versuchen, darauf eine Antwort zu finden.»

Das offene Wort

«Geduld, Geduld, Kinder», predigte meine Mutter ständig, wenn meine Schwester und ich uns mal wieder kräftig gezankt hatten, zerfetzte im gleichen Atemzug die Tageszeitung in winzige Schnipsel und warf sie mit dem wütenden Ausruf: «Da, da, da!» in die Luft, weil Vater wie üblich jedes gelesene Blatt achtlos auf den Boden flattern ließ. Wir sind eben eine widersprüchliche Familie und haben es nicht immer leicht mit uns. Mein Bruder Bernhard zum Beispiel hat die dumme Angewohnheit, ihm nahestehende Menschen mit Schweigen zu bestrafen, wenn er sich von ihnen gekränkt oder schlecht behandelt fühlt. Das hat uns bereits zwei nette Schwägerinnen gekostet und ihm eine Tochter beschert, die zum Skelett abmagerte, so daß wir direkt um ihr Leben fürchteten. Aber seine einzige Reaktion war, ihr auf der Pinnwand in der Küche einen Zettel zu hinterlassen, auf dem stand: «Er wog nur noch ein halbes Lot und war am dritten Tage tot.» Da hatte er bereits, bis auf kurze Anweisungen, die den Haushalt betrafen, seit vier Wochen kein vernünftiges Wort mehr mit ihr gesprochen. Erst als sie anfing, seine Lieblingskrawatte zu zerschneiden, bekam er die Zähne auseinander und schrie: «Wohl verrückt geworden, was?» Damit war der Bann fürs erste gebrochen. Als ich ihn auf den bedenklichen Gesundheitszustand seiner Tochter aufmerksam machte, sagte er nur, das tue ihm zwar leid, aber er sei nun mal so. Dafür müsse man schließlich Verständnis haben. Doch als seine dritte Frau ihm es mit gleicher Münze heimzahlte, fand er das wirklich ein starkes Stück und ließ sich sofort scheiden.

Tante Christa wiederum macht jedesmal ihr Testament, bevor sie in ein fremdes Auto steigt, braust aber selbst in einem Tempo über die Autobahn, daß abzusehen ist, daß sie irgendwann den Führerschein verlieren wird. Meine Schwester Karin schmiert einem ständig ihre Großzügigkeit aufs Butterbrot, die eigentlich nur darin besteht, daß sie geborgtes Geld nie zurückgibt und überhaupt nach dem Motto lebt: Was dein ist, ist auch mein, aber was mein ist, geht dich gar nichts an. Auch ich habe gewisse Untugenden, behauptet jedenfalls Helmut, mein Mann. Das nehme ich lächelnd zur Kenntnis. Jeder vergißt schließlich mal was, auch wenn es natürlich bedauerlich ist, die Tür zuzuschlagen, wenn der Schlüssel von innen steckt, seinen nagelneuen Parka in die Rotkreuzsammlung zu geben und sehr persönliche Briefe in falsche Kuverts zu stecken, was in Helmuts Familie einen ziemlichen Wirbel verursachte.

Doch niemand von uns hatte es so raus, andere auf die Palme zu bringen, wie Vetter Ludwig. Er wußte immer alles schon vorher, hatte es doch gleich gesagt, war ein Perfektionist schlimmster Sorte und marterte uns mit dem Satz: «Wenn du mir ein offenes Wort gestattest.» Als Jugendlicher sparte er sich diese Floskel noch, da nannte er seinen Klassenlehrer ohne Umschweife einen Faschisten, bezeichnete seinen Vater als Drohne, weil der lieber auf den Golfplatz als ins Büro ging, und wies seine Mutter darauf hin, daß Putzen, Waschen, Kochen nun mal die Lebensaufgabe jeder Hausfrau und Mutter seien. Noch nach zwanzig Jahren bezeichnete er meine Schwester Karin als Kleptomanin, weil sie ein einziges Mal in ihrem Leben, als Kind, von einem Gemüsestand einen Apfel geklaut hatte. Später, in reiferen Jahren, knallte er uns die Wahrheiten oder was er dafür hielt nicht mehr ganz so um die Ohren, sondern kündigte sie eben mit diesem Satz vom offenen Wort an. Kritik an ihm selbst verpuffte ebenso wie die etwas gröbere Aufforderung, sich doch an seine eigene Nase zu fassen. In seinen Augen war er nun mal ein einfühlsamer, verständnisvoller, großmütiger Mensch, tüchtig im Beruf, unentbehrlich für seine Firma und für die Familie ein Retter in der Not, worin ein Körnchen Wahrheit steckte, denn bei Umzügen war er für uns alle wirklich unentbehrlich. Den Glauben an die Menschheit hätte er vielleicht verloren, an sich selbst nie, im Gegenteil. An ihm konnte sich nun wirklich jedermann nur ein Beispiel nehmen. Wenn er mit vielen offenen Worten versuchte, seine Freundinnen davon zu überzeugen, war das regelmäßig der Anfang vom Ende. Aber dann lief ihm Dagmar über den Weg. Sie war, um ein offenes Wort zu gestatten, nicht gerade eine Schönheit, aber sie war die Ruhe selbst und machte einen netten, vernünftigen Eindruck, wobei allerdings ihre Angewohnheit, in jeder harmlosen Bemerkung einen tieferen Sinn zu suchen, etwas irritierend war und sogar Helmut auffiel.

«Wie findest du sie?» fragte ich ihn in der Küche.

«Wie meinst du das?» sagte er, und wir lachten, denn mit dieser bohrenden Frage ging sie uns schon den ganzen Abend auf die Nerven.

Doch Vetter Ludwig war sehr verliebt und benutzte das offene Wort nur noch zu Komplimenten. «Wenn du mir ein offenes Wort gestattest, Dagi, du hast wirklich tolles Haar.» Und Dagilein revanchierte sich, indem sie uns schilderte, wie er sie aus höchster Not gerettet hatte, nämlich nachts auf der Straße. Das Benzin war ihr ausgegangen, und sie versuchte vergeblich, einen Wagen anzuhalten. Er hatte als einziger gestoppt und sie mitgenommen. Das erstaunte uns. Hilfsbereitschaft war eigentlich nicht Ludwigs starke Seite, bis auf eine Ausnahme: Umzüge. Die zu organisieren, war geradezu ein Steckenpferd von ihm. Es wurde wie immer wegen seiner dozierenden Art ein recht zäher Abend, und er degradierte uns zu schweigenden Zuhörern, nur gelegentlich durchbrochen von Dagileins Frage: «Wie meinst du das? Was willst du damit sagen?» Aber Helmut und ich waren bemüht, ihn bei Laune zu halten, denn uns stand wieder einmal ein Umzug bevor. Erst zum Schluß rückten wir damit heraus, und unsere etwas zaghaft vorgebrachte Bitte, uns dabei zu helfen, wirkte geradezu belebend auf Ludwig. «Ihr Armen!» rief er, «das dritte Mal in sechs Jahren! Selbstverständlich könnt ihr mit mir rechnen.»

Und Dagilein sagte: «An dir kann man sich wirklich ein Beispiel nehmen.»

Ich war ihm besonders dankbar, und als er begann, die Wohnung auszuräumen, schluckte ich gern viele offene

Worte, zu denen es reichlich Anlaß gab. Ich bin nun mal ein Hamster und werfe ungern etwas weg, so daß Ludwig gar nicht oft genug den Kopf schütteln konnte über die Berge von Ramsch, die in Blitzesschnelle jede Wohnung zu füllen pflegen. «Drei lädierte Schnellkochtöpfe, ein Staubsauger, zu dem es keinen Staubbeutel mehr gibt, und hier dieser schnurlose Radiowecker! Was, um Himmels willen, willst du denn noch damit? Und was hast du mit den abgelaufenen Kalendern vor?» Am meisten staunte er jedoch über ein Paar nagelneuer Langlaufskier, die seit drei Jahren bei mir herumstanden. «Hast du die wirklich jemals benutzt? Ich kann es mir nicht recht vorstellen. Wenn du mir ein offenes Wort gestattest – du warst doch schon als Kind ein Tolpatsch und fielst beim Schlittschuhlaufen dauernd hin.»

Sein genüßliches Aussortieren begleitete er mit Ratschlägen, was man mit dem Krimskrams machen sollte, nämlich verkaufen, verschenken oder spenden. Mir lag so einiges auf der Zunge, was ich aber angesichts der Tatsache, daß ich ohne ihn ganz schön angeschmiert gewesen wäre, rechtzeitig verschluckte. Und so stimmte ich ihm nur beflissen zu, während er anschließend wieselflink Porzellan, Bestecke, Glas und anderes sorgsam einpackte. Ich bewunderte, wie es ihm gelungen war, meine sechsjährige Tochter Melanie dazu zu bringen, ihre afrikanische Springmaus an eine Freundin zu verschenken, nachdem dieses Tier seinem Namen alle Ehre gemacht hatte und dauernd aus einem vollgepackten Karton in einen anderen sprang, worauf jedesmal ein hektisches Suchen begann. «Wie hast du das bloß geschafft?» fragte ich ihn, als ich Melanie zu meiner Erleichterung tatsächlich ganz vergnügt mit ihr abziehen sah.

Ludwig lächelte: «Ich habe einen wunderbaren Ersatz dafür gefunden. Sieh mal!» Und er hielt mir ein gräßlich aussehendes Monster unter die Nase mit grasgrünem Haar, aus einem eklig anzufassenden Material und mit einem so diabolischen Grinsen, daß es einen schaudern konnte. «Rate mal, wo ich das gefunden habe. Im Schuhschrank. In einem eurer Pelzstiefel. Wie ist es da nur hineingeraten?»

Ich zuckte die Achseln. «Weiß ich's?»

«Die arme Melanie. Sie muß diese etwas merkwürdig aussehende Puppe sehr lieben. Jedenfalls war sie vor Freude ganz aus dem Häuschen, als ich sie ihr gezeigt habe, und deshalb auch sofort bereit, auf die Springmaus zu verzichten. Offen gesagt, viel war mit dem Tier auch nicht mehr los. Das dauernde Rein und Raus von einem Karton in den anderen ist ihr nicht gut bekommen. Sie kippte immerzu um. Wohl Gleichgewichtsstörungen, nehme ich an.»

Ich lobte ihn, wenn auch nicht mit freudigem Herzen, denn dieses gräßliche Etwas, das von einem fremden Planeten stammen sollte und in einem Science-fiction-Film eine große Rolle gespielt hatte, fand ich als Spielzeug für meine sensible Tochter unmöglich. Daher hatte ich es einfach verschwinden lassen. Natürlich suchte Melanie die ganze Wohnung danach ab, aber ich fand eine plausible Erklärung, wie ich mir einbildete. Ich erklärte ihr, ihre Puppe sei auf einem Mondstrahl zu ihrem Planeten zurückgeritten. Diese für mich sehr poetisch klingende Schilderung fand jedoch bei Melanie wenig Anklang. Sie beschimpfte mich mit einem obszönen Wort und trat nach mir.

Merkwürdigerweise war sie bei Ludwig viel folgsamer, obwohl er oft mit ihr herumzeterte, was wir uns als Eltern gar nicht erlauben durften. Seine offenen Worte fielen hier auf fruchtbaren Boden. So hatte er ihr abgewöhnt, ihren Kaugummi im Lokal unter der Tischplatte festzukleben. Das hatte meist dazu geführt, daß die ganze Familie unter den verächtlichen Blicken des Kellners fieberhaft die Unterseite des Tisches abtastete, weil das Kind sich weigerte, ohne diese Köstlichkeit den Platz zu verlassen.

Dank Ludwigs Hilfe verlief der Umzug fast reibungslos. Nur die Idee, die Goldfische in einer Vase zu verstauen, damit sie nicht soviel Platz wegnahmen, erwies sich als nicht so gut, wie ich gedacht hatte. Zu spät merkte ich, daß in der Vase sämtliche Zigarettenstummel der Möbelpacker gelandet waren, so daß die armen Tiere ihr neues Heim nicht mehr kennenlernen sollten, aber dafür die Katze des Nachbarn sehr erfreuten.

Ludwig ist nicht unbedingt eine imposante Erscheinung. Er wirkt eher etwas mickrig mit seiner randlosen Brille, seiner beginnenden Stirnglatze und der Angewohnheit, nervös mit den Schultern zu zucken. Aber er ist immer tadellos mit Schlips und Kragen gekleidet und hält nichts von Freizeithemden und ähnlicher verunstaltender Männergarderobe. Und bei Umzügen hat er alles im Griff. Sogar die Packer zeigten Respekt und ließen sich, ohne zu murren, von ihm herumkommandieren. «Ihr Lebensgefährte ist mal eben noch 'n Kasten

Bier holen gegangen», bemerkte einer der Männer, als ich nach ihm suchte. Natürlich klärte ich den Irrtum sofort auf und sagte, daß Ludwig nur mein Verwandter sei. Dummerweise sei mein Mann unabkömmlich gewesen. «Er ist nämlich Beamter», fügte ich überflüssigerweise hinzu. Die Männer warfen sich vielsagende Blicke zu und sagten: «Na ja, dann kann man halt nichts machen.» Aber es war ihnen gut anzumerken, daß sie mir kein Wort glaubten. «Auf Dienstreise», beharrte ich, um jeden Irrtum auszuschließen. Sie sahen mich verständnisvoll an. «Ist schon in Ordnung. Trotzdem sollten Sie sich den Typen hier mal warmhalten.» Und dann machten sie erst mal wieder eine, wie sie fanden, verdiente Pause.

Als ich Helmut später davon erzählte, fand er es nicht so komisch, wie ich erwartet hatte. Er lachte nur sehr verhalten. Ich beeilte mich, auch Dagmars Verdienste an diesem Umzug – sie hatte mir rührenderweise geholfen, den passenden Gardinenstoff auszusuchen – hervorzuheben.

«Wirklich eine reizende Person», sagte ich, «und so verläßlich.» Als ich zum dritten Mal Dagmars Verläßlichkeit betonte, warf er mir einen unwirschen Blick zu und sagte kurz: «Du sprachst schon davon.» Dann teilte er mir mit, daß er mir leider, leider in der neuen Wohnung nicht beim Auspacken helfen könne. Ich versuchte, Verständnis zu zeigen. Helmut ist Steuerprüfer beim Finanzamt, und da gibt es im Augenblick reichlich zu tun. Ich kam aber nicht umhin, ihn darauf hinzuweisen, wie schwer mir der Abschied von dem vertrauten Heim, die große körperliche Anstrengung, die so ein

Umzug mit sich bringe – jeder Knochen tat mir weh –, und die Trennung von den netten Nachbarn falle. Ich seufzte tief. Sein Verständnis hielt sich in Grenzen. «Du Arme», sagte er etwas zerstreut und wollte dann sehr genau wissen, was aus seiner Taucherausrüstung geworden sei, und mahnte mich, pfleglich damit umzugehen.

Ludwig nahm also weiter das Heft in die Hand und fuhr in die neue Wohnung, um dort, wie er sich ausdrückte, die Fahne zu hissen. Er hatte mit dem Tischler gesprochen, die Gardinenbretter zurechtschneiden lassen, eingedübelt, was zu dübeln war, Lampen aufgehängt, dafür gesorgt, daß jedes Möbelstück an die richtige Stelle kam und daß die Kisten so plaziert wurden, daß das Auspacken nur noch ein Klacks war.

Dagis Bemerkung, Helmut könne sich wirklich an Ludwig ein Beispiel nehmen, blieb diesmal unwidersprochen. Ja, ich mußte sogar an mich halten, um Helmut nicht ein paar offene Worte zu sagen. Aber die nahm mir Ludwig ab und sagte zu ihm: «Da hast du dir ja eine ziemliche Bruchbude aufschwatzen lassen. Die Heizkörper müssen dringend ausgewechselt werden und sind noch dazu an falscher Stelle angebracht. Und mit den Fenstern ist auch nicht viel los. Da zieht's ja durch alle Ritzen. Von Thermopanescheiben hat wohl der Vermieter noch nie etwas gehört.»

Leider hatte er wie meist recht. In der kältesten Woche des Jahres begann der Heizkörper im Wohnzimmer zu tropfen und mußte abgestellt werden. Erst nach einer Woche wurde die Heizung ausgewechselt und das bei minus 15 Grad Außentemperatur. Da war es wenig trostreich, daß uns der Vermieter versprach, den Strom für das elektrische Öfchen zu bezahlen, das wir aufgestellt hatten. Dazu zog es kräftig durch die undichten Fenster. So war es nur allzu verständlich, daß Helmut erst spät aus dem Büro nach Haus kam, meist auch noch sehr beschwingt, und mich und Melanie launig fragte, ob wir schon Frostbeulen hätten.

Ludwig ließ sich längere Zeit nicht blicken. So blieben wir wenigstens von seinem «ich hab's euch ja gleich gesagt» verschont. Er erschien erst wieder im Frühjahr mit Dagilein und war so mit seinen Zukunftsplänen beschäftigt, daß er nicht einmal eine Bemerkung über die Wasserflecken an der Badezimmerdecke machte, die uns nach einem Rohrbruch immer noch an den kalten Winter erinnerten. Er und Dagmar hatten beschlossen zu heiraten. «Nicht wahr, Dagilein?»

Vielleicht kam es mir nur so vor, aber sie machte nicht gerade den Eindruck einer überglücklichen Braut, sondern reagierte eher verhalten. «Wir werden sehen», sagte sie.

«Wie meinst du das?» fragte er.

«Erst mal müssen wir eine Wohnung finden.»

«Kein Problem», sagte Ludwig und erklärte uns bis ins kleinste Detail, wie ihr «gemütliches Nest» beschaffen sein müßte. Bis Dagmar sagte: «Können wir nicht mal von was anderem reden? Ich träume schon davon. Ich glaube, es waren hundertzwanzig Wohnungen, die ich mit dir besichtigen mußte.»

«Was willst du damit sagen?» Ludwig wirkte leicht gekränkt. «Ich dachte, du würdest dich darüber freuen, daß ich so hinterher bin.»

«Aber deswegen muß ich nicht Jahre meines Lebens

damit verbringen, nach einer Wohnung zu suchen, die deinen Vorstellungen entspricht.»

Sie betonte das «dein» und strich sich nervös übers Knie.

«Gerade acht Wochen», sagte Ludwig, «nun übertreib mal nicht.»

Bald darauf wurden sie wieder ganz turtelig, und er bat uns, ihre Trauzeugen zu sein. Aber er konnte es nun mal nicht lassen und redete den ganzen Abend über die zukünftige Einrichtung, von Kleiderschränken aus unbehandeltem Massivholz, wobei man vielleicht denen mit Falttüren den Vorzug geben sollte, über Nadelholz, rotbraun gebeizt oder vielleicht doch besser klar lackiert. Er erklärte uns, wieso ein Parkettfußboden vorteilhafter sei – Auslegware war doch so was Unhygienisches – und wie er sich die Küche vorstellte.

«Die stellen wir uns erst mal gar nicht vor, die sehen wir uns erst mal an», entschied Dagilein kurz.

«Hochinteressantes Thema», sagte Helmut, «wirklich, Ludwig. Aber ich muß jetzt ins Bett. Ich habe eine stramme Woche vor mir. Auch wenn du der Meinung bist, Beamte sind faul und Schmarotzer.»

«Wie kommst du denn darauf?» sagte Ludwig erstaunt.

«Ich hab's dir angesehen, es lag dir auf der Zunge. Gib's doch zu», sagte Helmut.

Das stritt Ludwig entschieden ab. «Ich wollte etwas ganz anderes sagen. Ich wollte sagen, daß mir eure Küche eine Lehre sein wird. Ich werde bestimmt darauf achten, daß Dagi sich keinen Knoten in die Beine machen muß, wenn sie abwaschen will.»

«Ich höre immer abwaschen», sagte Helmut. «Dafür gibt's doch schließlich Geschirrspülmaschinen. Oder bist du immer noch der Meinung, sie sind überflüssig?»

Ludwig ging nicht darauf ein. Helmut hatte einen empfindlichen Punkt berührt. Unser Vetter lehnte Geschirrspüler ab. Er behauptete, sie seien nicht nur unhygienisch, sondern das Pulver, das dafür benutzt werde, sei reines Gift. Dabei war er nur geizig. Er fand insgeheim, solche Dinge könnte eine Frau immer noch wie zu Mutters Zeiten sehr gut per Hand erledigen. Aber soweit hatte ihn seine Freundin schon im Griff, daß er nicht wagte, das auszusprechen.

Dann endlich war das behagliche Nest gefunden, eine Dreizimmerwohnung in bester Lage, wenn auch in einem riesigen, gerade neu entstandenen Komplex, in dem die Wohnungen ziemlich genormt waren. Aber es gab rundherum viel Grün, man wohnte ruhig und trotzdem verkehrsgünstig. Die Miete war überschaubar, es gab eine Einbauküche mit allem Drum und Dran und den gewünschten Parkettfußboden. Ein Glückstreffer also. Ludwig hatte gerade noch eine der letzten Wohnungen erwischt.

Dummerweise war in der Woche vor dem Einzug der Hausmeister nicht greifbar, und Ludwig mußte sich den Schlüssel erst bei der Hausverwaltung holen. Er wurde ihm von einem unbedarft aussehenden Auszubildenden ausgehändigt. Der Umzug schlug alle Rekorde an Perfektion und Tempo. In Windeseile war alles geschafft, die Gardinen hingen an den Fenstern, die Bilder waren aufgehängt, die Bücher in den Regalen verschwunden, das Porzellan in den Küchenschränken verstaut und die

Wohnung perfekt möbliert. Dagi war sichtlich beeindruckt. An Ludwig konnte man sich wirklich ein Beispiel nehmen. Sie waren gerade dabei, die Betten aus geflammtem Birkenholz zu beziehen, da klingelte es an der Haustür. Der Hausmeister mit einem sichtlich verstörten Ehepaar im Schlepptau betrat den Hausflur. Anerkennend sah er sich um. «Sie haben es hier wirklich hübsch. Nur –», er zögerte ein wenig, ehe er fortfuhr: «Leider ist es die falsche Wohnung. Laut Mietvertrag haben diese Herrschaften hier gemietet. Ist Ihnen denn das nicht aufgefallen? Ihre Wohnung liegt ein Stockwerk höher.» Er machte eine beschwichtigende Handbewegung. «Vielleicht werden sich ja die Herrschaften einig.»

Sie wurden es nicht. Ludwig mußte das Feld räumen. Dagis Gesicht verriet nichts Gutes, als sie wieder allein waren. «Wenn du mir ein offenes Wort gestattest», sagte sie mit Haß in der Stimme, und Ludwig rief: «Nein!»

Nachdem wir von dem Desaster erfuhren, war uns klar, daß es für Ludwig und Dagilein keine Zukunft geben würde. Aber da irrten wir uns. Sie heirateten, wenn auch in aller Stille, und verschwanden dann für mehrere Monate aus unserem Blickfeld. Dann, eines Tages, sagten sie sich zu einem Besuch an.

«Ich bin gespannt», sagte Helmut, als wir sie die Treppe heraufkommen hörten, und öffnete die Wohnungstür. Sie begrüßten uns herzlich.

«Wenn ihr mir ein offenes Wort gestattet», sagte Dagi, «eure Blumen auf dem Balkon müssen wohl mal gegossen werden.»

Die prächtige Bärbel

Es war ein ganz normaler Tag gewesen mit einem hirnlosen Dauerlauf bei Grün auf die Ampel zu, was ihr operiertes Knie übelnahm, einem Beinahzusammenstoß mit einem Kurierfahrer, der wie immer in rasendem Tempo rechts überholte, mit dem achtlosen Übertreten des weißen Streifens am Kassenschalter in ihrer Bank und der üblichen Zurechtweisung durch den Kassierer, der dann leise, aber noch vernehmbar vor sich hin murmelte: «Manche lernen's wirklich nie.» Sie hatte sich bei Aldi an der Kasse mit dem Bezahlen und Verstauen des Wechselgeldes beeilt und das Fach, in das die Ware geschoben wurde, so schnell wie möglich geleert, um den nachfolgenden Kunden nicht ungeduldig werden zu lassen. Im Bus hatte ein zeitungslesender Mann neben ihr gesessen und sich dabei so breit gemacht, daß ihre von Rheuma geplagte rechte Schulter jedesmal einen schmerzhaften Puff bekam, wenn die Fahrgäste zum Aussteigen durch den Gang drängten.

Doch den Hausschlüssel hatte sie diesmal gleich parat und mußte ihn nicht erst in dem Durcheinander ihrer schlappigen Tasche suchen. Ein junger Mann, der mit seiner Freundin ein Stockwerk über ihr wohnte, hielt ihr sogar die Tür zum Fahrstuhl auf, und sie führten ein nettes Gespräch über das Wetter und daß der Frühling noch auf sich warten ließ.

Sie war wie immer glücklich, lauter unangenehme Sachen hinter sich gebracht zu haben, und freute sich auf Tee und Sahnetorte, die sie sich eigentlich wegen ihres hohen Cholesterinspiegels verkneifen sollte. Sie lief in den drei großen Zimmern ihrer Altbauwohnung geschäftig hin und her, setzte Teewasser auf, packte die eingekauften Vorräte in den Kühlschrank und betrachtete voller Wohlgefallen das üppige Sahnestück auf ihrem Teller. In diesem Moment klingelte es, zweimal kurz, einmal lang. Es war Bärbels Signal, die nie unten an der Haustür zu warten brauchte, bis Frau Petersen den Summer betätigte, sondern immer irgendwie ins Haus kam und gleich vor der Wohnungstür stand, so daß es unmöglich war, sich einfach zu verleugnen. Dafür knarrte das Parkett zu sehr. Nun klopfte es auch noch. «Ich bin's, Ihre Bärbel!» rief es völlig überflüssigerweise. Frau Petersen tat einen tiefen Seufzer und rief dann mit freudigem Gehorsam in der Stimme: «Ach, wie schön, komme sofort!» Sie wickelte hastig die Torte wieder ein und schob sie in die hinterste Ecke des Kühlschranks, ehe sie die Tür öffnete.

«Rührend», sagte man im Haus, «wie sich dieses frische junge Mädchen um die alte Frau kümmert.» «Rührend» fand auch das Seniorenkränzchen, was Frau Petersen von Bärbel erzählte. «Wirklich Stab und Stütze für Sie.» Und Frau Petersen lächelte zustimmend. Dabei kam ihr häufig der ketzerische Gedanke, was denn daran so Besonderes sei. Schließlich bezahlte sie ihr ja jede Stunde, die sie bei ihr war. In ihrer Jugend wäre Bärbels Hilfsbereitschaft das Selbstverständlichste von der Welt gewesen. Sie konnte sich noch gut erinnern, wie sie mit siebzehn für eine Schneiderlehre in eine andere Stadt geschickt wurde. Da hatte ihre Mutter als einziges gesagt: «Paß auf deine Handtasche auf und vergiß nicht, immer Tante Elisabeth zu helfen.» Dagegen war es heute völlig selbstverständlich, daß ihre Generation jederzeit für die Jüngeren da war. Aber solche Bemerkungen verkniff sie sich. Die meisten der Damen ihres Kränzchens waren nun mal Großmütter und intensiv mit dem Nachwuchs beschäftigt.

Bärbel betrat mit festem Schritt, einen Rucksack auf dem Rücken, wie es der Mode entsprach, die Wohnung. Sie war ein hübsches Mädchen, vielleicht ein bißchen sehr kompakt, aber durchaus wohlproportioniert. Ihr dichtes in die Stirn fallendes Haar und die graugrünen Augen unter kräftigen Augenbrauen gaben ihr etwas von einem Islandpony. «Da bin ich», sagte sie mit ihrer Trompetenstimme und umarmte Frau Petersen kurz. «Freuen Sie sich?» Statt einer Antwort sagte Frau Petersen: «Ich denke, ich mach uns mal einen Tee.»

Frau Petersen hatte Bärbel im Krankenhaus kennengelernt, als sie am Knie operiert worden war. Auf der Station herrschte wegen chronischen Personalmangels große Hektik. Ihr Doppelzimmer war winzig und keineswegs mit einer Naßzelle ausgestattet, nur mit einem Waschbecken, das anscheinend den Zweiten Weltkrieg unbeschadet überstanden hatte und eher in ein Museum gehörte. Zum Klo war es für jemanden, der nur mit Mühe humpeln konnte, ganz schön weit. Die erste Woche war sie noch sehr auf die Hilfe der Schwestern angewiesen, und sie hatte jedesmal Hemmungen, diese abgehetzten Geschöpfe um etwas zu bitten. An Schlafen war überhaupt nicht zu denken. Durch die dünnen Vorhänge drang ungehindert das Licht einer grellen Straßenlampe, und der Rücken schmerzte, weil sie sich nicht auf die Seite legen konnte. Der junge Operateur war von professioneller Freundlichkeit, klopfte sich am liebsten selbst auf die Schulter und lobte sich strahlend bei jeder Untersuchung. «Das habe ich ja mal wieder wirklich gut hingekriegt.» Dem war nicht zu widersprechen. Weniger gut hin bekam die Küche das Essen. Wie in vielen Krankenhäusern gab es auch hier Gerichte, die für Schwerstarbeiter gedacht waren, Eisbein mit Sauerkraut, Erbsen- und Linsensuppe, Kohl in vielerlei Form und außerordentlich fettes Schweinefleisch. Die Diät war wiederum so fad, als wolle man damit vier Wochen alte Babys ernähren.

Ein Lichtblick in diesen etwas mühsamen Tagen war Schwester Renate, ein fröhliches Gemüt, die wie ein Tennisball ins Zimmer hüpfte und in allen Situationen gute Laune verbreitete. Sie war immer bereit, zusätzliche Dinge für die Patienten zu erledigen, Post zu befördern oder schnell zwischendurch eine Wärmflasche zu füllen. Aber dann kam sie eines Tages, um sich zu verabschieden. Ihr Urlaub war fällig.

«Mein Gott, was werd ich alter Mensch nur ohne Sie machen», sagte Frau Petersen in klagendem Ton.

Aber Schwester Renate hatte wie immer gleich einen Trost bereit. «Ich habe Bärbel schon Bescheid gesagt. Die wird sich um Sie kümmern.»

Bärbel war, wie sich herausstellte, noch Schülerin. Sie ging oft an den Wochenenden den Schwestern zur Hand und hatte sich bereit erklärt, während Schwester Renates Urlaub an den Nachmittagen ein, zwei Stunden auf der Station zu helfen. «Sie macht hier so eine Art Praktikum. Sie will später Medizin studieren. Ein prächtiges Mädchen, Sie werden sehen.»

«Wie schön», sagte Frau Petersen matt.

Das darauffolgende Wochenende setzte sich aus lauter kleinen unvorhergesehenen Zwischenfällen zusammen. Eine der Schwestern verknackste sich den Fuß, so daß sie ihr Frühstück eine halbe Stunde später bekam, und es gab unerwarteterweise zwei «Neuzugänge» auf der Station. Frau Petersen hatte sich vergeblich gefreut, das Wochenende im Zimmer allein zu sein. Ihr Neuzugang war eine Afrikanerin mit einem sehr lauten Organ, das von drei Angehörigen ebenso lautstark unterstützt wurde. Frau Petersen griff schließlich zum Kopfhörer des Fernsehers, um sich mit einem Heimatfilm aus den fünfziger Jahren abzulenken. Doch der Kopfhörer funktionierte nicht, soviel sie auch an ihm herumschüttelte.

In diesem Augenblick füllte sich das Zimmer mit einer weiteren Person. Dieses kräftige junge Geschöpf, von einer Aura ungeheurer Energie umgeben, richtete seine graugrünen Augen scheinwerferartig auf Frau Petersen, und eine erstaunlich kleine, mollige Hand wurde ihr entgegengestreckt. «Da bin ich», sagte sie, so, als wäre es das Selbstverständlichste von der Welt, daß jedermann wußte, wer sie war. Und in Sekundenschnelle hatte sie die Situation erfaßt. «Na, er will wohl mal wieder nicht», sagte sie und nahm Frau Petersen den Kopfhörer aus der Hand. «Das haben wir gleich. Ich tausche ihn aus.»

Schon war sie aus dem Zimmer und, husch, husch, wieder zurück. Sie stöpselte den ausgewechselten Kopfhörer ein, und Rudolf Pracks Stimme zischelte aus den Hörmuscheln. Dann brachte sie mit ein paar beruhigenden, aber energischen Worten die lärmende Afrikanerin zur Ruhe und scheuchte mit einer geradezu achtunggebietenden Geste und den Worten: «Der Herr Professor wird gleich da sein» die Gäste aus dem Zimmer. Und noch einmal ermunternd zu Frau Petersen: «Schwester Renate hat gesagt, ich soll mich ganz besonders Ihrer annehmen.»

Merkwürdigerweise überkam Frau Petersen bei diesem Satz ein gewisses Unbehagen, das sie aber gleich erstickte. Statt dessen gab sie etwas von Schwester Renate lobend über ihre junge Helferin Geäußertes an Bärbel weiter.

Daß Bärbel sich auch nach Frau Petersens Entlassung weiter um sie kümmerte, ergab sich wie von selbst. Frau Petersen hatte sich schon lange nach einer Putzfrau umsehen wollen, aber sich dann doch nie recht entschließen können, trotz ihrer siebenundsiebzig Jahre. Und so schien Bärbel, die nach einem zweiten Job suchte, um ihr Taschengeld aufzubessern, ein guter Kompromiß zu sein. Einmal in der Woche zwei, drei Stunden, dachte Frau Petersen. Doch Bärbel sah das anders und ließ es sich nicht nehmen, «wenigstens in der ersten Zeit», wie sie sagte, täglich einmal hereinzuschauen, was Frau Petersen nicht verhindern konnte, denn Bärbel verlangte dafür kein Entgelt. Vorbei war es nun mit dem Genuß, bis zum Mittag im Bett zu bleiben, wenn einem danach war, oder im Bademantel in der Wohnung herumzuschlampen. Ständig war man in der Furcht, dieses junge Ding könne plötzlich auftauchen und einen in liebevoll erzieherischem Ton darauf aufmerksam machen, wie ungesund solch ein Leben für einen alten Menschen sei. Und Frau Petersen fühlte sich dann in ihre Kindheit versetzt, als sie beständig ermahnt worden war, nicht herumzutrödeln, sondern etwas Nutzbringendes zu tun.

Schon als sie Frau Petersen nach Hause zurückgebracht hatte, war Bärbel durch die Wohnung spaziert, hatte sich mit dem Ausruf «Ach, du lieber Gott!» der Zimmer bemächtigt und darin herumgefuhrwerkt, Fenster geputzt, das Bett bezogen, Staub gewischt und das Badezimmer gereinigt, so daß es mehr nach Meister Proper als nach den Forsythien roch, die ihr die Damen vom Seniorentreff geschickt hatten. Frau Petersen floh währenddessen von einer Ecke in die andere und legte sich schließlich resigniert aufs Bett. Zwei Stunden später erst gab sich Bärbel mit dem Resultat ihres Wirkens zufrieden. «So, nun ist erst mal Grund in dem Kabuff», und dann, sich in der Wohnung umkuckend: «Viel Platz haben Sie hier.» Sie band sich die Schürze ab. «Ich geh dann jetzt. Oder haben Sie noch einen Wunsch?»

Den hatte Frau Petersen: Daß die prächtige Bärbel verschwinden möge. Aber da fiel Bärbel gerade noch rechtzeitig ein, daß nichts Eßbares mehr im Kühlschrank war. Doch die Einkäufe waren im Handumdrehen erledigt, und endlich, endlich hatte Frau Petersen ihre Wohnung wieder ganz für sich allein. Ihre Erleichterung übertrug sich auf die Gegenstände, die Heizung hörte auf zu pfeifen, der Wasserhahn tropfte wie gewohnt, und der Kühlschrank brummte beruhigend.

Nach und nach bemächtigte sich Bärbel der Schränke, Kommoden und der Abstellkammer. Die Kleider und Blusen hingen in Reih und Glied, und Pullover und Wäsche lagen Kante auf Kante. Frau Petersen fand nichts mehr und sehnte sich nach der alten Unordnung zurück, die für sie ein gewisses System gehabt hatte. Aber das Seniorenkränzchen bekam davon nichts zu hören. Da pries sie Bärbels Tüchtigkeit, als sei es die eigene Enkeltochter. Und man sah sie ganz neidisch an und sagte: «Wie schön für Sie!» Nur ihre Freundin warf ihr einen skeptischen Blick zu, und Frau Petersen fühlte sich ertappt.

Eigentlich hätte sie Bärbels Anhänglichkeit viel mehr rühren müssen, jetzt, wo ihr Sohn mit seiner Familie in Amerika lebte und sie kaum noch mit jungen Leuten zusammen war. Aber in Wahrheit vermißte sie die Jugend nicht allzusehr, gelegentliche Kontakte genügten ihr. Bis jetzt empfand sie ihre Einsamkeit nicht stärker als in anderen Lebensabschnitten, und im Grunde genommen war sie mit ihrem Leben zufrieden. Das Alleinsein störte sie nicht, dann schon eher dieses Kind, das kam und ging, wie es ihm paßte, und ihr mit seinen munteren Redensarten auf die Nerven fiel. Ständig machte Bärbel «Nägel mit Köpfen», gab «grünes Licht» oder bat jemanden «zur Kasse». Längst ging ihre Hilfe über Aufräumen, Saubermachen und Einkaufen hinaus. Sie erledigte Bankaufträge für Frau Petersen, bestellte die Handwerker, suchte die besten Busverbindungen für sie heraus und spann sie so von Tag zu Tag mehr in einen Kokon der Fürsorge ein. Nur in einem blieb Frau Petersen fest: Ein zweites Mal ließ sie sich nicht von ihr zum Arzt begleiten. Bärbel hatte im Wartezimmer ein solches Gewese um sie gemacht, daß die Sprechstundenhilfe besorgt mit einem Glas Wasser kam und der Arzt eine völlig überflüssige Untersuchung vornahm, weil Bärbel ihm den Eindruck vermittelt hatte, Frau Petersen könne jeden Augenblick zusammenbrechen. Bärbel fügte sich, aber nur in diesem einen Punkt. Frau Petersen mußte weiterhin von ihr ausgeschnittene Artikel über Umweltverschmutzung, Artenschutz und über soziale Mißstände lesen und sterbenslangweilige Diskussionen auf dem Bildschirm ansehen anstatt der von ihr bevorzugten Kriminalfilme, in denen Inspektoren nach langer Verfolgungsjagd den Missetätern bei der Verhaftung gütig, aber fest die Hand auf die Schulter legten.

Eines Tages fragte Bärbel sie, ob sie nicht Lust habe, ihre Eltern kennenzulernen. Doch, die hatte Frau Petersen. Sie war wirklich neugierig, was das für Menschen sein mochten. Die Wohnung der Eltern lag nur ein paar Straßen weit entfernt, und alles, was Frau Petersen sich so vorgestellt hatte, erwies sich als falsch. Bärbel war durchaus nicht das Ebenbild der Mutter, einer zierlichen, reichlich mit Modeschmuck behängten, unruhigen Person, die sie fröhlich begrüßte. Und das Wohnzimmer präsentierte sich keineswegs in musterhafter Ordnung. Die Gardinen hätten längst gereinigt werden müssen, der hübsche Mahagonitisch hatte einige häßliche Flecken, und ein Dackel räkelte sich auf einem Biedermeiersesselchen und kratzte sich gerade ausgiebig. Die Familie ging recht ungezwungen miteinander um. Nur zwischen Mutter und Tochter lag eine gewisse Spannung in der Luft. Sobald die Mutter aufstehen wollte, wurde sie von Bärbel daran gehindert. «Bleib sitzen, Mami, ich mach das schon.»

«Aber ins Badezimmer wirst du für mich kaum gehen können», sagte die Mutter beim dritten gescheiterten Versuch ironisch. Es war das erste Mal, daß Frau Petersen Bärbel rot werden sah.

Der Vater lachte gutmütig. «Wenn es nach unserer Bärbel ginge, müßten wir noch alle mit einem Schnuller herumlaufen.»

Frau Petersen tat das junge Mädchen leid. «Sie wird sicher mal eine prächtige Mutter werden», sagte sie.

Bärbels Mutter kuckte eher skeptisch. «Mit Kindern hat sie eigentlich nicht so sehr viel im Sinn», und zu ihrem Mann gewandt: «Was meinst du?»

Er zuckte lächelnd die Achseln, und an der Art, wie sich das Ehepaar ansah, konnte man merken, daß die beiden sehr glücklich miteinander waren.

Bärbel war zu klug, um nicht zu merken, daß im Augenblick niemand auf ihr Kommando hörte, und trat den Rückzug an. «Na, dann will ich euch bei diesem interessanten Gespräch über mich man nicht weiter stören», sagte sie und versuchte beim Hinausgehen vergeblich, den Dackel von seinem Sessel zu vertreiben.

Einen Augenblick herrschte Schweigen. Und dann waren alle drei schuldbewußt bemüht, Bärbels Loblied zu singen, und ihre Mutter steuerte einige Kindheitsgeschichten dazu bei. Die Sache mit dem Goldfisch, den

Bärbel aus dem Aquarium holte, abtrocknete, in ihr Puppenbett legte und fürsorglich zudeckte. Merkwürdigerweise hatte der Fisch diese Prozedur überstanden und sich wieder erholt. Oder die Katze, die von Bärbel gezwungen worden war, wegen ihrer kranken Ohren mit einem Mützchen herumzulaufen. Während die Eltern so redeten, dachte Frau Petersen an ihren Sohn. Klausi war verhältnismäßig pflegeleicht gewesen. Schade nur, daß er so völlig in der Familie seiner Frau untergegangen war. Aber das kam bei Jungen häufig vor. Als sein Vater starb, konnte er nicht einmal zur Beerdigung kommen. Trotzdem hörte sie natürlich regelmäßig von ihm. Ihre beiden Enkelkinder, inzwischen fast so alt wie Bärbel, hatte sie allerdings so gut wie nie zu Gesicht bekommen. Das lag auch an ihr. Sie war oft genug eingeladen worden, aber da sie so ungern flog, wurde daraus nichts. Wirtschaftlich und gesundheitlich ging es ihm gut, das war viel wert. Und auch mit der Schwiegertochter war sie einverstanden. Sie schien eine von diesen immer freundlich zwitschernden Amerikanerinnen zu sein, die nie schlechte Laune zeigten und einem das Gefühl gaben, man sei ihnen wirklich sympathisch. Der Gedanke an ihren Sohn machte sie ein bißchen wehmütig. Es hatte so innige Jahre mit ihm gegeben. Als erstes, wenn er aus der Schule kam, rief er nach seiner Mutter. Das Bild eines blondgelockten kleinen Jungen, der seinen Teddy im Arm wiegte, stieg in ihr auf, und sie hörte deutlich sein Stimmchen, wie er dem Teddy versprach: «Mami sagt, sie kommt gleich.»

Frau Petersen seufzte, und die Gastgeber starrten sie erschrocken an.

«Ist Ihnen nicht gut?» fragte Bärbels Vater besorgt. Frau Petersen beeilte sich, etwas verlegen zu versichern, es sei wirklich nichts. Sie habe sich nur am Tischbein gestoßen.

«Ich sag's ja immer», sagte Bärbels Mutter, «die Beine von diesem Tisch sind einfach zu furchtbar. Was ich mir schon für Strümpfe daran zerrissen habe!»

«Soll ich dir einen neuen kaufen?» sagte ihr Mann und tätschelte zärtlich ihre Hand.

Nach diesem Besuch kam eine Zeit der Erholung für Frau Petersen, denn Bärbel fuhr für vierzehn Tage zum Skifahren in die Berge. In diesen beiden Wochen verschlampte die Wohnung auf angenehme Weise, und Frau Petersen frönte all den lebensverkürzenden Lastern, vor denen sie Bärbel so dringend gewarnt hatte: Sahnetorte (Cholesterin), spätes Abendbrot (schlecht für den Darm) und statt der vorgeschriebenen zwei Liter Flüssigkeit nur die übliche Tasse Tee zum Frühstück und zum Nachmittag (Ausdörren). Erst einen Tag bevor Bärbel wieder anrollte, bestellte sie sich in dem kleinen Laden um die Ecke einen Kasten stilles Wasser, bemühte sich, die Wohnung einigermaßen wieder in Ordnung zu bringen, und quälte sich in ihre Stützstrümpfe.

Bärbel kam braungebrannt und glühend vor Tatendrang zurück. Der Zustand der Wohnung entlockte ihr ein nachsichtiges Kopfschütteln, und den Trick mit dem Wasser durchschaute sie sofort. Da half auch keine Beteuerung, die Flaschen hätten nicht geliefert werden können, der Junge sei krank gewesen, und natürlich habe sie viel Leitungswasser getrunken. «Ihre Übungen haben Sie bestimmt auch nicht gemacht», sagte Bärbel erbarmungslos. «Am besten, wir fangen gleich damit an.»

Gehorsam rollte Frau Petersen wieder ihre Füße auf einem Gerät, das für bessere Durchblutung sorgen sollte, und sie traute sich sogar nicht mehr, in der Badewanne stundenlang in heißem Wasser zu weichen, obwohl Bärbel das ja nun wirklich nicht kontrollieren konnte. Während sie sich leicht fröstelnd mit der von Bärbel gekauften medizinischen Seife, deren Geruch sie verabscheute, einseifte, fragte sie sich, wie es nur möglich war, daß sie sich derart von ihr beherrschen ließ. Entschlossen warf sie die sie störende rutschfeste Matte aus der Wanne und drehte den Warmwasserhahn voll auf.

Bärbel bestand, tüchtig wie auf allen Gebieten, ihr Abitur spielend mit der für das Medizinstudium wichtigen Note und machte sich anschließend sogleich auf den Weg, eine gute Ärztin zu werden. Ihren Studienplatz bekam sie in einer anderen Stadt, und Frau Petersen mußte von heute auf morgen lernen, wieder auf eigenen Füßen zu stehen, was ihr verhältnismäßig schnell gelang. Bärbel besuchte sie jetzt nur noch in den Semesterferien, bei welcher Gelegenheit sie dann allerdings auch gleich wieder in ihren Haushalt hineinregierte. Sie verbot der Putzfrau, die Frau Petersen inzwischen gefunden hatte, Schlüpfer und Hemdchen zu bügeln, das sei eine zu große Stromverschwendung, und Frau Petersen mußte eine Woche lang kratzige Unterwäsche tragen. Dann erwischte sie die Putzfrau bei ihrer Frühstückszigarette, die ihr von Frau Petersen ausdrücklich gestattet worden war, und sagte, das sei doch nun die

Höhe, einer alten Frau die Luft zu verpesten, worauf Frau Petersen ihre Hilfe fast verloren hätte und erst den Stundenlohn erhöhen mußte, damit sie blieb.

In diesem Jahr kam ganz überraschend Klausi zu Besuch, allein, ohne seine zwitschernde Gladys. Da lag er nun, ein inzwischen schwer gewordener Mann, in seinem alten Bett und erzählte sich seinen Kummer von der Seele. Seine Frau hatte sich scheiden lassen. Die Kinder waren ihr zugesprochen worden. Frau Petersen saß am Fußende und sah voller Trauer auf ihn hinab. Armer kleiner Klausi, dachte sie. Das Alter hatte ihn bereits gezeichnet, aber sein verlegenes Lächeln und die Art, wie er nervös mit dem Zeigefinger seinen Mund umkreiste, waren ihm geblieben. Ihr fiel ein, daß er als Kind unwahrscheinlich lange am Daumen gelutscht hatte und selbst als fast Erwachsener in schwierigen Situationen zu diesem Beruhigungsmittel griff. Natürlich war er nicht ganz unschuldig an seinem Dilemma, wie sie es als Mutter gern gesehen hätte. Er hatte wohl auch das Bäumchen-Bäumchen-wechsle-dich-Spiel allzu intensiv betrieben, und das anscheinend mit immer jüngeren Frauen. Er sah seine Mutter mit dem schiefen Lächeln an, wie er es schon als Kind getan hatte, wenn sie ihn dabei erwischte, daß er den Zuckerguß von der Torte leckte. Rührung überkam sie. Mein Gott, was für ein Baby er doch im Grunde noch war.

«Was willst du denn jetzt machen?»

«Ich werde wohl erst mal wieder hier im Stammhaus meiner alten Firma arbeiten können. Ich muß mir also dringend eine Wohnung suchen. Soll ich solange lieber in ein Hotel ziehen?»

«Was für ein Unsinn», sagte Frau Petersen, teils erfreut, teils beunruhigt. «Ich bin doch glücklich, daß du mal wieder da bist.» Aber es war doch ein leicht getrübtes Glück. Die geräumige Wohnung schrumpfte auf merkwürdige Weise zusammen, und man kam sich dauernd in die Quere, angefangen beim Badezimmer. Auch daß er stark rauchte, störte sie, und daß er die Zeitung um sein Bett verstreute. Das hatte sie schon bei seinem Vater geärgert. Gelegentlich besuchten ihn alte Freunde. Dann verzog sie sich in ihr Schlafzimmer und versuchte, die lauten Stimmen und das Gelächter zu überhören.

Bärbel war inzwischen wieder bei ihren Eltern gelandet. Sie hatte eine Praktikantenstelle am Universitätskrankenhaus bekommen und ließ sich häufig blicken. Dabei lief sie auch Klausi über den Weg. «Du hast ein recht nettes Mädchen», sagte er und fuhr sich mit dem Zeigefinger über die Oberlippe. Er lud sie sogar ein paarmal ins Theater ein. «Ich denke mir, ich tu dir damit einen Gefallen», sagte er etwas herablassend zu seiner Mutter. «Sie ist ja wirklich ein nützliches Ding.»

Zum ersten Mal wurde Frau Petersen richtig ärgerlich über ihren Sohn. «Bärbel ist eine sehr attraktive junge Frau und hat jede Menge Verehrer», bemerkte sie ungewohnt scharf. «Sie wird nicht gerade auf deine Einladungen lauern.»

Klausi lachte. Er wirkte in letzter Zeit nicht mehr so deprimiert, und es gab viele Abende, an denen er nicht zu Hause war. Ein paar Wochen später zog er aus. Er hatte eine hübsche kleine Wohnung ganz in ihrer Nähe gefunden. Frau Petersen gab sich betrübt, aber im

Grunde genommen war sie erleichtert. Dafür irritierte sie Bärbel nun wieder mehr und mehr, die in der Wohnung herumfuhrwerkte, als sei es ihre eigene, und sie sogar dazu überredete, die Möbel umzustellen. Sie beklagte sich bei ihrem Kränzchen darüber, stieß aber, wie vorauszusehen, auf wenig Verständnis. Es mußte doch wundervoll sein, einen frischen jungen Menschen um sich zu haben! Frau Petersen tröstete sich damit, daß Bärbel wahrscheinlich bald die Stadt für immer verlassen würde, denn sie wollte nach dem Staatsexamen lieber aufs Land in ein Kreiskrankenhaus gehen. Dann würde sie sich endlich nicht mehr wie ein Fisch am Angelhaken fühlen.

Ihren Sohn sah sie nur noch selten, und wenn, waren andere Dinge zu besprechen, als sich über Bärbel zu beklagen, was ihr auch etwas albern vorgekommen wäre. Doch dann erzählte er ihr, daß er sie ein paarmal gesehen habe. «Sie schwärmt ja geradezu von dir», sagte er.

Frau Petersen lächelte etwas gequält. «So kann man es auch nennen.»

Ein paar Wochen vergingen, und dann meldete er sich zum Abendessen an. «Wir wollen es uns mal so richtig gemütlich machen», sagte er. Frau Petersen kaufte seinen Lieblingswein und seinen Lieblingsaufschnitt. Als sie gerade den Tisch deckte, klingelte es an der Wohnungstür. Das konnte nur Bärbel sein und mal wieder im falschen Moment. Doch ehe Frau Petersen sie wieder wegschicken konnte, war sie bereits im Zimmer. «Oh, ein Galaessen», sagte sie und inspizierte die Meißner Teller und das gute Silber. «Aber die Salznäpfchen fehlen noch. Wann kommt denn Klausi?»

Frau Petersen zuckte irritiert zusammen. Seit wann nannte dieses junge Ding ihren Sohn beim Vornamen? Aber es blieb ihr wenig Zeit zum Wundern, denn da war er schon selbst, sogar mit einem großen Blumenstrauß. Während sie die Blumen in eine Vase ordnete, hörte sie die beiden hinter sich tuscheln.

«Wir haben eine Überraschung für dich», sagte Klausi strahlend, als sie sich umdrehte. «Bärbel und ich wollen heiraten.» Und Bärbel gab ihr einen Kuß, legte ihr die mollige Hand warm und fest auf die Schulter wie die gütigen Inspektoren ihren Delinquenten und sagte mit bewegter Stimme: «Ach, Mutter.» Und dann, als Frau Petersen noch ganz benommen diese Neuigkeit zu verdauen versuchte, sprachen die beiden davon, wie praktisch es doch wäre, wenn man die Wohnungen tauschte.

Der Dritte im Bunde

Mein Freund hat immer gesagt, du darfst dir nicht die Seele auffressen lassen, man muß abschalten können. Schon in der Schule war er so. Unangenehme Dinge hat er schnell abgeschüttelt. Er hat einen freundlich angesehen und teilnehmend gesagt: «Was für 'n Mist. Gehen wir schwimmen» oder: «Was hältst du von Kino?» Im Laufe der Jahre ist mir das Wegdenken auch ganz gut gelungen. Es kann einem schließlich nicht die ganze Welt leid tun. Dabei komme ich ja in meiner Tätigkeit mit wirklich armen Schweinen zusammen. Ich werde nämlich dafür bezahlt, daß ich arbeitslose Angestellte in höheren Positionen, unter ihnen eine ganze Menge Akademiker, dazu ermuntere, nicht den Kopf hängen zu lassen, sondern ihre Chancen für einen Neueinstieg mit einem Kursus oder mit einem Seminar zu verbessern. Meist sitzt man dann noch ein wenig zusammen, und da bekommt man schon eine Menge unerfreulicher Lebensschicksale zu hören. Es geht einem doch ganz schön an die Nieren, zumal der gute Rat, den ich ihnen gebe, meist auch noch teuer ist. In so einer Situation höre ich manchmal richtig die Stimme meines Freundes: «Wirklich Mist. Laß uns einen trinken gehen.»

Wir beide haben praktisch schon im Laufstall miteinander gespielt, Nachbarskinder halt. Mal hat meine Mutter auf uns aufgepaßt, mal seine. Beide waren wir Einzelkinder, beide Elternpaare hatten ein Häuschen. Wir waren weder Flüchtlinge noch ausgebombt, und es war eigentlich immer alles da, auch unsere Väter, von denen wir uns, wenn ihnen wieder einmal die Hand ausgerutscht war, manchmal heimlich wünschten, sie wären noch in Kriegsgefangenschaft wie andere Väter. Wir mußten an öden Sonntagen bei ödem Wetter gemeinsam mit Onkeln und Tanten, Opa und Oma spazierengehen, saßen in der Klasse nebeneinander und bekamen in denselben Fächern gute oder schlechte Noten. «Fast könnte man euch für Zwillinge halten», sagte der Klassenlehrer manchmal lachend, wenn wir gleichzeitig mit dem Finger schnippten. Es war eben so ein richtiges Kleinstadtleben mit Versandkatalogen, Tanzstunde, Kartoffelklößen und Schweinebraten am Sonntag und dem Kirchgang, dem Wahnsinnswettbewerb der Frauen, wer die Gräber auf dem Friedhof am besten pflegt, und dem jährlichen Schützenfest.

Mein Gott, was waren wir froh, als wir diesem Zauber entronnen waren, diesem ewigen «Hörst du», «Hast du verstanden», «Ich rede mit dir» zu Hause. «Laß dir die Haare schneiden, hark das Laub zusammen, bring den Mülleimer runter.» Wie schnell man selbst wieder in so alte Puschen schlüpft, ahnt man ja Gott sei Dank nicht. Und dann der Studienplatz in München, unserer «heimlichen Hauptstadt mit Herz»! Schwabing, das Sündenbabel schlechthin! Das konnten wir allerdings zunächst nur von ferne genießen. Die Zimmer waren unbezahlbar, und so landeten wir in einem Vorort, der sich kaum von unserem Heimatstädtchen unterschied, höchstens, daß man hier «Herrschaftseiten» statt «Verflucht noch mal» sagte.

Glücklicherweise war es nur ein kurzes Zwischenspiel. Wir lernten auf der Universität schnell eine Menge Leute kennen, darunter ein Mädchen, flach wie Twiggy, mit spindeldürren Beinen und schenkellangen Stiefeln unterm Minirock. Sie schleppte uns in ihre Wohngemeinschaft, wo gerade ein Zimmer freigeworden war. Dort ging es für unsere Begriffe äußerst munter zu. Bald machten wir allen Unsinn mit, der in dieser Flower-Power-Zeit so gang und gäbe war, ein bißchen Haschisch, endlose Diskussionen, Sit-ins und Teach-ins. An den gelegentlichen Demonstrationen beteiligten wir uns nicht, dafür waren wir zu brav. Und außerdem hatten wir keine Lust, von der Polizei abgeschleppt zu werden. Später trampten mein Freund und ich sogar mehrere Monate durch Amerika. Wir kamen uns fast wie Kolumbus vor.

Nur in puncto Mädchen hatten wir Gott sei Dank einen unterschiedlichen Geschmack. Er bevorzugte diese komplizierten Typen, die einen dauernd bohrend fragen: «Was willst du damit sagen?», «Wie hast du das gemeint?» Es waren interessante und meist auch von anderen sehr begehrte Mädchen. Meine Freundinnen dagegen waren eher von der Sorte, die man jederzeit seinen Eltern präsentieren kann, mit denen die Mütter dann in der Nachbarschaft angeben, weil sie doch zeigen, was ihr Sohn für einen guten Geschmack hat, und weil alles stimmt, die Familie, die Erziehung, eben alles.

Da war natürlich der Schrecken groß, als ich mich in ein Groupie verliebte, ein gelenkiges Mischlingsmädchen mit erstaunlich rotem Haar. Sie litt unter chronischem Heuschnupfen, so daß man nicht immer wußte, weint sie nun, oder ist es der Pollenflug. Der Bandleader, mit dem sie durch die Lande gezogen war, hatte sie abserviert, und da kam ich gerade recht. Ich fühlte mich geehrt, denn wo ich auch mit ihr aufkreuzte, erregte sie mit ihrem milchkaffeebraunen Teint und den roten Haaren ziemliches Aufsehen. Meine Eltern waren wie vom Donner gerührt, als ich sie nach Hause brachte. Sie klemmten sich hinter meinen Freund, er sollte mich wieder zur Vernunft bringen. Da hatten sie natürlich den Bock zum Gärtner gemacht. «Sag mal, trägt die 'ne Perücke?» fragte er interessiert, und als ich ihm statt einer Antwort von meiner großen Liebe vorschwärmte, sagte er wie üblich, wenn auch mit einem Augenzwinkern: «So 'n Mist.» Und anschließend versackten wir in irgendeiner Kneipe. Das Problem löste sich dann sehr schnell von selbst, als meine Rothaarige zu ihrem Bandleader zurückkehrte.

Wir beendeten das Studium mit einiger Verzögerung. Die Arbeitswelt hieß uns willkommen, und wir mußten nun lernen, acht Stunden am Schreibtisch zu sitzen. Ziemlich zur selben Zeit beschlossen wir zu heiraten, und meine Eltern zeigten sich glücklich über diese appetitliche, wohlerzogene Braut mit dem netten Beruf – sie war Kindergärtnerin – und dem netten Elternhaus. Mein Freund heiratete ein paar Wochen später eine seiner interessanten Frauen mit leicht exzentrischem Anstrich, total emanzipiert und mit scharfem Verstand.

Beide Ehen liefen schief. Mein Hausmütterchen brannte mit dem türkischen Gemüsehändler an der Ecke durch. Als ich von einer Geschäftsreise nach Hause kam, war die Wohnung fast leer, und es hatte nicht mal für einen Abschiedsbrief gereicht. Mein Freund war gleich zur Stelle und brachte es fertig, daß ich die Sache durch seine Brille sah und schließlich froh war, diese Kuschelmaus auf so billige Art losgeworden zu sein. Er selbst hatte nicht soviel Glück, als er ein Vierteljahr später die Scheidung wollte. Die Eigenständige kämpfte mit Klauen und Zähnen, um ihn zu behalten, und er mußte ganz schön Federn lassen, bis er sie los war. Als ich ihn nun meinerseits trösten wollte, zuckte er nur die Achseln und sagte: «Liebe kommt, Liebe geht.»

Ein halbes Jahr später bekam er einen Herzinfarkt, und ich besuchte ihn im Krankenhaus. Es war das erste Mal, daß ich mit einem Schwerkranken in Berührung kam, und ich war so konfus, daß mir die mitgebrachten Apfelsinen aus der Hand fielen und durchs Zimmer rollten. Ich wagte nicht einmal, mich hinzusetzen, sondern blieb am Fußende stehen und stotterte irgendwelche Platitüden wie: «Unkraut vergeht nicht» und: «Nun kannst du dich endlich mal so richtig ausschlafen.» Er hörte mir amüsiert zu und sagte: «Übernimm dich nicht, alter Junge.» Und als ich ihn da so blaß und von der Krankheit gezeichnet liegen sah, gestand ich mir zum ersten Mal ein, daß ich eher auf meine Eltern als auf ihn verzichten würde. Dann kam die Schwester ins Zimmer. «Nun aber raus mit Ihnen», sagte sie in diesem hassenswert munteren Krankenhauston. «Wir brauchen wieder ein bißchen Ruhe.»

Er wurde dann doch schneller entlassen, als ich angenommen hatte. Während der Genesungszeit passierte es: Er verliebte sich und war acht Tage später bereits verheiratet, ohne daß ich davon etwas wußte. Es gab mir doch einen ziemlichen Stich, als er mir erst ein paar Wochen danach schrieb. Er hatte länger nichts von sich hören lassen. Das war bei uns nichts Ungewöhnliches. Ich dachte, er sei in irgendeiner Rehabilitationsklinik und dort gut aufgehoben. Ich selbst hatte in dieser Zeit berufliche Schwierigkeiten und beherzigte den Rat meines Freundes, rechtzeitig abzuschalten, leider nicht immer.

Wie ich seinem Brief entnahm, lebten sie jetzt beide in der Kleinstadt, aus der sie stammte. Und so machte ich mich dann an einem Wochenende auf den Weg, um das junge Glück zu besuchen. Voller Skepsis natürlich, die sich noch verstärkte, als ich sah, daß diese Stadt unserer Heimat auf schreckliche Weise ähnlich war. Während mein Wagen über das Kopfsteinpflaster am Kriegerdenkmal auf dem Marktplatz vorbeiholperte und ich die schrill gekleideten Jugendlichen vor der wahrscheinlich einzigen Diskothek des Ortes herumlümmeln sah, stiegen in mir wieder alte Erinnerungen an Schweinebraten und Sauerkraut auf, an Konfirmandenanzüge und sonntäglichen Kirchgang. Und ich fühlte mich wie eine Brieftaube, die aus Versehen in einem fremden, aber doch sehr ähnlichen Taubenschlag gelandet ist.

Mein Freund wohnte nicht weit von der Kirche in einer dieser Neubausiedlungen, in denen praktisch alles genormt ist, vom Spielplatz bis zur Bepflanzung. Die

Wohnung lag im dritten Stock am Ende eines düsteren Ganges mit speckigen Wänden und einem von vielen Umzügen und Zigarettenkippen vernarbten Linoleumfußboden. Es roch intensiv nach Knoblauch und Zwiebeln. Aber als mein Freund die Wohnungstür öffnete, war der beklemmende Eindruck wie weggeblasen. Die drei kleinen Zimmer waren lichtdurchflutet und der Empfang von beiden ungezwungen und herzlich. Die Vorstellung, die ich mir von der neuen Frau gemacht hatte, konnte ich gleich über Bord werfen. Sie hatte nichts von ihren raumfüllenden, funkelnden Vorgängerinnen. Sie war eine von den eher blassen, unauffälligen Schönheiten, bei denen man erst bei genauerem Hinsehen merkt, wie gut die Natur es mit ihnen gemeint hat. Von der Art, wie sie sprach, wie sie sich bewegte, wie sie lachte, ging etwas Beruhigendes, aber auch Anregendes aus, was meinen Freund und mich dazu brachte, auch mal von anderen Dingen zu reden, als nur das übliche Blabla über Wirtschaft, Sport und Politik von uns zu geben. Finanziell war sie unabhängig. Sie besaß eine kleine Drogerie, und dort hatte sie mein Freund auch kennengelernt.

Bald wurde ich Nutznießer eines Glücks, das ich davor noch nicht gekannt hatte, oder sollte ich besser sagen, eines Friedens, an dem sie mich großzügig teilnehmen ließen. Kurz gesagt, ich wurde der Dritte im Bunde, wenn natürlich auch nur in der mir zugestandenen Rolle. Normalerweise ist man ja selbst in der besten Freundschaft gelegentlich versucht, die Probe aufs Exempel zu machen und zumindest durch einen leisen Flirt ein wenig an der ehelichen Harmonie zu kratzen. Aber hier unterdrückte ich jeden aufkeimenden Gedanken daran. Wie ein von Sturm und Regen gebeutelter Wanderer in seine Herberge strebte ich nach öden Bürostunden an den Wochenenden zu den beiden. Bereits auf dem Weg dorthin war ich voller Vorfreude auf die entspannte Atmosphäre, die mich dort erwartete. Nie gaben mir die beiden das Gefühl, meine häufigen Besuche könnten ihnen allmählich lästig werden. Jedesmal, wenn ich mich verabschiedete, sagte mein Freund: «Also dann, bis zum nächsten Mal, alter Junge.» Ich fand, daß er sich seit seiner Heirat verändert hatte. Er war fürsorglicher und sensibler geworden und verzichtete auf seine flotten, zynischen Sprüche.

Allerdings fiel ein Wermutstropfen in den Becher meiner Zufriedenheit: Ich bekam Probleme mit meiner Freundin, mit der ich seit längerer Zeit zusammen war. Bis dahin waren wir auf eine unkomplizierte Weise miteinander ausgekommen, und es gab wenige Reibungspunkte. Aber plötzlich begann mich ungerechterweise eine ganze Menge an ihr zu stören, besonders aber ihr angestrengter Versuch, auf Teufel komm raus originell zu sein, angefangen bei ihrer ständig wechselnden Haarfarbe, einem riesigen Ohrring, mal im rechten, mal im linken Ohr, je nach Stimmung, und den merkwürdigen Hüten, die sie sich dauernd kaufte. «Wie findest du denn den?» fragte sie mich jedesmal erwartungsvoll und präsentierte mir irgend etwas kaum als Kopfbedeckung Erkennbares, und wenn ich dann sagte: «'n bißchen wie 'ne vertrocknete Morchel» oder ähnliches, war sie sehr gekränkt. Irgendwann bekam sie natürlich mit, wieviel Zeit ich bei meinen Freunden verbrachte, und dann habe ich ihr wahrscheinlich auch dummerweise von ihnen vorgeschwärmt. Und so hagelte es bald anzügliche Bemerkungen, wenn ich mal wieder keine Zeit für sie hatte. Ich muß schon sagen, sie wurde schließlich erstaunlich ordinär, etwas, was mir neu an ihr war und mein Interesse vorübergehend wieder aufflammen ließ.

An einem Frühlingstag, den ich bei meinen Freunden verbrachte, sprach ich über mein Dilemma, in das ich mit meiner Freundin geraten war. Wir waren noch beim Frühstück auf dem kleinen Balkon, und mein Freund war gerade zum Kiosk gegangen, um die Sonntagszeitung zu holen. Während seine Frau mit ihren ruhigen Bewegungen ein Brötchen aufschnitt und den Honig darauftropfen ließ, hörte sie mir still zu, wenn auch nicht mit der sonst üblichen Aufmerksamkeit. Sie schien mir verändert, und ich erfuhr auch schnell den Grund, nachdem mein Freund zurückgekommen war und sich wieder an den Frühstückstisch gesetzt hatte. Er griff sich das Glas mit seiner Lieblingsmarmelade und begann, sie genüßlich in sich hineinzulöffeln. «Hat sie's dir erzählt?» fragte er.

«Was denn?» Ich sah ihn verständnislos an.

«Wir bekommen ein Kind!» Sie fuhr ihm flüchtig durchs Haar und nahm ihm das Marmeladenglas weg. «Und du bekommst Magenschmerzen, wenn du nicht bald aufhörst.»

Aber das war eher bei mir der Fall. Ich muß sagen, diese Neuigkeit behagte mir ganz und gar nicht. Babys waren bekannterweise eine aufreibende Angelegenheit und ließen keine Gelegenheit ungenützt, um ihre Eltern in eine totale Erschöpfung zu versetzen. Erst allmählich konnte ich mich mit dem Gedanken daran anfreunden.

Bald darauf trennte ich mich endgültig von meiner Hutmadam oder, besser gesagt, sie sich von mir. Und so konnte ich nun auch den diesjährigen Urlaub mit meinen Freunden zusammen verbringen. Es wurden zwei ruhige, friedliche Spätsommerwochen an der See mit abendlicher Kühle und manchmal einem leichten Dunst über dem Wasser, der den nahen Herbst ahnen ließ. Das Wetter war schön, und wir konnten die meiste Zeit am Strand sein. Mein Freund und ich wetteiferten darin, seiner Frau alles abzunehmen. Aber wenn sie auch gelegentlich sagte, wir sollten nicht so ein Getue machen, schien es ihr doch ganz gut zu gefallen. Und so geleiteten wir sie jeden Tag, bepackt mit Luftmatratze, Decken, Sonnenschirmchen und Zeitschriften, zum Strand. Die Insassinnen des nahe gelegenen Erholungsheimes für ledige Mütter folgten unserer täglichen Prozession mit neugierigen Blicken, und ich hörte eine Schwangere zu einer anderen sagen: «Kuck mal, die da hat gleich zwei Männer. Und unsereins nicht mal einen.»

Kurze Zeit nachdem wir wieder zu Hause angekommen waren, setzten viel zu früh die Wehen ein. Mein Freund war gerade unterwegs, und so mußte seine Frau allein ins Krankenhaus fahren. Während sie im Kreißsaal lag, erlitt er im Auto seinen zweiten Herzinfarkt. Diesmal kam jede Hilfe zu spät. Er starb in der gleichen Nacht wie sein Sohn, der nur ein paar Stunden lebte. Ich weiß nicht mehr, von wem sie benachrichtigt worden war. Ich sehe mich nur noch den Flur im Krankenhaus entlangstolpern und ewig vor ihrer Zimmertür stehen, bis ich endlich in der Lage war, hineinzugehen. Offensichtlich hatte sie das ganze Unglück noch nicht richtig aufgenommen. Jedenfalls, sie weinte nicht, sie redete nicht, sondern sah mich nur verständnislos an, als ich nach Worten rang. Und der Arzt, der inzwischen hereingekommen war, flüsterte mir zu: «Gehen Sie jetzt besser. Sie steht noch unter Schock.»

Danach habe ich mich dann um sie gekümmert und in den ersten Wochen sogar ganz bei ihr gewohnt. Wir wurden sehr vertraut, das muß ich schon sagen. Ich begriff erst jetzt, was mein Freund an dieser starken Person gehabt hatte. Meine Gedanken begannen nur noch um sie zu kreisen, und in der Intimität der kleinen Wohnung mußte ich verdammt aufpassen, daß sich die Grenzen unserer Freundschaft nicht verwischten. Für mich war es ein Spiel mit dem Feuer, und immer wieder gab es Augenblicke, in denen ich das heftige Bedürfnis hatte, mit ihr zu schlafen. Meist waren es allerdings ganz unverfängliche Situationen: Ich half ihr beim Verschnüren eines Paketes, oder sie hatte sich geschnitten und suchte mit erhobenem Zeigefinger, leise vor sich hin fluchend, nach einem Pflaster. Aber dann fühlte ich wieder diese Scheu, die mich von Anfang an selbst an dem kleinsten Flirt gehindert hatte. Ich sah uns wieder an dem sonntäglichen Frühstückstisch sitzen, hörte das Gezänk der Spatzen und diesen einen Glockenschlag, wenn während des Gottesdienstes der Segen gesprochen wird. Und dann hatte ich mich wieder im Griff. Die Sache wäre auch nur peinlich geworden, denn sie gab nie mit einem Wort oder einer Geste zu erkennen, daß sie in mir mehr sah als den Freund ihres Mannes, der nun ihr Freund war. Ich blieb der Dritte im Bunde.

Nach einigen Monaten fing sie plötzlich davon an, daß sie unbedingt ein Kind haben wollte. Nur das Kind, nicht den Vater dazu. Dieses Kind sollte dann für sie das Vermächtnis ihres toten Mannes sein. Sie gab zu, daß ich sie für verrückt halten mußte. Aber sie blieb dabei, und ich gab es auf, mit ihr darüber zu diskutieren.

Dann wurde ich von meiner Firma ein paar Wochen ins Ausland geschickt, und als ich wieder zurückkam und mein erster Weg bei ihr vorbeiführte, hatte sie auch wirklich schon jemanden für ihren Plan gefunden. Obwohl ich wußte, daß dieser übrigens ganz sympathische Mann nur ein Mittel zum Zweck sein sollte, packte mich doch heftige Eifersucht, als ich sah, wie er ganz selbstverständlich seinen Arm um ihre Schultern legte. Er war, wie sich später herausstellte, felsenfest davon überzeugt, daß das Ganze nur eine verrückte Idee von ihr sei und sie ihn viel zu sehr liebte, um ihn nachher nicht doch zu heiraten. Aber sie ließ sich auf keinen Kompromiß ein. Als das Kind unterwegs war, trennte sie sich mit unbarmherziger Freundlichkeit von ihm. Der arme Kerl war ganz gebrochen.

Das ist nun zehn Jahre her. Ich habe den Jungen, dem sie den Namen meines Freundes gegeben hat, heranwachsen sehen und miterlebt, wie sich Vorstellung und Wirklichkeit auch für mich immer mehr verwischten.

Bei einem meiner Besuche lud ich mal wieder meine beruflichen Sorgen bei ihr ab. Der Junge saß daneben und hörte zu. Plötzlich sagte er: «Ist ja wirklich alles Mist. Weißt du was? Laß uns schwimmen gehen.»

«Gute Idee», sagte ich und sah ihm nach, wie er aus dem Zimmer lief. Und ich muß sagen, mir war ganz eigentümlich zumute: Wir waren wieder zu dritt.

Raus bist du

Als Herrmann Preysing wie gewohnt um sechs Uhr erwachte, überfiel ihn, wie so oft in letzter Zeit, lähmende Verdrießlichkeit. Er blieb deshalb länger liegen, und als er endlich aufstand, fühlte er ein Ziehen in allen Knochen. Sicher schlug das Wetter um. Er setzte sich auf die Bettkante und angelte nach seinen Pantoffeln. Den einen konnte er wie üblich nicht finden, wahrscheinlich war er unters Bett gerutscht.

«Ach ja.» Er stieß einen halb jammernden, halb gähnenden Seufzer aus, humpelte zum Fenster und schob die Vorhänge auseinander. Strahlende Herbstsonne blendete ihn, und der Rasen vor dem Hochhaus, über den wichtig ein Dackel trabte, glitzerte von Tau. Was für ein herrliches Wetter! Seine Stimmung besserte sich, und da, wie durch Zauberhand, lag auch der zweite Pantoffel vor ihm. Er zog seinen Bademantel an, ärgerte sich wie immer über dessen Farben – khakibraun mit weißen Streifen, wo hatte seine Schwiegertochter den bloß aufgetrieben? –, verschwand im Badezimmer und schlurfte nach einer Weile, frisch rasiert und geduscht, in die Küche. Dieses Schlurfen war eine Angewohnheit, die von seiner Schwiegertochter mit mißbilligenden

Blicken zur Kenntnis genommen wurde. Denn wenn er wollte, konnte er noch recht flott laufen. Gleichzeitig ängstigte sie sich und fürchtete bereits die Symptome eines beginnenden Parkinson. Er grinste, als er daran dachte. Parkinson! Manchmal spielte er gern den hinfälligen Greis, eine kleine Rache dafür, daß er von ihr «overprotected» wurde, wie sein Enkelsohn das nannte. Overprotected. Früher hätte man das Bevormundung genannt. Aber bevormunden ließ er sich von ihr noch lange nicht. Armes Ding. Seit mehr als zehn Jahren Witwe. Aber seinen Enkelsohn hatte sie gut erzogen. Der war nun auch schon erwachsen und verdiente sein gutes Geld in der Computerbranche. Was war er doch für ein phantasievolles Kind gewesen. Merkwürdigerweise mußte der Umgang mit der Technik etwas in ihm verändert haben, jedenfalls klang alles, was er jetzt sagte, als wäre es für ein Computerprogramm bestimmt.

Sorgsam deckte Herrmann den kleinen Tisch am Fenster, von dem aus man wie im Schlafzimmer auf ein grünes Blättermeer kuckte. Die Bäume, ebenso alt wie die Hochhäuser, reichten inzwischen bis zum vierten Stock. Er wohnte im fünften, und das seit mehr als vierzig Jahren. Damals war diese kleine Zweizimmerwohnung der Inbegriff des Luxus gewesen, ausgestattet mit zentraler Wasserversorgung und Heizung, einem Badezimmer, einem Einbauschrank in der Küche, einem Müllschlucker auf dem Flur. Zu dritt hatten sie darin gewohnt und waren von Freunden und Bekannten beneidet worden. Vierundvierzig Quadratmeter, so viel Platz für drei Personen! Es war, als hätte man in der

Lotterie gewonnen. Und nun hatte er diese Wohnung ganz für sich allein.

Er brühte den Kaffee auf, stellte Marmelade und Honig auf die Tischplatte und holte Käse, Wurst und Butter aus dem Kühlschrank. Als er sich von der Wurst abschneiden wollte, fiel ihm ein Stück aus der Hand. Er hob es auf, warf es in den Abfalleimer und wischte anschließend den Fleck mit dem Geschirrlappen auf, spülte sich die Hände und trocknete sie am Geschirrtuch ab. Dabei lachte er vor sich hin. Seine Angewohnheit, mit dem Abwaschlappen alles zu säubern, was zu säubern war, egal, ob es sich um Bratpfannen, Schuhe oder Flecken auf dem Fußboden handelte, hatte seine Frau jedesmal aufgeregt, ebenso, daß er das Geschirrtuch als Handtuch benutzte. «Männer! Sie sind doch alle gleich! Ekeln sich, wenn nur ein paar Blättchen Petersilie ins Kompott gefallen sind. Aber ohne jedes Gefühl für Hygiene!» Der Gedanke an diese ständigen kleinen Reibereien mit seiner Frau erfreute ihn noch im nachhinein. Doch gleich darauf war wieder dieses dumpfe Gefühl großer Verlassenheit da, das ihn seit ihrem Tod anfallartig überfiel.

Herrmann Preysing hatte den gewaltsamen Tod im Krieg nie mit dem Sterben im Alltag in Einklang bringen können. Bei Verwundeten und Sterbenden an der Front war das anders gewesen. Da versuchte er, ihr Leid zu mildern und, wenn möglich, im Lazarett nach ihnen zu sehen. Doch später im zivilen Leben nahm er kranke Menschen kaum wahr und drückte sich vor Besuchen im Krankenhaus, wo er konnte. Das alles war in seinen Augen Frauensache. Daran hatte auch der plötzliche

Tod seines durch einen Verkehrsunfall ums Leben gekommenen Sohnes nichts ändern können, ja, das hatte seine Abwehr eher noch verstärkt. «Krankenhäuser sind mir nun mal ein Greuel», erklärte er seiner Frau, wenn sie versuchte, ihn zu überreden, kranke Freunde dort zu besuchen.

«Tu nicht immer so, als wäre es für andere Leute ein reines Vergnügen», sagte sie. «Die Atmosphäre ist dort für jedermann bedrückend.»

«Wirklich?» sagte er naiv. «Ich dachte immer, du findest es ganz interessant.»

Sie musterte ihn halb belustigt, halb gekränkt. «Du bist vielleicht ein Herzchen. Aber wenn du krank bist, sieht das natürlich alles ganz anders aus.» Und schon tischte sie ihm wieder einmal auf, wie es ihr mit ihm ergangen war, als er eine Woche im Krankenhaus verbringen mußte. «Den ganzen Tag durfte ich an deinem Bett sitzen. Eine Riesenszene hast du mir gemacht, als ich mal eine Stunde später kam.»

«Ich hab mich halt um dich geängstigt», sagte er verlegen. «Es hätte dir ja unterwegs was zustoßen können.»

«Geängstigt. Die ganze Zeit über hast du dann nur gemuffelt und kaum ein Wort mit mir geredet und Gott und die Welt angeklagt, daß ausgerechnet dir so was passiert.»

«Die Schwestern haben das ganz anders gesehen», verteidigte er sich.

Das stimmte. «Was für einen reizenden Mann Sie haben», hatte die Schwester gesagt, als sie ins Zimmer kam. «Was für ein geduldiger Patient.»

«Du hast es ja selbst gehört.» Er sah sie triumphierend an.

Sie seufzte. «Was bist du doch für ein Kindskopf.»

Seine Gedanken sprangen hin und her. Das Denken ist ein wilder Affe, hatte er irgendwo gelesen. Sein armer Junge. Er starrte auf das Geschirrhandtuch, das er immer noch in der Hand hielt, und verknotete es dann blitzschnell zu einem Hasen mit langen Ohren, wie es sein Sohn als Kind so gern gehabt hatte. «Kindskopf.» Ihn so zu nennen, war wirklich ungerecht. Er hatte ja nie einer sein dürfen. Dazu waren die Zeiten, in denen er groß geworden war, ganz und gar nicht geeignet. Er war sechs, als der Erste Weltkrieg ausbrach, und an seinen Vater, der gleich im ersten Kriegsjahr fiel, konnte er sich nur noch dunkel erinnern. Seiner Mutter blieb wenig Zeit, um ihren Mann zu trauern. Vier Kinder wollten großgezogen werden und das mit wenig Geld, knappen Lebensmitteln und beengten Wohnverhältnissen. «Ene mene mu, und raus bist du», schallte es durch die Hinterhöfe. Aber er war zum Spielen kaum gekommen. Für den Ältesten gab es viele Pflichten, das war bei den anderen Familien nicht anders. Kohlen schleppen, Ofen heizen, auf die Kleinen aufpassen. Bei den Geschwistern führte er ein strenges Regiment, die hatten zu parieren, und fertig war der Lack. Bis auf den Jüngsten schliefen sie in einer winzigen Kammer, die beiden Kleineren zu zweit in einem Bett. Ewig diese Unruhe und das Gejammere: «Ich muß mal, ich muß mal!» Und er durfte dann seine Schwester oder seinen Bruder, durch die eisige Wohnung tappend, zum Klo auf dem noch eisigeren Hausflur eine halbe Treppe tiefer bringen und warten, bis sie fertig waren. Manchmal, wenn er guter Laune war, spielte er «Wer fürchtet sich vorm schwarzen Mann» mit ihnen. Oder er erzählte ihnen eine Geschichte. Fünf Personen in einem Zimmer! Wenn er da an seinen Urenkel dachte! Er hatte den schönsten Raum in der Wohnung seiner Eltern, und jedesmal gab es großes Theater, wenn ein anderes Kind bei ihm übernachten sollte. Immer war es kalt gewesen, Eisblumen an den Fenstern, Frostbeulen an den Händen. Und erst in der Schule! Das kleine Kanonenöfchen schaffte es nicht, den Raum genügend zu heizen, und der Lehrer ließ sie deshalb in der Pause im Dauerlauf über den Hof traben, damit sie warm wurden. Mäntel und Pulswärmer zogen sie erst gar nicht aus. Drei verschiedene Altersgruppen waren in einer Klasse, trotzdem hatten sie viel gelernt. Der Lehrer mochte ihn. «Nehmt euch ein Beispiel an Herrmann», sagte er oft. «Auf den ist Verlaß.» Nein, nein, ein Kindskopf durfte er nie sein. Sonst gab es Katzenköpfe, meist dann, wenn er sich vor seinen Geschwistern versteckte, um sich mit den großen Jungen zu treffen und gemeinsam Unfug zu treiben. Der Mutter war schnell die Hand ausgerutscht, und dann mußte er doch wieder auf die Geschwister aufpassen, und die Jungen tobten allein davon. «Ene mene mu, und raus bist du.»

Trotzdem blieb diese winzige, armselige Wohnung eine Zuflucht für ihn, die ihm Trost und Schutz bot. Trost und Schutz waren etwas, auf das man nicht verzichten konnte. Das hatte ihn sogar im letzten Krieg dazu gebracht, seinen Urlaub vorzeitig abzubrechen, nachdem er seine Heimatstadt in Schutt und Asche vorfand und seine Mutter und zwei Geschwister unter Trümmern begraben. Auch die Bäckerei, in der er, bevor er einberufen wurde, als Meister arbeitete, gab es nicht mehr, und seine Schwester war nach Bayern evakuiert. «Ene mene mu, und raus bist du.» So kehrte er zu seiner Einheit zurück. Auch dort gab es nur wenige noch vom alten Stamm und viele neue Gesichter. Aber für ihn war es immer noch eine Art Zuhause, trotz Artillerieangriffen und dem Chaos ringsum. Das gleiche Gefühl der Geborgenheit hatte er in seiner jetzigen Wohnung, besonders seit Erika gestorben war.

Er goß sich Kaffee nach, schmierte sich ein zweites Brot und belegte es dick mit Schinken. In seiner Jugend war eine Schmalzstulle mit Zucker der höchste Genuß gewesen. Die Morgensonne malte Kringel auf die geblümte Plastikdecke. Erika mochte nun mal Blümchenmuster. Geblümt war fast alles in der Wohnung, Gardinen, Tapeten, das Sofa und die beiden Sessel. Die Krankheit war völlig überraschend gekommen, jedenfalls war ihm nie aufgefallen, daß ihr irgend etwas fehlte. Ihr Leiden hatte sich über zwei Jahre hingezogen. Monate davon mußte sie im Krankenhaus verbringen, nur gelegentlich durfte sie noch nach Haus. Seine Schwiegertochter half ihm, wo sie konnte. Was hätte er ohne Marion wohl angefangen. Sie kümmerte sich nach Erikas Tod um alles. Er selbst, betäubt von dem Verlust, zeigte sich außerstande, auch nur die einfachsten Dinge zu erledigen. Erika war seine zweite Frau gewesen. Seine erste Ehe hatte nicht lange gedauert, seine Frau war schon ein Jahr vor Kriegsausbruch gestorben, und das an so etwas Lächerlichem wie einem vereiterten

Zahn. Er erinnerte sich noch, daß er an diesem Tag zu spät in die Bäckerei gekommen war, wo er als Geselle arbeitete, und daß der Meister nur gesagt hatte: «Deswegen müssen unsere Kunden nicht auf ihre Brötchen warten.» Auch sie hatte er geliebt, aber es war nicht dasselbe. Sie kannten sich zu kurz. Von Erika hatte er sich mehr als fünfzig Jahre lang nie getrennt.

Es klingelte an der Wohnungstür, zweimal kurz, einmal lang. Das war das Zeichen seiner Nachbarin, Frau Alberti. Frau Alberti kümmerte sich ein bißchen um ihn, war aber zum Glück nie aufdringlich. Die pensionierte Briefträgerin kam gern auf einen Schwatz vorbei. «Man muß ja mal ein Wort loswerden.» Er fand sie nett. Sie war über alles informiert, was im Hause vorging, und steckte immer voller Neuigkeiten. Auch hatte sie in ihrem Beruf erstaunlich viel erlebt. Manchmal wußte er allerdings nicht, ob er die Geschichten, die sie erzählte, merkwürdig, unheimlich oder total verrückt finden sollte. Zum Beispiel die Sache mit dem alten Ehepaar, die war doch richtig makaber. «Also», hatte Frau Alberti auf ihre zupackende, ungenierte Art erzählt, «da gab's in meinem Revier» – sie sagte «Revier» wie ein Polizist – «auch zwei alte Leutchen, bei denen habe ich immer eine Tasse Kaffee getrunken, wenn ich auf Tour war. Eines Tages, was soll ich Ihnen sagen, begegne ich der alten Frau auf der Treppe. Und als sie mich sieht, sagt sie: ‹Kommen Sie doch mal rein, Frau Alberti, Sie müssen sich noch von ihm verabschieden.› Ich denke, na, die beiden wollen vielleicht verreisen. Doch dann, als ich in dem Hausflur bin, flüstert sie mir zu: ‹Seien Sie schön leise. Er liegt nebenan.› Ich gehe also ins Schlafzimmer.

Da liegt doch der alte Herr und ist tot. ‹Aber›, habe ich gesagt, ‹das müssen Sie doch melden, da muß doch ein Arzt her.› Und da sagt doch die Frau: ‹In meine Wohnung kommt keiner. Sonst holen sie ihn mir weg, und dann bin ich ganz allein.›»

Als seine Frau noch lebte, hatten sie oft darüber gelacht, obwohl es dazu nun wirklich keinen Grund gab. Aber jetzt hörte er so etwas nur noch ungern. Diesmal hatte Frau Alberti eine mindestens ebenso schreckliche Geschichte auf Lager. «Stellen Sie sich vor, der ganze Block soll renoviert werden. Alle Rohre und Leitungen werden ausgewechselt. Alles neu.»

«Und wann soll das vonstatten gehen?» fragte er erschrocken.

«In ein paar Monaten wohl. Irgendwann kommen erst mal die vom Baubüro und sehen sich jede Wohnung an.»

«Bis dahin bin ich bestimmt längst tot. Das erlebe ich nicht mehr», scherzte Herrmann Preysing, obwohl ihm nicht danach zumute war. «Ein halbes Jahr aus der Wohnung raus, und wohin denn?»

«Eine Wohnung stellen sie uns wohl. Aber das ganze Hin und Her! Und die Wohnungen, in die sie uns setzen, sollen in einem katastrophalen Zustand sein. Erzählt man sich jedenfalls. Aber ich sage immer, abwarten und Tee trinken.» Sie stand auf. «Na, dann will ich mal wieder. Ich muß einkaufen. Soll ich Ihnen was mitbringen?» Erst an der Wohnungstür schien ihr klarzuwerden, was diese Nachricht für Herrmann Preysing bedeutete. «Wahrscheinlich ist alles wieder 'ne Seifenblase», versuchte sie ihn zu trösten, «wo doch heute kein

Mensch mehr Geld hat und die Wohnungsgesellschaft schon gar nicht.» Sie schlappte in ihren Gesundheitssandalen zum Fahrstuhl.

Diese Nachricht brachte Herrmann so durcheinander, daß er, als seine Schwiegertochter ein paar Minuten später anrief, ihre Stimme nicht erkannte und sie hartnäckig mit der freundlichen Apothekerin verwechselte, die ihm immer seine Medikamente schickte.

«Aber Vater», sagte seine Schwiegertochter beunruhigt. «Ich bin's doch, Marion! Kennst du meine Stimme nicht mehr?»

«Natürlich», sagte er verdrießlich. «Ich hab nur gerade vorher mit der Apothekerin telefoniert und dachte, sie ruft noch mal an.»

Sie tat so, als ob sie ihm glaubte. «Ich will dich nur noch einmal daran erinnern, daß du heute nachmittag zu mir kommen wolltest.»

«Weiß ich doch. Glaubst du, ich hab das vergessen?»

«Natürlich nicht», sagte sie besänftigend. «Ich wollte ja nur wissen, ob es dabei bleibt. Möchtest du, daß ich dich abhole?»

Fast war er gewillt, «ja bitte» zu sagen. Es war schon kein guter Tag beim Aufstehen gewesen, und eben die Schreckensnachricht war fast ein bißchen zuviel. «Aber nein», sagte er dann doch. «Der Bus fährt alle fünf Minuten. Es ist ja nur ein Katzensprung.»

Overprotected, dachte er, als er den Hörer auf die Gabel legte. Marion machte sich wirklich zuviel Sorgen um ihn. Auch ihre ewige Angst, er könnte irgend etwas Unsinniges in der Wohnung anstellen, war wirklich zu albern. Und das nur, weil ihm ein paar Kleinigkeiten passiert waren, wie sie bei jedem mal vorkommen. Mit dem Alter hatten die überhaupt nichts zu tun. Irgendwann war ihm eben mal was angebrannt, allerdings so heftig, daß die ganze Wohnung im Nu verqualmt war. Während er den Topf von der Platte riß, ihn in den Ausguß stellte und fasziniert zusah, wie der kalte Wasserstrahl die schwarze Masse aufzischen ließ, klingelte der Nachbar Sturm und rief: «Herr Preysing, Herr Preysing!» Dieser unerwartete Lärm erschreckte ihn so, daß er fast vergessen hätte, die Herdplatte abzustellen, die ihn bereits als glühendes Auge ansah. Er schusselte zur Tür. «Was ist?» Er mußte husten. Trotz des offenen Fensters war der Qualm immer noch sehr dicht.

«Irgend etwas brennt bei Ihnen», rief der mehr um sich als um Herrn Preysing besorgte Nachbar. Herrmann Preysing hatte den Nachbarn noch nie leiden können. Er nannte ihn insgeheim Mister Wichtig, weil er jeden im Haus mit guten Ratschlägen versorgte.

«Na und?» brüllte er, zugegebenermaßen ein wenig zu laut. «In meiner Wohnung kann ich machen, was ich will!» Dann trottete er in die Küche zurück.

Natürlich hatte sich dieser Ausspruch durch Mister Wichtig wie ein Lauffeuer im Hochhaus verbreitet, und es gab doch einige Überängstliche, die sich bemüßigt fühlten, seine Schwiegertochter darauf anzusprechen. Ein Hochhausbrand war schließlich keine Lappalie, das sah man ja oft genug im Fernsehen, wenn es einen dieser spannenden Katastrophenfilme gab. Wie es ihre Art war, hatte sie sofort aus der Mücke einen Elefanten gemacht, aber dann schilderte er ihr den Vorgang so anschaulich und witzig, daß selbst sie darüber lachen mußte.

Bevor er sich am Nachmittag auf den Weg machte, suchte er sorgfältig seine Kleidung aus. Einen grauen, frisch aus der Reinigung geholten Anzug, ein gestreiftes Hemd und seine besten Halbschuhe. Wohlgefällig betrachtete er sie. Er putzte sie noch genauso, wie er es beim Militär gelernt hatte. Auch die Innenkante vom Absatz wurde eingecremt. Wohlgefällig musterte er sich im Spiegel. Kein Fleck auf dem Anzug, kein loser Knopf, keine geplatzte Naht. Nichts verabscheute er mehr als ungepflegte Altersgenossen. Gerade in vorgerückten Jahren sollte man immer proper aussehen, wenn man noch ernstgenommen werden wollte.

Vor dem Fahrstuhl fiel ihm noch rechtzeitig ein, daß er die Wohnungstür hinter sich mal wieder nur zugezogen hatte. Aber wem passierte das nicht. Er verließ das Haus, überlegte einen Augenblick, wie er gehen mußte – rechts natürlich, das war doch klar wie Kloßbrühe –, und ging rüstigen Schrittes zur Bushaltestelle, wo bereits nach ein paar Minuten der Bus angefahren kam.

Seine Schwiegertochter öffnete ihm die Wohnungstür. Er betrachtete sie sich voller Wohlwollen. Hübsches Ding. Wenn sie sich nur immer nicht gleich so aufregen würde. Aber diese fliederfarbene Jacke! Aus dem Wohnzimmer drang Stimmengemurmel. «Reinhard und Michael wollten dich auch gern sehen und sind auf einen Sprung vorbeigekommen», erklärte sie auf seinen fragenden Blick. «Reinhard hat einen Kunden mitgebracht, aber der geht gleich wieder. Michael freut sich schon auf seinen Uropa. Er war nur sehr müde, und ich hab ihn erst mal für eine halbe Stunde hingelegt.» Als sie ins Wohnzimmer kamen, sprangen beide Männer auf, begrüßten ihn und setzten dann ihr Gespräch fort. Soweit er der Unterhaltung entnehmen konnte, war der Kunde wohl aus der Werbebranche. Manchmal hatte er das Gefühl, daß es überhaupt nur noch drei Berufsbranchen gab: Computer, Werbung oder Fernsehen. Und wie sie redeten! Dieser Mensch hatte gerade ein Date mit seinem Art Director gehabt. Aber viel war bei dem Brain-storming nicht herausgekommen, und jetzt war er dabei, das nächste Mailing vorzubereiten. Meetings, Mailings, Briefings – mein Gott, was für eine Sprache! Hoffentlich ging er bald. Das tat dann der junge Mann. Dafür kam sein Urenkel ins Zimmer gestürmt. «Mensch, Opa! Du bist da? Ist ja klasse. Das haut mich ja total von der Matte!» Er lehnte sich an ihn und flüsterte ihm ins Ohr: «Hast du mir was mitgebracht?»

«Hab ich», sagte Herrmann Preysing, gerührt über die Freude seines Urenkels. Er griff in die Tasche und zog ein monströses Geschöpf aus einer gummiartigen Masse hervor, das er selbst natürlich grauenhaft fand, das aber Michael, wie vorauszusehen, entzückte. Den Arm um die Schultern des Jungen gelegt, begann er, von den bevorstehenden Renovierungsarbeiten in den Hochhäusern zu sprechen. Und daß die Mieter dafür ein halbes Jahr umquartiert werden sollten. Doch kaum hatte er es erzählt, bereute er es schon, denn er bemerkte die Blicke, die sich Marion und ihr Sohn zuwarfen.

«Du solltest dir wirklich noch einmal durch den Kopf gehen lassen, ob du dann nicht besser vorher in das

Seniorenheim ziehst», sagte seine Schwiegertochter und goß ihm Kaffee nach. «Angemeldet bist du ja, und ich meine, es hat dir doch recht gut gefallen.»

Seine Familie hatte sich wirklich viel Mühe gegeben, etwas zu finden, das seinem Geschmack annähernd entsprach und ihm soviel Selbständigkeit wie irgend möglich einräumte. Seine Rente reichte dafür nicht aus, aber da hatte sein Enkelsohn sofort gesagt: «Darüber mach dir keine Sorgen, Opi. Hauptsache, dir gefällt's. Das regle ich schon. Sieh es dir doch wenigstens mal an.»

Das hatte er getan. Tatsächlich hielt der Prospekt, was er versprach. Das Heim machte einen überaus freundlichen Eindruck, und die Leitung schien in Ordnung zu sein. Die einzelnen Appartements waren mit allem ausgestattet, was ein alter Mensch zu seiner Bequemlichkeit braucht. Sogar einen kleinen Balkon gab es mit Ausblick auf einen parkähnlichen Garten. Selbstverständlich konnte man seine eigenen Möbel mitbringen. Es gab ein Schwimmbad, eine Bibliothek, einen Raum für Vorträge und Veranstaltungen, ja, sogar einen kleinen Laden, in dem man das Notwendige kaufen konnte. Aber es gab auch die Pflegestation, und er sah die Verwirrten in den kleinen Sitzecken stumpf auf ihren Stühlen hocken, überwiegend Frauen. Als sie durch den Flur gingen, ließ ihn ein wahnsinniger Schrei zusammenfahren. Der Heimleiter legte ihm begütigend die Hand auf die Schulter und sagte: «Na, soweit sind wir ja noch lange nicht.» Er hatte es sicher gut gemeint. Aber so kraß wie bei dieser geballten Anhäufung von Schwäche und Alter war Herrmann Preysing seine eigene Vergänglichkeit noch nie vor Augen geführt worden. «Ene mene mu, und raus bist du.» Im Hochhaus mischten sich wenigstens noch die Generationen auf angenehme, wenn auch manchmal etwas anstrengende Weise, wenn die Kinder die Treppen heruntertobten und ihre Rollschuhe auf den Fluren ausprobierten oder wenn Jugendliche vor den Fenstern ihre Mofas knattern ließen.

«Bist du müde?» fragte seine Schwiegertochter teilnehmend.

«Nein, nein», sagte er, «ich hab nur nachgedacht. Weißt du, diese Renovierungen, vorläufig ist es ja nur Gerede. Am besten ist, man läßt es erst mal auf sich zukommen.»

Seine Schwiegertochter drang nicht weiter in ihn, und als sie ihn zum Bus brachte, wobei er sehr bemüht war, die Beine zu heben und forsch auszuschreiten, redeten sie von anderen Dingen. An der Bushaltestelle zupfte sie, wie es ihre Art war, fürsorglich ein wenig an ihm herum, bis der Bus kam. «Hast du die Hausschlüssel?» fragte sie.

«Natürlich», sagte er unwillig, klopfte aber vorsichtshalber auf seine Jacke und erschrak, weil er sie nicht ertasten konnte. Doch dann fiel es ihm wieder ein: Er hatte sie herausgenommen, als er dem Jungen sein Geschenk gab, und dann in die Hosentasche gesteckt.

«Und laß nicht wieder jemanden rein», sagte sie, «hörst du?»

Natürlich, er gab zu, es war sehr leichtsinnig von ihm gewesen, aber er hatte die beiden Frauen vor seiner Wohnungstür für Zeugen Jehovas gehalten, die ihn in regelmäßigen Abständen besuchten und mit denen er sich ganz gern unterhielt, einfach, weil es liebe Menschen waren, wenn, wie er fand, auch ein wenig naiv. Sie gaben den Versuch nicht auf, ihn zu ihrem Glauben zu bekehren. Aber an was glaubte er überhaupt? Sicher, er war getauft und konfirmiert worden, und Erika und er waren kirchlich getraut. Aber seine Kirche bedeutete ihm nichts mehr. Der Hauptgrund war wohl eine angeborene Trägheit, sich mit solchen Dingen zu beschäftigen. Und dann der Krieg. Vor längerer Zeit hatte er sich aus einer Illustrierten ein Bild herausgeschnitten, das schmerzliche Erinnerungen in ihm weckte. Es zeigte einen Soldaten in dem Moment, wo er von der Kugel getroffen wird und ihm das Gewehr aus der Hand gleitet. Darunter stand ein Satz aus einem Feldpostbrief. «Ich habe Gott gesucht in jedem zerstörten Haus, Gott zeigte sich nicht, wenn mein Herz nach ihm schrie.»

Die beiden Frauen, die er in seine Wohnung gebeten hatte, waren nur ganz kurz geblieben. Aber die paar Minuten reichten aus, ihn gründlich zu bestehlen. Und nun machte sich Marion, das gute Kind, wieder einmal Sorgen um ihn. Er versprach ihr, es bestimmt nicht wieder zu tun, und stieg in den Bus. Vor seinem Hochhaus traf er zwei junge Männer. Sie grüßten ihn freundlich. Er grüßte zurück und grübelte, wie sie hießen. Es gab inzwischen so viele neue Mieter, daß man unmöglich noch jeden beim Namen kennen konnte.

Zu seiner Verwunderung ließ sich seine Wohnungstür nicht aufschließen. Er probierte und probierte, die Schlüssel paßten einfach nicht. Panik überfiel ihn. Hatte er vielleicht doch sein Schlüsselbund bei Marion liegenlassen und aus Versehen ein falsches eingesteckt?

Doch dann fiel sein Blick auf das Namensschild, und ein «Verdammt!» entfuhr ihm. Er hatte das falsche Stockwerk gedrückt und war bei der Wohnung unter ihm gelandet. Verlegen sah er sich um. Gott sei Dank, niemand war zu sehen, und auch hinter der Tür rührte sich nichts. Seine Hände zitterten, als er bei seiner Wohnung angekommen war und sie aufschloß.

Erst allmählich beruhigte er sich. In der Nacht schlief er schlecht, und am nächsten Tag blieb er noch länger als gewöhnlich im Bett. Doch der Rhythmus seines Alltags brachte ihn wieder ins Gleichgewicht, und er vergaß den Vorfall.

Vier Wochen später meldete sich das Baubüro. Jede Wohnung wurde genau unter die Lupe genommen und auch ihm im einzelnen erklärt, was alles erneuert werden mußte: Heizungsrohre, Badezimmer, Küche, Steckdosen und Fenster. Dreck, Staub, Lärm waren da unvermeidbar. Die Türen zum Hausflur würden den ganzen Tag offenstehen, damit die Handwerker ungehindert ein- und ausgehen konnten, und Heizung und Warmwasser gebe es in dieser Zeit auch nicht. Er müsse also wohl oder übel die Wohnung räumen. Acht Wochen seien das mindeste. Dann könne er zwar in die Wohnung zurück, aber der Krach und die Unruhe würden bleiben. Er fragte eingeschüchtert, wann damit begonnen werden sollte. Und als er den Termin hörte, sagte er fast erleichtert: «Bis dahin bin ich längst tot.»

«Na, na», der Architekt klopfte ihm begütigend auf die Schulter. «Das wollen wir doch nicht hoffen.» Aber es war ihm auch anzusehen, daß ihm das völlig schnuppe war.

Herrmann Preysing ging es jetzt wie jemandem, der krank geworden ist und plötzlich viele Leidensgenossen mit denselben Symptomen hat. Nur, ein Trost war es nicht. In dem kleinen Park, in dem er sich gern aufhielt, traf er eine alte Dame, die aber etwa zehn Jahre jünger als er war. Sie hatte die Umquartierung gerade hinter sich und erzählte Schauergeschichten aus dieser Zeit. Kostbares Porzellan war bei dem Hin und Her zu Bruch gegangen, wertvolle Dinge waren abhanden gekommen und die zugewiesene Wohnung in einem unbeschreiblichen Zustand.

«Mein Gott, wie schaurig», sagte seine Schwiegertochter, als er ihr dummerweise davon erzählte, und machte ihm den Vorschlag, doch wenigstens vorübergehend, nur als Gast, für das halbe Jahr in das Seniorenheim zu ziehen. Der Heimleiter sei sicher damit einverstanden. Und dann könne er ja, wenn er durchaus wolle, wieder in seine Wohnung zurück. Aber er witterte die Falle. Er ahnte, daß er nie zurückgehen würde, wenn er erst einmal dort gelandet war. «Ene mene mu, und raus bist du.» Er beschloß, das Ganze, koste es, was es wolle, durchzustehen.

Der Tag der Ausquartierung rückte näher. Die Unruhe nahm zu, und er merkte, daß sich etwas in ihm veränderte, etwas Unerklärliches von ihm Besitz zu ergreifen versuchte. Nur mit äußerster Konzentration konnte er sich dagegen zur Wehr setzen. Er fing jetzt an, alles, was er tat, halblaut vor sich hin zu sagen. «Badewasser einlassen, nicht vergessen, den Hahn abzustellen, Tee aufgießen.» Aber es nützte nicht immer. Er ertappte sich dabei, daß er den Telefonhörer in der Hand hielt und nicht mehr wußte, wie der Apparat zu bedienen war. Ebenso ging es ihm mit dem Fernseher. Und wenn Frau Alberti ihn besuchte, kam es ihm vor, als sehe sie ihn manchmal etwas befremdet an, vor allem, als er nach seiner Brille suchte, obwohl er sie in der Hand hielt. «Herrmann, aufpassen, nichts falsch machen», sagte er sich jetzt immer öfter.

Ein paar Tage später hatten sich Marion und Reinhard angesagt, um ihm beim Packen zu helfen. Schrilles Klingeln riß ihn aus seinem Mittagsschlaf. Benommen ging er zur Tür. Er sah durch den Spion. Draußen standen ein junger Mann und eine ältere Frau in einer greulichen fliederfarbenen Jacke. «Ich kaufe nichts!» rief er und schlurfte ins Zimmer zurück, glücklich darüber, daß er es diesmal richtig gemacht hatte.

Familienbande

So was wie Familienfeste besuchte Etta nicht mehr. Aber es hatte lange gedauert, bis sie sich dazu durchringen konnte, der Familie fernzubleiben, und ohne Roberts Unterstützung wäre es ihr wahrscheinlich auch nicht gelungen. Vor zehn Jahren war das anders gewesen. Da schwamm sie überall mittendrin und tat eine Menge, um sich beliebt zu machen. Obgleich sie nun aus dem Klüngel ausgeschert war, erhielt sie noch regelmäßig den Jahresrundbrief, den sie zugegebenermaßen nach wie vor mit großem Vergnügen las. Die Themen drehten sich natürlich immer im Kreis, um Kinder, Schule, Krankheiten, Karrieren, Verlobungen, Hochzeiten und Begräbnisse, bei denen meist die Anzahl der Trauergäste und die in Kauf genommenen Unbilden im Vordergrund standen. «Es regnete in Strömen», oder: «Wie üblich gab es keine Parkplätze, und wir mußten eine ziemliche Strecke laufen», oder: «Die Heizung in der Kirche war ausgefallen, wir froren in unseren viel zu dünnen Kleidern jämmerlich.» Die meisten Mitteilungen waren in einem gewissen launigen Ton gehalten, so daß auch Tragödien ihren Schrecken verloren. «Onkel Erwin ist schwer gestürzt. Er ist mit seinen achtzig

Jahren die Treppe runtergefallen. Glücklicherweise ist er auf dem Neufundländer gelandet. So hat er sich nur eine Rippe gebrochen, das brave Tier dagegen zwei.»

Einen besonders breiten Raum nahmen gemeinsame Reisen auf den Spuren der Vorfahren ein, wobei die jeweiligen Gastgeber, die das Kreuz auf sich genommen hatten, die Familie in ihrem Haus zu versammeln, besonders lobend erwähnt wurden. «Wir genossen die harmonische Atmosphäre in den geschmackvoll eingerichteten Räumen und die guten Gespräche am Kamin sowie das exzellente Buffet, und das bei aller Belastung und Arbeit, die auf den Schultern von Vetter Hans ruhen.»

Ettas Blick blieb auf einer Nachricht haften, die Roberts von ihr übernommenen Grundsatz – «Familie braucht man, aber verkracht muß man sein» – für einen Augenblick ins Wanken brachte. Tante Ruth wurde neunzig, und es wurde beschlossen, ihren Geburtstag mit großem Auftrieb zu feiern. Erinnerungen an jenen bei ihr verbrachten Nachkriegssommer überfielen sie wie Heuschnupfen. Tante Ruth, ein mit sich selbst und der Welt zufriedenes Geschöpf, das nie das Elternhaus verlassen hatte, wurde von der Familie nicht ganz für voll genommen, was diese aber nicht daran hinderte, ihr eines der zahlreichen Kinder aufzuhalsen, wenn sie es für nötig hielt. So auch Etta, die mit Onkel und Tanten, Vettern und Kusinen in einer Notunterkunft hauste und, von einem bellenden Husten geplagt, niemanden schlafen ließ. Sie hatte sich zwar mit Händen und Füßen dagegen gesträubt, daß man sie zu einer fremden Tante bringen wollte, aber es hatte nichts genutzt. «Etta, sei bitte nicht schwierig», war alles, was die Mutter sagte, während sie das hustende und schluchzende Kind im Dauerlauf durch die zerbombte Stadt hinter sich her zerrte, um den Lastwagen, der sie mitnehmen sollte, nicht zu verpassen.

Wieder sah sie sich auf der Straße vor Tante Ruths Haus stehen, auf der sie der Lastwagenfahrer abgesetzt hatte, und sich langsam der Haustür nähern. Sie ließ den Klopfer mehrmals fallen, aber nichts rührte sich. Sie drückte vorsichtig die Messingklinke herunter, die Tür war offen. Nach der Sommerhitze empfand sie das Haus als angenehm kühl, und so blieb sie erst mal in der gefliesten Diele mit den hohen Schränken stehen und betrachtete sich und Puppe Lisa in dem stockigen, bis zum Fußboden reichenden Garderobenspiegel. Schwer zu sagen, wer verlorener wirkte, sie oder die schon sehr verwelkte Stoffpuppe. Schließlich streifte sie ihren kleinen Rucksack ab und machte sich mit dem fragenden Ruf: «Tante? Tante?» auf die Suche. Die drei ineinandergehenden Zimmer im Parterre waren mit Möbeln vollgestopft, und das Ticken einer Standuhr begleitete sie. Im dritten Zimmer endlich sah sie im Halbdunkel ein großes Bett, in dem jemand lag. Eine gähnende Stimme fragte: «Wer ist da?»

«Ich», sagte Etta schüchtern, und die Stimme befahl ihr, die Vorhänge aufzuziehen und dann ans Bett zu kommen. Sie gehorchte und wurde sogleich von zwei rundlichen Armen gepackt, an einen ebenso rundlichen Busen gezogen und mit einem schmatzenden Kuß begrüßt. «Ich hab dich nicht schon vor Tau und Tag erwartet, Herzchen.»

«Aber es ist doch schon Abend», sagte Etta, die plötzlich einen gewaltigen Hunger spürte.

«So, so, hab ich gar nicht bemerkt.» Die Tante lachte. «Na dann, glaube ich, ist es jetzt Zeit, daß du dein Abendbrot bekommst.»

Etta hatte sich noch nie so glücklich gefühlt wie bei dieser sorglosen Tante und gewöhnte sich schnell an deren exzentrische Lebensweise. Sie konnte aufstehen, wann sie wollte, essen, wann und wieviel sie wollte. Niemand machte ihr irgend etwas streitig, klaute ihr etwas oder benutzte es einfach. Sie hatte ein eigenes Zimmer, ein eigenes Bett, eigene Schuhe, von der Tante besorgt und aus richtigem Leder, und sogar eine neue Puppe, die ihr ganz allein gehörte.

Sie erinnerte sich wieder an den großen verwilderten Garten, in dem Brennesseln, Giersch, Disteln und ein rhabarberähnliches Gewächs ebensoviel Rechte zu haben schienen wie Rhododendron, Flieder und Jasmin und die Himbeersträucher. Stundenlang war sie darin herumgekrochen und hatte sich den Mund mit Beeren, einschließlich gelegentlicher Maden, vollgestopft und sich anschließend in das hohe Gras gelegt und den Himmel durch das Laub der Sträucher betrachtet. Aber auch an Regentagen langweilte sie sich nicht. Tante Ruth, einzige Tochter eines begüterten Arztes, war mit Antiquitäten wohlgesegnet. Es mangelte nicht an kostbarem Porzellan, Silber und Teppichen, die sie unbekümmert verscherbelte, um sich ein angenehmes Leben zu sichern. Dank ihrer begehrten Schätze hatte sie sogar den Bürgermeister überzeugen können, daß es leider unmöglich war, Flüchtlinge bei ihr unterzubringen.

Dieses Haus war einfach schon zu baufällig, besonders das obere Stockwerk. Unmöglich, dort irgend jemanden einzuquartieren. Daher hatte sie vorsichtshalber auch ein Schild an der Treppe anbringen lassen: «Achtung, Einsturzgefahr!» Das respektierte sogar die Wohnungskommission, hinderte jedoch die Tante selbst nicht daran, diese Räume zu betreten, und ebensowenig Etta. Was gab es da nicht alles zu bestaunen, Meißner Schäfer und Schäferinnen, geschliffene Pokale, die in der Sonne wie Regenbogen leuchteten, eine Spieluhr, die sogar noch funktionierte, zierliche Fächer aus Elfenbein und einen ausgestopften Papagei. Dazu Schränke tiefer als ein Faß und bauchige Schubladen, gefüllt mit Spitzenhandschuhen, Mützen, Seidenschals und mit Fransen versehenen farbigen Tüchern, die zum Verkleiden lockten, und hunderterlei anderem Krimskrams.

Nur unter Tränen war sie zu ihrer Familie zurückgekehrt, wo sie gleich wieder die Rolle des Hackhuhns übernehmen mußte, sehr zur Erleichterung einer Kusine, die man während ihrer Abwesenheit mit dieser Auszeichnung bedacht hatte. Immerhin hatte sich die wirtschaftliche Lage etwas verbessert. Man war auf einen Bauernhof gezogen, wo es mehr Platz gab, aber auch schon die Kinder tüchtig im Stall und bei der Kartoffelernte helfen mußten.

Sie lehnte sich in ihren Stuhl zurück. Mein Gott, was für eine Zeit! Sie spürte förmlich noch ihre klammen Hände, wenn sie der Mutter oder den Tanten im Winter half, auf dem Dachboden die steifgefrorene Wäsche abzunehmen. Aber die Vorfreude auf den Sommer, wo sie wieder zu Tante Ruth fahren sollte, hatte sie für vieles entschädigt. Und dann die rasende Enttäuschung, als sie eines Tages das Paradies mit einem Jungen namens Kurtie teilen mußte. Natürlich wieder einer aus der Sippe. Mit ihm hatte das ganze Dilemma angefangen, und dann mußte sie sich später auch noch ausgerechnet in ihn verlieben und sich in den Kopf setzen, ihn zu heiraten. Aber daran wollte sie nun wirklich nicht denken. Nur Tante Ruth verdiente es, sich mit ihr und der Vergangenheit liebevoll zu beschäftigen.

Beim Abendbrot sprach sie mit Robert darüber. «Ich glaube, ich sollte zu Tante Ruths Geburtstag fahren. Schließlich wird sie neunzig.»

Eine von Roberts angenehmen Eigenschaften war, daß er sich nur selten in ihre Angelegenheiten mischte. Er gab ihr keine Ratschläge und fühlte sich nicht dazu berufen, sie zu bevormunden. Er sah sie nur prüfend an. «Zum achtzigsten wäre es sinnvoller gewesen. Da lebte sie schließlich noch vergnügt in ihrem Häuschen und hatte dich persönlich eingeladen. Jetzt, wo sie in einem Seniorenheim ist und es mit ihrem Gedächtnis nicht mehr zum besten steht, wird sie wenig davon haben. Oder zieht es dich zu deiner Familie zurück?»

Für einen Augenblick fühlte Etta sich unbehaglich. Er hatte eine empfindliche Stelle berührt. Die Familie, das war immer noch ein Knäuel widerstreitender Empfindungen. Auch Kurtie war darin eingewickelt. Nur Tante Ruth war eine Ausnahme, und es fiel ihr schwer aufs Herz, daß sie sich tatsächlich wenig um sie gekümmert hatte. Doch das wollte sie nicht zugeben. «Aber Robert!» rief sie. «Hast du vergessen, daß wir vor zehn

Jahren noch in Japan waren? Ich denke doch, was Familie betrifft, sind wir einer Meinung.»

«Na, dann bin ich ja beruhigt.» Er sah sich suchend um. «Gibt es heute keinen Käse?»

Auch Roberts Verwandtschaft war groß. Doch er hatte sich, seitdem er erwachsen war, möglichst fern von ihr gehalten. Er fand, große Familien hatten etwas Krakenähnliches, und einen Zusammenhalt gab es nur, wenn es dem eigenen Nutzen diente. Mit Schaudern erinnerte er sich noch an die Zeit, als er von seinen Eltern zu all den Familienfesten gezwungen worden war, wo einem wildfremde Menschen vertraulich den Arm um die Schultern legten, einen über die Schule ausquetschten oder mit honigsüßer Freundlichkeit gegenseitig ihren Nachwuchs priesen. Er konnte gut darauf verzichten. Seine Frau und ein paar Freunde genügten ihm. Auch eigene Kinder vermißte er nicht. Und Ettas Sippe war für ihn geradezu ein rotes Tuch. Schließlich hatte er, wenn damals auch noch sehr am Rande, miterleben müssen, wie ihr Desaster mit Kurtie eher zu interessantem Klatsch Anlaß gab, als daß man Verständnis für die niedergeschlagene Etta aufbrachte. Im Gegenteil, alle hatten ihre desolate Situation weidlich ausgenutzt, woran Etta allerdings auch nicht ganz unbeteiligt war. Denn sie tat alles, vom Umzug bis zum Renovieren, wenn man ihr nur eine Schulter bot, an der sie sich ausweinen konnte.

Mein Gott, was war sie für ein zerrupftes Hühnchen gewesen, als er sie kennenlernte. Zuerst hatte er sie nur rührend gefunden. Ihr hastiges Essen, als könnte es ihr irgend jemand wieder wegnehmen, ihre Angewohnheit, statt ihre Meinung frank und frei zu äußern, mit einem «findest du nicht auch» zu beginnen und jedesmal in Unruhe zu geraten, wenn er nicht auf die Minute zur versprochenen Zeit an Ort und Stelle war. Na ja, dazu gab es sicher auch einen triftigen Grund. Und dann verliebte er sich ernstlich in sie.

Es kostete viel Geduld, Ettas angeknackstes Selbstbewußtsein wiederherzustellen, wobei der lange Aufenthalt im Ausland sich als hilfreich erwies. Er hatte Kurtie nie kennengelernt. Aber das, was man von ihm auf einem Foto zu sehen bekam, ließ ihm das Verhalten seiner Frau noch unverständlicher werden. Dieses rachitische Etwas mit der Rennreiterfigur und dem Pinocchiogesicht sollte wirklich in ihr rasende Leidenschaft entfacht haben, wo sie doch auf gewissen Gebieten eher durchschnittliches Interesse zeigte? Wahrscheinlich hatte sich Etta da in etwas hineingesteigert. Frauen waren manchmal so. Das Ganze war nun mehr als zehn Jahre her. Kein Grund also, sich darüber noch den Kopf zu zerbrechen. Immerhin mußte er seinem Vorgänger zugestehen, daß schon allerhand dazugehörte, Auge in Auge mit dem Standesbeamten ein klares Nein auszusprechen.

Aber daß Etta plötzlich einen engeren Kontakt zu ihrer Familie suchte, behagte Robert nicht. Er tat einen tiefen Seufzer, und sie sagte beschwichtigend, so, als könne sie seine Gedanken lesen: «Es dreht sich hier wirklich nur um Tante Ruth. Die Wochen bei ihr gehören zu meinen schönsten Kindheitserinnerungen.» Und dann begann sie, ihm lauter kleine Geschichten von den Sommern bei der Tante zu erzählen, von dem Wellensittich Fridolin, der immer rief: «Es brennt, es brennt!», und wie sie einmal ihrer Tante die Perücke geklaut hatte und damit durchs Dorf spaziert war.

Darüber mußte auch er lachen und sagte besänftigt: «Dann fahr man. Aber laß dich nicht wieder von ihnen einwickeln, hörst du?» Und Etta versprach es aus ehrlichem Herzen.

Es wurde ein sehr harmonischer Abend, der sie früh ins Schlafzimmer trieb, und Robert nahm sogar mit Schmunzeln hin, was sie im Badezimmer noch an Familienanekdoten zum besten gab. Über die Kusine ihrer Mutter zum Beispiel, die auf der Flucht das Kostbarste, was sie besaß, mitgeschleppt hatte: eine Stradivari. Und als sie und ihre Kinder von Grenzposten aufgegriffen wurden, erklärte sie den verdutzten Männern, sie seien fahrendes Volk, für sie gebe es keine Grenzen, worauf man sie tatsächlich laufen ließ. Später mußte sie dann allerdings zu ihrem Leidwesen feststellen, daß dieses wertvolle Instrument eine Fälschung war.

Die Geburtstagsfeier fand nicht in Tante Ruths Seniorenheim statt, sondern in einem Hotel, und Etta blieb kaum Zeit, sie zu begrüßen. Denn zu ihrem großen Staunen hatte sie in dem Familiengewimmel so etwas wie einen Auftritt. «Mein Gott, du hast dich ja eine Ewigkeit nicht blicken lassen! Kinder, seht mal, Etta ist auch gekommen!» Und dann, mit erklärender Geste zu dem gelangweilt herumstehenden Nachwuchs: «Das ist eure Tante Etta. Sie hat lange in Amerika und in Japan gelebt.» Die erwartete Wirkung verpuffte. Die Jugendlichen starrten sie an. «Cool», sagte schließlich einer der Jungen mit lahmer Höflichkeit.

Zu ihrem eigenen Verwundern fühlte sich Etta bald rundherum wohl. Daß Kurtie nicht anwesend war, beruhigte sie, wenn sich auch in ihre Erleichterung eine winzige Enttäuschung mischte, die sie aber sofort verdrängte.

Die Sippe war so ziemlich vollständig versammelt, was die Jubilarin jedoch eher verstörte. «Mein Gott, Kind, ich kenn doch die Leute gar nicht!» Und ihre mehrmals laut geäußerte Frage: «Kann ich jetzt wieder nach Haus?» ging in dem allgemeinen Begrüßungsgejuchze unter.

Auf dem bereitgestellten Tisch häuften sich kostbare Geschenke, und Etta hörte jemanden sagen: «Gibt es hier bei uns seit neuestem Grabkammern wie in Ägypten, oder was soll sie mit dem ganzen Kram in ihrer Puppenstube?» An den Geschenken ließ sich ablesen, wie sehr es mit der Familie wieder aufwärtsgegangen war, auch mit den vom Kriege Heimgesuchten, die anscheinend inzwischen ebenfalls den Groschen nicht mehr umdrehen mußten und es durchaus mit ihren erfolgreichen Ahnen aufnehmen konnten. Im Lauf von dreihundert Jahren war da allerhand Prominenz zusammengekommen, ein Oberbürgermeister, ein Minister, ein Bischof und, wie man mit ironischem Stolz nie unerwähnt ließ, ein Scharfrichter. Allerdings sah es im Gegensatz zu früheren Zeiten mit dem Nachwuchs etwas mickrig aus. Nur Kusine Wiltrud machte da eine Ausnahme. Sie besaß inzwischen zwanzig Enkel, und keins ihrer Kinder war dem Zeitgeist gefolgt und hatte sich scheiden lassen. Doch nun sollten ja Kinder wohl wieder in Mode sein, und so werde, wie es in den Ansprachen hieß, die Kette um weitere Glieder in die Zukunft verlängert.

Bei diesem Ausspruch schauderte es Etta leicht. Kette, das war es. Lange genug hatte sie daran gehangen, immer bemüht, es allen recht zu machen und nie unangenehm aufzufallen, sogar noch in einem Alter, in dem andere sich längst freigestrampelt hatten. Bis dann die Sache mit Kurtie passierte. Da war sie interessant geworden und hatte der Familie Stoff zum Klatsch geboten. Vor allem natürlich den Frauen. Sie wurde von ihren Gedanken durch einen Onkel abgelenkt, der es im Leben nicht allzuweit gebracht hatte und sich ihr gegenüber weidlich über die ehrgeizigen Mütter mokierte. «Emanzipiert wollen die sein? Daß ich nicht lache. Die haben doch genau wie früher nur eins im Kopf: ihre Töchter gut versorgt und vor allem gesellschaftlich anerkannt zu wissen. Da wird dann viel schöngeredet.»

«Und wie steht es mit diesem neuen Familienmitglied?» Etta deutete auf einen jungen Afrikaner.

Der Onkel grinste. «Hochintelligent und aus sehr guter Familie, wie man mir berichtete.» Er gab noch einige Bosheiten von sich, ehe er in Richtung kaltes Buffet verschwand.

Sie selbst schwamm auf einer ungewohnten Woge des Wohlwollens und der Sympathie. Niemand schien sich mehr daran zu erinnern, daß Etta früher ein Hackhuhn gewesen war. Angeregt von lebhaften Gesprächen, gutem Essen und Wein, glitt sie mehr und mehr in den Familiensumpf zurück, der ebenso wärmte, wie er einen langsam erstickte. Selbstverständlich fragten alle nach ihrem Robert. Sie zeigte bereitwillig Fotos von ihm und genoß ihr verstecktes Staunen, daß ausgerechnet Etta mit jemand so Gutaussehendem davongezogen war. Und er sah wirklich gut aus, ihr Robert. Einsachtzig groß, kein Gramm Fett zuviel am Leib, und aus der Art, wie er in die Kamera lachte, sprach Selbstbewußtsein und Kraft.

Man saß noch tief bis in die Nacht zusammen. Niemand vermißte das Geburtstagskind, das inzwischen erleichtert in sein Heim zurückgekehrt war. Ganz zum Schluß kam dann doch noch Kurtie ins Spiel, und sie gestand sich ein, daß es sie immer noch glühend interessierte, wie es ihm ging. Als sie hörte, daß er sich mit einer sehr netten Frau – das «sehr» wurde betont – und zwei reizenden Kindern in Schweden niedergelassen hatte und dort ein ganz normales friedliches Leben führte, spürte sie einen leichten Stich. Ein gestrandeter Kurtie wäre ihr willkommener gewesen. «Das freut mich aber!» rief sie. Und als sie dann doch mehr spöttische und wissende Blicke verspürte, als sie vermutet hatte, trat sie kühn die Flucht nach vorn an und erzählte lachend die Geschichte der sitzengelassenen Braut. Ihre selbstironische Schilderung: «Der Standesbeamte stand da wie vom Donner gerührt, und ich hab natürlich losgeheult» kam gut an, und Wiltrud, die diese Geschichte als erste überall herumposaunt hatte, sagte anerkennend: «Deine Haltung damals, alle Achtung!», obwohl sie es besser wissen mußte.

Dann wandte man sich anderen Themen zu. Ein ihr völlig unbekanntes Familienmitglied, das, wie sich herausstellte, eine große Bäckerei besaß, sagte, der Renner der Saison sei der kleinpreisige Backwarensnack, und ein anderer, ein Arzt, klagte darüber, wie sehr man sich heute vor jeder Operation absichern müsse, um nicht eine Klage an den Hals zu bekommen. Er seufzte mitleidheischend. «Aber in ein Taxi steigt jeder, ohne sich um das Risiko zu scheren.»

Erst weit nach Mitternacht trennte man sich, nicht ohne sich gegenseitig zu versichern, wie sehr man das Wiedersehen genossen habe. Man tauschte Telefon- und Faxnummern aus, wovon sich Etta, leicht beschwipst, nicht ausschloß, und lag sich zu guter Letzt abschiedsküssend in den Armen.

In ihrem Hotelzimmer war es allerdings mit ihrer Aufgekratztheit vorbei. Irgend etwas hatte sie falsch gemacht. Aber sie war zu müde, um darüber nachzudenken. Am nächsten Morgen wachte sie schon früh mit demselben unbehaglichen Gedanken auf, frühstückte als erste und zog es vor, ehe die anderen kamen, abzufahren. Unterwegs kaute sie Tante Ruths Ehrentag noch einmal durch. Um die Jubilarin hatte man sich eigentlich am wenigsten gekümmert. Typisch Familie. Die pflichtschuldig gehaltenen Reden waren über sie hinweggegangen und auch die Gespräche untereinander. Mein Gott, wie sie alle übereinander hergefallen waren und immer in diesem Ton scheinbaren Verständnisses!

«Die arme Elisabeth! Der Junge ist nun schon zum zweiten Mal sitzengeblieben. Aber nun muß sie ihn von der Schule nehmen. Ein Internat können die sich bestimmt nicht leisten.»

«Habt ihr schon gehört? Georg hat man gekündigt. Wirklich schrecklich. Aber er hatte ja schon immer so seine Schwierigkeiten mit Vorgesetzten. In der heutigen Zeit muß man eben manches einstecken.»

«Huberlis Frau ist ja nun auch gestorben, einen Monat nach ihm. Sie war ja lange bettlägerig. Aber als der Arzt ihr Huberlis Tod mitteilte, hat sie nicht einmal den Fernseher ausgemacht. Sie hat den Doktor nur angesehen und gesagt: ‹Sterben ist langweilig.›»

Etta lachte in sich hinein. Nun war es überstanden. Auf dem ganzen Heimweg freute sie sich bereits auf Robert. Ihr fürsorglicher, liebevoller Ehemann war so ganz anders, ohne jede Bosheit, fern davon, sich über irgend jemanden zu erheben oder sich provozieren zu lassen. Wahrscheinlich wartete er schon auf sie und hatte bereits den Sherry geholt.

Der Empfang war jedoch alles andere als freundlich. Fast hätte sie ihren sonst so ausgeglichenen, ruhigen Robert nicht wiedererkannt. Sie war noch nicht richtig im Haus, da wetterte er schon los: «Da hast du mir ja was Schönes eingebrockt!»

«Was denn?» fragte sie erschrocken.

«Gestern sind hier zwei so merkwürdige Typen aufgetaucht mit Rucksack und diesen verkehrt herum aufgesetzten Baseballmützen und haben behauptet, du hättest ihnen erlaubt, bei uns zu übernachten. Es hat mich große Mühe gekostet, sie wieder loszuwerden. Und jetzt geht dauernd das Telefon, weil irgend so ein Kretin dich sprechen will. Du hast wohl die halbe Sippe in unser Haus gebeten. Aber ohne mich!» Und zu ihrer Verwirrung schlug er – peng! – jede Tür vor ihrer Nase zu.

Schließlich kriegte sie ihn in der Küche zu fassen.

«Was ist denn los mit dir? Ich kann mich überhaupt nicht entsinnen, jemanden eingeladen zu haben.»

Doch dann fiel es ihr plötzlich ein, was ihr so schwer im Magen gelegen hatte: Sie hatte tatsächlich die großzügige Gastgeberin gespielt und nicht nur Adresse und Telefon preisgegeben, sondern Vettern und Kusinen herzlich eingeladen. Bei Gott, sie mußte ja ganz schön beschwipst gewesen sein. Etta gab sich alle Mühe, ihren Robert wieder zu besänftigen. «Du kennst das doch und weißt, wie penetrant sie sind. Und dann drehen sie dir das Wort im Mund um. Glaube mir, sie haben sich einfach angesagt!»

Das Fußballspiel am Abend half ihr, Robert von seinem Ärger abzulenken. Während er fasziniert dem Ball folgte, den Kopf schüttelte oder «Bravo!» rief, saß sie stumm neben ihm, und ihre Gedanken stahlen sich wieder in eine verbotene Richtung, in jenen Sommer bei Tante Ruth, in dem auch der nur wenig ältere Kurtie aufgetaucht war, ein phantasievolles Kind, der mächtig Unruhe in ihr und Tantchens Leben brachte. Zunächst hatte sie ihn einfach gräßlich gefunden und war eifersüchtig auf ihn gewesen. Aber bald zog er sie in seinen Bann, und sie folgte ihm wie sein Schatten überallhin. Während Tante Ruth die Morgensonne aussperrte, verließen sie unbemerkt das Haus und streunten herum, turnten auf den Bahngleisen, bis der gellende Pfiff der Lokomotive sie vertrieb, und drangen tief in einen kleinen Wald ein, der noch voller Munition lag. Und dann hatte Kurtie dieser herrlichen Freiheit ein jähes Ende gesetzt. Während Tante Ruth ihr mal wieder mit getragener Stimme, als handele es sich um Bibeltexte, alle

Katastrophen der letzten Woche aus der Zeitung vorlas, erschütterte plötzlich eine Explosion das Haus. Die halbe Decke kam herunter, und als der Staub verzogen war, klaffte in der Decke ein riesiges Loch. Kurtie hatte im Wald eine Handgranate gefunden und damit in den oberen Räumen herumgespielt. Glücklicherweise war auch er mit dem Schrecken davongekommen. Nur von Tante Ruths geliebtem Wellensittich war außer ein paar durch die Luft schwebenden Federn nichts mehr übriggeblieben. Diesmal reagierte Tantchen außerordentlich hart. Auf der Stelle wurden beide aus dem Garten Eden vertrieben.

Ettas Augen folgten versonnen den bunten Trikots auf dem Bildschirm. Aber in der Erinnerung hatte sie wieder das Bild vor sich, wie Kurtie sie beim Rock 'n' Roll über die Schulter warf. Auf einer der üblichen Familienfeiern war er ihr wieder über den Weg gelaufen, und ihre Liebesgeschichte begann. Alles war wunderbar, bis die Verwandtschaft zu sticheln anfing und ihr zu verstehen gab, daß man junge Männer nicht an allzu langer Leine lassen dürfe. Anstatt darüber wegzuhören und ihn zu nehmen, wie er war, hatte sie ihn so lange bedrängt, bis sie beide vor dem Standesbeamten saßen. Und was war dabei herausgekommen? Der bekannte Eklat. Robert sagte plötzlich: «Und das Familiengeklüngle ...» Aber sie war zu sehr darin vertieft, an alten Narben herumzukratzen, und hörte nicht zu. «... das läßt du sein!» schloß er sehr energisch, und sie fuhr ertappt zusammen.

Der Lockvogel

Onkel Edgar gehörte zum Heiligabend wie der Weihnachtsbaum, das mit dem Fingernagel glattgestrichene Lametta vom vorigen Jahr, ein lädierter Josef in der Krippe, dem eine gierige Maus in der Annahme, er sei aus Marzipan, den Kopf so zugerichtet hatte, daß sein Gesicht gnädig mit einem Mullverband verhüllt war, und zündelnde Kerzen, die meine Mutter alle Augenblicke den Warnruf ausstoßen ließen: «Theo, Achtung, gleich brennt der ganze Weihnachtsbaum!»

Onkel Edgar kam regelmäßig mit dem Zug 17.30 Uhr aus der Hauptstadt. Dort holte ihn Vater ab, was er vergeblich zu verhindern suchte. «Also, alter Junge, wie immer um 17.30 Uhr!» brüllte Vater ins Telefon. Er hatte seinem Obersten Kriegsherrn, wie er den Kaiser immer noch zu nennen pflegte, als Artillerist gedient (eine Truppengattung, die dem Trommelfell nicht gerade bekömmlich ist). Und dann, zu Mutter gewandt, erklärend: «Wollte sich wieder 'ne Taxe nehmen, der rührende Junge. Aber das kommt natürlich überhaupt nicht in Frage.»

Mutter sagte: «Hm.»

Dem rührenden Jungen, der ein paar Jahre älter war

als Vater, behagte dessen Fahrstil ebensowenig wie uns. Sobald Vater startete, stieß das Auto ein Wimmern aus und hopste mit ihm davon. Trotz der verhältnismäßig kurzen Strecke vom Bahnhof bis zu unserem kleinen Ort, ein paar Kilometer außerhalb der Stadt, hatte Edgar schon allerlei mitmachen müssen. Mal hing das Auspuffrohr nur noch an einem Faden, so daß der Wagen Töne von sich gab wie ein Hirsch in der Brunft, mal wurde ein Huhn überfahren, dann wieder hatte ein Scheinwerfer sein Licht aufgegeben, und der Scheibenwischer war festgefroren. Doch das nachhaltigste Erlebnis war, daß es ihm ähnlich erging wie Hänsel und Gretel: Vater ließ ihn im Stockdunkeln allein im Wald zurück, und das bei beginnendem Schneefall. Irgend etwas hatte dem Auto wieder einmal mißfallen. Daher war Vater vollauf damit beschäftigt, die verschiedenen Geräusche zu deuten, und hörte nur halb hin auf das, was Edgar ihm gerade erzählte. Plötzlich begann ein fürchterliches Klappern. «Wahrscheinlich nur der Schraubenschlüssel im Kofferraum», murmelte Vater abwesend, während er wieder den Motorgeräuschen lauschte. Und weil Onkel Edgar um seinen schönen neuen Koffer bangte, bot er sich an, selbst nachzusehen. Etwas klamm schälte er sich aus einer von Mutter vorsorglich mitgegebenen Decke, denn eine Heizung besaß das Auto natürlich nicht, und trippelte in seinen viel zu dünnen Schuhen nach hinten. Doch ehe er den Kofferraum erreicht hatte, war er plötzlich in eine Schneewolke gehüllt. Vater hatte durchgestartet und war davongebraust. Zurück blieb ein entgeisterter, mit einem viel zu dünnen Überzieher bekleideter, hutloser Onkel.

«Da sind wir», sagte Vater und betrat aufgeräumt den Flur der kleinen Villa.

«Wir?» Mutter sah sich suchend um. «Wo hast du denn Edgar gelassen?»

«Edgar? O mein Gott . . .»

Es war der erste Heiligabend, den unser Gast hustend und niesend im Bett verbringen mußte. Und Mutter rief noch öfter als sonst: «Tür zu, Theo!» Das Gastzimmer lag neben der Haustür, die Vater auch bei 15 Grad unter Null ständig offenließ, so daß der eisige Hauch bis in Onkel Edgars Bett drang und selbst der vor Hitze fast platzende Kachelofen nicht dagegen anheizen konnte. «Und bitte knall sie nicht so», fügte Mutter hinzu, eine weitere seiner schlechten Angewohnheiten, von denen er, wie sie behauptete, Unmengen besaß.

Onkel Edgar war nur sehr entfernt mit uns verwandt. Vater war ihm auf einem der Familientage begegnet, bei denen sich Nichten und Neffen, Onkel und Tanten ersten, zweiten, dritten Grades tummelten und meine Mutter zu ihrem Verdruß hartnäckig Anni nannten, obwohl sie Annegret hieß, und mich Liesel statt Luise. Dazu gaben sie ihr ständig zu verstehen, daß der kinderliebe Theo sicher sehr darunter leide, daß sie nur ein Kind hatten, eine Tochter noch dazu, nicht gerade ein Bild strotzender Jugend. «Sieht ein bißchen mickrig aus, die Kleine. Wohl viel krank gewesen.» Das war nicht taktvoll, aber richtig. Ich war alles andere als ein Wonneproppen mit roten Backen, blauen Augen und dicken Zöpfen, und auch sonst besaß ich nichts, womit ich meinen Vettern und Kusinen, egal welchen Grades, hätte imponieren können: keine Laterna magica, kein

Pony, ja, nicht mal einen Kanarienvogel. Auch in sportlicher Hinsicht war ich eine absolute Niete. Ich ging ungern ins Wasser, konnte am Reck keinen Überschlag und gerade mal fünf Klimmzüge machen und war außerstande, dreißig Kirschkerne in meinem Mund zu sammeln und sie dann einzeln auszuspucken.

Aber ich hatte Onkel Edgar, und was ich von dem erzählte, erweckte zumindest ihre Neugierde. Onkel Edgar war Schauspieler. Nie hätten seine Eltern gedacht, daß ihr geliebter Sohn so «verkascheln» würde, wie Großmutter das nannte. Sein Vater war Amtsrichter gewesen, und jeden Tag, bevor er ins Gericht ging, hatte seine Frau ihn ermahnt: «Sei gerecht und milte.» Diesen Satz waren beide bemüht, sich zu Herzen zu nehmen, wenn auch unter Seufzen und Tränen, als sie von dem Wunsch ihres Sohnes erfuhren. Vielleicht fühlten sie sich ja auch ein wenig selbst schuldig an diesem Dilemma. Onkel Edgar war nämlich von einer Kinderfrau betreut worden, deren Familie eine kleine Wanderbühne besaß. Als das kleine Theater wieder einmal in seiner Heimatstadt gastierte, sprang die Kinderfrau ohne Wissen seiner Eltern während einer Nachmittagsvorstellung, als Zigeunerin gewandet, für eine erkrankte Darstellerin ein und trug das unschuldig an seinem Schnuller nuckelnde Baby im Steckkissen auf der Bühne herum. Später, als er drei Jahre alt war, spielte er auf derselben Bühne eine tragende Rolle bei einem dramatischen Kindesraub. Dieser turbulente Vorgang hatte ihn so erschreckt, daß er nachts zu seinen Eltern getapert kam und weinend rief: «Mutter, der Bär, der Bär!» So kam das Ganze ans Tagslicht. Die Kinderfrau wurde entlassen, doch Onkel Edgar hatte trotz seines Schreckens Blut geleckt, und in der Hoffnung, daß es sich nur um eine vorübergehende Begeisterung handle, erlaubten die Eltern ihm, sich bei den Sieben Zwergen emporzudienen, wo er zum Schluß sogar kleine Sätze sagen durfte wie: «Am Brunnenschachte Nummer achte.»

Leider konnte sein Talent mit seinem Enthusiasmus nicht Schritt halten. Trotzdem wirkte er in jungen Jahren in einigen Stummfilmen mit, mal als Lehrling, mal als Hotelpage oder Kegeljunge. Doch seine wirkliche Begabung kam durch Zufall ans Licht. Ein Regisseur stellte nämlich fest, daß niemand so ergreifend zu sterben verstand wie Onkel Edgar. Dieser entwickelte dabei so erstaunlich viele Variationen und war gleichzeitig eine so eindrucksvolle Leiche, daß bei historischen Schinken oder Schauerdramen, in denen Tote und Sterbende zuhauf herumlagen, die Kamera meist auf ihm verweilte und irgendein Ritter oder Feldherr und einmal sogar Friedrich der Große anerkennende Worte an den Sterbenden richteten: «Er ist ein tapferer Mann und hat sich brav geschlagen» oder ähnliches. Manchmal wurde er danach in die Standarte des Regimentes gehüllt und feierlich davongetragen.

Bescheiden wie er war, machte er wenig her von seinem Talent, zumal Vater es nicht besonders mochte, wenn er plötzlich bei Tisch den Vergifteten spielte und mit glasig hervorquellenden Augen auf den Teller starrte. «Du kannst einem wirklich den Appetit verderben», sagte Vater dann, und Onkel Edgar entschuldigte sich kleinlaut. «Es ist mir so rausgerutscht.»

Nur einmal ließ er sich überreden, mir zuliebe seine Rolle voll auszuspielen. Einer meiner zahlreichen Vettern verbrachte ein paar Tage mit seiner Mutter bei uns, und ich wurde von ihm schikaniert. Er mißhandelte meine Puppen, nahm mich in den Schwitzkasten und drehte mir den Arm so nach hinten, daß ich zu weinen begann. Onkel Edgar und ich waren uns einig, daß es an der Zeit sei, diesem Bengel eine Lehre zu erteilen. Der Onkel versteckte sich im Holzschuppen und wartete. Als er den Jungen und mich zankend über den Hof trotten sah, stieß er einen gräßlich gurgelnden Schrei aus. Wir blieben erst erschreckt stehen und stürzten dann in den Schuppen. Dort bot sich uns im Halbdunkel der Anblick eines in den letzten Zügen liegenden Onkels dar, der mit verzerrtem Gesicht unter einem schweren Holzbrett hervorblickte. Im Gegensatz zu mir fürchtete sich Vetter Wolf weder vor Spinnen, Ratten, Schlangen noch bissigen Hunden, aber hier erschrak er derartig, daß er wie von Furien gehetzt ins Haus zurückrannte, die Tür des Wohnzimmers aufriß, in dem meine Eltern und die Gäste saßen, und irgend etwas von einem furchtbaren Unglück stammelte. «Ich verstehe kein Wort», sagte Vater ungeduldig. «Was ist denn nun eigentlich passiert?»

«Nichts», sagte Onkel Edgar, der gerade fröhlich das Zimmer betrat, worauf der Junge zu zittern begann und sich auf den Teppich übergab.

Nach dieser Blamage verlief Vetter Wolfs restlicher Aufenthalt äußerst friedlich.

Auch in diesem Jahr stand Onkel Edgar wie immer Weihnachten ins Haus. Seine Ankunft verlief ohne

Zwischenfall. Vaters Liebling Goldie, ein Mischling von windhundartigem Aussehen, hatte sich gerade halb unter den Flurschrank gezwängt in der Hoffnung, endlich eine sorglos hin- und herhuschende Maus zu erwischen, und wurde von Vater mit einem leichten Tritt dazu ermuntert, wieder zum Vorschein zu kommen und den Gast gebührend zu begrüßen. «Bitte laß ihn doch», sagte Onkel Edgar, bemüht, den Hund möglichst fern von sich zu halten. «Er ist dort recht gut aufgehoben.» Aber da hatte das Tier sich schon aufgerichtet und legte seine Tatzen liebevoll auf Onkel Edgars Schultern.

«Theo», sagte Mutter mahnend, «du weißt doch, Edgar hat's nicht sehr mit Hunden.»

Das stimmte. Aber Edgar war zu höflich, um es zuzugeben, und so ließ er sich mit einem leisen Seufzer sein Gesicht abschlecken.

«Kusch jetzt, Goldie!» rief Vater. «Ich denke, wir gehen jetzt erst mal 'n Happen essen.»

«Und ich denke», sagte Edgar leicht verstimmt, «ich mach mich erst mal frisch.»

«Tu das!» rief mein Vater munter.

Als wir dann alle am Eßtisch versammelt waren, sah er wohlgefällig zu, welche erstaunlichen Mengen von dem Frikassee mit Reisrand Onkel Edgar in sich hineinmampfte. Vater freute sich, wenn es den Gästen schmeckte.

Nicht nur mein Vater, auch Onkel Edgar hatte so seine Macken. So liebte er nicht, mit dem Rücken zum Fenster zu sitzen, und ich mußte mit ihm tauschen und neben Vater Platz nehmen, was seine Schattenseiten hatte. Er hielt viel von guten Tischmanieren, zumindest bei mir, während er selbst jedes neu aufgelegte Tischtuch sofort vollkleckerte. Im Wohnzimmer hatte Onkel Edgar sich einen Ledersessel zum Stammplatz erkoren. Er ließ sich ihn von niemandem streitig machen und durchforschte gern dessen tiefe Ritzen, wobei er mit freudigem Ausruf so manches lang Vermißte wieder zutage brachte. «Sieh mal, Theo, ein Manschettenknopf! Der ist doch bestimmt von dir.» Wenn andere Gäste im Wohnzimmer waren, richtete er es bei der allgemeinen Begrüßung stets so ein, daß er vor dem Sessel stehenblieb, damit ihm niemand zuvorkommen konnte. Im Weihnachtszimmer sorgte er sich darum, daß sein bunter Teller wohlgefüllt blieb, und kontrollierte ständig, ob ich nicht wieder davon genascht hatte. Und im Gastzimmer mußte als erstes das Keilkissen entfernt, das Plumeau gegen eine Steppdecke ausgetauscht und eine Wärmflasche am Fußende deponiert werden.

Bis auf diese wenigen Eigenheiten war der Onkel ein geschätzter, angenehmer Gast, der Abwechslung in unser eintöniges Winterleben brachte. Mit Vater sortierte er dessen Briefmarken, und meiner Mutter half er, ihre zahllosen verwackelten, überbelichteten Fotos einzukleben, von denen nur sie wußte, wen oder was sie darstellten. «Seht mal! Theo und ich auf dem Zobten!»

Vater betrachtete sich das Bild. «Ist es die Möglichkeit! Ich dachte, das sind Gemsen.»

Er legte mit Großmutter Zankpatiencen und hörte sich geduldig ihre Geschichten von früher an, als man noch im Damensattel ritt und die Eltern in der dritten Person anredete. So lenkte er sie davon ab, durch das

Haus zu geistern oder ihrem Sohn zum dritten Mal ein frohes Osterfest zu wünschen und ihm als Weihnachtspräsent einen von den Urgroßeltern stammenden Silberkorb mit Ostereiern, die mindestens ebenso alt waren wie das Erbstück, zu überreichen. «Das ist aber eine Freude», sagte mein Vater dann stets, ohne sich beim Zeitunglesen stören zu lassen, denn der Korb gehörte ihm bereits seit seiner Konfirmation. Auch war Onkel Edgar immer bereit, für mich den Kaspar tanzen zu lassen und mir und meinen Puppen Geschichten zu erzählen.

In diesem Jahr nun sollte sich der Onkel nicht nur als angenehmer Gast bewähren, sondern auch als äußerst hilfsbereit und nützlich. Von frischer Luft hielt er nämlich nicht viel, und die Schönheit der winterlichen Landschaft betrachtete er sich lieber durch das geschlossene Fenster. Doch mein Vater konnte ihn diesmal dazu überreden, dieses Prinzip zu durchbrechen.

Vater war ein ideenreicher, eisenharter Geschäftsmann. Er brüllte in seiner kleinen Fabrik oft kräftig herum und wußte ganz gut, wo Bartel den Most holt. Aber zu Hause war er bis auf wenige Ausrutscher friedfertig und sanft wie ein Lamm. Seine ganze Liebe galt dem Wild, und er freute sich an den Rehen, die an kalten Wintertagen sogar bis in unseren Garten kamen. Mit dem Dorf hatten wir nur wenig Kontakt. Aber Vater hatte sich mit dem Jagdpächter angefreundet, einem schon recht betagten Herrn, der mit zunehmendem Alter nur noch wenig Interesse zeigte, dauernd hinter irgendeinem stattlichen Hirsch oder Rehbock herzukeuchen, und beschauliche Spaziergänge durch sein Revier vorzog. Er hatte im Wald einen großen Futterplatz angelegt und ging gemeinsam mit Vater oft dorthin, um sich an seiner guten Tat zu erfreuen. Aber nun hatte ihn ein Schlaganfall getroffen. Die Jagd war gekündigt worden, und ein neuer schneidiger Waidmann hatte sie gepachtet. Er wollte für sein gutes Geld entsprechende Trophäen sammeln und ballerte, wie Vater sich ausdrückte, wie ein Verrückter in der Gegend herum. Dabei tat er etwas ganz und gar Unwaidmännisches: Er schoß unbekümmert die Tiere am Futterplatz ab.

Vater war außer sich und tat alles, um die Bauern zu überreden, diesem Menschen die Jagd wieder zu kündigen. Ja, er versuchte sie sogar mit dem Versprechen zu bestechen, eine weitere Straßenlampe zu stiften. Die Bauern blieben stur. Der neue Jagdpächter sah bei der Pacht nicht auf den Pfennig und hielt ihnen dazu mehr als sein Vorgänger die Wildschweine vom Leibe, die ihnen regelmäßig die Äcker verwüsteten. Und eine weitere Straßenlaterne brauchten sie sowieso nicht. Sie konnten gut im Dunkeln laufen. Außerdem, wer rannte denn schon nachts auf der Straße rum? Doch höchstens, wenn einer völlig duhn war. Im Dunkeln gehörte der Mensch ins Bett.

Vaters sich wiederholende Klagen fanden zu Haus allmählich kein Echo mehr. Niemand hörte mehr so richtig hin, und so war Edgar ein willkommenes Opfer, das auch ganz in Vaters Sinne reagierte und sich mit ihm entrüstete. «Und sein Köter», klagte Vater, «muß neulich sogar ein Reh gerissen haben.» Kein Zweifel, dieser herrliche Futterplatz wurde von einer Bestie in Menschengestalt entweiht. «Ich würde ihn dir so gern mal zeigen», sagte Vater schwermütig.

«Den Jagdpächter?» rief Edgar erstaunt.

«Nein, nein, den Futterplatz.»

Schließlich willigte Edgar ein, ihm diesen Gefallen zu tun, und so stiefelten beide, gefolgt von Goldie, los, Edgar gut eingemummt in Stiefel und Jacke seines Vetters.

Es war ein herrlicher Wintertag. Die Bäume waren von Rauhreif gepudert, und die verschneiten Felder glitzerten in der Sonne. «Ist es nicht wundervoll?» rief Vater, und Edgar meinte, seine kalten Hände bepustend: «Aber auch sehr, sehr kalt.» Nach einer halben Stunde Fußmarsch hatten sie den Futterplatz erreicht, auf dem, wie man erkennen konnte, viel Betrieb herrschte. Die Rehe ließen sich durch den Anblick der beiden Männer nicht stören, doch dafür um so mehr von einem peitschenden Knall in unmittelbarer Nähe. Voller Panik ergriffen sie die Flucht, und auch Onkel Edgar erschrak so heftig, daß er stolperte und hinfiel. Das war der Moment, in dem Vater die zündende Idee kam. «Edgar», flüsterte er, «Edgar, ich bitte dich von Herzen, spiel toter Mann. Sei eine erschossene Leiche.»

«Aber du sagst doch sonst immer, ich soll die Albernheiten lassen. Und außerdem ist es sehr kalt», wandte der etwas begriffsstutzige Edgar ein.

«Ich flehe dich an», sagte mein Vater und schrie plötzlich los: «Hilfe, Hilfe, jemand hat meinen Freund erschossen!»

Im nächsten Augenblick wurde «die menschliche Bestie» sichtbar, die verwirrt auf Vater zustolperte. «Aber das ist unmöglich!» rief er. «Ich hab in eine ganz andere Richtung gezielt!» Völlig fassungslos starrte er auf

Edgar. Dieser lag seltsam verkrümmt auf der Erde und sah ihn mit gebrochenen Augen an, die ihm Vater, der neben ihm kniete, mit einer sanften Bewegung schloß. «Sechs Kinder», sagte er, «und eine kranke Frau. Mein Gott, was haben Sie da angerichtet! Ich werde jetzt am besten die Polizei holen und ihn dann abtransportieren lassen.»

«O Gott», stöhnte der Jagdpächter, «ich bin ruiniert!»

Mein Vater strich sich nachdenklich übers Kinn. «An und für sich», sagte er, «sind Sie ja kein Mörder, es ist ein Unglücksfall. Vielleicht wäre es besser, die Sache nicht an die große Glocke zu hängen, sondern unter der Hand zu regeln. Dann findet sich vielleicht auch eine Möglichkeit, der Familie des armen Teufels zu helfen. Ich werde das erledigen. Allerdings unter zwei Bedingungen. Die eine, Sie zahlen die Beerdigung und seiner Familie eine kleine Pension, und zwar an mich. Ich werde das Geld dann weiterleiten, damit der Verdacht nicht doch noch auf Sie fällt.»

Der Jagdpächter nickte bleich. «Und die zweite?»

«Sie kündigen die Jagd und lassen sich hier nie mehr blicken. Nun verschwinden Sie!»

Das ließ sich der Mann nicht zweimal sagen, und bald darauf hörte Vater das Geräusch eines davonfahrenden Autos.

«Himmel noch mal», sagte Edgar und erhob sich steifbeinig, «fast wäre ich erfroren.»

«Ein ordentlicher Grog wird dir wieder auf die Beine helfen», versprach ihm mein Vater. «Und morgen in aller Herrgottsfrühe fahre ich dich nach Berlin zurück.»

«Auch das noch», seufzte Edgar. Aber seine Stimme

klang vergnügt. «Und du meinst, die Sache mit dem Geld...»

«Ehrenwort», sagte Vater. «Du warst ja sozusagen der Lockvogel. Und da bin ich dir was schuldig.»

Der Jagdpächter kündigte prompt, und diesmal ließ Vater es gar nicht erst auf ein Risiko ankommen. Er pachtete die Gemeindejagd selbst. Da er laut Jagdgesetz den Wildbestand in vernünftigen Grenzen halten mußte, vergab er den Abschuß an seine Geschäftspartner, was wiederum den Aufträgen für seine Fabrik sehr zustatten kam.

Aber wie meist im Leben gerät selten etwas völlig in Vergessenheit. Jahre später betraten Vater und Edgar, in eine Unterhaltung vertieft, ein Lokal in der Stadt und ließen sich an einem Tisch nieder. Als sie zum Nachbartisch blickten, sahen sie dem ehemaligen Jagdpächter ins Gesicht. Dem Mann fiel fast der Löffel aus der Hand, und Edgar wurde blaß. Aber Vater meisterte wie immer die Situation. «Es ist nun fünf Jahre her, daß dein armer Zwillingsbruder so tragisch ums Leben gekommen ist», sagte er.

«Ja», erwiderte Edgar mit leicht belegter Stimme, «die Zeit rennt und rennt.»

«Herr Ober!» rief der Jagdpächter. «Noch 'n Cognac! Einen doppelten bitte!»

Von Ilse Gräfin Bredow liegen in der Serie Piper vor:
Willst du glücklich sein im Leben (2438)
Denn Engel wohnen nebenan (2439)
Ein Fräulein von und zu (2912)
Glückskinder (2913)
Ein Bernhardiner namens Möpschen (2914)
Kartoffeln mit Stippe (2915)
Deine Keile kriegste doch (2916)
Der Spatz in der Hand (2917)
Ich und meine Oma und die Liebe (3213)
Denn Engel wohnen nebenan / Ein Bernhardiner namens Möpschen (Doppelband, 3642)
Die Küche meiner Kindheit (4017)
Der Glückspilz (4087)
Ein Fräulein von und zu / Familienbande (Doppelband, 4412)

Ilse Gräfin von Bredow

Glückskinder

Roman einer märkischen Adelsfamilie. 288 Seiten. Serie Piper

Waren es Glückskinder, die zu Beginn des Jahrhunderts aufwuchsen? Komtesse Feli von Flottbach war es sicherlich nicht unbedingt: Nach einer unbeschwerten Kindheit auf preußischen Landgütern wird sie nach Berlin geschickt. Dort soll sie sich zur Säuglingsschwester ausbilden lassen, gerät aber an ihren Vetter, einen Luftikus und Frauenhelden, der sich, als Feli schwanger ist, aus dem Staub macht. Schließlich heiratet sie den Gutsherren Viktor von Wiedenbrück und gründet eine Familie. Doch durch den Zweiten Weltkrieg verliert sie alles, was ihr lieb und teuer ist, und sie muß fliehen.

Ilse Gräfin von Bredow erzählt das Leben, wie es war, und sorgt dafür, daß vergangene Zeiten nicht vergessen werden. Ein liebenswertes Stück Zeitgeschichte voller Nostalgie, aber ohne Sentimentalitäten.

05/1083/01/L

Ilse Gräfin von Bredow

Ein Bernhardiner namens Möpschen

Erinnerungen an eine glückliche Kindheit in der Mark Brandenburg. 192 Seiten. Serie Piper

In ihren Erinnerungen aus der Mark Brandenburg erzählt Ilse Gräfin von Bredow liebevoll und nostalgisch, aber nie sentimental, von ihrer Kindheit: vom Schlittschuhlaufen auf dem Havelsee und vom vorweihnachtlichen Pfefferkuchenbacken, von der manchmal etwas anstrengenden Tante Barbara mit ihrem Bernhardiner namens Möpschen und von den Hauslehrerinnen, die nicht nur vor der kleinen Ilse und ihren Geschwistern, sondern auch vor der ländlichen Idylle kapitulieren. Die vielen Geschichten, Anekdoten und Feuilletons ergeben einen kunterbunten Strauß und lassen die Welt aus dem wohl beliebtesten Buch der Gräfin Bredow, »Kartoffeln mit Stippe«, von neuem aufleben.

»Die Autorin entführt ihre Leser auch diesmal wieder auf eine Insel der Seligkeit. Das Buch ist ein Geschenk.«
Hessische Allgemeine

05/1084/01/R

SERIE PIPER

SERIE PIPER

Ilse Gräfin von Bredow

Willst du glücklich sein im Leben...

Geschichten von gestern – Geschichten von heute. 222 Seiten. Serie Piper

»Mit Nora wollte ich eine Frau meiner Generation zu Wort kommen lassen, wie es viele gibt: unbekümmert und unsentimental, selbstironisch und ein wenig naiv, immer bereit, sich am eigenen Schopf aus dem Sumpf zu ziehen.« Genau das hat Nora ihr Leben lang getan. Wie viele andere Frauen ist sie zur falschen Zeit jung gewesen und wird zur falschen Zeit alt, wie eine der eindrucksvollen Gestalten in diesem Roman so treffend sagt. Denn der Krieg fiel auch in Noras Jugend – und was sie nach ihrem Ausscheiden aus dem Berufsleben an Rente erwartet, kann ihr nicht ohne weiteres ein geruhsames, sorgenfreies Alter sichern. Wir begleiten Nora auf ihrer turbulenten Suche nach einer Tätigkeit und erleben ihren unerschrockenen Mut und gesunden Menschenverstand, ihren Charme und ihren Humor, der sie sicher durch die Schatten- und Sonnenseiten des Lebens führt.

05/1085/01/L

Ilse Gräfin von Bredow

Denn Engel wohnen nebenan

Rückkehr in die märkische Heide. 255 Seiten. Serie Piper

»Kartoffeln mit Stippe« – das war die unvergeßlich schöne, an Erinnerungen reiche Jugendzeit eines Mädchens: das Leben einer gräflichen Familie in einem höchst ungräflichen Forsthaus in der märkischen Heide. Der weltpolitische Umbruch hat es möglich gemacht, daß die große Erzählerin Ilse Gräfin von Bredow an den Ort ihrer Kindheit und Jugend zurückkehren konnte. In einer einzigartigen Mischung aus Erinnerung und Erleben der Gegenwart, aus verlorener Zeit und neuer Begegnung, eröffnet sich ein Panorama von Lebensläufen und Schicksalen, wie es nur jemand beschreiben kann, der das alles selbst erlebt, erlitten und erfühlt hat.

05/1086/01/R

Ilse Gräfin von Bredow

Ich und meine Oma und die Liebe

Weihnachtsgeschichten.
192 Seiten. Serie Piper

Daß das Weihnachtsfest nicht nur Geschenke, sondern auch manch andere Überraschungen bereithält, davon weiß Ilse Gräfin von Bredow zu berichten: ob in der Geschichte von Tante Gesa, die eigentlich fest entschlossen ist, das Weihnachtsfest alleine zu feiern, oder in der Erzählung von Herbert und dem wilden Kätzchen Linchen. Mit gewohnt liebenswürdig-spitzer Feder erzählt Gräfin Bredow von ganz gewöhnlichen Menschen, denen an Weihnachten die ungewöhnlichsten Dinge passieren.

»Geschichten über die interessantesten Leute überhaupt, über uns, wie wir so sind, allein oder inmitten der Verwandtschaft, zumal zur Weihnachtszeit.«
Welt am Sonntag

05/1226/01/L

Ilse Gräfin von Bredow

Kartoffeln mit Stippe

Eine Kindheit in der märkischen Heide. 237 Seiten. Serie Piper

»Kartoffeln mit Stippe« – dahinter steckt die aufregend schöne, erfüllte, von Erinnerungen pralle Jugendzeit eines Mädchens in der märkischen Heide: das Leben einer alten Grafenfamilie in einem höchst ungräflich einfachen Forsthaus inmitten einer karg-schönen Landschaft. Ein vergnüglicher Erzählreigen voller Nostalgie.

»Es ist selten, daß jemand derart taufrisch schreibt, daß Erinnerungen so lebendig werden, wie das Leben war, ist und sein kann.«
Die Welt

05/1618/01/R

SERIE PIPER

SERIE PIPER

Ilse Gräfin von Bredow

Deine Keile kriegste doch

Mädchen-Erinnerungen an eine verlorene Heimat. 253 Seiten. Serie Piper

Nach »Kartoffeln mit Stippe« die Fortsetzung der Lebenserinnerungen der Gräfin von Bredow: Sie lebt mit ihren Geschwistern und Eltern in einem halbverfallenen Forsthaus mitten im Nirgendwo der märkischen Heide. Doch der Ausbruch des Krieges stört jäh die Idylle. Ilse Gräfin von Bredow zeichnet das lebendige Bild von ihrer Zeit im Internat bis zur Ankunft der russischen Armee, die die Familie schließlich zwingt, ihre Heimat zu verlassen …

Tragisches und Komisches stehen in diesen berührenden Mädchen-Erinnerungen an eine verlorene Heimat eng beieinander.

05/1620/01/L

Ilse Gräfin von Bredow

Die Küche meiner Kindheit

Geschichten und Rezepte. Mit Rezepten von Dagmar von Cramm. 335 Seiten. Serie Piper

Es geht gewohnt turbulent zu in der gräflichen Küche: Das Huhn Mathilde die Wilde legt seine Eier irgendwohin, Möpschen liebt Buttermilch, und Mamsell wartet seit Ewigkeiten auf ihren neuen Herd, denn der alte Schrotthaufen ist zu kaum mehr fähig, als Hefeklöße mit Backobst zu liefern. Dafür hat sich Tante Herta von der Kräutertante zur Gourmetköchin entwickelt und plündert skrupellos den Vorratskeller. Gräfin von Bredows bezaubernde Küchengeschichten machen ihre märkische Kindheit unvergesslich.

»Liebevoll, mit Mutterwitz geschriebene Geschichten … Und nebenbei läuft einem das Wasser im Munde zusammen.«
Hessische Niedersächsische Allgemeine

05/1621/01/R

SERIE PIPER

Leonie Ossowski

Die schöne Gegenwart

Roman. 368 Seiten. Serie Piper

»Die schöne Gegenwart« ist die berührende Geschichte von Nele, einer reifen Frau, die am Scheideweg ihres Lebens steht. Da legt ihr der Zufall eine große Erbschaft in den Schoß – und Nele beginnt ihren Traum vom »weißen Haus«, einer illustren Senioren-WG, in die Tat umzusetzen. Leonie Ossowski erzählt von Freiheit, Phantasie und Unabhängigkeit. Und davon, wie man den Wert des eigenen Lebens erkennt.

»Leonie Ossowski hat wieder eingehend recherchiert und mit Wärme, Humor und einem ausgesprochenen Gespür für dramaturgische und sprachliche Feinheiten eine literarische Lanze für das Alter gebrochen.«

Stuttgarter Zeitung

05/1805/01/L

Leonie Ossowski

Espenlaub

Roman. 283 Seiten. Serie Piper

Alles schien so klar: Billi heiratet bald Lorenz. Doch seit Billi Ariel kennengelernt hat, den Puppenspieler mit den dunklen Locken, der ihre Seele zum Tanzen bringt, ist sie sich ihrer Gefühle für Lorenz nicht mehr so sicher. Und dann begeht der eifersüchtige Lorenz einen tragischen Fehler, der die dunklen Schatten seiner Familie wieder lebendig werden läßt. Endlich bricht seine Mutter das Schweigen, das seit Jahrzehnten auf der Familie lastet. Sie erzählt vom Schicksal des jüdischen Malers Hans Weißberg und seiner verbotenen Liebe zu ihrer Mutter … Über ein halbes Jahrhundert spannt Leonie Ossowski den Bogen dieser aufwühlenden Familiengeschichte.

»Ein spannend und gekonnt komponierter Roman über große Gefühle.«

Südkurier

05/1807/01/R

SERIE PIPER

Eva Demski

Goldkind

Roman. 278 Seiten. Serie Piper

Das »Goldkind« ist ein verwöhnter und eigenbrötlerischer Junge, dessen Schicksal Eva Demski stellvertretend für die Geschichte der bundesdeutschen Nachkriegsgeneration schildert. Dabei gelingt ihr das Kunststück, bei ihrem Rückblick auf die Zeit zwischen Krieg und Studentenbewegung nicht nur Atmosphäre und Zeitgeist dieser Umbruchphase mikroskopisch vor Augen zu führen, sondern dabei auch hoffnungsvolle, bisweilen heitere Elemente aufscheinen zu lassen.

»Das ›Goldkind‹ von Eva Demski ist ein lesenswertes, ein beachtliches Buch.«
Marcel Reich-Ranicki

05/1421/01/L

Gabriele Wohmann

Schwestern

Erzählungen. 230 Seiten. Serie Piper

Schwestern sind eitel und geschwätzig, spitzfindig und neidisch – am Ende aber kommen sie doch nicht ohne die andere aus. Gabriele Wohmann versteht es, diese ganz besondere Beziehung auszuloten – denn trotz aller Verschiedenheit verbindet Schwestern mehr als nur die gemeinsame Herkunft: nämlich eine tiefe Liebe, der auch Neid und Auseinandersetzungen nichts anhaben können. Messerscharf und mit psychologischer Raffinesse nähert sich die Erzählerin Wohmann einem wundervoll komplizierten Thema.

»Zum Reizwort ›Schwestern‹ fällt der Autorin so viel ein, daß sich nicht nur die Leserin, auch der Leser auf keiner Seite langweilt und sich, was immer befriedigt, in ihren/seinen einschlägigen Erfahrungen bestätigt fühlt.«
Albert von Schirnding, Süddeutsche Zeitung

05/1459/01/R

Marcel Pagnol

Eine Kindheit in der Provence

Marcel. Marcel und Isabelle. Zwei Romane in einem Band. Aus dem Französischen von Pamela Wedekind. 463 Seiten. Serie Piper

Im Marseille der Jahrhundertwende bricht eine fünfköpfige Familie in die Ferien auf – für den elfjährigen Marcel beginnt ein Sommer voller Schönheit und Abenteuer in den Hügeln der Provence mit ihren Zikaden und ihrem Lavendel- und Rosmarinduft. Sein bester Freund, der Bauernjunge Lilli, führt ihn zu geheimen Höhlen und verborgenen Quellen. Da taucht in der paradiesischen Ferienidylle des Stadtjungen ein blondes Geschöpf auf. Es ist das kleine Mädchen Isabelle, verzogen und tyrannisch, das Marcel zu ihrem Knappen macht und ihn die Leiden früher Leidenschaft erfahren läßt. – Es ist der leichte und poetische Ton, der zärtliche Blick des Erzählers, in dem Arglosigkeit und Ironie verschmelzen, die schiere Lust am Dasein, die diese Kindheitserinnerungen weltberühmt gemacht haben.

05/1656/01/L

Rita Levi-Montalcini

Die Vorzüge des Alters

Das Alter als Chance. Aus dem Italienischen von Christel Till-Galliani. 174 Seiten mit 12 Abbildungen. Serie Piper

Als sie schon weit über siebzig Jahre alt war, wurde sie für ihre neurologischen Forschungen mit dem Medizin-Nobelpreis ausgezeichnet. Mit neunundachtzig Jahren hat sie ein Buch geschrieben, das sich mit dem Alter und seinen Chancen auseinandersetzt. Sie erklärt, wie unser Gehirn auch im hohen Alter noch bestens funktionieren kann. Das Gehirn gleicht den natürlichen Verlust der Zellen durch bessere Nutzung der verbliebenen Zellen aus: Wenn wir im Alter intensiv leben, unseren Kopf trainieren und das tun, was uns Spaß macht, entstehen im Gehirn mehr Verästelungen und alternative Schaltkreise. Rita Levi Montalcini erzählt außerdem von berühmten Menschen, die diese These stützen, weil sie bis ins hohe Alter aktiv waren: Michelangelo, Galileo Galilei, David Ben Gurion, Bertrand Russell und Pablo Picasso.

05/1202/03/R

SERIE PIPER